Herfstrood

W0182568

Jackie van Laren bij Boekerij:

De *Q*-serie:
Zin
Lief
Ziel

Vallen
Opstaan

De *Eilandliefde*-serie:
Duingras
Stormwind
Springvloed
Tegenstroom
Hoogtij

De meisjesmagneet
Thuiskomen

De *Onder de bomen*-serie
Lentegroen
Zomerloof
Herfstrood

E-books:
Alle verhalen (tot nu toe)
Twee prinsen

boekerij.nl

Jackie van Laren

Herfstrood

Deel 3 van de *Onder de bomen*-serie

BOEKERIJ

ISBN 978-90-225-9146-8
ISBN 978-94-023-1743-5 (e-book)
ISBN 978-90-528-6436-5 (audio)
NUR 301

Omslagontwerp: Johannes Wiebel | punchdesign, München
Omslagbeeld: © Shutterstock
Zetwerk: CeevanWee, Amsterdam

© 2021 Jackie van Laren en Meulenhoff Boekerij bv, Amsterdam
Deze uitgave kwam tot stand door bemiddeling van Marianne Schönbach Literary Agency bv

Niets uit deze uitgave mag openbaar worden gemaakt door middel van druk, fotokopie, internet of op welke andere wijze ook, zonder voorafgaande schriftelijke toestemming van de uitgever.

Don't sit under the apple tree with anyone else but me
– The Andrews Sisters

Wat voorafging

Deel 1: *Lentegroen*

Sylvie van Foreeste is in de lente samen met haar dochter Ties in De Grote Weijde komen wonen – het gebied en de boswachterij rondom de dorpen Lagerweijde en Hogerweijde, in de buurt van Hilversum. Ze vervangt de gepensioneerde boswachter Ter Haar, en haar komst brengt wel enige opschudding: een vrouw alleen, en dan ook nog een alleenstaande moeder, is niet wat iedereen in Hoger- en Lagerweijde als boswachter had verwacht. Toch maakt ze snel vrienden en is ze gelukkig met haar nieuwe werkplek. Voor zover de omstandigheden dat toelaten dan: de reden voor de verhuizing was geen gelukkige. Ze had gesolliciteerd op de baan nadat haar relatie met het schoolhoofd van Ties' lagere school in haar vorige woonplaats Olterloo was stukgelopen.

Ties moet behoorlijk wat moeite doen om haar draai te vinden op de nieuwe school: ze heeft maar een krappe drie maanden de tijd in groep acht om nog wat klasgenoten te leren kennen en dan begint de zomervakantie al. Er zit een meisje bij haar in de klas, Eugenie, dat direct probeert een doelwit van haar te maken, maar daar komt gelukkig snel een eind aan als Ties per ongeluk in contact komt met graaf

Woudenbergh, die op het lokale landgoed woont.

De graaf heet Freek en lijkt in eerste instantie een mensenschuwe, botte zonderling, maar blijkt bij nader inzien hyperintelligent, in dienst bij de AIVD als ethisch hacker en dodelijk verlegen, maar ook heel vriendelijk. Hij is in zijn jeugd gediagnosticeerd met asperger, maar heeft altijd hard gewerkt aan het zo goed mogelijk begrijpen en analyseren van dat waar hij moeite mee heeft. Hoewel hij erg onzeker is, is hij een stuk minder sociaal onhandig dan hij zelf denkt. Hij ziet iets van zichzelf terug in Ties – ze is erg goed met computers voor haar leeftijd – en er ontwikkelt zich een soort vriendschap.

Ties is door haar contact met de graaf meteen veel interessanter, en daarmee minder het slachtoffer van haar vervelende klasgenoten, en ze maakt toch nog een paar vrienden, onder wie een leuke jongen, Hans-Willem.

Freek raakt gaandeweg ook bevriend met Sylvie, vooral omdat die hem een duwtje de goede richting in geeft op het gebied van zijn uiterlijk. Na een paar kleine ingrepen, zoals het bedwingen van zijn verwilderde baard en het knippen van zijn lang uitgegroeide haar, en de aanschaf van wat nieuwe kleren, ziet Freek er eigenlijk best knap uit. Langzaam maar zeker komt hij een beetje uit zijn isolement, en blijkt hij zich beter te kunnen handhaven in het openbaar dan hij zelf dacht. Hij heeft zijn omgeving ook harder nodig dan ooit: op zijn landgoed wordt drugsafval gedumpt, en hij moet zowel de politie inschakelen als de lokale boswachter – Sylvie dus – om zijn landgoed toegankelijk te maken voor wandelaars, in de hoop dat dat verdere dumpings zal ontmoedigen.

Tussen Freek en Sylvie ontstaat de nodige aantrekkingskracht – ze komen er na een avond in het café achter dat ze nogal goed kunnen zoenen met elkaar – maar voor hen allebei is het niet het juiste moment om daar meer mee te doen. Sylvie denkt dat ze gewoon niet geschikt is voor een vaste relatie, en Freek vindt van zichzelf dat hij er emotioneel niet toe in staat is, zelfs al zou hij het misschien best willen, en hij denkt dat het fysiek onmogelijk is: hij worstelt in het grootste geheim met een aandoening die een relatie in de weg zou staan. Maar de vriendschap tussen hen groeit desondanks en er komt steeds meer onderling vertrouwen. Zozeer zelfs dat Freek vlak voor het eind van het schooljaar, tijdens het eindfeest van de achtstegroepers, doet wat hij nog nooit heeft gedaan: hij vertelt met veel moeite aan Sylvie hoe afschuwelijk diezelfde avond voor hemzelf is verlopen toen hij op het punt stond om naar de middelbare school te gaan.

Sylvie krijgt meer inzicht in Freek: wat voor man hij echt is en wat hem heeft gevormd. En Freek – verrassend opgelucht na zijn openhartigheid – durft voor het eerst sinds heel lang te hopen dat iets in zijn leven zich nu toch echt, eindelijk, een beetje ten goede zal keren…

Deel 2: *Zomerloof*

Sylvie en Freek hebben eerder al, op een van hun rondes over het landgoed, een afgelegen veldje aangetroffen met een wietaanplant erop, dat wordt bewaakt door tot camera omgebouwde mobiele telefoons. Freek vindt in zijn bos een netwerk van kleine wifizendertjes, die de camerabeelden ergens naartoe sturen. Hij heeft een aantal jaren geleden uit geldnood het landhuis verhuurd – hij woont zelf in het koetshuis – en verdenkt nu zijn onderhuurders, maar heeft geen bewijs. Misschien zijn de onderhuurders ook wel verantwoordelijk voor de drugsdumpings, maar opnieuw ontbreekt het aan bewijs.

Freek maakt gebruik van zijn positie als ethisch hacker voor de AIVD om in kaart te krijgen wat de rol van zijn onderhuurders precies is, maar moet daarbij allerlei hindernissen nemen die voor hem ver over de grens gaan van wat hij aankan. Dat gaat hem niet in de koude kleren zitten: hij raakt heel langzaamaan steeds verder overprikkeld. Wat hem nog een tijdje bijeenhoudt is het feit dat er tussen hem en Sylvie, bijna tegen wil en dank, en ook al was hij er zeker van dat hij een stofwisselingsziekte had die een relatie in de weg zou staan, toch echt iets heel innigs groeit.

Maar dan, als het net een week officieel aan is tussen Freek en Sylvie en de situatie met Freeks onderhuurders een kookpunt bereikt, solliciteert Sylvies ex Marcus naar een baan bij de lagere school in Hogerweijde en lijkt die zich in het hoofd te hebben gehaald dat hij Sylvie terug wil. Bovendien zit ook de vader van Ties' vriendje al sinds het afscheidsfeest van de achtstegroepers achter Sylvie aan.

Sylvie wil daar allemaal niets van weten – ze is tenslotte verliefd op Freek – maar Freek ziet dat niet meer helder, want hij is intussen helemaal vastgedraaid in zijn eigen gedachten en overprikkeling. Dat resulteert in een agressieve autistische meltdown, waarin hij zijn halve inboedel kort en klein slaat en hij Sylvie niet alleen overal de schuld van geeft, maar haar ook nog toeschreeuwt dat hij haar nooit meer wil zien.

Sylvie moet de verdrietige waarheid onder ogen zien: een relatie met een man als Freek is veel ingewikkelder dan ze had gedacht, zo niet onmogelijk. En misschien moet ze dan ook maar erkennen dat zijzelf waarschijnlijk niet geschikt is voor vaste relaties: de enige twee pogingen in haar leven tot nu toe waren met Marcus, die haar heeft bedrogen zoals hij iedere vrouw bedroog, en met Freek, die alles is wat ze zich zou kunnen wensen, maar die tijdens zo'n meltdown van het ene op het andere moment kan veranderen in een angstaanjagende agressieveling.

De zomervakantie is afgelopen in De Grote Weijde, en Sylvie probeert haar leven weer op te pakken alsof er niets is gebeurd, zoals ze altijd heeft gedaan als er mannen kwamen en gingen in haar leven. Ze heeft Ties om voor te zorgen, en nu ook Hans-Willem, Ties' vriendje, die na veel ruzie bij zijn vader is weggelopen. Maar Freek is geen man die je zomaar vergeet.

Sylvie

1

Ze vond het vreemd, en ook wel een beetje moeilijk, dat Ties weer naar school ging. De middelbare school, het Goyers Lyceum. Het grote werk. Iedere morgen stapte Ties op de fiets, samen met Hans-Willem, ieder met hun lunchpakketjes. Vrolijk pratend en lachend gingen ze op weg, en dan was Ties ook echt helemaal weg, tot een uur of drie, vier in de middag. Bezig met haar eigen leven.

Sylvie voelde zich dan soms ineens vreselijk alleen, waar ze zichzelf een stevig standje voor gaf zodra ze het gevoel herkende. Niet zeuren; ze was blij. Blij dat Ties het zo naar haar zin had op het moment. Ze was ook maar blij dat Ties, ondanks haar normaal gesproken vlijmscherpe observatievermogen, niets mee leek te krijgen van hoe Sylvie zich diep vanbinnen voelde. Haar dochter zat lekker in haar eigen, onbedoeld volkomen egocentrische puberbubbel. Ze had wel gevraagd waarom Freek al twee weken niet meer was langsgekomen, want ze miste hem wel een beetje, maar de verklaring die Sylvie gelukkig met een strak gezicht had weten op te dissen – dat Freek een tijdje zijn rust nodig had na alles wat er was gebeurd – had Ties voor zoete koek aangenomen, waarna ze haar aandacht weer had gericht op de zaken die haar op dit moment bezighielden. Haar nieuwe school, haar klasgenoten, de lessen, haar ontluikende liefde. Nee, Sylvie kon niet anders dan blij zijn dat haar dochter dan in ieder geval níét alleen was. Ties had Hans-Willem.

Hans-Willem was in de afgelopen twee weken zeker vijf centimeter gegroeid; die arme jongen trok soms helemaal krom van de pijn in zijn benen, en zijn stem was ook ineens een stuk lager, maar hij was wel erg opgeknapt nu hij bij haar en Ties logeerde. Maar goed dat het zo was gelopen, vond Sylvie, hoewel ze niet graag terugdacht aan die nacht dat ze Hans-Willem hadden opgepikt terwijl hij met een grote rugzak op zijn rug langs de provinciale weg liep. Die arme jongen was van plan geweest weg te lopen naar zijn grootouders in Leidschendam, midden in de nacht en in de stromende regen.

Die nacht was Freek nog bij haar geweest.

Denken aan Freek, aan hoe het was geweest tussen hem en haar, maakte haar verdrietig op zo'n diepe, tot in het merg van haar botten voelbare manier, dat ze dat van harte probeerde te vermijden. Ze kon wel oppervlakkig aan hem denken, gewoon, aan het feit dat hij bestond, en ze kon het ook met Simon over hem hebben – Simon belde haar bijna iedere dag wel om even verslag te doen van hoe het met Freek ging. Maar zodra ze haar eigen gevoel te grondig onderzocht, en toeliet, wist ze bijna niet waar ze het zoeken moest van ellende.

Het was ook idioot; het was een week en twee dagen aan geweest. Of misschien maar een week en één dag, afhankelijk van hoe je rekende, want die laatste zondag, toen het was gebeurd, was Freek meteen vanaf het moment dat ze waren opgestaan al zo raar en gesloten geweest dat die dag eigenlijk niet meer telde.

Het goede van het feit dat de zomervakantie was afgelopen

en dat Ties en Hans-Willem weer naar school gingen, was wel dat er weer wat meer ritme in de dag kwam. Sylvie stond zelf meestal vroeg op – zo rond een uur of zeven – en al helemaal tijdens die vreselijk warme zomerdagen van de afgelopen tijd, waarbij haar boshuisje ondanks de beschutting van de bomen van De Grote Weijde toch heel langzaam opwarmde tot een klein, charmant uitziend maar moorddadig heet steenoventje. Maar de kinderen wilden nog wel eens lang uitslapen, en dan moest ze toch even wachten met aan haar dag beginnen totdat ze eruit kwamen en er behoorlijk ontbeten kon worden. Nu niet; nu was iedereen keurig om half acht beneden, aangekleed en wel.

Hans-Willem at als een bootwerker. Het was een raadsel waar hij al dat eten liet, want hij was op het magere af en nogal slungelig. Geen wonder ook: iedere keer als hij net een beetje gewend begon te raken aan hoe groot hij nu weer was, groeide hij weer een stuk omhoog. Ze kon hem bijna horen groeien, en ze vermoedde dat hij een boom van een vent zou zijn als hij er eenmaal klaar mee was. Ties ging niet zo hard, die was intussen een kop kleiner dan hij, maar ze had de teugels van hun jonge, voorzichtige relatie strak in handen, zo veel was Sylvie wel duidelijk. Hans-Willem was zo dol op haar dat hij alles voor haar wilde doen en zij was lief en zorgzaam voor hem als hij last had van groeipijn. Maar het belangrijkste – ze glimlachte terwijl ze de deur van haar huisje achter zich sloot en naar haar bescheiden terreinwagentje liep – was dat ze veel lachten, samen. Ze hoorde de hele dag gegrinnik. Als ze zaten te gamen, als ze in de tuin zaten, als ze ergens heen gingen en als ze weer terugkwamen. Als ze zo doorgingen, dacht ze, konden ze het nog heel lang met elkaar uithouden.

Ze maakte zich niet echt veel zorgen over wat er tussen die

twee gebeurde als ze alleen waren. Ties was volkomen open naar haar, en onder Ties' invloed begon Hans-Willem langzaamaan ook wat minder verlegen en gesloten te worden. Ze zoenden elkaar, en hij had wel eens aan Ties' borsten gevoeld (voor zover er al iets zat), maar daar bleef het voorlopig bij.

'We zijn ook nog wel een beetje jong voor meer,' had Ties een keer heel ernstig gezegd tijdens het avondeten, en Hans-Willem had al even ernstig geknikt; zij was twaalf en hij dertien.

'Het komt vanzelf, dat jullie meer willen,' had Sylvie gezegd, 'en dat is ook normaal, dat gebeurt in je puberteit. Maar zolang jullie maar niks stiekem doen, de boel wel veilig houden, en allebei heel duidelijk zijn naar elkaar over wat je wel wilt en wat je niet wilt, dan komt het allemaal wel goed, en dan vertrouw ik jullie, hoor.'

Het was enorm vertederend, die jonge liefde tussen haar dochter en die lange slungel, en het deed haar goed om het te zien gebeuren; het maakte in ieder geval dat ze haar eigen verdriet beter naar de achtergrond kon schuiven. Hans-Willem was een lieve, serieuze jongen en het was ontzettend naar voor hem dat zijn ouders uit elkaar waren en dat hij op het moment eigenlijk noch bij zijn vader, noch bij zijn moeder terecht kon; ze had geen seconde geaarzeld om hem in huis te nemen nadat hij bij zijn vader was weggelopen na een week vol ruzies en machtsstrijd. Zijn moeder verbleef bij haar zus in Spanje, dus behalve tijdens schoolvakanties was dat ook niet echt een optie voor die arme jongen.

Hoe je als ouders zo weinig begaan kon zijn met het lot van je kind, zo gefocust op je eigen behoeftes, kon haar verbijsteren. Zo was het niet tussen haar en Ties. Zo zou het ook nooit worden, en er was genoeg liefde in haar huis om er nog eentje bij te nemen, dat bleek maar weer. En al had ze nog geen idee hoe lang deze situatie zou voortduren, ze merkte dat ze het helemaal niet erg zou vinden als dat langer zou zijn dan een paar weken. Had ze er twee om voor te zorgen. Het idee beviel haar eigenlijk wel.

Ze reed rustig over het pad naar de werkschuur van Staatsbosbeheer, tevreden over het feit dat de gemeente in ieder geval op dit pad de grootste gaten vast had laten volstorten met keitjes. Het reed een stuk beter zo. Een paar weken geleden was het nog een soort hindernisbaan geweest, zoals er nog wel een paar van die bospaden in de nabije omgeving waren; ze had nog aardig wat werk te verzetten met de gemeente voordat ze helemaal tevreden was. Het was een noodzakelijk onderdeel van haar werk, het worstelen met de gemeente, maar als ze moest kiezen tussen dat of worstelen met een grote eigenwijze boom, dan was de keuze snel gemaakt. Ze hield meer van zagen dan van vergaderen, hoewel ze zich – inwendig grinnikend – bedacht dat sommige van die vergaderingen eigenlijk ook een soort gezaag waren, zo lang konden de meer door de wol geverfde gemeenteraadsleden soms doorleuteren over de kleinste, in haar ogen volkomen onbelangrijke zaken.

Dan liever een echte zaag.

Een van de motorzagen in de werkschuur moest worden nagekeken; ze zou hem achter in de auto leggen en, zo nam ze zich voor, even gaan kijken bij het trafohuisje waar zo lelijk de bliksem in was geslagen op de dag dat het tussen haar en Freek –

Nee. Niet verder aan denken. Het was een stuk verstandiger om na te denken over Ties, en Hans-Willem, en hoe ze haar dochter zag veranderen nu ze geen basisschoolkind meer was, maar een meisje dat naar het vwo ging: ze was nu in haar tweede week, en ze praatte al anders, bewoog een beetje anders, deed heel subtiel iets anders met haar kleren en haar haar…

Kleine meisjes waren druk bezig groot te worden.

Sylvie droeg de zware zaag, eigenlijk te zwaar voor haar om lekker mee te kunnen werken, naar haar auto en legde hem achter de achterbank. Toen stapte ze in en reed ze het bos weer in, haar ramen open, vastbesloten te genieten van haar prachtige werkomgeving en het feit dat het een mooie nazomerdag was. Niet te warm en niet te koud. Niet te nat en niet te droog; vannacht was er een plensbui overgetrokken maar nu was het meeste water alweer in de bosbodem verdwenen en hing er hier en daar nog een sliertje damp tussen de stammen. Misschien zou ze zichzelf trakteren op een kop koffie in De Paardentram, als ze klaar was bij het trafohuisje; ze deed dat af en toe sinds ze daar had gezeten met Anouschka, de enige vrouwelijke politieagente in De Grote Weijde, die al heel snel haar beste vriendin was geworden. Anouschka had haar getroost met een kop koffie toen ze zo'n beetje versteend van ellende op de parkeerplaats van het café in haar auto had gezeten. Dat was kort nadat Freek tijdens zijn beangstigende, agressieve uitbarsting hun nog prille relatie zo onverwacht en zo, nou ja, bijna wreed, had beëindigd. Ze had het totaal niet zien aankomen; het was bijna geweest alsof Freek, zachtaardige, wereldvreemde, lieve Freek, een totale persoonlijkheidsverandering had ondergaan, en hoe ze het ook wendde of keerde, ze was echt even bang van hem geweest.

Morgen is er weer een dag, had Anouschka toen gezegd. Nieuwe dag, nieuwe kansen.

Daar was nog niet veel van terechtgekomen, van die nieuwe kansen, en dat wist Anouschka natuurlijk ook wel, want ze belde zo'n beetje om de dag. Sylvie begreep dat ze dat deed omdat ze bezorgd was of het wel echt goed met haar ging, ook al bezwoer ze Anouschka bij elk telefoontje dat alles prima was.

Ze hadden het eigenlijk nooit over Freek. Ze praatten over Anouschka's onverwachts mooi opbloeiende relatie met Wout, een alleenstaande vader met een zoontje op de lagere school in Hogerweijde, ze hadden het over hoe het was om ineens een bonuskind te hebben – een situatie waar ze, in zekere zin, allebei in zaten –, ze hadden het over Hans-Willems vader, Reindert den Dekker, die altijd zeer nadrukkelijk aanwezig was in de gemeenschap van De Grote Weijde en die te boek stond als een onverbeterlijke schuinsmarcheerder, en ze hadden het over Marcus Rietberger, Sylvies ex, die om een of andere reden achter haar aan was gekomen naar De Grote Weijde. Het was nog steeds niet helemaal duidelijk of hij dat nu expres had gedaan, en met de bedoeling om haar terug te winnen, of dat het toevallig zo was uitgekomen. Sylvie wilde, als ze heel eerlijk was, het antwoord op die vraag ook niet echt weten. Ze wilde eigenlijk het liefst niets meer met Marcus te maken hebben. Hij had een zo mogelijk nog verschrikkelijker reputatie met vrouwen dan Reindert, al had hij, voor zover Anouschka en zij konden zien, nog niet echt de kans gehad om in deze voor hem nieuwe omgeving veel schade aan te richten.

Bij het trafohuisje parkeerde Sylvie haar auto tussen twee bomen, en ze stak het vrijwel kaal gebrande perceel over, waar gelukkig een paar jonge boompjes het toch leken te hebben overleefd.

Aan de andere kant liep ook een pad, een wandelpad, veel smaller en kronkeliger. Het was onderdeel van een langere, meerdaagse wandelroute door het gebied, het Katrijnepad, en sloot aan op andere grote wandelroutes; het was opgenomen in van die internationale boekjes met de mooiste lange wandelpaden in Europa. Het voerde een heel stuk langs de grens van landgoed Woudenbergh, en Sylvie had zich wel eens afgevraagd of het geen goed idee zou zijn om te kijken of er langs het pad een ingang naar het landgoed gemaakt kon worden, zodat wandelaars – als ze daar zin in hadden – een stukje Woudenbergh mee konden pakken. De natuur op het landgoed leek toch iets anders, iets ouder en woester, dan in het omringende bos.

Het geluid van haar mobiel haalde haar uit haar overpeinzingen.

'Ha, Simon,' zei ze toen ze op het schermpje had gekeken, 'wat bel je vroeg! Heb je vrij vandaag, of ben je niet lekker?'

'O, nee hoor.' Simon van Bon was de conciërge van de lagere school in Hogerweijde en een nog niet zo lang geleden uit Canada teruggekeerde jeugdvriend van Freek. 'Ik heb het gewoon even rustig, en ik dacht: het is tijd voor mijn belletje naar Sylvie.'

'Je hoeft me echt niet iedere dag te bellen, hoor, als je het druk hebt,' zei Sylvie snel, hoewel ze het waarschijnlijk vreselijk zou missen als hij eens een dag zou overslaan. Simon was bij Freek geweest toen hij zijn uitbarsting had gehad, toen hij van alles had stukgegooid en al die onterechte beschuldigingen naar Sylvie had geschreeuwd, toen hij een boek naar haar had gegooid en had gebruld dat ze weg moest gaan, weg, wég! Freek had zijn hoofd tegen de muur geslagen tot het bloedde en Sylvie had het heel moeilijk gevonden om ook daadwerkelijk weg te gaan, ook al hadden Freeks woorden haar tot op het bot gekwetst.

Simon had haar toen overgehaald naar de blikseminslag te gaan zoeken, die kort daarvoor met een enorme klap in de buurt moest hebben plaatsgevonden; het bos was brandgevaarlijk na een paar warme, droge zomerweken. Zelf was hij bij Freek gebleven, hij had het huis een beetje opgeruimd toen Freek door zijn energie heen was en in elkaar zakte, hij had het op de een of andere manier voor elkaar gekregen om die grote vent in zijn bed te leggen en hij had de week daarna op de bank geslapen in het koetshuis om de boel weer aan kant te maken en te zorgen dat Freek, die vier dagen zijn slaapkamer niet uit was gekomen behalve om naar de wc te gaan, nog af en toe iets te eten en te drinken binnenkreeg.

In de tussentijd was het grote huis op landgoed Woudenbergh in het holst van de nacht beslopen door een fors overvalteam en waren de heren die het van Freek huurden van hun bed gelicht en in hechtenis genomen. Mede door Freeks speur- en hackwerk was duidelijk geworden dat die huurders een grote rol speelden in een internationaal crimineel netwerk. Freek had van de inval niets gemerkt, omdat Simon zich had opgeworpen als contactpersoon voor Morris, Freeks chef bij de AIVD.

Freek was ziek gemeld, en had dus ook niets gemerkt van het technisch-forensisch team dat zich direct na de arrestaties – nog midden in de nacht – bij Huis De Toecomst had gemeld om bewijsmateriaal te verzamelen en weg te halen. Drie dagen en nachten waren ze non-stop bezig geweest, en na hun vertrek had Simon met Freeks grote sleutelbos het huis weer afgesloten. En hij had voor Jack, Freeks paard, gezorgd. En iedere dag had hij Sylvie even gebeld, om verslag te doen van de voortgang.

Het was haar wel duidelijk dat ze niets kon doen. Het was ook maar al te duidelijk dat Freek blijkbaar niets meer van haar wilde weten, maar dat betekende nog niet dat zij niet wilde weten hoe het met hem ging. En ze vermoedde dat Simon het waarschijnlijk ook wel een beetje nodig had, dat dagelijkse belletje. Hij had toch zomaar, zonder aarzeling, behoorlijk wat op zich genomen, en ook hij moest natuurlijk af en toe zijn ei kwijt.

'Wat ben je toch een ontzettend goeie vriend, Simon,' zei Sylvie nu in haar mobiel, terwijl ze een stukje van het pad af liep. 'Ik hoop maar dat Freek dat ook doorheeft. Of zit hij nog te diep in zichzelf om iets van de wereld om hem heen op te merken?'

Simon bromde wat – Sylvie had al eerder gemerkt dat hij behoorlijk verlegen kon worden van al te directe complimenten – en zei toen: 'Gisteren was hij alweer wat spraakzamer; we hadden nog niet echt een diepgaand gesprek, maar hij gaf me in ieder geval wel antwoord als ik hem iets vroeg.'

Freek had, na zijn meltdown en die vier dagen in zijn slaapkamer, nog bijna een volle week gezwegen. Het had zo lang geduurd dat Simon zich in de gesprekken met Sylvie hardop had afgevraagd of er ooit nog iets uit zou komen. Maar vlak voordat Simon de bank in Freeks koetshuis weer moest verruilen voor zijn eigen huisje in Hogerweijde, omdat het schooljaar van start ging en ook hij weer iedere dag aan het werk moest, had Freek eindelijk tegen hem gesproken. Het waren maar drie woorden geweest, en ze waren er nogal rasperig uit gekomen.

'Mijn dank, Simon,' had Freek gezegd.

Simon had, met zijn weekendtasje met wat schone kleren in de hand, bij de voordeur gestaan. Het koetshuis zag er weer keurig uit, er zat nieuw glas in de tuindeur en alle boeken stonden netjes in de boekenkast.

'Geen probleem,' had Simon gezegd, 'ik ga ervan uit dat jij hetzelfde voor mij zou doen.'

Freek had geknikt, en Simon was weggegaan. Later had hij Sylvie gebeld en uitgebreid verslag gedaan.

'Het gaat wel goed komen met die grote gek,' had hij toen gezegd, 'hij doet er alleen wel lang over om weer een beetje de oude te worden.'

'Gelukkig,' zei Sylvie nu, terwijl ze over een grote, afgevallen tak heen stapte. 'Ik ben blij dat hij toch weer een beetje meer begint te praten. Is hij al bij het grote huis naar binnen geweest?'

'Nee, dat trekt hij denk ik nog niet. En het is ook wel een ongelooflijke rotzooi, hoor; ze doen vast goed werk, maar je moet maar hopen dat je huis nooit overhoopgehaald hoeft te worden door zo'n forensisch team, want daarna is het zo'n beetje onbewoonbaar. Ik heb even gekeken toen ze net klaar waren, en een paar dagen geleden ben ik nog een keer binnen geweest om te kijken hoe erg het nou ook alweer was, en toen leek het wel een nog grotere troep dan ik me herinnerde. Echt niet te geloven, alsof er een kudde nijlpaarden door het huis is gedenderd. Geen kastdeurtje zit dicht, alles ligt over de grond... Zelfs in de kelder is het een puinhoop. Ik heb begrepen dat er daar een bescheiden drugslaboratorium is aangetroffen, en alle potten en pannen en potentieel gevaarlijke stoffen zijn dan wel weggehaald, maar het stinkt er nog steeds en er is ook een tussenmuurtje kapotgeslagen. Gewoon een gipswandje, geen draagmuur gelukkig, maar goed. Wat ze daar dan verwachtten te zullen vinden, ik heb geen idee. En er is een slot geforceerd; dat slot van die deur waardoor je meteen in het souterrain terechtkomt, weet je wel?'

'Ik ben eigenlijk nooit in het grote huis geweest,' zei Sylvie, terwijl ze met kracht een opkomende golf verdriet naar beneden drukte. 'Zover is het met Freek en mij helemaal niet gekomen. Nou ja, dat is ook niet zo vreemd: die figuren die het van hem huurden zaten er natuurlijk nog gewoon in, in die ene week dat het aan was tussen hem en mij. Ties is wel een keer binnen geweest, omdat hij zijn piano aan haar wilde laten zien of zoiets.'

'Het is een vleugel,' zei Simon. 'Een joekel van een ding.

Die lijkt het gelukkig allemaal wel te hebben doorstaan, want het is een mooi instrument, hoewel het in de muziekkamer ook een enorme troep is op het moment. Ik zie nog even niet hoe Freek die rommel allemaal in zijn eentje weg gaat krijgen; ik ga hem natuurlijk helpen, maar eigenlijk zouden we nog wel wat meer handjes kunnen gebruiken.' Simon liet zijn opmerking even betekenisvol in de lucht hangen, maar ging toen toch maar verder: 'Nou ja, ik zeg dat nou wel zo, maar jij hebt daar vast geen zin in.'

'Natuurlijk wel!' zei Sylvie meteen. 'Of, nou ja, zin is misschien een groot woord, maar als het nodig is dan ben ik er, hoor. Freek is toch, nou ja, toch een vriend?'

Bijna had ze 'mijn vriend' gezegd.

'Denk je dat het echt over is tussen jullie?' vroeg Simon ineens, onkarakteristiek direct. 'Ik ben er de hele tijd eigenlijk van uitgegaan dat het met Freek wel weer in orde zou komen, maar ook dat het tussen jullie weer goed zou komen, en dat jij dat ook zou willen. Maar misschien heb ik dat wel helemaal mis. Ik weet het ook niet precies; zo lang was het niet echt aan tussen jullie, nietwaar?'

'Nee,' zei Sylvie, haar toon treuriger dan ze wilde. 'Het heeft een dikke week geduurd, en het is dus nu, twee weken later, alweer twee keer zo lang uit als dat het aan is geweest.'

'*But who's counting*,' zei Simon, een klein beetje plagerig.

'Nou ja, zonder grapjes, ik vraag me intussen af en toe wel eens af of ik het me niet allemaal heb ingebeeld.'

Freek

2

’s Morgens liep hij als een kip zonder kop in zijn onderbroek door zijn huis heen en weer, nadenkend over wat hij allemaal moest doen. Het was alsof hij door een dikke laag yoghurt heen moest waden om van zijn gedachten, die diep in zijn hoofd hun rondjes draaiden, tot daden te komen. De simpelste daden, dingen die iedere dag gewoon even moesten gebeuren. Aankleden. Ontbijt maken. Koffie zetten. Jack verzorgen. Bedenken of hij nog boodschappen nodig had. Gelukkig wilde Simon nog wel even voor hem naar de supermarkt, al logeerde hij niet meer op de bank in de woonkamer; het idee om zelf, alleen, naar Hogerweijde te moeten, en al die mensen onder ogen te moeten komen, kon hem zo de stuipen op het lijf jagen dat hij zich moest beheersen om niet terug in bed te gaan liggen. Met zijn hoofd onder de deken.

Vóór zijn meltdown had hij dat niet zo gehad; toen was alles eigenlijk best aardig gegaan, vond hij, nu hij erop terugkeek. Zelfs onder hoogspanning ging het nog wel redelijk. Pas helemaal aan het eind was het misgegaan. Op zondag. Toen had hij gemerkt dat hij zo afgesloten raakte, zo opgesloten in zichzelf en vastgedraaid in zijn overprikkeling, dat hij voelde aankomen dat hij niet meer terug kon.

Met het deel van zijn brein dat nog een beetje zelfstandig

kon functioneren, genoeg in ieder geval om afstand te nemen en de situatie te beoordelen, had hij geweten dat hij op een ramp afstevende. Toch had hij, als een Titanic van oververhitte gedachten, het roer niet meer om kunnen gooien. De ijsberg ging ook niet opzij, dus de ramp was onvermijdelijk, en zijn nog broze maar zo hoopvolle liefde was gebroken en vervolgens roemloos ten onder gegaan.

Hij had het gedaan.

Hij had haar weggejaagd.

Hij had ook geprobeerd Simon weg te jagen, maar die was gebleven – waarom, dat wist hij niet, hoewel hij hem er intussen, voor zover zijn emoties weer een beetje op gang begonnen te komen, innig dankbaar voor was. Zonder Simon was hij er op dit moment waarschijnlijk veel slechter aan toe geweest. Simon had alle rommel die hij had gemaakt, weer opgeruimd. Alle scherven van de vloer geveegd, zijn bureaustoel naar binnen gehaald, een nieuwe glasplaat in zijn tuindeur laten zetten en zelfs het glas uit zijn achtertuin verwijderd. Heel zorgvuldig, met een schepje en een keukenzeef. Freek had als een soort zombie op de bank gezeten terwijl Simon dat deed; hij had het tafereel bekeken maar was nog niet in staat geweest te praten of er iets van te vinden. Uit bed komen was op dat moment al iets monumentaals geweest.

Het was een vreemde gewaarwording, vond hij zelf, de eerste tijd na een grote meltdown. Het was alsof hij van heel diep vanbinnen voetje voor voetje naar buiten schuifelde, en gaandeweg kwam zijn gevoel – het fysieke hoorde daar ook bij, bijvoorbeeld of hij honger had, of dorst, of hij lekker zat of lag – weer op gang. Alsof eerst al zijn zintuiglijke waarnemingen en al zijn emoties weg waren geweest en nu langzaamaan hun reguliere plaats weer innamen.

Zijn angsten kwamen ook terug, net als zijn schaamte en

zijn verdriet. Wat had hij gedaan? Hij kon het zich niet meer helemaal herinneren, hoewel Simon hem wel had verteld wat hij allemaal had stukgegooid. Maar de woorden die hij van zich af had gegooid waren weg. Die wist hij niet meer, hoewel hij vermoedde dat ze heel erg waren geweest.

Hij had stukgemaakt wat hem het liefst was, en nu was het voorgoed verdwenen. Er was geen weg terug. Zijn gedachten begonnen te cirkelen in steeds kleiner wordende kringen, steeds nauwer; hij had het stukgemaakt, voorgoed verdwenen, geen weg terug, stukgemaakt, voorgoed, weg, stuk, weg, stuk, weg, weg, weg, en hij schudde woest zijn hoofd om die draaimolen van woorden te stoppen.

Hij liep de keuken in, leunde met één hand op het aanrechtblad en haalde diep adem.

Het was nog niet eerder zo moeilijk geweest om eruit te komen. Hij had ook het idee dat de meltdown niet eerder zo heftig was geweest; zelfs die keer na de dood van zijn moeder – waarbij hij de afwikkeling van haar overlijden, de uitvaart, de kosten, de staat van het landgoed, de schulden van zijn ouders, als een vrachttrein met een oneindige rij wagons over zich heen had voelen denderen – was het niet zo zwaar geweest om weer een beetje bij zichzelf terug te komen.

Deze keer was er ook iets in hem waardoor hij dat misschien wel niet helemaal wilde. Misschien wilde hij liever in deze tussenwereld blijven, precies in het midden van aan de ene kant volledig afgesloten zijn – het nadeel daarvan was dat hij dan eigenlijk niet zelfstandig functioneerde, en het ging hem toch te ver om zich te moeten uitleveren aan de zorgen van een ander – en aan de andere kant volledig openstaan, met alle gevaren voor overprikkeling van dien. En hartenpijn, dat kwam natuurlijk ook als hij openstond. Als hij heel eerlijk was voelde hij het nu al.

Ineens kwam hij uit zijn besluiteloosheid, trok de keukenla open waar hij zijn tondeuse en spiegel bewaarde – die hoorden eigenlijk in een badkamer, dat wist hij ook wel, maar ze waren nu eenmaal in deze la beland en nu was hij daaraan gewend – en greep het apparaat. Hij legde het op het aanrecht om daarna de spiegel te pakken, een kleine, ronde handspiegel met een voetje van dik ijzerdraad. Hij had tot nu toe vermeden om naar zijn spiegelbeeld te kijken; het beangstigde hem een beetje. Misschien zou het minder erg zijn als hij deze qua formaat overzichtelijke spiegel gebruikte.

Hij keek.

Hij zag er verrassend genoeg nog steeds uit als zichzelf – hoewel zijn ogen nog wel een beetje schrikachtig naar hem terugkeken vanuit de spiegel – maar zijn baard was veel te lang, en enigszins ongelijk uitgegroeid. Het was maar helemaal de vraag of hij er met de tondeuse nog doorheen zou komen. Zijn haar was ook langer dan de bedoeling was; het had eigenlijk de perfecte lengte gehad toen het geknipt was door…

Met een klap kwam de spiegel op het aanrecht terecht.

Eerst aankleden, bedacht Freek zich, met een onverwachtse, gevoelige eruptie van energie en daadkracht. Hij ging zijn kleren aantrekken en daarna zijn paard verzorgen, en daarna ontbijten.

Tegen vieren kwam Simon. Dat deed hij meestal als zijn werkdag was afgelopen. Dan ging hij naar de winkel, haalde de boodschappen waarvan Freek de vorige dag had gezegd dat hij ze graag zou willen en bracht die langs. Freek had hem maar gewoon zijn betaalpas meegegeven.

Simon vertelde hem dan van alles: onbeduidende zaken over zijn werk, gedachten die bij hem opkwamen, dingen die hij had opgeruimd in en rond het koetshuis. Heel af en toe zei Simon iets wat minder onbeduidend was, als hij vertelde over zijn nieuwe collega op school, Marcus Rietberger. De nieuwe leraar. De ex; háár ex. Simon vond hem aantrekkelijk, maar was wel op zijn hoede bij de man. Die zou wel geen interesse hebben in Simon; hij leek op dit moment vooral interesse te hebben in Bé Altena. Bé was nooit getrouwd en leefde al lang alleen; Freek had altijd gedacht dat ze voor haar werk leefde. Ze wás de school, in zijn beleving.

Simon probeerde ook wel eens iets te zeggen over... Nee. Haar naam denken ging nog niet. Dat hij haar elke dag belde, bijvoorbeeld, en dat het wel redelijk met haar leek te gaan. Dat gespreksonderwerp had Freek tot nu toe resoluut afgekapt, hoewel hij er toch ook steeds meer naar hunkerde. Het was extreem belangrijk en extreem pijnlijk tegelijk. Hij kon haar naam al niet eens dénken, dus om hem dan gewoon zo, heel nonchalant, van Simons lippen te horen rollen zorgde voor ontelbare speldenprikken in zijn ziel. Maar hoe meer hij naar voren kwam uit zijn diepste zelf, hoe meer hij ernaar verlangde om tóch meer over haar te weten te komen.

'Ha Freek, ben je in de woonkamer?' klonk het in de hal, precies op het moment dat Freek zo'n soort uitroep verwachtte.

Hij was aangekleed, had Jack verzorgd, had ontbeten, en na nog wat doelloos door het huis te hebben gelopen en over dingen te hebben nagedacht had hij geluncht, de vaat gewassen, de wasmachine gevuld en aangezet en de vloer geveegd. Hij zat nu alweer een flinke tijd aan zijn bureau en had vandaag, na ongeveer een kwartier twijfelen, voor het eerst zijn beeldscherm weer eens aangezet. Daarna had hij een beetje verdwaasd naar de overweldigende rij berichten van zijn collega's bij de dienst zitten kijken. Ze wensten hem allemaal beterschap; hij wist dat Simon hem ziek had gemeld op zijn werk, hoewel alleen Morris wist hoe het echt zat.

De berichten beantwoorden was nog een brug te ver geweest.

'Ja,' zei hij nu tegen Simon, die de woonkamer in kwam met een grote tas met boodschappen. 'Ik ben hier.'

'Ik heb ovenpizza's gehaald. Ik dacht: ik blijf bij jou eten vandaag, want ik heb geen oven. En ik heb geen zin om weer terug te rijden naar het dorp om pizza te halen bij Casa Visconti. Wijn heb ik ook. En ijs.'

'Goed,' zei Freek. Het leek hem wel... gezellig. Hij moest er even over nadenken voor hij die emotie goed kon benoemen. Simon was in de eerste paar dagen na zijn uitbarsting vrijwel de hele tijd in huis geweest, maar hij had daar nauwelijks iets van meegekregen. Hij had in bed gelegen en was daar alleen uit gekomen als zijn automatische piloot hem naar de wc dreef. Simon was af en toe binnengekomen in zijn slaapkamer – hij had in eerste instantie nauwelijks kunnen bepalen hoeveel tijd er verstreek tussen de keren dat Simon binnenkwam – en had dan iets te eten en te drinken neergezet op zijn nachtkastje. Zijn automatische piloot had ervoor gezorgd dat hij het opat en opdronk; hij had zelf geen honger of dorst waargenomen, noch had hij geproefd wat hij at of dronk. Toen, na een paar dagen, was hij na een bezoek aan de wc eens naar beneden gelopen. Daar was Simon, bezig de vaatwasser uit te ruimen. Hij had één blik op Freek geworpen en hem weer naar boven gestuurd, de douche in, en terwijl Freek de ellende van de afgelopen dagen van zich af waste, had Simon zijn beddengoed verschoond. Hij had daar nauwelijks herinneringen aan; Simon had het hem later verteld. Hoe hij als een soort spook uit zijn slaapkamer was gekomen, met een wit gezicht, holle ogen en vies haar.

Gelukkig had hij geen TMAU. Hij kon ineens voelen hoe erg het zou zijn geweest als hij het wel had gehad, en hoe opgelucht hij nu was dat dat niet het geval was. Hij had geen *fish odour disease*, zijn lichaamsgeur bleef onder alle omstandigheden gewoon binnen de grenzen van het acceptabele, in plaats van dat hij zonder dat hij het zelf merkte naar een visafslag begon te ruiken als hij zich druk maakte. Zelfs al maakte hij zo'n zware meltdown door, zelfs al was hij de dagen daarna niet bij machte om als een zelfstandige volwassene te functioneren. Hij had jarenlang geloofd dat hij die zeldzame stofwisselingsziekte had, en geen wonder ook: middelbareschoolgenoten hadden hem het op de mouw gespeld toen hij een jaar of veertien, vijftien was, en die plaaggeesten waren tegelijk met hem in Leiden gaan studeren, dus het verhaal was gewoon met hem meegereisd. Na zo veel jaar had hij geen enkele reden meer gehad om te vermoeden dat het gewoon een heel langdurige, en enigszins uit de hand gelopen, practical joke was geweest. Het was waarheid geworden voor hem. Hij was zich altijd erg van zijn omgeving bewust en was te allen tijde zeer precies op zijn hygiëne – het enige wat hij ertegen had kunnen doen, zo meende hij – maar het had helemaal geduurd tot Sylvie…

Daar. Hij had haar naam gedacht.

Even had hij de neiging om in elkaar te krimpen, maar eigenlijk hoefde dat niet, want tegelijk met de schaamte en het afschuwelijke gevoel dat hij kapot had gemaakt wat hem het liefst was, voelde hij ook een soort aangename warmte door zich heen stromen, nu haar naam zijn hersenen binnen was gekomen.

Sylvie, Sylvie.

Zij had, zo met één ruk, alsof ze een gordijn opentrok, de situatie in een ander licht geplaatst. Daardoor had hij plotseling zelf kunnen zien dat hij helemaal geen TMAU had, maar dat hij ten prooi was gevallen aan zijn goedgelovigheid, aan het feit dat zijn hersenen nu eenmaal anders werkten dan die van de meeste mensen.

Bij haar had het allemaal niet zo veel uitgemaakt, dat zijn hersenen anders werkten. Zo leek het tenminste, nu hij erop terugkeek. Zij had hem gewoon geaccepteerd, alsof alles aan hem, alles wat hij was, de normaalste zaak van de wereld was. Alsof hoe hij was hem zelfs extra aantrekkelijk maakte. In ieder geval voor haar. En hij had dat, dat wónder, beloond met het onvermogen zijn overprikkeling in de hand te houden, wat weer had geleid tot een meltdown waarbij hij haar zonder twijfel de vreselijkste dingen had toegeschreeuwd en zich als een losgeslagen waanzinnige had gedragen.

Hij kreunde hardop, zette zijn ellebogen op zijn bureaublad en liet zijn hoofd in zijn handen zakken.

'Gaat het, man?' vroeg Simon, die juist klaar was met de boodschappen in de koelkast stoppen. 'Moet ik even een kop thee zetten of zo? Of wil je vast een wijntje?'

'Ik overdenk de situatie met –' Freek haalde diep adem, 'met Sýlvie,' zei hij toen, met een dappere nadruk. Nu hij haar naam eenmaal had gedacht, moest hij hem toch ook kunnen uitspreken.

'O, dan schenk ik een wijntje in,' zei Simon grinnikend, 'als je zover bent om het over haar te hebben.'

'Ik weet niet of ik zover ben, ik weet helemaal niet hoever ik ben,' zei Freek, terwijl hij moeizaam opstond uit zijn bureaustoel en enigszins verstijfd naar de keuken liep. Blijkbaar had hij langer in één houding achter zijn bureau gezeten dan hij dacht. 'Maar ik wil geloof ik wel een glas wijn.'

Simon had de kurkentrekker al in zijn hand.

Ze hadden op de bank gegeten – Freek bezat geen eettafel, omdat hij zelf meestal aan zijn bureau at, of voor de televisie – en eigenlijk helemaal niet over Sylvie gepraat. Simon had het meeste gezegd, maar ze hadden ook af en toe in stilte zitten eten, en Freek merkte dat het, met eerst een glas wijn en daarna nog een, steeds beter ging om niet alleen maar te antwoorden als Simon iets vroeg, maar om ook echt mee te praten.

'Misschien moet je binnenkort ook weer een rondje door je bos maken,' stelde Simon voor. 'Als je dat nou op woensdagmiddag doet, als de school uit is, dan loop ik wel met je mee, als je dat prettig vindt.'

'Woensdag was ook mijn dag met Sylvie,' zei Freek, na een laatste teug wijn. Zijn glas was leeg, de fles intussen ook. Hij vond het bijna jammer; het lossere gevoel dat de alcohol hem gaf was eigenlijk heel welkom.

'Ik wil haar ook wel vragen, als je dat zelf niet aandurft?' zei Simon. 'Ze is altijd heel voorzichtig aan de telefoon, maar volgens mij is het haar toch ook echt niet in de koude kleren gaan zitten, hoor, en ooit zal je toch nog een keer met haar over de hele situatie moeten praten. Misschien... ja, misschien is dat zelfs wel goed, denk je niet? Om dat te doen terwijl jullie een rondje door het bos maken. Soms is het beter om te bewegen bij van die lastige onderwerpen.'

'Ik... weet geloof ik niet wat ik tegen haar zou moeten zeggen,' zei Freek zachtjes. 'Ik heb toch alles kapotgemaakt? Dat spijt me natuurlijk verschrikkelijk; spijt is niet het juiste woord om uit te drukken wat ik erbij voel. Het heeft helemaal tot nu moeten duren voordat ik iets van overzicht kreeg over wat ik eigenlijk voel. Het zal wel door de wijn komen dat ik er nu naar kan kijken zonder helemaal vast te draaien.'

'Het verdooft een beetje, hè?' zei Simon ernstig. 'En het maakt de boel ook wat losser. Wie weet was dat precies wat je nodig had om de laatste paar stappen te zetten; volgens mij ben je bijna weer de oude. Je klinkt in ieder geval alweer aardig als de Freek die ik ken.'

'Ik voel me nog niet de oude,' zei Freek, 'ik voel me alsof ik op ijs loop. Glad, en ik kan er ieder moment doorheen zakken. Maar je hebt wel gelijk: vooruit is de enige weg.'

'Ik bel haar wel,' zei Simon.

'Goed,' zei Freek, en hoewel het hem verschrikkelijk leek om haar onder ogen te moeten komen, voelde hij ook iets in zich ontspannen.

Sylvie

3

Ze was de hele ochtend bezig zichzelf te vertellen dat ze er niet te veel bij na moest denken. Straks ging ze naar landgoed Woudenbergh, om een rondje door het bos te maken. Met Freek. Hij had Simon gevraagd om aan haar te vragen of ze daartoe bereid was.

Natuurlijk was ze dat, had ze tegen Simon gezegd; het was toch haar werk?

Simon had haar zelfs gevraagd niet boos te worden op Freek vanwege het feit dat hij niet zelf had gebeld; dat was op dit moment nog net een brug te ver voor hem.

'Ik weet dat hij niet zo'n ster is met telefoneren,' had ze gezegd, 'en ik vind het echt niet erg, hoor. Ik vind het vooral geweldig van jou dat je er zo voor hem bent.'

Simon had gegrinnikt, en spottend gezegd: 'Ik ben nou eenmaal een zorgzaam modelletje,' maar Sylvie had heus wel gemerkt dat daar een beetje verdriet achter zat. Simon had nog niet zo veel geluk gehad in de liefde en hij was overduidelijk in stilte een romantische ziel.

'Hij komt nog wel op je pad, je grote liefde,' had Sylvie tegen hem gezegd, met meer vertrouwen dan ze voelde. Want wie was zij om iemand zoiets te beloven, als ze zelf zo'n wandelende ramp was op het gebied van relaties? Haar eerste poging was met die trouweloze hond van een Marcus geweest, en haar tweede poging met Freek, een man met een aspergerdiagnose, die zo ontregeld kon raken dat de relatie het niet had overleefd. Ze was niet echt een ster in het uitkiezen van geschikte partners, dat was wel duidelijk.

Toegegeven, het was nog uiterst broos geweest, die zogenaamde relatie met Freek. En ze was zo verschrikkelijk verliefd geweest. Voor het eerst van haar leven misschien wel, want ze kon zich niet herinneren zich eerder zo over een man te hebben gevoeld. En trouwens, wat nou 'geweest': ze was misschien, waarschijnlijk – nee, hoogstwaarschijnlijk – nog steeds verliefd op hem, want zo'n groot gevoel voor iemand verdwijnt natuurlijk niet zomaar binnen twee, drie weken. Het was langzaam opgekomen, dus het zou ook wel langzaam weer moeten slijten, dat kon niet anders. Zover was het nu nog lang niet, dus dan was het toch niet zo gek dat ze de hele tijd bleef nadenken over hoe het zou zijn om hem weer te zien?

Neem het gewoon zoals het komt, sprak ze zichzelf toe: je rijdt erheen, je zegt hallo, je loopt de ronde met hem, en dan zie je wel hoe het gaat. Hoe het met hem is, en wat hij wil.

Verdorie.

Ik moet ook bedenken wat ik zelf wil, ging haar innerlijke dialoog verder, nog steeds streng: het gaat niet alleen maar om hoe hij zich voelt.

Vreemd was dat. Ze had nog nooit eerder meegemaakt dat ze zichzelf zo opzij wilde zetten voor een man. Ze was toch met genoeg mannen geweest, in haar wilde jaren, maar ze had altijd strak voor ogen gehouden wat zíj wilde: spanning, een snel avontuur, een leuke tijd, en dan weer door met haar leven. Geen verplichtingen, geen gevoelens, geen *strings attached*.

Ze kon dat nog steeds, haar eigen richting voor ogen houden, dat wist ze zeker; ze hoefde maar terug te denken aan de vorige dag, toen ze na haar ronde door het bos een kop koffie had genomen in De Paardentram en daar Reindert den Dekker tegen het weldadig gevulde lijf was gelopen. Sylvie wist dat ze een beetje moest oppassen met hem: ze had zijn zoon onder haar hoede genomen, nogal tegen zijn wil, en de man schrok er niet voor terug om, iedere keer dat ze hem noodgedwongen sprak, insinuaties te doen over tegenprestaties.

Reindert had, precies zoals ze had verwacht, ogenblikkelijk plaatsgenomen aan haar tafeltje en had verder de gehele duur van haar koffiepauze gedaan alsof ze een date hadden en er van alles in de lucht hing tussen hen beiden. Dat had ze geprobeerd te neutraliseren door vrolijk aan hem te vertellen dat het zo goed ging met zijn zoon, sinds die bij haar logeerde, maar dat ze wel blij was dat vader en zoon de ruzie voldoende hadden bijgelegd om elkaar weer met enige regelmaat te bellen.

Toen haar koffie op was, was ze dwars door zijn gepraat heen opgestaan met de woorden: 'Ik moet weer aan het werk.'

Hij was ook opgestaan, even van zijn stuk gebracht, maar toen had hij toch de vraag gesteld die precies de vinger op de zere plek legde.

'Zie je onze graaf nog wel eens? Ik begrijp dat hij de afgelopen weken helemaal niet meer in het dorp is geweest. Ik begrijp ook, van mijn zoon, dat Van Lynden niet langer bij jou slaapt, dus ik mag aannemen dat die, eh, relatie waar je over sprak toen je bij mij thuis was, geen lang leven beschoren was?'

Hij kreeg het zelfs voor elkaar om 'bij mij thuis' te laten klinken alsof er van alles aan de hand was geweest, terwijl ze gewoon in zijn keuken had gestaan om een snelle kop koffie naar binnen te werken terwijl Ties en Hans-Willem even rustig afscheid namen.

'Ik dacht dat Freek en jij elkaar tutoyeerden,' had Sylvie geantwoord, nogal puntig, 'en ik zie hem morgen weer. Hij heeft er nogal heftige weken op zitten met zijn werk, en hij moest daar even van bijkomen.' Zo, had ze tevreden gedacht: wat jij kan, kan ik ook. Dingen anders laten klinken dan ze zijn. En diep in haar hart was ze gruwelijk dankbaar dat Simon haar die ochtend vroeg, om acht uur al, had gebeld met de vraag of ze woensdag om een uur of een 's middags met Freek de ronde over Woudenbergh wilde maken, want anders had ze misschien wel niet zo'n goed antwoord klaar gehad voor Reindert, met zijn 'die koffie krijg je van mij' toen ze al bijna de deur uit was. Ze was maar blij dat ze vooruit had betaald; ze zag hem ervoor aan om haar om een kop koffie op een van zijn vele variaties op 'voor wat hoort wat' te trakteren.

Ha. Mooi niet.

Met Reindert had ze geen probleem om voor ogen te houden waar ze stond en wat ze wilde. Geen enkel probleem. Dus waarom was dat dan zo lastig bij Freek?

'Sylvie, wat wil je nou zelf?' vroeg ze nu hardop, terwijl ze staand de berg wasgoed op haar eettafel in hanteerbare stapels vouwde. Ze moest nog zeker een uur zoekbrengen totdat ze met goed fatsoen iets kon gaan eten, en pas daarna kon ze in haar auto stappen om naar Woudenbergh te rijden. De tijd strekte zich als een eindeloos pad voor haar uit.

Ze trok een stoel naar achteren, plofte erop neer, legde haar armen om de berg schone was en haar hoofd erop.

Ze wilde... ze wilde hem terug. Zoals het was geweest, dat wilde ze, een beetje vreemd, maar tegelijk ook heel romantisch; anders dan met alle andere mannen die ze ooit had ontmoet. Freek had haar echt van haar sokken geblazen met hoe hij was, hoe hij deed, hoe hij eruitzag; hij was groot en sterk, razend intelligent en behoorlijk creatief, hij was grappig – soms ook, of misschien wel vooral, wanneer hij het niet zo bedoelde; hij was lief en behulpzaam en trouwhartig en volkomen eerlijk, zelfs op het pijnlijke af. En hij was knap. Zijn gezicht was mooi, zijn groenige ogen, nét niet helemaal hetzelfde van kleur door die bruine vlek in eentje, zijn dikke blonde haar, zijn brede schouders... zijn zachte handen... Hij was ook zo enorm lekker om mee te vrijen, ze kon helemaal slap worden vanbinnen als ze zichzelf toestond om terug te denken aan hoe ze samen waren geweest. Maar hij had dus wel behoorlijk last van die asperger, of hoe je dat dan tegenwoordig ook moest noemen. Zo veel last dat hij blijkbaar ineens een soort Jekyll en Hyde-transformatie kon doormaken en bijna uit het niets een agressieve vreemde kon worden, die zich totaal losgezongen van de realiteit gedroeg.

Niet zielig doen, het was wat het was. Het was mooi geweest, maar het ging niet, blijkbaar, al was ze nog zo godsgruwelijk verliefd. Zo verliefd dat, als ze zichzelf toestond het tot op de bodem van haar hart te doorvoelen, ze het liefst snikkend onder haar dekbed was weggescholen.

Maar dat soort slap, pathetisch gedrag ging er hier niet vertoond worden.

Ze vermande zich – in haar hoofd noemde ze dat altijd opstandig 'vervrouwen', omdat ze eigenlijk vond dat vrouwen over het algemeen veel beter waren in het verdragen van vervelende dingen dan mannen – en stond op om de wasvouwklus af te maken. Toen was het ineens alsnog tijd om een boterham te smeren en te maken dat ze in haar auto kwam.

Al rijdend maande ze zichzelf tot kalmte, ook al zou ze dan iets na enen aankomen. Ze wist dat Freek erg punctueel was, zoals hij vrijwel alles in eerste instantie heel letterlijk nam, maar wilde zich daar niet al te veel van aantrekken. Ze was, in die week dat ze samen waren, helemaal open naar hem geweest, ze had niets aan zijn aparte benadering van zaken vreemd gevonden – de meeste dingen vond ze juist charmant – en ze had heel veel rekening met hem gehouden. Maar nu waren ze niet langer samen. Nu moest ze gewoon weer eerst aan zichzelf denken, en als ze dan vijf minuten te laat kwam, dan was dat maar zo.

Met een frons reed ze de oprijlaan naar Huis De Toecomst op en nam ze de zijweg die haar bij het koetshuis bracht. De frons zat er nog steeds toen ze haar Jimny parkeerde bij Freeks voordeur, en hij zat er ook nog toen ze uitstapte.

Vrijwel direct ging de deur open en stapte Freek naar buiten, alsof hij erachter had staan wachten.

'Ik dacht dat je niet meer kwam,' zei hij onhandig.

Ze haalde diep adem en zei: 'Hallo, Freek,' terwijl ze hem eens goed bekeek.

Hij had iets verschrikts. Hij was wat afgevallen, zijn haar en baard waren uitgegroeid en hij had zijn bril weer op. Die bril die hij eerst, toen ze hem net had ontmoet, steeds had gedragen als hij naar buiten moest: een dikke hoornen nerdbril met vensterglas, die hij gebruikte om zich achter te kunnen verschuilen. Hij had haar verteld dat de glazen bewerkt waren om zijn ogen te beschermen tegen de straling van het beeldscherm, maar hij had ook ruiterlijk toegegeven dat hij de bril gebruikte als schild, tussen hem en de wereld. Ze had dat toen wel begrepen, en dat had hem dan weer verbaasd; ze wist het nog precies. Kort daarna had hij zijn bril afgezet, afgezworen bijna; dat hij hem nu weer ophad kwam op haar over als een soort terugval.

'O, mijn excuses, hallo… Sylvie,' zei Freek nu, met hoorbare stroefheid.

'Sorry dat ik wat later ben,' zei Sylvie toch maar, al was ze het niet van plan geweest.

'Het is niet belangrijk,' zei Freek snel, 'het belangrijke is dat je er bent.'

Hij bleef nogal een eind bij haar uit de buurt en hij zei verder niets. Hij stond daar maar zo, een beetje naar haar te kijken; ze voelde het helemaal trekken in haar hart.

'Hoe wil je lopen?' vroeg ze dan maar, om de zaak weer op gang te krijgen.

Freek wees halfhartig naar het pad dat het bos in leidde. 'En dan linksom, en dan achter het meertje langs, en dan via de ijskelder weer terug. Of vind je dat te lang?'

'Welnee,' zei ze opgeruimd, hoewel hij een wandeling van minstens twee uur voorstelde, 'dan hebben we het grootste deel in één keer gehad. Zullen we meteen maar gaan?'

Het eerste uur liepen ze vrijwel zwijgend naast elkaar. Sylvie wist ook niet goed wat ze moest zeggen om dat zwijgen te doorbreken, en ze had geen zin in oppervlakkig gebabbel. Het zou een ideaal moment zijn voor Freek om iets te vertellen over hoe hij zich had gevoeld, wat er precies was gebeurd, toen hij die uitbarsting kreeg, maar als ze af en toe naar hem keek, zo'n snelle blik opzij, dan zag hij er nogal gesloten uit. Hij stapte bijna mechanisch voort, zijn blik op het pad voor hem.

Toch, heel langzaam, veranderde er iets bij hem. Zijn uitdrukking werd wat minder verstrakt en hij kwam gaandeweg iets dichter naast haar lopen. Sylvie had, gewoontegetrouw, een plastic zakje uit haar broekzak gehaald toen ze wat zwerfvuil zag liggen. Ze had alles wat ze tegenkwam opgeraapt, en toen haar zakje halfvol zat zei Freek ineens: 'Heb je er nog een?'

Ze schrok er bijna van, zo plotseling klonk zijn donkere, een beetje gruizige stemgeluid door het vriendelijke geruis van het bos. 'Tuurlijk,' zei ze meteen, 'je kent me toch?' Ze viste nog een zakje uit haar broekzak en gaf dat aan hem. 'Ik heb een broekzak vol,' grapte ze onhandig, 'maar eigenlijk zit het me ook niet lekker, weet je wel: aan de ene kant loop ik alle dagen zwerfvuil te rapen in het bos, maar aan de andere kant stop ik dat dan in een plastic zakje, waarmee ik ook bijdraag aan de plasticsoep. Ik heb dan wel zakjes die volgens de fabrikant bioafbreekbaar zijn, maar dan nog, dat is natuurlijk niet in één seizoen voor elkaar.' Ze raapte een leeg drinkpakje op en zweeg weer; waarschijnlijk had ze meteen als een kip zonder kop geklonken. Haar eigen stemgeluid galmde nog na in haar hoofd.

'Maar het is in ieder geval iets,' zei Freek zachtjes. 'Dat je eraan hebt gedacht om bioafbreekbare zakjes te nemen.'

Sylvie bromde een beetje. Ze durfde bijna haar mond niet opnieuw open te doen, uit angst dat er dan nog een keer zo'n soort onstuitbare woordenstroom uit zou komen. Kakeldekakeldekakel; Freek moest wel denken dat ze echt zo'n typische vrouw was, zo eentje over wie mannen grappen maakten omdat ze vonden dat ze te veel praatte.

Stom eigenlijk, nou deed ze het alweer: zich druk maken over hem, over wat hij ervan zou denken. Dat had ze toch vroeger nooit zo gehad, met al die andere mannen. Maar goed, op al die andere mannen was ze ook niet zo verliefd geweest. Had ze niet zo'n hol, trekkerig gevoel vanbinnen gehad, een soort honger, maar dan van het hart, de ziel misschien zelfs wel.

'Er ligt veel te veel zwerfvuil,' zei Freek. 'Ik kan dat niet accepteren.'

'Had je al iets gedaan aan die vuilnisbakken, waar we het

een keertje over hebben gehad, voordat je, eh... voordat, nou ja.' Sylvie wist niet hoe ze het moest benoemen.

'Voordat ik die meltdown kreeg,' zei Freek, iets te hard.

Ze keek snel opzij en zag hoe hij zijn ogen even stijf dichtkneep. Dat had ze hem wel vaker zien doen, wanneer hij iets lastig vond om te bespreken.

'Ik heb nog niets aan de vuilnisbakken gedaan. Daar was geen ruimte meer voor.'

'Snap ik ook wel, hoor,' zei Sylvie zachtjes, 'als je op een gegeven moment zo vol zit, dan kan zoiets er natuurlijk echt niet meer bij.' Ze raapte een snoeppapiertje op en stopte dat in haar zakje, en werd toen, heel plotseling, overvallen door de schoonheid van het bos. 'O, kijk nou hoe mooi,' zei ze zachtjes, terwijl een abrupte, volhardende zonnestraal door de al wat herfstige bewolking viel. Het pad waarop ze liepen kreeg meteen zo'n typisch laat-zomerse sfeer, met vlekken en stralen van dat warme honinggouden licht dat bijna stroperig tot op de bosbodem viel, waardoor het transformeerde in een majestueuze laan. Verderop was een wat opener plek, waar het zonlicht uitbundiger was; licht aan het eind van de tunnel. Het had iets magisch. 'De bladeren kleuren al een beetje. Kijk, Freek! Misschien is de herfst toch wel mijn favoriete seizoen, in ieder geval vanwege de kleuren in het bos.'

'Ik hou meer van de lente,' bromde hij, 'die heeft iets hoopvols. Hoewel dat altijd weer op een deceptie uitloopt; toch tuin ik er ieder jaar weer in.'

'Nou ja, zo heel erg is het toch niet?'

Freek maakte een soort geluid waaruit ze opmaakte dat hij het eigenlijk toch best erg vond.

'En dit jaar was het toch mooi? De zomer? Wat we hebben meegemaakt?'

'Vind je dat?' Hij gaf haar een blik vol verbijstering.

'Nou, eh... ja? Ik ben wel verdrietig dat het is afgelopen tussen ons, maar dat maakt het niet minder mooi toen het nog goed was, zeg maar.'

Freek bleef stil.

Ze keek opzij.

Hij beet op zijn onderlip, en stopte toen ineens met lopen, zo te zien omdat hij ergens diep over nadacht. Ze wist dat van hem, dat hij soms zo diep nadacht dat hij al het andere waar hij mee bezig was even stillegde om zich volledig op dat denkproces te kunnen concentreren.

Het duurde zeker vijf minuten, en in die tijd had Sylvie op haar dooie gemak nog twee stuks zwerfvuil van de grond geraapt.

'Ik vind het ook verdrietig,' zei Freek toen ineens, 'ik mis je erg. Maar ik heb er meermaals goed over nagedacht, en de enige logische conclusie is steeds opnieuw dat het onmogelijk is om een relatie met mij aan te gaan. Ik ben gevaarlijk. Ik heb mezelf niet in de hand als ik zo'n meltdown heb; dan heb ik namelijk helemaal niets meer in de hand en weet ik eigenlijk niet meer goed wat ik doe. Dat kan niet. Je kunt geen relatie hebben met iemand die zichzelf niet in de hand kan houden, en al helemaal niet als er ook nog een kind in het spel is. Ik ben voor weinig dankbaar aangaande mijn eigen gedrag tijdens die meltdown, maar wel voor het feit dat Ties me niet zo heeft gezien.'

'Misschien zou ze het begrijpen; ze begrijpt meer dan je denkt. Meestal begrijpt ze ook meer dan ik denk, dus dat zal dan ook wel voor andere mensen gelden, verwacht ik.'

'Ik wilde dat ze het niet zou moeten hoeven begrijpen!' riep Freek uit, met iets wanhopigs in zijn stem. 'Sylvie, ik moet me diep, diep verontschuldigen voor mijn gedrag, ik kan me niet voorstellen dat je het me kunt vergeven. Ik zag er erg naar uit om je weer te zien, maar tegelijk durf ik je bijna niet onder ogen te komen; ik schaam me te zeer. Het is uiterst pijnlijk om zo met de neus op de feiten gedrukt te worden. Ik wist het natuurlijk wel, maar even kon ik het vergeten als we samen waren; ik had echt even de hoop dat het toch anders zou kunnen zijn voor mij, in mijn leven, dan ik altijd had gedacht, en het doet pijn om te moeten erkennen dat ik het mis had. Maar het is eenvoudigweg een feit. Tussen jou en mij: het had nooit moeten gebeu–' Hij slikte. 'Nee, ik moet mijn verantwoordelijkheid nemen. Ik had het nooit moeten laten gebeuren.'

Sylvie knikte en haalde diep adem; ze voelde dat dat allemaal uit zijn tenen moest komen en liet even een stilte vallen, om hem tot zichzelf te laten komen, maar ook om zelf na te denken. Ze voelde zich zo rauw vanbinnen dat ze hem eigenlijk niet aan durfde kijken, want dan zou ze waarschijnlijk haar tranen niet binnen kunnen houden. Het was nu al een strijd.

'Ik voel me ook slecht over mezelf,' zei ze uiteindelijk zachtjes, nadat ze het prachtige, zonnige pad helemaal waren afgelopen en de open plek hadden bereikt. 'Ik weet heel goed dat ik beter onafhankelijk kan blijven, dat ik er verschrikkelijk slecht in ben om een goeie partner te kiezen. Het zal wel genetisch zijn of zo, mijn moeder kon er ook niks van. En met Marcus heb ik me er, nou ja, zo'n beetje in laten praten, dat was gewoon stom, ik was niet eens verliefd op die man, maar met jou...' Ze zuchtte zachtjes en stapte bij hem vandaan. Er lag een dikke stam langs de rand van de open plek en zo te zien hadden verscheidene wandelaars die als bankje gebruikt om even op uit te rusten en iets te eten of te drinken, want er lag flink wat zwerfvuil. 'Kijk, Freek,' zei Sylvie over haar schouder, 'dit zou nou een mooie plek zijn om een vuilnisbak neer te zetten. Als we een beetje opletten, dan zien we vanzelf wat handige plekken zijn.' Ze kreeg geen antwoord en kwam overeind om naar hem te kijken.

Daar stond hij, beschenen door de nazomerzon. Zijn haar glansde goudachtig, maar zijn brede schouders hingen een beetje en hij zag er intens verdrietig uit, terwijl hij hardnekkig van haar wegkeek. Ze kon zich niet beheersen, legde haar zakje op de grond en stapte op hem toe om een hand op zijn arm te leggen. 'Freek, gaat het wel een beetje?'

Freek

4

Het ging absoluut niet. Het ging vreselijk, hij wilde het koste wat kost voorkomen maar hij wist niet of het hem ging lukken, hij moest niet huilen, hij moest dat gewoon niet doen, het was al erg genoeg; de vorige keren dat hij wel eens had gehuild bij haar had hij zich ook zo vreselijk gevoeld, en nu stond ze hier, dichtbij, met haar hand op zijn arm, hij voelde hoe fijn het toch altijd was als ze hem aanraakte, hij had ook moeten zorgen dat hij op afstand bleef, dat was veel veiliger, maar misschien als hij haar dan maar gewoon niet aankeek, dan kon hij het toch nog op de een of andere manier –

'Freek?' zei ze nogmaals zacht, inbrekend in zijn razende gedachten nu ze zo veel dichterbij stond. 'Gaat het?'

Zij klonk ook alsof ze het moeilijk had. Hij moest het niet doen, dat wist hij, maar het was alsof er een magneet aan het werk was; zijn ogen werden naar haar gezicht getrokken. Ze keek zo bezorgd, ze was een beetje wit; hij voelde zich ook wit, wit van ellende.

'Sylvie,' mompelde hij, en op hetzelfde moment dat er een traan over zijn wang naar beneden rolde, voelde hij hoe zij haar armen om zijn nek legde.

Haar vasthouden, gewoon vasthouden, terwijl zijn ogen leegliepen, was fijn. Het was ook afschuwelijk, omdat het alles was wat het niet kon zijn, maar toch trok hij haar dichter tegen zich aan en streelde hij zachtjes haar rug toen hij haar voelde snuffen tegen zijn schouder.

Ze stonden misschien wel tien minuten zo, samen, en toen begon het een beetje te zakken.

'Wat ben je toch een lieve jongen,' zei Sylvie waterig tegen zijn sleutelbeen.

'Helemaal niet,' mompelde hij, 'ik ben een onberekenbare idioot bij wie je niet veilig bent.'

'En ik ben een gek die steeds voor de verkeerde valt,' zei ze schamper, en hij voelde hoe ze haar hoofd ophief.

Hij maakte een klein beetje ruimte om haar aan te kunnen kijken, maar liet haar niet los. 'Sylvie, niets van wat er is gebeurd is jouw verantwoordelijkheid,' zei hij ernstig. 'Ik was het. Ik heb dat gedaan, ik heb me zo misdragen, ik ben de idioot die na al die jaren nog steeds niet in staat is zijn prikkelniveau behoorlijk te managen. Ik wil onder geen beding hebben dat jij de schuld op je neemt.' Hij dacht er even over na. 'Hoewel ik inderdaad een verkeerde ben, om op te vallen.'

Sylvie keek hem peinzend aan, haar ogen helemaal rood. Haar neus was ook rood, maar dat interesseerde hem niet. 'Ik vind jou niet verkeerd, Freek,' zei ze ernstig, 'jij bent gewoon wie je bent. Ik ben een oelewapper dat ik er te veel van heb verlangd, of gedacht, of wat het dan ook is. Ik hoop dat we nog steeds bevriend kunnen blijven, want, eh, weet je, het zal wel moeilijk zijn om die verliefdheid kwijt te raken, maar ik wil gewoon echt je vriendschap niet verliezen. En Ties wil jou ook niet kwijt, dat weet ik zeker.'

'Ik wil jouw vriendschap ook niet verliezen,' zei Freek. 'Ik had me niet gerealiseerd dat dat een optie was, dat we geen relatie zouden hebben, maar nog steeds vrienden zouden kunnen zijn. Ik had verwacht dat je woedend op me zou zijn, ik had… Dit gesprek verloopt echt heel anders dan ik me had voorgesteld. En ik wil ook nog steeds bevriend zijn met Ties.'

Sylvie glimlachte, een zweem van die ondeugende grijns van haar die hij zo aantrekkelijk vond. Ze stapte een beetje bij hem vandaan, maar liet hem nog niet helemaal los. 'Misschien moeten we gewoon onze ronde maar afmaken, en dan volgende week opnieuw afspreken. Wat denk je? Dan pakken we gewoon de woensdagen weer op om een ronde door het bos te lopen en te bespreken wat er eventueel moet gebeuren, goed?'

Freek haalde diep adem, blies die adem weer uit en knikte toen. 'Goed. Dat lijkt me goed.'

'Oké. Lijkt mij ook goed. En, eh, zullen we ook afspreken dat we elkaar nog steeds altijd kunnen bellen als er iets is?'

'Ja,' zei Freek, 'dat vind ik ook een prettige gedachte. Ik ben blij dat we het erover hebben gehad, Sylvie. Het is een verdrietige zaak.'

'Ja, dat is het,' zei ze, 'al klinkt het wel raar als je het zo zegt. Alsof het over andere mensen gaat.'

'Zo voelt het niet,' zei hij zachtjes. 'Ik ben niet zo goed in het vinden van de juiste toon.'

Sylvie haalde eens een keer diep adem. Ze zag eruit alsof ze zichzelf bijeenraapte, ze viste haar zwerfvuilzakje van de grond en ze begon te lopen, het pad in dat naar de ijskelder leidde. Freek liep achter haar aan, hij kon niet anders, hij had even het vervreemdende gevoel dat hij met een touwtje aan haar vastzat.

Die middag zat hij op de bank. Zijn huis was op orde, Jacks stal was ook aan kant en Jack zelf scharrelde op zijn gemak door de achtertuin. Freek keek naar zijn paard zonder echt iets te zien, maar dat was niet omdat zijn gedachten ongeordend voortholden, zoals ze soms konden doen. Er gebeurde eigenlijk juist verrassend weinig tussen zijn oren. Hij zat daar maar, en hij staarde naar buiten.

Heel langzaam kwamen zijn gedachten toch op gang, maar hij had moeite om te benoemen hoe hij zich voelde. Hij had de ronde met Sylvie afgemaakt zonder nog veel met haar te spreken. Ze hadden wel vijf zakjes zwerfvuil opgehaald. Dat was te veel; het zat hem niet lekker. Hij kon maar beter de komende tijd iedere dag een rondje door het bos maken, net zo lang totdat het weer helemaal schoon en ongerept was, en hij zou waarschijnlijk iets aan die vuilnisbakken moeten doen als hij het ook schoon wilde houden. Te ingewikkeld voor nu, hij parkeerde de gedachte direct.

Vriendschap.

Vriendschap met Sylvie, hij had zich van tevoren niet kunnen voorstellen dat dat nog tot de mogelijkheden behoorde. Hij had sowieso niet verwacht dat hij een gewoon gesprek met haar zou kunnen voeren; hij had zich ingesteld op een afwijzing toen Simon had voorgesteld dat Freek een rondje met haar door het bos zou lopen.

Toen ze er eindelijk was – hij had zeker geweten dat hij voor niets achter de deur klaar was gaan staan, totdat hij haar auto had gehoord – had ze nogal verstoord gekeken. Hij had opnieuw zijn hart vastgehouden, maar ze was niet tegen hem uitgevallen. Hij had voor de zekerheid maar een heel lange wandeling voorgesteld, hoewel hij niet precies kon benoemen voor welke zekerheid dan, en het was in het begin ontzettend ongemakkelijk geweest, zoals ze daar in stilte liepen. En toen ze eenmaal begonnen te praten, had hij alles wat er in zijn hoofd had gebroeid achter elkaar eruit gegooid, en hij had gehuild.

Het had hem opgelucht dat hij iets van zijn verdriet, zijn

falen kwijt was, maar zoals altijd schaamde hij zich ook voor zijn tranen. Hij huilde te gemakkelijk. Hij was een volwassen vent; andere mannen huilden toch ook niet zomaar? Tegelijk was het fijn geweest om haar even in zijn armen te kunnen houden, en om haar te kunnen troosten. Ze hadden elkaar getroost, en dat was eigenlijk heel mooi, ondanks de pijnlijke aanleiding.

Hij had nog steeds het gevoel dat hij op emotioneel gebied op dun ijs liep. Het was als een Marianentrog in zijn geest, waar hij in zou kunnen verdwijnen zonder te weten of hij ooit nog boven water zou komen, en die gedachte beangstigde hem; hij was niet eerder zo lang bezig geweest om weer een beetje mens te worden na een meltdown.

Dat ze nog steeds bevriend met hem wilde zijn, leek op dit moment een onverdiende bonus.

Hij werd uit zijn overpeinzingen opgeschrikt door een geluid bij de voordeur, gevolgd door gemopper. 'Freek, wat ligt er hier nou allemaal in de hal?'

Het was Simon, ongetwijfeld met de boodschappen.

'Zwerfvuil,' zei Freek toen Simon de woonkamer in kwam. 'Dat hebben Sylvie en ik opgeraapt tijdens onze ronde.'

'O, dus het ging goed, jullie afspraakje?'

'Nou ja, afspraakje,' zei Freek schamper, 'het was natuurlijk gewoon een werkafspraak. Maar in zekere zin ging het wel goed. Ze is tot mijn verbazing niet heel boos op me; we hebben afgesproken vrienden te blijven. Het is wel erg verdrietig dat het zo is gelopen.'

'Wat bedoel je, man? Wil ze niet meer met je? En waarom liggen al die zakjes met rommel niet gewoon buiten?'

'Ik wil niet dat Jack op onderzoek uitgaat tussen al dat plastic. Of dat er vannacht een ondernemende vos op afkomt en het morgenochtend allemaal door mijn achtertuin verspreid ligt. Er ligt nog veel meer in het bos; ik ben geschokt dat er zo veel vervuiling heeft plaatsgevonden door de bezoekers van het landgoed. En Sylvie en ik zijn het erover eens dat een relatie geen optie is, hoewel we dat allebei dus zeer spijtig vinden.'

'Hm,' zei Simon, terwijl hij de keuken in liep met zijn tas met boodschappen. 'Wat een onzin, zeg. Jullie zijn volgens mij flink gek op elkaar; als ze niet boos op je is, waarom pakken jullie de draad dan niet opnieuw op? Gaan jullie zeg maar verder waar je was gebleven?'

Freek schudde zijn hoofd. 'Te riskant. Ik wil niet nog een keer in zo'n situatie komen met haar, of met Ties. Ze heeft niets aan me, als partner. Ik wist dat natuurlijk wel; ik had het nooit zover moeten laten komen. Zij denkt er in zekere zin hetzelfde over, maar om haar eigen redenen. Vriendschap is het hoogst haalbare.'

'Onzin,' bromde Simon nog een keer, en hij liep met Freeks betaalpas in de hand op hem af. 'Nou, vriend, als je zover bent gevorderd dat je dit allemaal hebt kunnen bepraten en bedisselen met de leukste vrijgezelle vrouw in De Grote Weijde, dan kun je voortaan ook wel weer zelf voor je boodschappen zorgen.'

Freek pakte, enigszins verbouwereerd, zijn betaalpasje aan. 'K-eh, kom je dan niet meer langs?' Hij keek even naar zijn pasje en herpakte zich toen zo goed mogelijk. 'En, eh, natuurlijk kan ik gewoon weer mijn eigen boodschappen doen, eh… mijn dank, Simon, dat je het zo lang voor me hebt willen doen. Ik ben geloof ik nog niet helemaal de oude, maar het zal wel weer gaan, allemaal. Denk ik.'

'Ik weet het wel zeker,' zei Simon, nogal streng en met een misnoegde frons op zijn gezicht. 'En we kunnen ook wel eens een keer een kijkje gaan nemen in het grote huis, en dan moet je maar eens bedenken wat je wilt doen aan die enorme rotzooi die die mannen van het arrestatieteam en die forensische jongens daar hebben achtergelaten. Want dat ligt natuurlijk ook al dik twee weken onaangeroerd.'

'Ja, ja, uiteraard,' zei Freek zachtjes, getroffen door Simons toon. 'Waarom ben je zo uit je humeur, Simon? Ik heb er begrip voor als je genoeg van me hebt, maar dan moet je dat natuurlijk gewoon zeg–'

'O, hou toch op!' riep Simon uit, terwijl hij dramatisch zijn handen in de lucht gooide. 'Wees eens een beetje een kerel, Freek! Ja, je hebt af en toe een probleem met die asperger van je, en het gaat niet altijd van een leien dakje, maar dacht je dat andere mensen nergens last van hadden? Ik kan het niet uitstaan, weet je dat? Heb je een leuke vriendin te pakken, en ik bedoel ook echt een leuke, Sylvie is een schat van een meid, slim, ziet er goed uit, zorgzaam, je kunt met haar lachen, ze is overduidelijk gek op je, en wat doe je? Je zit hier als een treurwilg op de bank. Als ik in jouw schoenen zou staan, nou, dan wist ik het wel, hoor! Als ze niet boos op je is, dan had ik haar gegrepen en haar vol op de bek genomen! Zo!' Simon stond, met een driftig rood aangelopen hoofd, midden in Freeks woonkamer.

Freek kon niet anders dan denken dat zijn beste vriend, die toch normaal gesproken een enorm gemoedelijk voorkomen had, nu iets weghad van een boze cactus.

Simon haalde een keer diep adem en kalmeerde een beetje, genoeg om verder te gaan. 'Kijk, weet je wat het is: ik ben diep in mijn hart enorm conventioneel, ik wil gewoon een vriend met wie ik mijn leven kan delen. Lekker samen kneuteren, heerlijk lijkt me dat. Maar het is verdomd moeilijk om zo iemand te vinden, iemand die dat ook wil, en die mij er ook nog een beetje appetijtelijk uit vindt zien – ik weet heus wel dat ik er zo'n beetje uitzie als een tekening van Rien Poortvliet, ik bedoel, ken uzelve. Als ik een rooie puntmuts opzet en in je tuin ga staan heeft niemand iets in de gaten, dus ik maak me geen illusies. Maar wat ik wil zeggen: als ik die man zou vinden, dan zou ik hem met twee handen vastpakken, en niet meer loslaten. Ook al kregen we ruzie. Ook al zei ik wel eens een keer onredelijke dingen tegen hem, of hij tegen mij. Daar gáát het gewoon helemaal niet om!'

Freek had zijn vriend in stilte geobserveerd, terwijl diens verbale uitbarsting over hem heen spoelde. Er zat van alles in waar hij langer over na moest denken, dus greep hij het eerste aan waar hij direct op kon reageren. 'Ik vind niet dat je eruitziet als een tuinkabouter.'

'O, Freek, hou nou op, daar gáát het helemaal niet om!' zei Simon nog een keer geërgerd.

Freek bleef stil.

'Nou, kom je nog van de bank of hoe zit dat?'

Langzaam stond Freek op, totdat hij een ruime kop boven Simon uittorende. 'Wat wil je dat ik nu doe?' zei hij deemoedig naar beneden.

'Ik wil dat je met me meegaat om even te kijken in het grote huis, de boel inventariseren, zodat we daar ook aan het opruimen kunnen beginnen. En als we hebben opgeruimd, dan gaan we kijken wat er allemaal gerepareerd moet worden, en als we dat hebben gedaan dan gaan we die reparaties uitvoeren. Verdorie, man, kom eens een beetje in actie.'

Simon stampte de hal in om zijn jas te pakken, terwijl Freek een beetje verdwaasd midden in de kamer stond en probeerde na te denken over alles wat Simon had gezegd. Was hij een treurwilg? Had hij Sylvie moeten zoenen? Of was hij een slappeling, dat hij niet eerder zelf tegen Simon had gezegd dat hij zijn eigen boodschappen wel weer kon halen? Had hij wel een standje verdiend, omdat het hem zo veel moeite kostte om terug te komen bij zichzelf?

Simon kwam de kamer weer in gemarcheerd en liep meteen door de tuindeur naar buiten. 'Kom mee, Freek,' beval hij.

Freek liep maar gewoon achter hem aan. Hij vond Simons boosheid nog steeds niet helemaal goed verklaarbaar, maar hij had wel het idee dat er goede bedoelingen achter zaten. En het had ook iets komisch, hoe Simon kordaat op Jack af stapte, die zichzelf met zijn grote lijf natuurlijk precies voor het poortje had geparkeerd waarachter het pad naar het grote huis lag.

'Ga opzij, paard,' zei Simon streng, en Jack keek op, draaide even met zijn oren en stapte toen maar uit de weg, want dat kleine mens dat hier wel vaker was had iets over zich waar zo te zien niet mee te spotten viel.

Freek klopte Jack even op zijn hals in het voorbijgaan en kon toen hij eenmaal het poortje door was ineens zijn lachen niet meer inhouden; de hele situatie had iets absurds. En Simon had natuurlijk ook gelijk: hij moest zich gewoon vermannen en zijn leven weer in eigen hand nemen.

'Ik hoor wel dat je lacht,' zei Simon bars, zonder om te kijken.

'Er schuilt een Napoleon in je,' zei Freek, nog glimlachend.

Simon stopte met lopen, keerde zich om en bekeek Freek van top tot teen. 'Jij moet je baard een keer fatsoeneren, vriend,' zei hij schamper. 'En je kan me dan wel een kleine dictator vinden, maar ik heb je toch maar mooi van de bank gekregen.'

'Dat is waar,' zei Freek, 'en waarschijnlijk heb je volkomen gelijk. Het laatste stukje is moeilijk, om het zelfvertrouwen weer terug te krijgen dat ik niet zomaar zal ontsporen, en het helpt ook niet mee dat ik Sylvie erg mis. Ik voel dat hier,' hij wreef met de binnenkant van zijn pols over zijn borstkas, 'een heel onaangenaam, leeg gevoel. Ik zou me het liefst in mijn gedachten verschuilen.'

'Dat heet liefdesverdriet,' zei Simon zachtjes, 'en daar kan ik niet mee spotten. Ik weet maar al te goed hoe ellendig dat is. Het gaat uiteindelijk wel weer over, en als je echt niet verder wilt met haar dan moet je dat natuurlijk zelf weten, maar de reden dat ik net zo tegen je stond te tetteren is natuurlijk dat ik weet hoe moeilijk het is om een leuke partner te vinden, en hoe bijzonder het is als je dan iemand vindt voor wie je grote gevoelens ontwikkelt, en met wie het ook nog allemaal een beetje lijkt te lukken. Dat moet je koesteren, Freek, en je moet ervoor vechten. Je doet jezelf tekort als je het te snel opgeeft.'

'Hm,' zei Freek, maar toen waren ze bij de zijdeur van het grote huis aanbeland.

Simon maakte een gebaar naar de deur dat leek uit te drukken dat Freek hem moest openen. 'Het slot is kapot, maar het is jouw huis,' zei hij.

Sylvie

5

De hele eerste week na hun boswandeling had ze, zodra ze even niets te doen had gehad, aan Freek gedacht. Aan hoe het was om hem weer te zien, hem weer even vast te houden, aan hoe lief ze hem toch vond. Hij had zelf helemaal niet door hoe lief hij was, dat wist ze zeker; ze had nog nooit een man meegemaakt die haar kon vasthouden zoals Freek dat deed. Met zo'n oneindige tederheid en innigheid, alsof ze iets kostbaars was.

Maar ze wist dat het geen zin had om nog na te denken over hoe lief hij eigenlijk was, of over een relatie met hem. Hij had het heel helder verwoord, en als ze nog had getwijfeld, dan was die twijfel na hun ronde over het landgoed en Freeks woorden wel verdwenen. Hij had helemaal gelijk: ze hadden er überhaupt nooit aan moeten beginnen, hoe verdrietig ze zich af en toe ook kon voelen op de momenten dat ze hem het ergst miste. 's Morgens vroeg, als ze net wakker was, alleen in haar bed, dan was het meestal het ergst. Dat waren dan ook de momenten dat ze toch, heel heimelijk, alsnog twijfelde.

Ze was eigenlijk verbaasd over zichzelf, als ze heel eerlijk was; ze had verwacht dat er een heel onaangenaam gesprek zou volgen als ze elkaar weer onder ogen zouden komen. Misschien zelfs wel een ruzie. Maar zodra ze hem had gezien, hoe hij achter zijn voordeur vandaan stapte, had ze niet meer boos op hem kunnen zijn. Hij was zo aandoenlijk onhandig, ze wist gewoon, ze voelde, dat hij het allemaal niet zo had bedoeld. Dat hij zelf ook niet had gewild dat het zo was gelopen, en dat hij misschien wel net zo verdrietig was om de afloop als zij.

Wat kon het toch vreemd gaan.

De tweede keer dat ze samen de ronde door het bos gingen maken, was veel ontspannener verlopen. Het was, heel confronterend eigenlijk, al bijna gewoon geweest, hoe het nu was tussen hen: vriendschappelijk, nog een beetje voorzichtig misschien, en ze voelde ook dat Freek toch nog nét niet helemaal de oude was, maar ze hadden gemoedelijk gepraat over het bos, over hoeveel zwerfvuil Freek er intussen uit had gehaald – hij was dagelijks gaan lopen, steeds een ander deel, en had veel meer gevonden dan hij had verwacht – en over hoe Simon en hij waren begonnen aan het uitruimen van het grote huis. Freek had voorzichtig gegrapt dat hij verwachtte een vaste klant bij de gemeentewerf te worden: twee keer in de week kon er grofvuil worden weggebracht en in de afgelopen week had hij er beide keren gestaan met een volgestouwde jeep. Ze had het idee dat al die opruimwerkzaamheden hem op een bepaalde manier wel goeddeden, alsof zijn hoofd als vanzelf ook mee opgeruimd raakte.

Na die tweede afspraak met Freek verzamelde ze al haar moed, en op een moment dat Hans-Willem bij een vriend langs was en ze Ties even voor zichzelf had, vertelde ze haar dat het niet langer aan was. Ze hield er niet van om dingen, grote dingen, te moeten verzwijgen voor haar dochter, en dit had al veel te lang geduurd. Als ze zorgen had, of verdriet, probeerde ze dat wel voor zich te houden, omdat ze vond dat ze haar kind daar niet mee mocht belasten, maar geheimen pasten niet in de band die ze met elkaar hadden.

Ties barstte meteen in tranen uit. 'Dus daarom komt hij nooit meer!' riep ze snikkend uit.

Sylvie moest haar heel precies, tot in detail, vertellen wat er nou helemaal gebeurd was om te zorgen dat het uitging.

'Dus hij deed het omdat hij overprikkeld was, en jullie vinden het allebei naar, en het spijt hem, en jij bent niet boos op hem, en dan nog kunnen jullie het niet weer aan maken?' vroeg ze bozig en met tranen in haar stem. 'Ik snap er niks van. Jullie waren toch op elkaar?'

'Ja,' zei Sylvie. 'Dat waren we. En ik ben ook nog steeds dol op hem, hoor, en ik geloof hij ook wel op mij, maar we denken allebei dat we maar beter vrienden kunnen zijn dan een setje. Al vinden we dat allebei heel jammer. Maar ja, soms gaat het zo. Soms krijg je het gewoon niet helemaal zoals je het hebben wilt, zelfs al doe je nog zo je best. En dan moet je je tanden op elkaar zetten en er het beste van maken. Dus dat is wat ik nu probeer te doen, en ik denk dat, over een tijdje, als alles nog een beetje verder is gezakt, Freek heus wel weer een keertje langskomt, en dat het dan weer net zo gezellig is als in het begin.'

Ties knikte, met een heel sip gezicht, en vertrok naar haar kamer, de kamer die ze nu al weken deelde met Hans-Willem. Toen Hans-Willem wat later die middag thuiskwam en naar boven liep, hoorde Sylvie hoe ze hem het hele verhaal vertelde, opnieuw huilend, en hoe ze eindigde met: 'Als het ooit uitgaat tussen jou en mij, Hawé, dan word ik echt gek van verdriet. Dan blijf ik niet zo rustig als mijn moeder, hoor!'

En daarna was de kamerdeur dichtgegaan en was het stil geworden, boven. Sylvie wist dat ze al, voorzichtig, een klein beetje met elkaar vrijden, en ze hoopte maar dat Hans-Willem lief en geduldig genoeg was om Ties nu te kunnen troosten.

Naarmate de week vorderde merkte ze dat ze zich verheugde op het moment dat ze Freek weer zou zien. Ze voelde iets verwachtingsvols onder in haar maag; ze had zelfs een paar keer op het punt gestaan om hem een appje te sturen, maar had dat uiteindelijk toch niet gedaan. Iedere keer bleef ze langer twijfelen, en ze stond juist met haar mobiel in haar hand een beetje suf op het scherm te turen, toen er op de buitendeur werd geklopt; ze was zo diep in gedachten geweest dat ze het geluid van een naderende auto wel had gehoord, maar tegelijk ook niet echt had waargenomen. Even flitste het gezicht van Freek haar voor ogen, maar toen danste Ties al naar de voordeur.

'Ik doe wel even open, hoor, mam.'

Vanuit de keuken kon Sylvie zien wie er achter de deur stond.

'O. Hallo, meneer Den Dekker,' zei Ties netjes, hoewel het haar niet lukte om de teleurstelling helemaal uit haar stem te houden. Sylvie vroeg zich even af of haar dochter op hetzelfde gedachtespoor als zij had gezeten.

'Dag Ties,' zei Reindert netjes, 'is mijn zoon hier ook?'

'Ja, natuurlijk, we zitten in de woonkamer huiswerk te maken.'

Reindert stapte glimlachend langs Ties naar binnen en stoomde meteen, met uitgestoken hand, op naar Sylvie. 'In mijn tijd deden we dat aan de keukentafel,' zei hij tegen niemand in het bijzonder, terwijl hij de keuken binnenkwam. 'Het is hier niet groot, hè, Sylvie? Ik ben nog nooit binnen geweest in het boswachtershuis. Het spijt me dat ik zo onaangekondigd binnen kom vallen, maar ik reed hier min of meer langs, dus ik dacht...'

Op de drempel was Hans-Willem verschenen, lang, slungelig, maar toch ook op een bepaalde manier al knap en charmant – Sylvie kon aan hem zien dat hij echt een leuke man zou worden als hij eenmaal was uitgegroeid.

'Pap? Wat doe jij hier?' zei de jongen. Het was niet helemaal duidelijk of hij nou wel of juist niet blij was om zijn vader te zien. Het contact tussen de twee was in de afgelopen weken heel langzaam van vijandig naar neutraal naar voorzichtig hartelijk opgeschoven, en Sylvie was er maar blij om. Reindert leek wel een beetje bijgedraaid in de afgelopen weken; als ze hem wel eens in het dorp tegen het lijf was gelopen, had hij naar Hans-Willem gevraagd, een praatje gemaakt, maar in ieder geval niet meer van die onhandige versierpogingen op haar losgelaten.

'Ik kom gewoon even langs,' zei Reindert tegen zijn zoon, die echt totaal niet op zijn vader leek, zag Sylvie nu ineens. 'Ik heb eigenlijk iets voor Sylvie, en ik dacht: dan heb ik meteen even een mooie reden om eens te komen kijken hoe het met mijn jongen is.'

'Nou, je mag natuurlijk ook gewoon zonder reden langskomen voor Hans-Willem,' zei Sylvie meteen, 'het is toch je kind? Daar heb je echt geen reden voor nodig, hoor.'

'O,' zei Reindert fronsend, 'ja, natuurlijk... Dank je, Sylvie.'

'Dusss... je komt me niet ophalen?' Hans-Willem was op zijn hoede.

'Nou, nee... Hoewel je van harte welkom bent om weer thuis te komen, hoor, als je dat wilt. Ik... heb denk ik ook wel iets bijgeleerd. Ik was van de zomer een beetje, eh, laten we zeggen, in de war, denk ik; het ging allemaal even niet zoals ik wilde, en ik heb dat misschien wel een beetje op jou afgereageerd.' Reindert klopte ietwat onhandig op de keukentafel, haalde diep adem, en gooide er toen uit: 'Maar ik probeer daar nu iets aan te doen. Het spijt me, jongen. Die hele ruzie tussen ons: het spijt me. Ik was onredelijk. Ik zie aan alles dat het goed met je gaat, ik ben blij om dat te zien, ik heb contact gehad met school en begrijp van je klassendocent dat je het uitstekend doet, en daar neem ik mijn petje voor af.'

'O,' zei Hans-Willem verbouwereerd. 'Nou, pap, het spijt mij ook. Ik vond het echt niet cool allemaal.'

'Nee, ik ook niet,' zei Reindert.

Ties stond half achter Hans-Willem, en even flitsten haar ogen naar die van Sylvie, maar voordat Sylvie een of ander waarschuwend geluid kon maken gaf Ties Hans-Willem een duwtje, waardoor hij zo in de zich snel openende armen van zijn vader stapte.

Het was altijd een tikje ongemakkelijk om te zien, als mannen elkaar zo onhandig omhelsden. Zelfs als het vader en zoon betrof, en de zoon nog lang niet volgroeid was, hoewel hij al een halve kop boven zijn vader uittorende. Maar tegelijk had het ook wel iets ontroerends, vond Sylvie, die maar snel thee ging zetten.

Reindert voelde zich er niet te goed voor om met zijn zoon, Ties en Sylvie rond de keukentafel plaats te nemen, met de open biscuitjestrommel in het midden. Hans-Willem at zonder enige gêne uit de trommel met een tempo alsof hij een week niet was gevoederd, en Reindert voelde zich geroepen om 'doe je een beetje rustig, zoon' tegen hem te zeggen.

Sylvie lachte vrolijk. 'Het is goed, hoor, hij groeit hard dus hij eet veel, ik ben er intussen wel aan gewend. Er liggen nog vier pakken koek in de la.'

Reindert viste direct zijn portefeuille uit de binnenzak van zijn jasje en haalde daar wat briefjes uit. 'We hebben het er nooit formeel over gehad, maar ik begrijp van mijn ex dat zij tijdens de zomervakantie al iets heeft gedaan voor de extra kosten,' zei hij, terwijl hij het opgevouwen geld enigszins verstolen aan Sylvie gaf. 'Ik had dit eerder moeten doen; ik heb waarschijnlijk niet genoeg bij me.'

'Ik waardeer het,' zei Sylvie, 'we redden het wel, maar...'

'Hans-Willem is mijn zoon, ik ben verantwoordelijk voor de kosten,' zei Reindert. 'Als je nog iets nodig hebt, dan hoor ik dat graag. En ik zal me denk ik tegenover jou ook moeten verontschuldigen, Sylvie; ik heb me, vermoed ik, wel enigszins onbehoorlijk gedragen.'

'*Water under the bridge*,' zei Sylvie maar snel, omdat ze aanvoelde dat het Reindert zwaar viel om zich zo kwetsbaar op te stellen. Ze vermoedde dat Ties het ook wel merkte, dat broze dat van de man uitging, zo plotseling, en misschien Hans-Willem ook. Het gesprek viel een beetje stil, totdat Reindert ineens toch, een beetje onhandig met zichzelf, uitbarstte: 'Ja, de reden dat ik hier zomaar ineens ben is eigenlijk ook omdat ik een uitnodiging voor je heb, Sylvie, voor de Herfstborrel. En ik weet zeker dat de hele raad, en burgemeester Moelleux al helemaal, het bijzonder zou waarderen als je Freek meebrengt. Hij wordt natuurlijk ieder jaar uitgenodigd, maar hij komt nooit. Het zou ontzettend fijn zijn als hij eens zijn gezicht zou laten zien bij de officiële opening van het nieuwe politieke jaar, hoewel we natuurlijk informeel al lang weer aan de slag zijn met de raad.' Reindert grabbelde in een van de andere zakken van zijn jasje en haalde twee nette, gedrukte uitnodigingen tevoorschijn, die hij Sylvie over tafel toeschoof. 'Ik had eigenlijk gehoopt dat Freek hier misschien zou zijn, zodat ik hem persoonlijk zijn uitnodiging zou kunnen overhandigen, in plaats van dat hij die per post zou ontvangen, zoals gewoonlijk.'

Sylvie pakte een van de uitnodigingen op om hem te lezen, terwijl haar hart even stevig klopte. De kinderen zeiden gelukkig niets, en ze hoopte van harte dat haar gezicht neutraal zou blijven.

De volgende ochtend, terwijl ze met tegenzin achter de laptop zat om haar e-mails te beantwoorden en de administratie bij te werken, zat ze nog na te denken over het bezoek van Reindert.

Stomme borrel.

Ze had er helemaal geen zin in, maar ze begreep wel dat ze het waarschijnlijk niet kon maken om niet te gaan: dit soort dingen moest ze nou eenmaal gewoon doorstaan om ervoor te zorgen dat ze zonder al te veel problemen de gemeente kon inschakelen als er iets aan het bos moest gebeuren. Wie een potje wilde kunnen breken, moest nou eenmaal eerst een serviesje opbouwen. Het zou waarschijnlijk oersaai zijn, en ze zou zich ongemakkelijk voelen, dat wist ze nu al. Maar het allerlastigste was natuurlijk hoe ze het voor elkaar moest krijgen om een smoes te verzinnen voor Freek, zonder dat Reindert in de gaten kreeg hoe het echt zat. De man leek dan wel zijn leven te willen beteren, maar Sylvie was er niet zomaar in één keer gerust op dat dat hele idee zou standhouden als er een paar borrels in waren gegaan; daarvoor had ze nét iets te veel ervaring opgedaan in haar jonge jaren in het uitgaanscircuit.

De andere, nog veel moeilijkere optie was natuurlijk Freek zover zien te krijgen om mee te gaan, en net te doen alsof het nog aan was. Hij zou dat waarschijnlijk niet willen; het was vast te druk voor hem om naar een of andere borrel te gaan waar heel veel mensen waren. Of hij zou er problemen mee hebben om in het openbaar te moeten doen alsof ze nog steeds een relatie hadden; iets waar ze wel begrip voor kon opbrengen. Ze kon zich ook niet voorstellen dat zij zich heel prettig zou voelen als ze naast hem stond, te midden van de notabelen van De Grote Weijde, en moest doen alsof ze nog steeds een verliefd stelletje waren. Ze zou zich ellendig voelen; het zou schuren en veel te dichtbij komen, en ze had geen idee of ze het vol zou kunnen houden. Maar aan de andere kant: een middag lang op een beschaafde wijze de attenties van een aangeschoten Reindert afweren te midden van diezelfde notabelen van De Grote Weijde leek haar al even slopend. Er was verdorie geen uitweg; ze kon er niet onderuit en op wat voor manier ze het ook zou aanpakken, het zou ultiem ongemakkelijk worden.

Ping! zei haar laptop, omdat er een e-mail binnenkwam. Van Staatsbosbeheer; zo te zien was het een bericht van provinciehoofd Vriesebosch. De man die altijd van die statige bewoordingen gebruikte, en die altijd zo ongezellig overstroomde van zelfimportantie. Sylvie zuchtte. Ze had de afgelopen weken niets van hem gehoord, en gelukkig maar; de keren dat ze contact met Vriesebosch had moeten hebben sinds ze in De Grote Weijde werkte, stonden nou niet in haar geheugen gegrift als prettige momenten. Wat zou er nu weer aan de hand zijn?

Met tegenzin, maar toch ook wel weer blij dat ze even afgeleid was van haar gepieker over die ellendige Herfstborrel, opende ze de e-mail.

Ze kreeg de schrik van haar leven.

Freek

6

Met in iedere hand een volle puinzak liep hij, gedachteloos snel, de treden van de hoge stoep van Huis De Toecomst af. Er lag een forse stapel grote, extra stevige blauwe plastic puinzakken bij zijn jeep, gevuld met ofwel kleinere, doorzichtige zakjes met het zwerfvuil dat hij in zijn bos had verzameld, ofwel de veelsoortige rommel die hij uit zijn huis had gehaald. Simon en hij waren nu een volle week iedere middag bezig en ze hadden de salon en de kamer en suite, de hal en de grote eetkamer op de bel-etage van het grote huis zo goed als leeg. De keuken en de muziekkamer stonden als volgende op de nominatie; daarna zou er nog goed moeten worden geveegd en grondig moeten worden schoongemaakt, en dan was in ieder geval één verdieping alvast weer min of meer begaanbaar.

Er had een stuitende hoeveelheid troep gelegen toen ze waren begonnen: papieren, kleding, spullen, tot en met stukken hout en brokken gipsplaat aan toe, waarvan Freek niet meteen begreep waar het allemaal vandaan was gekomen. Vrijwel alles was vies of kapot en alles was kriskras door elkaar gegooid en zo achtergelaten. Hij had al even snel een kijkje genomen op de eerste verdieping en in het souterrain en de kelder, en ook daar was het zo'n beetje waden door de rommel; als hij een ander soort man was geweest, was hij er boos om geworden dat zijn huis zo was behandeld na de arrestatie van zijn onderhuurders. Nu was hij niet boos; hij was voornamelijk opgelucht dat de onderhuurders weg waren, maar hij kon niet ontkennen dat het bijzonder vervelend was dat zijn huis in een dergelijke staat was achtergelaten.

Op de zolder en de bijbehorende vliering was hij nog niet geweest, maar de deur naar boven was nog op slot en zag er op het eerste gezicht ongeschonden uit: hij kon alleen maar hopen dat het eikenhout en het antieke slot – het zou hem niet verbazen als deur en slot er bij de bouw van het huis in de zeventiende eeuw in waren gezet, er hoorde in ieder geval een enorme ijzeren sleutel bij – zo solide waren dat noch zijn onderhuurders, noch die forensische speurders erdoorheen waren gekomen.

Op zolder stonden de laatste meubelstukken uit zijn jeugd die zijn moeder niet had verkocht, wat meubels die in zijn jeugd al te ouderwets waren geweest om nog te gebruiken, een bescheiden deel van wat ooit het goede porselein was en het weinige dat er nog over was van het zilver en het kristal. Er waren de nodige koffers, manden en kisten die spullen van zijn grootouders, of nog ouder, bevatten, en het was ook de plek waar hij alle enigszins waardevolle boeken uit de bibliotheek had verborgen voordat hij het huis verhuurde. Er was niets interessants te vinden voor het onderzoek en hij hoopte maar dat in ieder geval die ruimte, als enige in het hele huis, de invasie bespaard was gebleven.

De kelder was een minder fortuinlijk lot beschoren geweest: die was door zijn onderhuurders, zoals hij al had gevreesd, in gebruik genomen om een bescheiden, maar volledig functioneel drugslaboratorium in op te zetten. Dat had ook meteen de onbekende geur verklaard die hij had geroken toen hij, vlak voor zijn grote meltdown, onder valse voorwendselen zijn eigen huis binnen was gegaan om in het souterrain een tap te plaatsen op de router. Het souterrain had altijd een ouderwetse, boenwasachtige geur gehad, en die was toen verstoord geweest door iets chemisch dat hij niet kon thuisbrengen; het stond hem nog helder voor ogen dat hij zich erover had verwonderd. Nu was de geur van het souterrain nog steeds niet helemaal goed, hoewel alle gevaarlijke materialen intussen waren weggehaald; misschien als alle stof, vuil en rommel waren verwijderd, en er was goed schoongemaakt, dat dan de hem zo vertrouwde geur weer terug zou keren. Hij hoopte het maar; hij had als kind die geur altijd zo troostrijk gevonden.

De kelder, met zijn plastic vaten, emmers, slangen en andere onduidelijke spullen, was natuurlijk leeggehaald, en ook dat was niet erg zachtzinnig gegaan, zo veel was hem wel duidelijk. Er lagen nog steeds de nodige lege plastic tonnen, ketels en flessen, en er was in een deel van de kelder een soort plastic tent gemaakt van aan elkaar geplakte vuilniszakken, heel provisorisch, maar waarschijnlijk bedoeld om de dampen die van de chemische stoffen af kwamen te kunnen afzuigen. De tent was deels vernield, evenals allerlei andere zaken die er in de kelder hadden gestaan – een archiefkast, een paar houten stoelen, tafels; allemaal in stukken geslagen. Zelfs een snel opgetrokken gipswandje was met grof geweld weer half afgebroken, hoewel er nog een stapel aluminium profielen en onverwerkte gipsplaten in een hoek lag.

Freek kon niet begrijpen waarom de mensen die bij zo'n rechercheafdeling werkten – ze hadden toch een heel precieze baan, sporenonderzoek en dergelijke, stelde hij zich voor – zo als een tornado door zijn huis waren gejaagd. Zelfs de oerlelijke bank die zijn drie onderhuurders hadden neergezet in de salon, was grondig opengesneden.

Niet dat hij het ook maar in zijn hoofd zou hebben gehaald om zelf op zo'n onding te gaan zitten, maar als de bank nog bruikbaar was geweest, had hij misschien geprobeerd hem te doneren aan een of ander goed doel, zoals hij had gedaan met de grote televisie, de spelcomputers en de krat met games die hij had aangetroffen in wat de heren als woonkamer hadden ingericht. Die artikelen waren verrassend genoeg niet vernield, ze functioneerden nog gewoon, dus had hij ze gezamenlijk verhuisd naar een instelling voor jongeren met autisme die niet thuis konden wonen, alwaar ze enthousiast waren ontvangen. De bank lag intussen in de vuilcontainer van de gemeentewerf.

Als alle troep eruit was en er nog eens grondig schoongemaakt en geschilderd zou worden, kon Freek zich wel voorzichtig voorstellen dat Huis De Toecomst ooit weer bewoond zou kunnen worden, mits er iets gedaan zou worden aan de riolering, de lekkage en de houtrot in de raamkozijnen – en de bijbehorende tocht. O, en de badkamers, het trappenhuis, en de keuken moesten gemoderniseerd worden, en dan was er nog niet nagedacht over de elektrische bedrading en het wifinetwerk...

Zijn hoofd liep de lijst met actiepunten voor de zoveelste keer af terwijl hij zijn puinzakken neerzette bij de verzameling die er al stond en even zijn rug strekte. Het was behoorlijk zwaar werk, maar hij vond het fijn dat het hem afleidde van de zeurende pijn in zijn borstkas waar hij mee opstond en mee naar bed ging, en die alleen maar erger werd als hij te lang niets te doen had en aan Sylvie begon te denken.

Het landgoed vrijmaken van zwerfvuil was ook zo'n soort klus: er zat een behoorlijke dosis ergernis bij, omdat hij het eigenlijk onverteerbaar vond dat mensen niet wat respectvoller met zijn bos omgingen – hij had zelfs de indruk dat er af en toe in zijn bos werd gekampeerd – maar het was ook prettig om in beweging te blijven en iets te doen om een negatieve situatie ten positieve te keren.

Hij wierp een blik over zijn schouder, naar de ouderwets vormgegeven, maar verrassend lichte aluminium wegwijzers die wat ongeordend en zonder pardon tegen de voorgevel van Huis De Toecomst aan geparkeerd stonden. Sylvie had ze, met haar rubber hamer, handig de grond in geslagen vlak voor het begin van de zomervakantie; hij had het beeld van haar, in de door bladeren gefilterde zomerzonneschijn, nog helder op zijn netvlies en even voelde hij dat vervelende trekken in zijn hartstreek toenemen. De wegwijzers waren niet alleen gemakkelijk te plaatsen, ze waren ook bijzonder gemakkelijk weer te verwijderen, zo bleek toen hij er bij toeval achter kwam dat er drie ontbraken. Blijkbaar hadden wandelaars ze meegenomen als souvenir.

Simons voorstel om de ontbrekende wegwijzers bij te bestellen en dan vervolgens ieder paaltje in een flinke kluit cement te planten, die aan het oog kon worden onttrokken door er bosgrond overheen te schuiven, scheen hem prima toe, en dus had hij, direct nadat hij contact had gehad met Staatsbosbeheer, alle wegwijzers uit het bos gehaald.

Even snoof hij de geur van de natuur om hem heen op. De naderende herfst hing al in de lucht, hoewel het nog niet echt koel was: hij stond buiten in zijn T-shirt en had nog geen enkele behoefte aan een trui. Maar alles begon al zo'n beetje vochtig te ruiken, gronderig bruin, naar aarde en een klein beetje naar verval. Een geur die hem ieder jaar weer licht deprimeerde, precies zoals de eerste geuren van de lente, het frisse, lichtgroenige van vers loof, hem vervulden met hoop.

Hij wierp een snelle blik op zijn horloge: hij vermoedde dat Sylvie ieder moment zou kunnen aankomen, hoewel ze niet echt een tijd hadden afgesproken. De afgelopen twee keer was ze ook ongeveer op dit tijdstip gekomen, dus hij hoopte maar dat hij daar iets van voorspellende waarde aan kon ontlenen; hij hield er niet van als hij niet precies wist hoe laat iets zou gaan gebeuren. Toch had hij zich de afgelopen keer niet bij machte gevoeld om een vaste tijd met haar af te spreken; hij was, als hij heel eerlijk was, in stilte volkomen verpletterd geweest toen hij zich realiseerde dat het al bijna gewoon leek dat er niets tussen hen was. Dat ze, naast elkaar, zonder verder iets, de ronde door het bos maakten, als vrienden, pratend over bomen, paden, onderhoud, terwijl ze het zwerfvuil dat ze tegenkwamen van de grond raapten.

Hij schudde zijn hoofd: hij was niet wijs. Hij mocht blij zijn dat ze niet furieus op hem was geworden; hij had nooit durven dromen dat ze nog vrienden zouden kunnen blijven. Maar toch: iedere morgen werd hij wakker en dan was het eerste wat hij bemerkte dat hij alleen in bed lag. Het tweede was dat onaangename gevoel in zijn borstkas. Hij deed wel zijn best om zo min mogelijk aan haar en wat er tussen hen was geweest te denken, maar dat wilde nog niet zeggen dat hij er heel succesvol in was.

Toen hij de stoep weer op was gestapt en hij de deurknop van het grote huis in zijn hand had, hoorde hij het geluid van een auto, en inderdaad: daar kwam ze aan. Over de oprijlaan, in haar groene miniterreinwagentje. Hij stak een hand op en hoopte dat ze hem zou zien voordat ze afsloeg naar het koetshuis. Ze reed rechtdoor: ze had hem gezien. Het gevoel in zijn borstkas werd sterker en hij stapte weer van de stoep af, zijn hart ineens verwoed kloppend in zijn keel.

Sylvie kwam harder aanrijden dan hij van haar gewend was en parkeerde haar auto nogal ongenuanceerd, om vervolgens de deur open te gooien en zo'n beetje uit de bestuurdersstoel te springen. Ze keek een beetje verwilderd, eerst naar hem, en toen – hij zag het toen hij haar blik volgde – naar de wegwijzers die tegen de muur stonden.

'Freek! Wat... wat heb je gedaan?' zei ze, rasperig en zo te zien boos en ontdaan tegelijk. 'Heb je het landgoed –'

Hij viel haar haastig in de rede, meteen onzeker omdat ze zo uit haar humeur leek. 'Ik, eh, heb gisteren contact opgenomen met Staatsbosbeheer, om mee te delen dat het zo niet kan, dat ik geen andere keus heb dan het landgoed te sluiten voor bezoekers totdat –'

'Je hebt met Vriesebosch gebeld?' Sylvie was waarschijnlijk echt woest, haar ogen sproeiden bijna vuur.

'Ja, inderdaad, hij is toch de geëigende persoon om –'

'En je dacht er niet aan om even iets tegen mij te zeggen?'

'Nou,' zei Freek, maar voordat hij verder kon gaan sprak ze alweer.

'Wat denk je dat ik vanmorgen in mijn mail vond?'

'Ik heb geen idee.'

'Verdomme, man, sta daar niet zo alsof er niks aan de hand is! We moeten eruit! Uit ons huis! Hij heeft me tot eind oktober gegeven, precies de tijd die ik eerst met hem had weten af te spreken, weet je nog, toen ik helemaal naar Amersfoort moest en hij me ik weet niet hoe lang liet wachten, en daarna het hele gesprek lang zijn best deed om me het gevoel te geven dat vrouwen eigenlijk helemaal niet thuishoren in dit werk. Mijn hemel, wat voelde ik me toen ellendig.'

'Maar... ik heb hem daarna gebeld om te betogen dat je er moest blijven wonen! En daar was hij toch mee akkoord?' Freek begon zich verward te voelen. Hij begreep niet waarom ze blijkbaar nu ineens alsnog uit het boswachtershuisje werd gezet, en hij begreep al helemaal niet waarom dat, in haar ogen in ieder geval, zijn schuld was.

'Kan je je nog herinneren dat ik je vertelde hoe hij tegen me zei dat ik in het huis mocht blijven, op voorwaarde dat het landgoed toegankelijk was? Of is dat enorme brein van jou dat even vergeten? En wat moet ik nou? En Ties? En Hans-Willem? Ik kan natuurlijk niet binnen een maand iets anders vinden. Ja, misschien als het heel ver weg is of zo, in een of andere snoeilelijke nieuwbouwwijk ergens, en dan nog, of ja, nee, weet je wat?' Haar stem klonk bibberig en cynisch, en Freek vermoedde dat ze eigenlijk moest huilen, maar dat inhield. 'Ik ga gewoon naar Reindert den Dekker, ik zeg tegen hem dat het uit is tussen jou en mij en dat ik wel met hem naar bed wil op voorwaarde dat Ties en ik erbij mogen komen in dat oerlelijke protserige neplandhuis van hem. Hij heeft in ieder geval plek zat.' Ze maakte een soort woest, machteloos gebaar met haar hand en keerde hem toen de rug toe en keek omhoog.

Hij wist vrij zeker dat ze nu huilde, maar hij had geen idee wat hij eraan moest doen. 'Wil je daadwerkelijk iets beginnen met Reindert?' vroeg hij toen maar, omdat dat idee hem het gevoel gaf alsof zijn binnenste bevroor.

'Nee, natuurlijk niet, idioot!' riep ze naar de lucht.

Freek slikte en dacht na. 'Ik heb tegen Vriesebosch gezegd dat het landgoed pas weer open kan als er een behoorlijk hek omheen staat, en als ik vuilnisbakken heb kunnen plaatsen, en als die wandelroutepaaltjes beter vastzitten, want er zijn er een paar gestolen. Als de routes niet duidelijk zijn aangegeven gaan mensen dwalen door het bos, en dat lijkt me ook niet wenselijk. Het is toch net iets te groot om –'

Sylvie keerde zich met een ruk weer om. Haar gezicht was betraand en haar ogen waren groot en nat en rood. 'Dus je wilt het niet voor eeuwig sluiten?'

'Nee,' zei hij. 'Maar zo kan het niet. Het gebied is te groot voor mij alleen om het echt goed in de gaten te houden; zelfs als we het samen doen is het behoorlijk veel werk. Ik moet een hek laten plaatsen, hoewel ik nog niet precies weet waarvan ik dat moet gaan betalen, en ik heb dat allemaal heel duidelijk uitgelegd aan Vriesebosch. Ik had geen idee dat hij meteen –'

'Nee, je hebt van wel meer geen idee,' zei Sylvie, nog steeds boos, maar direct daarna trok ze een gezicht alsof haar uitspraak haar speet. 'Sorry, Freek, ik moet me niet op jou afreageren; eerst snapte ik niet waar het ineens vandaan kwam dat we eruit moeten van Staatsbosbeheer, en toen zag ik die paaltjes daar,' ze knikte naar de plek waar ze lagen, 'en toen dacht ik dat je de boel helemaal dicht wilde gooien. Maar dat is dus niet zo, dat begrijp ik nu. Waarschijnlijk is Vriesebosch gewoon een irritante, wraakzuchtige, vrouwonvriendelijke eikel die me weg wil hebben, maar goed, mijn problemen zijn mijn problemen. Ik, eh, dacht dus echt even dat je gewoon de hele boel wilde terugdraaien terwijl je donders goed wist dat we dan op straat zouden komen te staan.'

'Absoluut niet!' zei Freek, die het eindelijk aandurfde om naderbij te komen. 'Ik ben ervan uitgegaan dat er niets zou gebeuren, omdat ik heel duidelijk heb gezegd dat het een tijdelijke sluiting betreft, die te maken heeft met onderhoud en betere voorzorgsmaatregelen. We hebben het in feite heel snel geregeld dat het landgoed open kon, de zomervakantie was een mooie testperiode, nu moeten er nog wat aanpassingen gebeuren. Zo heb ik het ook uitgelegd. Ik zal opnieuw contact opnemen met Vriesebosch om dit ongedaan te laten maken; ik vind het heel onbehoorlijk van hem... Sylvie...' Ze was blijven staan terwijl hij dichterbij was gekomen, dichtbij genoeg om even twee voorzichtige vingers op haar schouder te leggen. 'Gaat het wel een beetje?'

'Niet zo,' zei ze waterig. 'Meestal kan ik wel wat hebben, maar ik schoot vanochtend ineens zo in de paniek toen ik die mail las. Dat heb ik anders nooit. Het zal zich op de een of andere manier wel weer oplossen, al weet ik nog niet hoe; tot nu toe hebben alle problemen in mijn leven zich uiteindelijk wel weer opgelost, maar ik zie het nu gewoon nog niet voor me, weet je wel?'

Ze keek hem aan met een blik die zo kwetsbaar was dat hij haar het liefst in zijn armen had genomen en haar naar het koetshuis had gedragen. Zijn huis, dat nu, nu zijn onderhuurders met al hun criminele activiteiten verwijderd waren, gelukkig weer zijn veilige haven was. Hij wilde haar troosten en beschermen totdat hij er zeker van was dat er nooit meer iets zou gebeuren waarvan ze in paniek zou raken. Als een ridder uit een kinderverhaal, zo wilde hij haar beschermen tegen al het kwaad in de wereld, maar tegelijk wist hij dat zoiets natuurlijk niet kon. Hij opende zijn mond om iets te zeggen, wist niets, sloot hem maar weer, en haatte zichzelf om zijn machteloosheid.

'Ha,' klonk het vanaf de hoge stoep, 'hé, Sylvie, is alles wel goed?' Simon kwam dichterbij.

'We moeten alsnog uit ons huis, van Staatsbosbeheer,' zei Sylvie. Ze slikte, knipperde met haar ogen en er rolden een paar tranen over haar wangen.

'Nou ja, wat een idioterie! Je kon er toch tot het einde der tijden in blijven wonen?' Simon klonk verbijsterd.

'Tot nader order, had het provinciehoofd gezegd, niet voor eeuwig,' zei Sylvie, 'maar ik had niet gedacht dat ik gewoon uit het niets alsnog een maand opzegtermijn zou krijgen en zoek het maar uit verder. Ik weet dat ze actief meer vrouwen in het bos willen, dan kan het toch niet zo zijn dat het me actief moeilijk wordt gemaakt om in de boswachterij te blijven werken? Volgens mij is die Vriesebosch eigenlijk stiekem tegen het beleid. Of hij heeft een hekel aan mij.'

'Of aan mij,' zei Freek, die snel zijn hand had laten zakken toen Simon dichterbij was gekomen, maar nu zijn vingers nog voelde tintelen van de korte aanraking. 'Ik zal er wel eens in duiken,' vervolgde hij zachtjes en nadenkend. Hij vermoedde dat de digitale beveiliging van een organisatie als Staatsbosbeheer voor iemand van zijn kunnen betrekkelijk gemakkelijk te doorbreken moest zijn, en hij wist ook wel wat hij moest doen om mobiele gegevens van burgers te achterhalen. Dat mocht hij natuurlijk niet zomaar doen, zonder mandaat van de dienst, en hij wist dat hij verschrikkelijk op zijn kop zou krijgen van Morris, maar hij wist ook dat hij een goeie maand geleden een sleutelrol had vervuld bij het oprollen van een deel van een internationaal crimineel netwerk dat zich bezighield met vrouwenhandel, kinderporno en drugs, met een niet te onderschatten gevoelige politieke component. Potentieel waren er meerdere hoge functionarissen in verschillende Europese landen aanwijsbaar als betrokkenen; zij zouden vrouwen op bestelling hebben laten leveren. Regeringen zouden kunnen vallen, regio's destabiliseren. De samenhang van de Europese Unie, die al zo'n gevoelige slag was toegebracht door de brexit, zou kunnen gaan wankelen, en grootmachten als China en Rusland, die achter de schermen om dominantie vochten – hij zag daar in zijn werk genoeg bewijs van, in de vorm van online desinformatie en hackpogingen – zouden meer armslag krijgen. Hij was instrumenteel geweest bij het voorkomen van iets met zulke enorme potentiële gevolgen; dan hoorde daar ook wel een beetje krediet bij, besloot hij.

'Misschien moeten jullie gewoon maar samen je rondje door het bos maken,' zei Simon, inbrekend in Freeks gedachtegang. 'Ik ga nog even verder met de keuken. Volgens mij zijn de keukenkastjes allemaal zonder pardon leeg geveegd; al het serviesgoed ligt in ieder geval in stukken op de grond, tussen de hagelslag en de gebroken potten pindakaas en dergelijke. Wat een smeerboel.'

'De borden en kopjes kunnen niet veel waard zijn geweest,' zei Freek. 'Wat er nog is van het porselein staat op zolder.'

'Dat zal best, maar ze breken in ieder geval net zo makkelijk. Gaan jullie nou maar,' zei Simon, met wappergebaren van zijn handen. 'Vort, lopen jullie. En nou geen ruzie meer maken; wees een beetje lief tegen elkaar.'

Freek knikte kort en begon richting het koetshuis te lopen, om zo, via de grindweg die stopte bij zijn huis, het pad het bos in te nemen. Hij hoopte maar dat Sylvie achter hem aan kwam; hij durfde eigenlijk niet om te kijken. Hij wist nauwelijks wat hij nu moest doen; hij had geen referentiekader voor een situatie als deze. Het enige wat hij zeker wist, was dat hij iets wílde doen, iets waardoor zij zich niet zo machteloos, zo verdrietig zou voelen. Het schuurde helemaal bij hem vanbinnen om haar zo te zien; hij besefte ineens dat hij tot nu toe altijd had gedacht dat Sylvie onder alle omstandigheden precies wist waar ze mee bezig was, terwijl hij zich zo vaak stuurloos voelde op een zee van onzekerheid. Ze had hem een anker toegeschenen, maar dat was ze natuurlijk niet altijd; ze was ook maar een mens. Ze kon ook wel eens twijfelen, of vastlopen. Hij kon haar steunen, net zo goed als zij dat bij hem kon. En hoewel hij niet meteen wist wat hij nu moest doen, en dat gebrek aan richting, aan duiding, hem zoals altijd een ellendig gevoel gaf, was hij aan de andere kant bijna opgetogen over het gevoel van gelijkwaardigheid dat hij ervoer als hij zich voorstelde dat hij haar daadwerkelijk zou kunnen helpen.

Hij hoorde haar voetstappen achter zich op het grind; kleinere passen dan de zijne. Ze zei niets, maar af en toe maakte ze zo'n snuffend geluid; misschien huilde ze nog steeds een beetje. Pas toen ze voorbij het koetshuis waren en al het grind onder hun voeten was verdwenen om over te gaan in aangestampte aarde, die hun stappen geluidloos maakte en die donker en een beetje vochtig naar herfst geurde, kon hij genoeg inhouden zodat ze naast hem kwam lopen. Toen pas kon hij verstolen opzij kijken en zien dat hij gelijk had; er rolden nog steeds af en toe stille tranen over haar wangen, al stapte ze verbeten door.

'Ik weet ook niet waarom ik er nou ineens zo –' barstte ze uit, precies op het moment dat hij probeerde te vragen of het alweer een beetje ging.

'Nee,' zei ze kleintjes, 'eigenlijk gaat het ruk. Ik weet gewoon niet hoe ik het moet oplossen, Freek, en ik voel me machteloos en, en, alléén, voel ik me, en vroeger vond ik dat helemaal niet erg, om me alleen te voelen, maar nu dus wel.'

'Ik heb dat ook,' zei hij zachtjes. 'Vooral 's morgens vroeg is het heel naar.'

'Ja,' zei ze. 'Als ik net wakker ben.'

'Precies dan,' mompelde hij, verbaasd dat hij niet de enige was. Hij dacht even na en zei toen, heel abrupt en maar gewoon eerlijk: 'Sylvie, ik wil je graag redden, maar ik heb daar niet veel ervaring mee.'

Ze lachte toch een beetje, al was het een waterig lachje. 'Volgens mij kan jij juist enorm goed redden, je hebt Eufemia toch ook gered? En Ties heb je gered, toen ze verdwaald was, en je hebt haar gered van het gepest van die vervelende Eugenie, en je hebt de schoolmusical gered, en...'

'Dat zijn allemaal andere dingen,' zei hij zachtjes, 'en daar was het steeds volkomen helder wat ik moest doen. Jij hebt mij ook gered, je hebt me gered van de TMAU, en je hebt me gered van, van, eh, mijn haar, in feite, en –'

'Hoe bedoel je dat?'

'Nou, als je het niet had geknipt, in het voorjaar, dan was ik misschien uiteindelijk wel volledig overwoekerd geraakt.'

'Door je eigen haar?'

Ze klonk ongelovig, maar hij hoorde aan haar stem dat de humor dicht onder de oppervlakte moest zitten. Gelukkig; het lukte hem nog steeds om haar aan het lachen te maken. 'Ik was aardig op weg, vermoed ik.' Hij probeerde het er zo droog mogelijk uit te krijgen en glimlachte tevreden toen hij een voorzichtige proest naast zich hoorde.

'Gekke Freek,' hoorde hij haar zachtjes zeggen. 'En als je niet oppast en de boel niet beter bijhoudt, dan gebeurt het gewoon opnieuw.'

'Ik weet het,' zei hij deemoedig. 'Ik heb het afgelopen vrijdag weer een keer geprobeerd, want voor mijn meltdown was vrijdag altijd scheerdag, maar het is niet helemaal goed gegaan.'

Hij voelde hoe ze naar hem keek, dus hij wees naar onder zijn oor, waar hij de tondeuse het uitgegroeide baardhaar in had geschoven. Het ding was, na een eerste gretige hap, meteen vastgelopen.

Sylvie proestte harder, en begon toen, door haar tranen heen, te grinniken. 'Je gaat me niet vertellen dat je er al sinds vrijdag zo bij loopt.'

'Jawel,' zei Freek. 'Ik ben er zelfs mee naar Hogerweijde geweest, om boodschappen te doen. Ik had geen keus. Ik hoopte maar dat het niet zou opvallen als ik mijn bril erbij droeg.'

'Vergeet het maar,' zei ze, 'dat kan je bril echt niet verhullen. Het was me wel opgevallen, trouwens, dat je hem weer draagt. Maar vandaag dan weer niet; ik dacht al: misschien voel je je beter of zo.'

'O, nee,' zei Freek, 'ik voel me nog hetzelfde. Iets minder, nou ja, wankel is misschien wel het juiste woord. Emotioneel wankel. Maar verder is iedere dag even ellendig. Vooral 's morgens vroeg, dus. Maar ik hoef mijn bril niet op bij Simon, hij weet toch alles, en dat is wel zo prettig, omdat ik er dan ook geen last van heb bij het opruimen. Hij beslaat niet, en dergelijke.'

'Ik snap het,' zei Sylvie.

Even liepen ze in stilte.

'Zal ik straks anders je baard voor je fatsoeneren?' vroeg ze, voor hem enigszins onverwachts; hij was verzonken geweest in gedachten over hoe hij informatie aangaande provinciehoofd Vriesebosch kon verzamelen zonder al te veel verboden met voeten te treden.

'O!' zei hij. 'Nou, eh, ja, graag. Als je dat niet vervelend vindt. Het is toch een vrij intieme handeling. Mijn haar moet misschien ook geknipt worden.'

'Ik heb je haar en je baard geknipt toen er nog helemaal niks tussen ons was gebeurd, en daarna hebben we nog veel intiemere dingen gedaan, dus het zal nu ook wel goed komen,' zei ze.

Hij hoorde dat er een glimlach in haar stem zat en keek weer even voorzichtig naar haar gezicht. 'Je hebt natuurlijk volkomen gelijk,' zei hij toen. 'Ik denk er nog dagelijks aan terug.'

'Ik ook.'

Ze zwegen weer even, en stapten stevig door. Freek durfde niet nog eens naar haar te kijken, omdat hij vermoedde dat hij zich dan misschien wel niet zou kunnen beheersen, zo graag wilde hij haar aanraken. In zijn armen nemen. Haar kussen zoals hij had gedaan toen het nog aan was, en haar dan zo tegen zijn borstkas aan voelen smelten terwijl hij zelf vanbinnen ook helemaal warm en week en rustig werd.

'Ik wou dat mijn huisvesting net zo makkelijk te regelen was als jouw woekerbeharing,' zei ze zachtjes.

'Misschien kunnen we voor je woonsituatie ook wel een oplossing verzinnen,' zei hij snel, 'als we er even over nadenken. Ik zou misschien August Moelleux kunnen bellen en vragen of de gemeente ergens beschikbare ruimte heeft, of, eh –'

Ze viel hem in de rede op een toon alsof haar plotseling iets inviel. 'O, nu je het over de burgemeester hebt: gisteren kwam Reindert onverwachts bij me langs, en hij had twee uitnodigingen bij zich voor iets dat de Herfstborrel heet? Hij vroeg me of ik jou je uitnodiging wilde geven, en of we samen zouden komen, of zoiets. Ik dacht dus eerst dat hij alleen was gekomen om zijn zoon even te zien, maar hij had meer dan één reden om langs te komen. Ik kreeg een beetje het idee dat hij bij de gemeenteraad wilde kunnen zeggen dat hij ervoor had gezorgd dat jij ook zou komen, want je wordt altijd uitgenodigd maar je gaat nooit, toch? Of heb ik dat verkeerd begrepen?'

'Nee,' zei Freek, 'dat heb je niet verkeerd begrepen. Ik vermoed dat August zich enigszins op de borst heeft getrommeld dat hij me zover heeft gekregen om de feestweek te openen, en dat Reindert daar graag iets tegenover zou stellen binnen de gemeenteraad. Wat een onzin. Maar... bedoel je dat we dan samen zouden gaan als, eh, alsof we nog steeds een stel zijn?'

'Nou, eh... ja dus. Reindert denkt in ieder geval nog steeds dat je mijn vriend bent. Ik heb dat maar gewoon zo gelaten omdat die man anders zo vervelend tegen me gaat doen, en daar heb ik op dit moment natuurlijk helemaal geen zin in.'

'Hm,' zei Freek.

Sylvie

7

Freek zweeg verder en Sylvie wist ook niet wat ze nog moest zeggen. Dat Freek niet antwoordde vatte ze dan maar op als afwijzing, en logisch ook: zoals ze hem kende was zo'n gemeenteraadsborrel wel het laatste waar hij zin in had. En dan ook nog net moeten doen alsof het nog aan was tussen hen, dat was natuurlijk al helemaal ver over de grens voor hem. Ze moest zich beheersen om niet te zuchten; ze zou zich erop in moeten stellen om in haar eentje te gaan. Wat er ook van zou komen met Reindert.

Ze stapten stevig voort in een licht gespannen stilte, die toch ook wel een ondertoon van vertrouwde gemoedelijkheid had.

Toen het koetshuis weer in zicht kwam zei Freek ineens: 'Ja. Goed.'

'Wat?'

'De uitnodiging.'

'Voor de Herfstborrel? Moest je daar zo lang over nadenken? Volgens mij was je wel een half uur stil.'

'Het spijt me,' zei hij deemoedig. 'Ik hoefde daar niet zo lang over na te denken, maar het ontbrak me aan moed om hardop te zeggen dat ik, eh, het geloof ik wel graag wil. Met jou naar die borrel, en dan pretenderen dat het nog aan is.

Misschien krijg ik dan nog iets van dat prettige gevoel dat ik altijd voelde, of misschien houdt het nare gevoel dan even op.'

Voor de deur stopten ze met lopen. 'Denk je niet dat het ook heel ongemakkelijk is? Dat we ons dan heel onhandig met elkaar voelen, en dat het dan heel moeilijk is om dat te verbergen in het openbaar?' Sylvie keek naar hem op. Hij stond eigenlijk iets te dichtbij, met zijn baard met een hap eruit. Ze kon ondanks alles haar glimlach niet binnenhouden; hij kon zoiets vertederends over zich hebben als hij zich niet goed een houding wist te geven.

'Ik weet het niet,' zei hij zachtjes. 'Ik weet niet of ik me ongemakkelijk bij je voel. Ik voel me geloof ik altijd ongemakkelijk bij mensen, maar bij jou is dat over het algemeen juist veel minder. En bij Simon voel ik me ook niet heel ongemakkelijk, maar bij hem komt dat doordat ik hem al zo lang ken. Bij jou komt dat doordat...' Hij streek even onhandig met twee vingers over haar bovenarm. 'Ik denk doordat je me het gevoel geeft dat ik niet gek ben?'

'O, Freek,' zei Sylvie, een beetje aangedaan, 'je bent verre van gek. Je bent wel een beetje anders dan heel veel mensen, maar dat is niet erg. Het maakt je juist interessant, vind ik.'

Zo interessant dat ze zich moest beheersen om haar armen niet om zijn nek te slaan als hij er zo bij stond, een tikje verloren, zijn hoofd naar beneden. Ze kon zijn lekkere luchtje ruiken en voelde dat kriebelen onder in haar maag. 'Zal ik...' ze moest even slikken, zo droog was haar mond ineens, 'zal ik nu meteen even je baard fixen?'

'O,' bromde hij, 'ja, dat zou heel fijn zijn. Als je het niet erg vindt.' Hij stond nu zo dichtbij dat hij zijn neus bijna in haar haar kon steken. 'Misschien moeten we Simon ook meenemen.'

'Naar de Herfstborrel?'

‘Ja.’

‘Als je dat prettig vindt,’ zei Sylvie zachtjes, ook wel een beetje verbaasd. ‘Wil je je graag omringen met mensen bij wie je je niet ongemakkelijk voelt, als je naar zo’n borrel moet?’

‘Nee, nee, dat is het niet. Misschien vindt hij het aardig om mee te gaan, hij heeft zo veel voor me gedaan de afgelopen weken en ik heb zo weinig om hem te geven als uiting van mijn dank. En misschien is het ook handig als hij er is: als ik te veel drink kan hij me naar huis brengen voordat ik je ga zoenen.’

Sylvie grinnikte, hield nog even in maar legde toen maar gewoon haar hoofd tegen zijn schouder. Zijn arm gleed direct om haar middel en even verbaasde het haar hoe vertrouwd dat voelde. ‘Weet je zeker dat dat gaat gebeuren dan?’

‘Hmmm,’ zei Freek, hoorbaar snuffelend. ‘Ik wist ook niet dat ik dronken zou worden en je zou zoenen toen ik de feestweek ging openen, en toch gebeurde het. Ik zal op alles voorbereid moeten zijn als we naar de borrel gaan. Je gebruikt nog steeds dezelfde shampoo. Ik heb zo veel mooie herinneringen aan deze geur, maar tegelijk is het pijnlijk dat die allemaal in het verleden liggen en dat ik weet dat er niets meer bij zal komen.’

Sylvie drukte haar gezicht in Freeks T-shirt en legde haar handpalm op zijn borstkas. Hoe kreeg hij het voor elkaar om dat complexe gevoel van verlangen, weemoed, verdriet, zo vervlochten dat je niet meer kon voelen waar het een ophield en het ander begon, in één bijna achteloze zin te verwoorden? Hij hield haar nu vast met twee armen, en zij had een hand op zijn rug. ‘Freek?’ mompelde ze in zijn shirt.

‘Ja?’ Het klonk warm, en dichtbij, en ook al zo vertrouwd.

‘Ik vind het echt heerlijk om je te knuffelen, maar… het maakt me ook wel een beetje verdrietig. Zullen we anders maar naar binnen gaan? Dan kan ik even voor kapper spelen, en dan moet ik misschien maar weer eens gaan. Ik zal toch thuis voor de zekerheid even moeten kijken of er niet ineens tot mijn stomme verbazing een huis te huur staat in Hogerweijde, of zoiets. Of misschien moet ik een Airbnb huren, net als Marcus. Ga ik daarin wonen. Al zal ik dat wel net zomin kunnen betalen als een koophuis in deze omgeving.'

Freek liet haar traag en met voelbare tegenzin los. 'Ik wil je niet verdrietig maken, Sylvie,' zei hij ernstig. 'Ik wil je juist gelukkig maken. Ik wil ook niet dat je je zorgen maakt. Ik verwacht niet dat er huurhuizen beschikbaar zijn, en hoewel ik hier woon durf ik met zekerheid te zeggen dat ik ook niet in staat zou zijn een huis in de omgeving te kopen op basis van mijn huidige inkomen en schuldenlast. En al helemaal niet nu de verhuur van het grote huis als inkomstenbron is weggevallen. Ik weet ook nog niet hoe ik de eindjes aan elkaar moet knopen, of hoe ik de kosten voor het onderhoud van het landgoed moet betalen. Ik weet nog niet eens zeker of ik Jack nog kan betalen, hoewel het alternatief ondenkbaar is. Ik kan het grote huis niet opnieuw verhuren zonder,' hij stopte even met praten om de deur open te maken en Sylvie voor te laten gaan, 'zonder het helemaal te hebben uitgeruimd, en schoongemaakt, en hier en daar wat renovatiewerkzaamheden te hebben uitgevoerd. Dat Simon iedere vrije minuut die hij heeft hier doorbrengt en me zo geweldig helpt, is waarschijnlijk mijn redding, op het moment: ik ben niet onhandig, en ook best sterk, maar Simon weet veel meer van constructie en installatie dan ik, en hij wil er niets voor hebben, hoewel die situatie natuurlijk ook niet voor eeuwig zo kan voortduren.'

Sylvie bleef een paar passen over de drempel van de woonkamer staan en verbaasde zich erover dat alles er zo keurig uitzag; ze had nog helder voor ogen hoe het eruit had gezien, de laatste keer dat ze er was. Toen was Freek midden in zijn meltdown geweest en had hij van alles stukgegooid. Zelfs zijn bureaustoel had hij door zijn glazen tuindeur heen naar buiten gegooid, en hij had meerdere planken van zijn boekenkast leeg geveegd. Hij had een boek naar haar toe gesmeten. Toegegeven, het had haar niet geraakt, het was nog niet eens bij haar in de buurt gekomen toen het twee meter verderop tegen de muur knalde, maar ze had het tot in haar ziel gevoeld.

'Wat is er?' vroeg Freek, die achter haar langs was gelopen, door de woonkamer struinde en iets deed op zijn mobiel, waarna er ineens zachte, zich steeds herhalende pianomuziek door de kamer speelde.

'Ik stond hier en je gooide een boek,' zei Sylvie een beetje verstikt. 'Misschien weet je het niet meer, maar, eh...' Ze slikte.

'Ik weet het nog,' zei Freek, en hij zette twee grote stappen haar kant op. 'Ik wilde dat allemaal niet, maar het gebeurde toch. Ik wilde geen boek naar je gooien, ik wilde iets doen om mijn overprikkeling, mijn onmacht, die, die, eh...' Hij kneep zijn ogen stijf dicht. 'Het was als een soort donderwolk, een ontlading, of een ontploffing. Ik gooide het boek wel jouw kant op, maar niet náár jou. Ik weet niet of ik het in woorden kan vatten. Maar het spijt me, het spijt me zo dat je dat hebt moeten meemaken, en alles wat ik heb gezegd; als ik had geweten hoe het nu voelt, nu ik alles heb stukgemaakt, dan had ik nog liever mijn tong eruit gesneden.'

'Nou,' zei ze dapper, 'zó vreselijk is het nou toch ook weer niet? Er is niemand dood, of zo. Het was wel even naar, en ik vind het ook moeilijk om eraan te wennen dat het weer uit is, want ik vind je nog steeds heel leuk natuurlijk. Zo'n grote verliefdheid is niet zomaar weer weg; er zit geen knop op. Maar aan de andere kant: we zijn toch nog steeds vrienden? Wat voor muziek heb je eigenlijk op staan?'

'De *Canto Ostinato*. Ik heb gemerkt dat het beter te verdragen is om alleen thuis te zijn als dat door het huis speelt.' Freek stapte bij haar weg, de keuken in. Hij opende de lade waar zijn tondeuse in lag, haalde het apparaat, een handspiegel en een kam tevoorschijn en legde de spullen keurig op een rijtje op het aanrecht. Uit een andere lade kwam zijn keukenschaar, die hij ernaast legde.

Sylvie stapte achter hem aan. 'Wat is beter te verdragen? Het alleen zijn? Ik dacht dat je sowieso altijd het liefst alleen was, eigenlijk.'

'Voordat het aan was tussen ons wel,' zei hij. 'Nu voel ik me alsof er iets niet klopt.'

Ze keken elkaar aan; een moment dat zich tot een eeuwigheid uitstrekte.

Sylvie voelde zo'n sterke aantrekkingskracht van hem uitgaan dat ze bijna het idee had dat ze tegen haar wil naar hem toe werd gezogen; hij was nog steeds even knap, ondanks zijn wat verwilderde haar en zijn baard met een hap eruit. Zijn ogen waren peilloos, zijn hele uitstraling wanhopig verlangend en tegelijk aandoenlijk kwetsbaar. Hij zag eruit alsof hij zijn hart buiten op zijn shirt droeg, en alsof een verkeerde opmerking of onverwachte beweging het zou doorboren.

'Ik vind je nog steeds geweldig,' zei ze zachtjes. Eerlijkheid was de enige optie.

'Ik jou ook,' fluisterde hij bijna.

Met een bovenmenselijke krachtsinspanning stapte ze bij hem weg om de schaar te pakken. 'Zal ik gewoon maar even hier je baard snoeien? Misschien moet je op de vensterbank gaan zitten, anders kan ik er niet goed bij.'

Hij liet zich braaf zakken, hief zijn gezicht naar haar op en sloot zijn ogen, en ze begon. Het was fijn om te doen, om zo dicht bij hem te zijn, om zijn gezicht aan te raken. De eerste keer dat ze zijn baard knipte had ze heel voorzichtig gedaan en hem zo min mogelijk aangeraakt, maar nu legde ze haar hand om de wang die ze niet knipte, en liet die daar liggen toen ze voelde dat hij met zijn gezicht een klein beetje tegen haar hand aan leunde. Ze stapte al knippend om zijn benen heen van de ene wang naar de andere, totdat hij zijn knieën spreidde en ze ertussenin kon staan.

Toen het overtollige baardhaar weg was streelde ze zijn wangen – om alle losse haren eraf te vegen, vertelde ze zichzelf – en ze voelde zijn handen op haar zij, haar rug, totdat ze weer net zo dicht bij elkaar waren als eerder en ze de schaar maar even naast hem op de vensterbank legde om met twee handen zijn haar te kunnen strelen. Hij had zijn ogen nog niet opengedaan; de zachte, repetitieve pianomuziek spoelde om hen heen.

'Het is wel heel lekker, hè, om nog even zo dicht bij elkaar te zijn,' mompelde ze tegen zijn kruin. Zijn gezicht lag tegen haar borsten en ze voelde hoe hij langzaam ademde.

'Het liefst zou ik je niet loslaten,' zei hij zachtjes, 'maar dan kan je mijn haar niet knippen.'

'Ik zal het wel een klein beetje nat moeten maken.'

Hij bewoog, hief langzaam zijn gezicht naar haar op, en even verdronk ze in zijn blik, maar toen moest ze wel achteruit stappen, omdat hij langzaam omhoog kwam totdat hij stond. Ze draaide zich om naar het aanrecht en maakte de kam nat onder de kraan. Freek keerde haar de rug toe, zodat ze zijn haar recht kon kammen en er een randje vanaf kon knippen, en toen was ineens alles gedaan en kon ze geen excuus meer verzinnen om nog langer te blijven.

Ze legde de kam en schaar op het aanrecht. 'Ik moet gaan,'

zei ze onhandig. 'Als ik er nou aan had gedacht, had ik meteen je uitnodiging voor die borrel mee kunnen nemen, maar dat doe ik dan wel volgende week, goed? En sorry, je vloer ligt vol haar. Je moet trouwens nog wel even met de tondeuse over je baard, want helemaal gelijkmatig is het nog niet. Het is nu wel zo kort dat dat kan.'

'Goed,' zei Freek. Hij keek naar haar alsof hij iets wilde, maar niet kon bedenken wat, dus ze gaf hem nog een korte blik en een klein glimlachje en stapte toen langs hem heen de woonkamer weer in.

'Zie je volgende week, hè?' riep ze nog over haar schouder, en toen stond ze al buiten. Het was wat koeler en het rook naar regen in de lucht. Ze ritste haar dikke, gevoerde fleecevest dicht en liep langs Simons auto over het grindpad langs het koetshuis terug naar het grote huis. Simon zag ze niet, alleen haar auto en Freeks jeep, met een stapel vuilniszakken ernaast. Ze stapte snel in en reed weg, hartgrondig balend van zichzelf, Freek, Simon, het weer, de wereld en het hele universum.

Toen ze bij haar eigen huisje aankwam – het zou nog maar voor even haar huisje zijn, en even voelde dat besef als een klap in haar gezicht – parkeerde ze en liep ze haastig naar de voordeur. De lucht was grauw geworden en precies toen ze de voordeur achter zich dichttrok, barstte er een brute, herfstige regenbui los die kletterde tegen de ramen.

'We zijn hier!' riep Ties vanuit de woonkamer. 'We hebben zo'n berg huiswerk voor wiskunde dat we tot volgend jaar bezig zijn om het af te krijgen.'

Sylvie stapte de woonkamer in, die er verrassend gezellig uitzag met de lichten aan. Het maakte het misschien nog net iets erger. 'Shit, jongens, ik moet jullie iets naars vertellen,' zei ze, terwijl ze zich langzaam op een stoel liet zakken, haar fleece nog aan.

Twee paar ogen keken haar aan, een beetje verschrikt.

'Is er iets met Freek?' vroeg Ties meteen. 'Je ging toch naar het landgoed?'

'Nee, nee, met Freek is alles goed; ik heb zijn haar en zijn baard weer een beetje gefatsoeneerd en het gaat volgens mij best redelijk met hem.' Ze haalde diep adem, vervrouwde zich en zei het toen maar gewoon: 'Ik kreeg vanmorgen een mail van Staatsbosbeheer. Eind van de maand moeten we verhuizen. Freek heeft het landgoed dicht moeten gooien, tijdelijk, voor onderhoud en om betere hekken neer te zetten en dergelijke, maar dat was voor die ellendige Vriesebosch meteen reden om te zeggen dat we hier dan dus ook niet kunnen blijven wonen.'

'En waar moeten we dan naartoe?' Ties klonk meteen een beetje angstig.

'Ik heb geen idee,' zei Sylvie heel eerlijk. 'Het overviel me volkomen, ik heb natuurlijk niet meer gezocht naar andere woonruimte omdat ik ervan uitging dat we hier konden blijven.'

'Dus, dus...' Ties' stem schoot omhoog, '... dan staan we op stráát?'

Sylvie zweeg.

'Ik ga meteen mijn vader bellen. We hebben een gastenverblijf.' Hans-Willem klonk onverwachts doortastend.

'Dat is lief van je,' zei Sylvie, 'en misschien zullen we er gebruik van moeten maken totdat we iets hebben kunnen regelen, maar alleen als allerlaatste redmiddel. Ik zou niet willen dat jij terug moet naar je vader terwijl je daar zelf misschien nog niet helemaal klaar voor bent, alleen omdat Ties en ik... Dan huur ik nog liever een Airbnb totdat mijn geld op is.'

‘Ik ga toch even met hem overleggen, hoor,’ zei Hans-Willem.

‘Jij wilt dat niet omdat Hawé’s vader er dan achter komt dat het uit is met Freek, en dan ben je bang dat hij achter je aan gaat zitten, hè, mam?’ vroeg Ties, zoals altijd met één vlijmscherpe vinger midden op de zere plek.

‘Nou, eh, ja. Sorry, Hans-Willem, maar dat speelt wel een beetje mee.’ Sylvie kneep haar ogen even dicht, zo naar vond ze dit gesprek, en terwijl ze het deed wist ze ineens dat ze, onbewust misschien, Freek kopieerde, die ook altijd zo zijn ogen even dichtkneep om de wereld buiten te sluiten als hij iets moeilijk vond. ‘Ik heb er niks over gezegd verder, maar ik ben wel heel blij dat je het stil hebt gehouden bij je vader, ook al heeft Ties het je natuurlijk verteld.’

‘Het is niet mijn nieuws om te vertellen,’ zei Hans-Willem, nog steeds met een voor zijn leeftijd verrassende volwassenheid. ‘Ik zeg wel tegen mijn vader dat hij gewoon normaal moet doen, dat dit een noodsituatie is.’ Hij liep met zijn mobiel in de hand de kamer uit, en even later was zijn stem te horen, in de keuken, net niet helemaal verstaanbaar maar aan de toon te horen heel ernstig.

‘Denk jij dat zijn vader naar hem gaat luisteren?’ vroeg Sylvie aan Ties. ‘Ik kan het me niet voorstellen, die Reindert lijkt me zo’n eigenheimer.’

‘Je weet het niet, mam,’ zei Ties filosofisch. ‘Hawé kan af en toe iets heel… nou ja, leidinggevends hebben, weet je wel? Ik verbaas me er ook altijd over als hij dat doet; normaal gesproken is hij gewoon zichzelf, rustig en chill en zo, en dan ineens gebeurt er iets wat hij belangrijk vindt, en dan kan hij zo’n bepaalde toon opzetten dat ineens iedereen naar hem luistert. Laatst op school was er iets met een meisje met een hoofddoek, daar zaten een paar jongens over te zeuren in de kantine, dat ze hem af moest doen, maar dat wilde ze natuurlijk niet, want ze droeg hem voor haar geloof. Toen deed Hawé ook zo, hij verdedigde haar echt, dat het haar eigen keus was, en dat ze zich er niet mee moesten bemoeien. Die jongens waren volgens mij uit de derde of zo, echt ouder, maar ze luisterden toch. Eentje maakte wel een lullige opmerking naar Hawé, maar daarna gingen ze meteen weg, en dat kon hem niks schelen, die lullige opmerking, want ze hadden wél geluisterd.'

'Wat goed van hem,' zei Sylvie.

'Vond ik ook. Ik was heel trots,' zei Ties zachtjes. 'En dat meisje is superaardig, die heeft toen thee voor ons gehaald.'

'Dat is ook lief. Nou ja, misschien heb je gelijk, misschien luistert Reindert naar zijn zoon, maar misschien ook niet. Ik vind het in ieder geval maar niks dat ik dit niet gewoon zelf kan oplossen, dat kan ik je wel vertellen; ik voel me er echt ellendig van. Ik heb het er ook met Freek over gehad, die gaat nog wel even vragen aan de burgemeester of de gemeente niet iets kan doen, maar daar verwacht ik ook niet zo veel van. En verder zou ik het ook niet weten…'

Ties knikte. Ze was even stil, nadenkend, maar zei toen ineens: 'Ik hoop niet dat je het erg vindt, mam, maar ik mis Freek. Vind je het goed als ik hem app?'

'Doe maar, hoor, als je daar zin in hebt. En ik mis hem ook. Soms zelfs heel erg. Maar het is nou eenmaal wat het is; ik ben beter af zonder vriend, en hij vindt ook dat hij niet aan een relatie moet beginnen, als hij zo uit de bocht kan vliegen als hij echt flink overprikkeld raakt.'

'Maar hij was toch niet overprikkeld door jou? Het kwam toch door die criminelen in zijn huis, en de camera's in het bos, en die drugsdumpings en zo? En door zijn werk?'

'Ja, dat is wel zo, maar weet je, als bij hem het kookpunt

eenmaal bereikt is, dan maakt het niet meer uit door wie of wat het komt, dan gaat hij gewoon door roeien en ruiten. Ook tegen mij, en ook tegen Simon. Ik heb je er in eerste instantie niet al te veel over verteld, omdat ik je niet nog verder overstuur wilde maken toen ik vertelde dat het uit was, maar hij had dus zijn woonkamer flink verbouwd, in een soort ongecontroleerde woedeaanval. Hij had zelfs zijn bureaustoel door het raam gegooid. Hij leek wel een heel ander iemand, zijn stem klonk vreemd, zijn ogen stonden helemaal raar, het leek wel of hij dwars door me heen keek... ik vond het best eng, weet je dat?'

'Deed hij ook agressief tegen jou?' Ties klonk ongelovig.

Sylvie aarzelde even, maar knikte toen toch maar. 'Hij gooide een boek naar mijn hoofd en hij schreeuwde hele nare dingen. Dingen die helemaal niet waar zijn. Hij gaf me overal de schuld van. Hij heeft zich er wel voor verontschuldigd, en me ook uitgelegd dat hij zichzelf helemaal niet meer in de hand heeft als hij eenmaal zo ernstig overprikkeld is, en het hem gewoon overkomt dat hij doet zoals hij doet. Ik snap het geloof ik wel een beetje, dat je er heel raar van kunt gaan doen als je de opgebouwde spanning niet goed kwijt kunt, maar toch...'

'Ja,' zei Ties. 'Het was ook nog maar net aan, hè?'

'Ja.' Sylvie slikte. 'Ik... was bang van hem, Ties, en dat is niet goed. Dat moet niet, in een relatie. Dat kán eigenlijk niet. En al helemaal niet als er ook nog kinderen bij betrokken zijn. Hij vindt zelf ook dat dat niet kan; hij zei dat hij voor één ding dankbaar is, en dat is dat jij hem niet hebt gezien terwijl hij er zo aan toe was.'

'Ik ben al best groot,' zei Ties verdedigend.

'Ja, dat is wel zo,' Sylvie kon een glimlach niet onderdrukken, 'maar helemaal groot ben je nog niet, en ik zou niet willen dat je met zoiets geconfronteerd wordt. En Freek wil het ook niet.'

'Wil hij me nog wel spreken?'

'Denk het wel,' zei Sylvie. 'Stuur hem nou maar gewoon een appje, dan hoor je het vanzelf. Hij zal het wel leuk vinden, denk ik; hij heeft er ook verdriet van dat het uit is. Maar hij is hard aan het werk, met het opruimen van het grote huis, en zijn bos, en hij doet zijn best om de moed er een beetje in te hou–'

'Het kan,' zei Hans-Willem, die midden in Sylvies zin de woonkamer weer binnenkwam. 'Mijn vader zegt dat het kan, als het nodig is, en hij zegt ook dat hij niet raar zal gaan doen. Ik heb nog steeds niet gezegd dat het uit is met Freek.'

'Oké,' zei Sylvie schuldbewust, 'ik hou niet van liegen, maar ik heb gewoon een beetje rust aan mijn hoofd nodig. Ik zal het op een gegeven moment heus wel eerlijk tegen mensen zeggen als ze ernaar vragen, maar...'

'Wij begrijpen dat, hoor, mam,' zei Ties. 'Maak je maar geen zorgen. We hoeven niet in een tent te gaan wonen bij Gemma in de tuin, al denk ik dat haar ouders dat prima zouden vinden.'

Hans-Willem grinnikte. 'Ik zou het wel wat vinden hebben, in een tentje met jou,' zei hij tegen Ties.

'Laten we nou maar eerst die berg wiskunde afmaken,' zei Ties. 'Het is vast leuk om met je in een tentje te slapen, maar niet als het straks winter is. Mam, wat eten we vanavond?'

'Vis met rijst,' zei Sylvie, en ze stond op, bijna blij dat ze alles even voor zich uit kon schuiven en kon overgaan tot de orde van de dag.

Freek
8

Freek had twee nachten nauwelijks geslapen. Hij voelde zich aardig brak toen hij zich op vrijdag, kort na zevenen, uit bed sleepte en de dag begon met de tondeuse. Er kwam nauwelijks iets vanaf nu Sylvie zijn gezichtsbeharing weer een beetje in model had gebracht, maar hij deed het toch maar even voor de zekerheid. Vrijdag was tenslotte baarddag.

Wat moest hij nou doen?

Wat kón hij nog doen?

Hij had August Moelleux gebeld, maar die had ook geen idee gehad hoe Sylvies huisvestingsprobleem opgelost moest worden. August had na enig heen en weer praten een voorstel gedaan dat Freek in eerste instantie direct als belachelijk had verworpen, namelijk om een stacaravan te kopen en die op het gras achter het grote huis te zetten. Maar nu zich geen beter idee leek aan te dienen merkte hij dat hij er, zij het met frisse tegenzin, toch opnieuw over nadacht.

Hij wilde eigenlijk helemaal geen stacaravan op het gras achter het grote huis; hij vond stacaravans ontsierende wangedrochten. En daarnaast vond hij het ook niet passend: hij kon Sylvie, Ties en Hans-Willem toch geen caravan aanbieden als vervanging van hun woonhuis?

De verzorging van Jack leidde zijn gedachten wel een beetje

af. Hij twijfelde opnieuw ernstig aan de toereikendheid van zijn financiële middelen nu hij zag dat Jacks voorraad ruwvoer alweer aardig begon te slinken. Hij zou moeten prioriteren, maar tegelijk kon hij het grote huis ook niet nóg langer zo laten, in zijn verwaarloosde staat. En ook het landgoed kostte geld, helemaal als hij het open wilde houden voor wandelaars. Hij zag ook niet zo snel voor zich hoe hij meer geld binnen kon brengen; er waren wat boeken waar een antiquariaat misschien wel iets in zou zien, maar dat deed hij liever niet. Boeken verkopen kwam hem om de een of andere reden altijd voor als heiligschennis. Misschien was er nog iets aan meubels of schilderijen op zolder, hoewel hij wist dat de beste stukken allang verkocht waren door zijn moeder en die afschuwelijke zaakgelastigde van haar, notaris Alvenaar. Hij wist ook dat er van het tafelzilver, ooit voldoende voor een meergangendiner met twintig gasten, nog nauwelijks genoeg over was om voor acht personen te kunnen dekken, en dan alleen voor het hoofdgerecht; daar zou hij ook niet ver mee komen.

Misschien kon hij een tweede baan nemen. Hoewel zijn tijd ook niet van elastiek was; tussen het werk voor de AIVD, dat hij zo zoetjesaan weer had opgepakt (hoewel Morris hem op het moment gelukkig wat kleinere, overzichtelijke klussen toeschoof), het verzorgen van Jack, het onderhoud van het landgoed en het opruimen en daarna opknappen van het grote huis, was er nu niet echt veel tijd over om er nog iets bij te pakken.

En wat zou hij kunnen doen? Pianospelen in een restaurant? Websites bouwen voor kleinere ondernemingen? *Blackhat* hackwerk? Daar zou hij waarschijnlijk aardig mee kunnen verdienen, maar hij bleef toch liever aan de goede kant van de wet.

Hij zuchtte. Er lag nog zo ontzettend veel op hem te wachten. In zijn hoofd somde hij het nog maar eens op – voor zijn gevoel voor de duizendste keer – terwijl hij een forse pluk hooi uit een baal trok.

Alle kamers in het grote huis nalopen, leegmaken, goed schoonmaken, het houtwerk controleren en inventariseren wat eraan opgeknapt moest worden.

De immer haperende riolering, het elektriciteitsnet en de wifidekking nalopen, en verbeteren. Er was in het hele huis, al zo lang hij zich kon herinneren, nog maar één behoorlijk functionerende badkamer, op de eerste verdieping. De overige twee, waarvan er eentje op zolder voor de bedienden was geweest, waren al sinds de Eerste Wereldoorlog niet meer gemoderniseerd; die op eenhoog was langzaamaan in gebruik gekomen als rommelhok.

De keuken op de bel-etage moest worden voorzien van een betere koelkast en modernere kookapparatuur; het vierpits fornuis met gasoven dat een nadrukkelijke jaren-zeventig-van-de-vorige-eeuw-uitstraling had, voldeed op geen enkele manier meer. In het koetshuis was alles elektrisch en dat beviel hem veel beter.

En dan was er nog de buitenkant van Huis De Toecomst: dat was al helemaal een zorgenpost. Houtrot in de kozijnen, loshangende goten en dubieuze dakbedekking vereisten allemaal expertise die hij waarschijnlijk zou moeten inhuren, om van de zonnepanelen die hij op het dak wilde hebben nog maar te zwijgen. Er was meer dan genoeg ruimte op het dak om het huis grotendeels zelfvoorzienend te maken, maar hoe hij de panelen moest gaan betalen was een veel ingewikkelder vraagstuk.

En hij zou iets moeten verzinnen voor Jacks huisvesting, ervan uitgaande dat hij het onderhoud van een paard kon blijven betalen. Als hij weer in het grote huis zou wonen, wilde hij niet dat Jack helemaal hier op stal stond, bij het koetshuis, zonder mensen direct om hem heen.

Want ja: hij was, dat moest hij nu toch wel aan zichzelf toegeven, van plan om weer in het grote huis te gaan wonen. Het was dan waarschijnlijk wel een meerjarenplan, maar dat wilde nog niet zeggen dat het niet stevig had postgevat in zijn hoofd. Waar het plan vandaan was gekomen wist hij niet precies; hij herinnerde zich alleen dat hij af en toe voorzichtig met de gedachte had gespeeld toen er nog van alles in de lucht hing tussen hem en Sylvie. En ook tijdens de korte periode dat ze samen waren geweest, was hij wel eens weggedroomd bij het idee van hemzelf met haar en Ties in het grote huis.

Nu wist hij natuurlijk dat dát nooit zou gaan gebeuren, maar de gedachte om toch... tja, zijn plaats op te eisen, om nu dan toch eindelijk maar echt meneer de graaf te worden, had blijkbaar vruchtbare grond gevonden. Meneer de graaf woonde op Huis de Toecomst. Niet erin, erop. Zo werd dat gezegd, al had hij nooit begrepen waarom. Als kind had hij zich er wel eens over verwonderd, en zich dan voorgesteld hoe het zou zijn om boven op een huis te wonen, maar nu, als volwassen man, doorvoelde hij het verschil wel. Hij woonde al jaren ín het koetshuis, maar het werd hoog tijd dat hij óp Huis De Toecomst ging wonen.

Diep in gedachten verzonken rondde hij Jacks verzorging af. Hij liet de box- en staldeur wijd open; de weersvoorspellingen waren prima en Jack zou wel aan de wandel willen. Hijzelf ging ook aan de wandel: over het grindpaadje vanaf de rozentuin naar de kleine deur die direct toegang gaf tot het souterrain aan de achterkant van het grote huis. Er was iets mis met het slot. Misschien was het geforceerd geraakt bij het onderzoek van de heren van de forensische opsporing, hoewel hij zich niet kon voorstellen hoe; maar hij begreep sowieso nog steeds niet hoe er toch zo'n immense rommel had kunnen ontstaan tijdens een onderzoek naar bewijs en sporen. Hij zou het slot moeten vervangen, maar liet het voor nu maar gewoon zo, nu er verder toch niemand was en hij en Simon er elke dag in- en uitliepen. De voordeur zat op de knip; die maakte hij van binnenuit open.

De opruimwerkzaamheden vorderden gestaag; de salon en de en-suite, die je kon afsluiten met hoge, bewerkte en monsterlijk stroef gaande schuifdeuren, waren al vrijwel helemaal leeg, en ook de keuken was intussen uitgeruimd. Er was nog wel een grote schoonmaak met water en zeep nodig; hij had de vorige dag de leeggemaakte ruimtes eens even goed geveegd en dat had tot zijn verrassing alsnog een halve vuilniszak vol opgeleverd.

Zijn harde werk was af en toe onderbroken door het geluid van een WhatsApp-berichtje: van Ties. Die was ineens begonnen met hem te appen, dat ze hem zo miste. Hij had terug geappt dat hij haar ook miste, en toen had zij weer iets gezegd over haar schoolwerk, en hij weer iets over de opruimwerkzaamheden in het grote huis, en zo gingen de berichtjes over en weer. Het gaf hem een vreemd soort troost; hij had het dan wel uitgemaakt met Sylvie, maar niet met Ties, en hij waardeerde hun vriendschap nog steeds zeer, al begreep hij wel dat haar nieuwe leven op de middelbare school haar op dit moment nogal in beslag nam. Hij had nog steeds een vaag idee in zijn hoofd dat hij haar wel zou willen leren pianospelen, ook al moest zijn vleugel eigenlijk eerst worden gestemd; nog zo'n kostenpost waar hij niet op zat te wachten.

De muziekkamer waar de vleugel in stond, aan de achterkant van het huis, was de volgende kamer die hij ging leeghalen; hij ging ervan uit dat het daar relatief mee zou vallen met de rommel, omdat er behalve de vleugel nauwelijks iets in stond. Hij had in de gauwigheid wel wat verhuisdozen gezien, die achteloos langs de muur geparkeerd stonden; ongetwijfeld had de recherche daarvan gewoon meegenomen wat ze nodig hadden. Hij verwachtte de muziekkamer in principe leeg te hebben nog voordat Simon zou komen, maar toen hij de staat van de kamer in ogenschouw nam bleef hij van pure verbazing even stilstaan op de drempel.

De rommel was veel groter dan hij had gedacht. De dozen hadden, half stukgescheurd, al hun inhoud over het visgraatparket uitgebraakt: er hadden wat papieren in gezeten, maar vooral veel kleren. Vrouwenkleren en schoenen; zeer onthullende japonnen en venijnig hoge hakken. Waarschijnlijk waren die bedoeld geweest voor de soms nog heel jonge vrouwen die, nietsvermoedend onderweg naar hoogstwaarschijnlijk een bestemming als seksslaaf voor een of andere grootindustrieel, in het grote huis waren verhandeld alsof het een veemarkt betrof. Of misschien – Freek kon niet anders dan rillen bij de gedachte – waren de kleren wel gebruikt bij pornografische opnamen; hij had het nodige voorbij zien komen toen hij had ingebroken op het netwerk van zijn onderhuurders. Beeldmateriaal dat hem van zijn slaap had beroofd, dat meisjes toonde die niet veel ouder konden zijn dan Ties, hoewel Morris hem er intussen van had weten te overtuigen dat de dames die te zien waren met het grote huis als achtergronddecor, ouder waren dan ze leken. Er was blijkbaar een speciaal team van onderzoekers voor porno en kinderporno; mensen die het konden verdragen om dat soort beeldmateriaal te bekijken en te analyseren, mensen die op de een of andere manier konden bepalen hoe oud de meisjes of vrouwen op de foto's en in de filmpjes waren, zonder zelf doodongelukkig te worden van de blootstelling aan het materiaal.

Freek was niet zo iemand. Dat wist hij zeker. Opnieuw bedacht hij dat, zodra alles leeg was, een zeer grondige schoonmaak en een schilderbeurt de noodzakelijke volgende stappen waren in de herovering van Huis De Toecomst. Hij wist dat hij niet alles wat er was gebeurd daarmee zou kunnen uitwissen, maar hopelijk zou hij er dan niet meer zo vaak aan hoeven denken.

De vleugel was zeker twee meter van zijn vaste plaats gereden; normaal gesproken stond hij precies boven een nogal ontsierende beschadiging in het parket, die zijn moeder nooit had laten repareren. Nog iets wat hij moest toevoegen aan de immer uitdijende lijst van klussen en kosten. Freek duwde tegen de klankkast, na een blik op de wieltjes onder de vleugel. Die stonden niet op de rem, maar het instrument wilde toch niet van zijn plaats komen, en nadat hij eromheen was gelopen zag hij ook waarom: een van de wieltjes had een lamel van het parket gebroken en stond daar nu in vast. Vreemd; de vleugel was in principe gewoon verrijdbaar zonder dat het parket daar veel schade van ondervond.

Hij opende de klep – pas op dat moment viel hem op dat de pianokruk verdwenen was – en speelde staand een paar akkoorden. De noten klonken dof, vermoeid en licht ontstemd, en Freek zuchtte diep. Nóg iets voor op de lijst: de pianostemmer zou, naast het stemmen van de vleugel, ook de mechanieken en pedalen moeten nakijken. Hij vermoedde dat er iets mis was met de demping, en daarnaast wist hij heel goed dat hij de vleugel niet echt netjes had onderhouden. De laatste keer dat hij het instrument had laten stemmen, was ruim voordat hij het grote huis had verhuurd. Daar ging verandering in komen, nam hij zich voor: hij zou de vleugel weer in een dusdanige staat terugbrengen dat er les op kon worden gegeven, al wist hij nog niet waarvan hij die opknapbeurt ging betalen.

Hij begon energiek met papieren oprapen en in een vuilniszak stoppen. Hij miste Ties. Hij miste Sylvie natuurlijk verschrikkelijk – zoals iedere morgen was hij opgestaan met een gat in zijn hart – maar Ties miste hij ook; hij hoopte maar dat ze hem nog een berichtje zou sturen vandaag.

'Freek?'

Simon stond zo te horen in de hal; hij was wat vroeger dan gewoonlijk. Freek was zo diep in gedachten geweest dat hij niet eens had gehoord dat er een auto aan kwam, of dat de deur open was gegaan.

Freek vulde snel zijn vuilniszak met nog een paar handen papier en liep ermee naar de hal. 'Ik had je nog niet verwacht,' zei hij tegen Simon, die de keuken in was gelopen om daar een thermoskan met wat plastic bekertjes op de tafel te zetten.

'Ik heb een dagje vrij genomen. Ik werd vanmorgen wakker en ik had er gewoon helemaal geen zin in, weet je dat? Ik word er zo ziek van, dat constante, plakkerige geflirt van die verschrikkelijke Marcus. Zodra Bé één voet in de lerarenkamer zet, staat hij er ook, met die gladde grijns op zijn gezicht. En ze heeft volgens mij totaal niet door dat die man er niks van meent; ze zit maar te glimlachen. Ik heb natuurlijk geprobeerd haar te waarschuwen, dat weet je, meteen al toen hij kwam solliciteren en wij van Sylvie wisten wat het er voor eentje is, maar, eh...' Simon haalde zijn schouders op en draaide de dop van de thermoskan. 'Het is een knappe vent, dat zal ik nooit ontkennen; ik heb meteen al tegen Sylvie gezegd dat ik het er ook wel op zou kunnen, maar nu ik weet wat ik weet over hem, kan ik toch alleen maar denken: dat gaat op een drama uitlopen. En het is natuurlijk wel ónze Bé.'

'Zeker,' zei Freek ernstig. 'Ik wilde dat die man hier nooit naartoe was gekomen. Ik dacht eerst dat hij achter Sylvie aan ging. Dat hij haar terug wilde. Dat was ook een van de redenen dat… nou ja, dat die meltdown, eh…' Hij keek weg en kon uit onhandigheid niet verder spreken.

'Weet ik toch,' zei Simon, terwijl hij koffie inschonk. 'Wanneer zet je hier nou een koffiezetapparaat neer, man, het is jouw huis en ik kom met de koffie aanzetten.' Hij stak Freek een bekertje toe.

'Dank,' zei Freek, 'en mijn excuses; ik zal iets bestellen bij een of andere webshop. Ik heb in feite niet het gevoel dat het hier bewoonbaar genoeg is om koffie te kunnen zetten, maar je hebt gelijk: er is stromend water en de stopcontacten functioneren.'

Ze dronken even in stilte.

'Weet je wat me misschien nog wel het meeste dwarszit?' zei Freek plotseling.

'Vertel.'

'Dat ik die meltdown kreeg, kwam doordat ik zo overprikkeld raakte door alles wat er op het landgoed gebeurde. Dat het steeds duidelijker werd welke vreselijke dingen hier in huis allemaal plaatsvonden, al die camera's in het bos, toch ook wel de spanning van het plaatsen van de tap op het netwerk hier, en toen het inzicht in wat de tap opleverde…'

Simon knikte. 'Ieder normaal mens zou daar de zenuwen van krijgen, Freek, en het is toch ook niet voor niks dat ze op je werk zeggen dat je er wel eens een lintje voor zou kunnen krijgen?'

'O, dat interesseert me niets,' zei Freek, 'het ligt in het verleden. Ik hoef er niet voor bedankt te worden; het diende te gebeuren, hoewel ik het erg zwaar vond. Wat me nog op de been hield, aan het eind, was, nou ja, dat zíj er was. Sylvie. Dat ik naar haar toe kon. En toen was er aan de ene kant Reindert, die zo overduidelijk interesse in haar toonde, en aan de andere kant dook die Marcus plotseling op, als een schim uit het verleden. De een met ruim voldoende vermogen, de ander met sociale vaardigheden waar ik alleen maar van kan dromen, om nog maar te zwijgen over hoe goed hij eruit schijnt te zien... Het is maar goed dat ik de man nog nooit in levenden lijve heb mogen aanschouwen; als ik jou moet geloven, zou ik me er alleen maar nog ellendiger van gaan voelen. Ik wil alleen maar zeggen: het kon gewoon niet anders dan dat ik haar zou verliezen. En toen kreeg ik die meltdown, en heb ik het uiteindelijk zelf gedaan.' Freek gooide de laatste paar slokken koffie in één keer naar binnen. 'Het was ook wel een wake-upcall, natuurlijk: wie wil er nu een partner die zo doet als ik wanneer ik een meltdown heb? Agressief, onberekenbaar, onredelijk... Ik kan het een ander niet aandoen, en al helemaal niet wanneer er kinderen in het spel zijn.' Hij kneep even zijn ogen stijf dicht, haalde twee keer diep adem om die conclusie opnieuw goed in zichzelf te verankeren, en voelde de gloeiend hete koffie nog nabranden in zijn slokdarm.

Simon stond hem aan te kijken.

'Wat is er?' Freek voelde zich enigszins betrapt; hij had zich nog zo voorgenomen om zijn emoties onder controle te houden.

'Je hebt het allemaal weer lekker voor jezelf weggeredeneerd, hè?'

'Nou, ik... het is toch niet onwaar, wat ik beweer?'

'Nou moet jij eens even goed luisteren, vriend. Jij bent helemaal niet zo slecht met je sociale vaardigheden als je zelf zegt, je bent hoogstens af en toe een beetje onhandig, maar volgens mij vindt Sylvie dat dus juist leuk aan jou. Dat je anders bent dan andere mannen. En geloof me als ik je vertel, Freek, dat jij een aantrekkelijke man bent. Je weet: als er hier iemand is die daar een behoorlijk oordeel over kan vellen, dan ben ik dat wel.' Simon grinnikte schaamteloos. 'Ik ga je niet vertellen dat ik het op jou ook zou kunnen, want dat zou raar zijn, maar ik ken zo een handvol mannen die je juichend zouden bespringen. Ha, je gezicht nu, dat is goud waard.'

Freek trok voorzichtig een mondhoek op. 'Ik moet je misschien bedanken voor het compliment, maar ik weet dat niet zeker.'

'Ik wil maar zeggen: als het een wedstrijdje lekker ding werd tussen jou en die Marcus, dan weet ik zo net nog niet wie er zou winnen. Zeker nu je baard er weer een beetje netjes uitziet. Maar goed, wij weten wat wij weten, maar Bé tuint er dus in. Met boter en suiker. Waarom is ze eigenlijk nooit getrouwd? Ze is, wat, een jaar of acht ouder dan jij?'

'Zoiets. Maar ze kleedt zich wel wat ouwelijk, en ze gedraagt zich natuurlijk vaak erg formeel. Als zij en ik contact hebben, dan begint ze eerst met "meneer de graaf", en daarna vraagt ze iedere keer aan me waarom we niet tutoyeren, omdat we elkaar toch kennen. Volgens mij schatten de meeste mensen haar boven de vijftig, maar dat is dan alleen gebaseerd op haar gedrag en kledingstijl.'

'Nou, dat is dus ook een dingetje,' zei Simon, terwijl hij met Freek terugliep naar de muziekkamer. Freek had zijn vuilniszak bij de voordeur laten staan. 'Ze heeft volgens mij de bezem door haar garderobe gehaald, want ineens loopt ze er een stuk vrolijker bij. Allemaal hippe jurken, en ze heeft iets aan haar haar laten doen. In Hilversum, heb ik me laten vertellen, niet in Hogerweijde.'

'Toe maar,' zei Freek.

In de muziekkamer keek Simon even verdwaasd om zich heen. 'Wat heb je gedaan, Freek? Heb je alles in de rondte gesmeten hier?'

'Hoe bedoel je? Ik trof het zo aan toen ik binnenkwam, ik heb juist alweer wat weggehaald. De rommel verbaasde me al.'

'Ik dacht eigenlijk ook dat het hier wel meeviel,' zei Simon, terwijl hij zich op het hoofd krabde. 'Ik dacht dat we die dozen zo naar buiten konden brengen. Nou ja, het zal op een gegeven moment wel allemaal een beetje door elkaar zijn gaan lopen in mijn hoofd; ik bedoel, wie heeft er dan ook een huis met vijftien kamers?'

'Officieel zijn het er twaalf,' zei Freek, terwijl hij een nieuwe vuilniszak van de rol af trok en vervolgens de rol aan Simon overhandigde, 'vier op de bel-etage, waarbij de keuken is afgestoken van de eetkamer, dus die tel ik niet apart. De eetkamer moest vroeger groter zijn, omdat de diners ook groter waren. In de salon en de en-suite kon men dansen als de deuren openstonden en de meubels aan de kant gingen, en boven waren de slaapkamers en de gastenkamers. Op zolder waren slaapkamers voor personeel, die tellen niet mee, hoewel de butler en de huishoudster in het souterrain sliepen. Toen ik nog klein was woonde tuinbaas Henk er nog, met mejuffrouw Mathilde, die was de huishoudster, en hun zoon Sam. Die laatste was wat jonger dan wij, maar we hebben nog wel samen gespeeld.'

'O, ja, dat weet ik nog wel,' zei Simon glimlachend, 'Sam was eigenlijk nog een beetje te klein, maar hij wilde altijd dolgraag meedoen.'

Freek knikte en wapperde met zijn vuilniszak om hem open te krijgen. 'Mejuffrouw Mathilde was heel vriendelijk. Ik moest haar mejuffrouw noemen van mijn ouders, maar als er niemand bij was, dan hoefde dat niet van haar. Toen ik leerde fietsen ben ik eens lelijk gevallen; ik had een gat in mijn broek, en in mijn knie. Zij heeft het toen heel voorzichtig schoongemaakt, en ook nog mijn broek gerepareerd. Ik moest ervan huilen, maar dat vond ze niet erg, ze heeft me zelfs getroost. Ik geloof dat mijn ouders er niets van hebben gemerkt. Ze gaf me nooit een standje.' Hij bleef even stilstaan om de herinnering goed voor zijn geestesoog te halen, en meteen kwam de geur van boenwas erachteraan. 'Ik hoop dat we de vieze geur uit het souterrain krijgen,' zei hij, en toen begon hij zijn vuilniszak te vullen.

'Soms kom jij ineens met van die dingen, en dan snap ik gewoon niet waar het vandaan komt,' zei Simon grinnikend. 'Wat er dan in je hoofd allemaal gebeurt. Alle chemische troep die beneden stond is toch weggehaald door de mensen van de politie?'

'Maar het ruikt er nog steeds niet goed,' zei Freek. 'Misschien wordt het beter als we alles hebben opgeruimd, en goed hebben schoongemaakt. Ik kan er maar niet over uit dat de recherche het zo heeft achtergelaten, Simon. Ze wisten dat het niet bewoond was, maar stel dat ik hier nog had gewoond?'

'Ik snap het ook niet,' zei Simon. 'Misschien moet je het er een keer met die Morris van je over hebben. Kan je iets van compensatie krijgen of zo, want het is me nogal een werk om al die zooi eruit te krijgen. Ik heb af en toe het idee dat er gewoon rommel bij komt, weet je dat? Dan heb ik iets opgeruimd, kom ik de volgende dag hier weer binnen, en is het nog steeds, of weer opnieuw, een puinhoop.'

'Ja, dat gevoel heb ik dus af en toe ook,' zei Freek. 'Heb jij trouwens de pianokruk ergens gezien? De vleugel is verschoven, het parket is daarbij verder beschadigd geraakt en volgens mij is de vleugel zelf ook beschadigd. Hij klinkt erg dof.'

'Vinden we nog wel, die kruk.'

'Je klinkt plotseling erg kortaf, Simon.'

'Ach, ik zit me gewoon op te vreten over Bé, met die Marcus. Ik gun haar natuurlijk alle geluk van de wereld, maar serieus, ik snap niet dat ze niet door die kerel heen kijkt. En ze is toch zeker vijf, zes jaar ouder dan hij, daar helpt uiteindelijk ook geen hip jurkje aan, hoor. Heeft Sylvie ooit tegen jou gezegd hoe oud hij eigenlijk is?'

'Gelukkig niet,' zei Freek, terwijl hij even zijn rug strekte en door het raam naar het grasveld achter het huis keek. Het was in het heetst van de zomer een beetje uitgebleekt, maar na de recente regenbuien was het weer mooi diepgroen geworden; van deze afstand was niet te zien hoe verstikt het eigenlijk was. Jack was uit zijn stal gekomen en scharrelde nu gelukzalig rond over het gras in de al een tikje schrale herfstzon. 'Ik weet erg weinig van Marcus,' ging hij verder, 'behalve dat hij Sylvie verdriet heeft gedaan, en voor mij is dat al ruimschoots voldoende informatie. Ik ben het met je eens dat we op Bé moeten passen, want het is inderdaad onze Bé. Al is ze ook een volwassen vrouw die haar eigen keuzes moet maken. Het positieve aan de situatie is in ieder geval dat Marcus blijkbaar niet opnieuw achter Sylvie aan gaat.'

'Hm,' zei Simon. 'Je hebt gelijk. Bé is een volwassen vrouw en ze moet het zelf weten en *all that*, maar toch.'

Simons jaren in Canada konden soms ineens heel duidelijk naar voren komen. Freek voelde dat dan altijd als een soort klein, verwarrend schokje, omdat hij in zijn hoofd de vriendschap met Simon in zijn kindertijd en hun huidige vriendschap naadloos aan elkaar had gemonteerd. 'Vreemd is dat,' merkte hij op, 'ik vergeet heel vaak dat je hier zo lang niet hebt gewoond. Het is alsof je nooit weg bent geweest.'

'Dat heb ik zelf ook,' zei Simon grijnzend. 'Ik ben ontzettend blij dat ik de stap heb gezet en terug ben gekomen. En dat wij zo lekker bezig zijn. Ik geloof niet dat ik ooit zo gelukkig ben geweest; ik dacht altijd dat ik een partner moest vinden, maar misschien was die leegte die ik de hele tijd voelde wel gewoon dat ik niet hier was. Je hebt toch maar een prachtig huis, en een prachtig gebied hier, Freek, en ik vind het nog steeds een eer om eraan mee te mogen werken.'

'Ik zou wensen dat ik je behoorlijk kon betalen,' zei Freek mismoedig. 'Ik heb het idee dat ik nu dan toch eindelijk maar eens moet doen wat ik zo lang voor me uit heb geschoven: echt meneer de graaf worden, en dus ook hier op Huis De Toecomst gaan wonen. Maar tegelijk voel ik me nu al volkomen inadequaat. Ik kan jou niet betalen, misschien kan ik het onderhoud van Jack niet eens betalen, en Sylvie moet haar huis uit en ik kan niets voor haar regelen. August –' hij onderbrak zichzelf met een handgebaar, 'de burgemeester. August Moelleux. Ik heb hem opgebeld, hem de situatie uitgelegd, maar zoals ik al verwachtte had ook hij geen oplossing voorhanden. Hij suggereerde dat ik een stacaravan kon kopen en die hier op het gras achter het huis plaatsen.' Freek knikte naar het raam. 'Maar als ik er al voldoende geld voor zou hebben – ik heb me er toch maar even in verdiept – dan zou ik dat niet willen omdat stacaravans zo ontzettend lelijk zijn. Ik ben geen groot estheet, maar er is wel een grens aan wat ik kan verdragen.'

'Nee, dat lijkt me ook geen gezicht, een stacaravan hier.' Simon kwam naast hem staan en samen keken ze uit het raam. 'Daarnaast, Sylvie kan toch niet in een stácaravan, met Ties en die jongen? Ja, misschien voor even, als noodoplossing, maar niet voor vast.'

'Dat vind ik dus ook. Ik heb ook nog even gekeken naar blokhutten, tuinhuizen, et cetera, maar dat ligt allemaal ver buiten mijn financiële mogelijkheden. Als een stacaravan al niet kan... Ik begrijp overigens niet hoe August het heeft kunnen voorstellen; hij lijkt me nu juist wel een estheet.' Freek zuchtte. 'Ik heb te veel problemen en niet genoeg oplossingen, op het moment.'

'Als je maar geen meltdown krijgt.'

Freek hoorde aan Simons stem dat het plagerig was bedoeld, maar hij keek toch maar even opzij, of eigenlijk meer schuin naar beneden. Recht in het grijnzende gezicht van zijn vriend.

'*Too soon*?' vroeg Simon, nog steeds ondeugend.

'Nee, nee,' zei Freek, één mondhoek opgetrokken, 'je hebt nog gelijk ook, maar verrassend genoeg voel ik me niet overweldigd. Alleen maar machteloos. Vooral met betrekking tot het feit dat ik Sylvie –'

'Wacht eens even,' viel Simon hem in de rede, nu niet plagerig maar nadenkend. 'Wanneer moest ze er ook alweer uit, zei ze?'

'Eind oktober.'

'Ja, nou, als we nou hier een beetje slim te werk gaan, dan moeten we dat toch makkelijk halen?'

Sylvie

9

Ze zat op de bank naar het achtuurjournaal te kijken met een kop koffie in haar hand. Naast haar zat Ties, die bezig was een of andere foto te bewerken op haar laptop, terwijl Hans-Willem zich met zijn lange ledematen in de leunstoel had gevouwen en in die onmogelijke bidsprinkhaanhouding een spelletje speelde op zijn iPad. Het kon niet erg comfortabel zijn, maar hij leek nergens last van te hebben. Al het huiswerk was af en het weekend lachte de kinderen tegemoet.

Het lachte Sylvie een stuk minder tegemoet; sterker nog, het viel haar niet mee om rustig te blijven. Ze vertelde zichzelf dat ze niet moest piekeren, maar in alle eerlijkheid zat ze dicht tegen paniek aan. Ze had voordat ze aan het avondeten was begonnen toch maar even een half uurtje besteed aan het op een rijtje zetten van haar financiën (niet zo heel indrukwekkend) en het maken van nog een rondje langs Funda en Woningnet (weinig hoopgevend). Het gastenverblijf van Résidence Den Dekker leek steeds onontkoombaarder, hoewel een volgende stap om daar weer weg te komen natuurlijk net zo onmogelijk zou zijn als hier en nu. En ze had dan wel in haar nijd tegen Freek uitgeroepen dat ze misschien maar iets met Hans-Willems vader moest beginnen, zodat zij en Ties in ieder geval een dak boven hun hoofd zouden hebben, maar daar had ze natuurlijk niets van gemeend.

Ze zuchtte.

'Gaat het een beetje, mam?' vroeg Ties, zonder haar ogen van het beeldscherm te halen. 'Ik weet heus wel dat je je zorgen maakt, hoor. Als je erover wilt praten dan kun je ons daar gewoon voor gebruiken. We zijn dan nog wel niet meerderjarig, maar we kunnen wel luisteren. En meedenken.'

'Meerderjarig? Je bent twaalf, Ties,' verzuchtte Sylvie, 'en ik waardeer het dat jullie willen meedenken, net zoals ik het van Hans-Willem waardeer dat hij meteen zijn vader heeft gebeld, maar ik kan het niet uitstaan dat ik zo vastzit. Dat ik het niet gewoon zelf kan regelen. Ik háát het om me zo machteloos te voelen!'

Ze had dat met iets te veel nadruk laten ontsnappen; zelfs Hans-Willem keek licht verschrikt op van zijn spelletje.

'Ik begrijp niet hoe jij zo kan zitten,' zei Sylvie maar snel tegen hem. 'Mijn hersenen raken al in de war als ik naar die armen en benen van jou kijk, laat staan dat ik het met mijn lijf zou proberen.'

'Ik heb geen problemen, hoor,' zei Hans-Willem met een grijns, terwijl hij zichzelf langzaam ontvouwde uit de stoel.

Toen hij bijna helemaal uit de knoop was – er hing nog één lang, dun tienerbeen over de armleuning – werd er op de deur geklopt.

'Wie is dat nou?' zei Sylvie. 'Ik heb helemaal geen auto gehoord.'

'Ik ga wel kijken,' zei Hans-Willem, en hij liep op zijn dooie gemak naar de voordeur.

Sylvie zag hoe Ties hem nakeek, en grinnikte.

'Ja, sorry, mam, ik kan er ook niks aan doen, maar ik vind dat hij zich zo leuk beweegt. Ik kan er echt de hele dag naar kijken. Ik kan niet uitleggen wat er nou zo leuk aan is, maar... nou ja.' Ties gaf Sylvie een soort halve grijns.

'Je bent gewoon verliefd op hem,' zei Sylvie warm, 'dan vind je alles leuk. Zelfs zijn puistjes.'

'Heeft hij niet!' zei Ties verontwaardigd.

'Komt nog wel. Wacht maar tot dat donshaar op zijn bovenlip uitgroeit tot een baard, dan kan je je lol op.'

'Ieuw, mam! Als je maar niet denkt dat ik dan –'

Op dat moment kwam Hans-Willem de woonkamer weer in, met in zijn kielzog Freek en Simon.

Ties zette haar laptop op de bank naast zich en vloog omhoog. 'Freek! Joepie!' Ze rende op hem af, sloeg haar armen om zijn middel en knuffelde hem hartgrondig.

Freek keek een seconde lang verbaasd, grijnsde toen, zijn wenkbrauwen nog hoog op zijn voorhoofd, en knuffelde haar terug.

'Ik heb je zo gemist!' riep Ties enigszins gesmoord uit, haar gezicht in zijn T-shirt. 'Dat het nou uit is met mijn moeder betekent toch niet dat je dan meteen nooit meer komt?'

'Wat mij betreft niet,' zei Freek, een beetje lachend, terwijl hij om Ties heen Hans-Willem een hand gaf. 'Ik moest alleen weer even tot mezelf komen, en het is nu nogal druk, met alle opruim- en herstelwerkzaamheden aan het grote huis, en dergelijke.'

Ties liet hem langzaam los om omhoog te kijken in zijn gezicht. 'Maar we zijn nog wel gewoon vrienden, toch?'

'Jazeker,' zei Freek, nu weer ernstig. 'Met je moeder ben ik ook nog steeds bevriend. En we appen toch met elkaar? Ik beloof bij deze dat ik vaker langs zal komen. Of, misschien... nou ja, Simon had vandaag een goed idee, en nadat we klaar waren met het werk aan de muziekkamer hebben we het plan verder uitgewerkt. Toen besloten we het maar meteen te komen voorleggen. We zijn komen lopen want het is nog aardig weer, en we hebben ook iets te veel pizza gegeten. Simon houdt erg van pizza.'

Simon klopte tevreden op zijn buik. 'Het was heerlijk. Ik had eigenlijk geen zin om naar Casa Visconti te rijden, maar ik heb het toch gedaan, en het was weer volkomen de moeite waard. Ik kan jullie wel vertellen: zodra ze gaan rondbrengen kom ik niet meer buiten en eet ik nooit meer iets anders.'

'Dan zal je binnen afzienbare tijd klem komen te zitten tussen de deurstijlen als je dan wel eens een keer naar buiten wilt,' zei Freek, 'en vertel nu van het plan. Het is tenslotte jouw idee.'

Simon grinnikte. 'Oké. Moet je horen: als we nou stevig doorwerken en in ieder geval de keuken, de salon en de en-suite schoon, geschilderd en waar nodig gerepareerd krijgen, en de wc beneden opknappen, en ik kan in de keuken een nooddouchecabine kwijt, dan kan Freek in principe voordat jullie hier uit moeten in het grote huis gaan wonen. Voor hem alleen is de salon als woonkamer groot zat, en de en-suite als slaapkamer is groter dan wat hij nu heeft. En dan kunnen jullie in het koetshuis!'

Sylvie slikte. Terwijl Simon aan het woord was, was ze opgestaan, eigenlijk met het idee dat ze Simon en Freek moest begroeten, al wist ze niet precies wat ze moest doen – een hand geven? Dat was raar, maar begroetingskussen waren al net zo vreemd en ongemakkelijk, vooral bij Freek – maar nu stond ze ineens stokstijf stil, midden in de woonkamer.

'Waaaah, geweldig!' riep Ties. 'Ik wil dat! Ben je wel eens in Freeks huis geweest, Hawé? Hij heeft echt een goed huis, er zit zo'n boograam in! Met een deur naar de achtertuin!' Ties tekende met haar armen een zo wijd mogelijke boog in de lucht, maar stopte ineens. 'Hawé mag dan toch wel mee, hè?'

vroeg ze aan haar moeder, een beetje onzeker.

'Ik heb nog niet eens ja gezegd,' zei Sylvie, overweldigd door het idee dat haar probleem misschien ineens was opgelost. 'Maar... we kunnen Freek toch niet zomaar uit zijn huis zetten, en dat hij dan een beetje in zijn eentje in het grote huis moet gaan zitten kamperen?'

'Ik ben van plan Huis De Toecomst weer officieel te betrekken,' zei Freek, 'ik had alleen gedacht dat het wat langer zou gaan duren voordat het zover was. Voor mij is het dus geen enkel probleem. Sterker nog...' Hij keek naar Sylvie en stopte meteen met praten.

Ze voelde hoe haar blik zich in de zijne vasthaakte en even leek de grond onder haar voeten van marshmallows te worden. Hij zag er ook zo aandoenlijk uit, ingehouden enthousiast, onzeker, een beetje onhandig, maar zonder dat hij het zelf doorhad ontzettend aantrekkelijk, ondanks dat vreselijk versleten T-shirt dat hij boven die oeroude combatbroek droeg. Hij had zijn bril niet op en de bovenste helft van zijn haar zat in een rommelig half staartje achter op zijn hoofd, zodat het niet naar voren kon vallen. Er was een lok dik, steil blond haar ontsnapt; die hing alsnog een beetje in zijn ogen.

'Sterker nog,' pakte Simon de draad vrolijk op, 'Freek zat er nogal mee dat het zo is gelopen; hij had natuurlijk niet verwacht dat die man van Staatsbosbeheer jullie meteen op straat zou gooien toen hij het landgoed even moest sluiten. Dus het is volgens mij een hele opluchting voor hem dat hij met zo'n mooie oplossing kan komen.'

'Zeker,' zei Freek zachtjes, terwijl hij Sylvie aan bleef kijken. 'Hoewel het dus Simons idee was.'

Sylvie schudde zich los uit zijn blik. 'Nou, eh, willen jullie koffie? Dat is toch het minste wat ik kan doen op dit moment.'

'Graag!' zei Simon, terwijl hij zich op de bank liet zakken. 'Dat hebben we wel verdiend na die wandeling; het was verder dan ik dacht. En ik moet ook nog helemaal terug naar het dorp.'

'Niets gewend,' zei Freek, met een schuine blik naar Simon, waar Ties en Hans-Willem van in de lach schoten.

Sylvie maakte zich een tikje haastig uit de voeten naar de keuken, terwijl er achter haar een vrolijk welles-nietesgeplaag opbloeide, onderbroken door gegrinnik.

Ze moest heel even alleen zijn om te verwerken dat het...

Dat het zomaar...

Het probleem was weg.

Weg!

Ze konden in het koetshuis.

Jeetje.

De opluchting was zo groot dat ze het liefst even was gaan zitten, maar ze dwong zichzelf in beweging te blijven, het oude koffiefilter weg te gooien, een nieuw in het koffiezetapparaat te doen, dat te vullen met koffie, water in het reservoir te gieten.

Ze zette de omgespoelde koffiepot onder de filterhouder en drukte op het knopje. Die kleine handelingen leken ineens enorm belangrijk, maar ze kon niet uitmaken of dat kwam door die immense opluchting, of dat dat moment, die blik van Freek, en het feit dat hij nu zomaar ineens weer levensgroot hier in huis was, er ook iets mee te maken hadden.

'Sylvie?'

Daar kwam hij, alsof hij haar had horen roepen in zijn gedachten. Zijn stem zacht, zijn hele houding behoedzaam. Toch bleef hij pas staan toen hij nét iets te dichtbij stond, maar dat vond ze helemaal niet erg.

'Vind je... het wel echt een goed idee?'

'Alleen als jij het ook echt een goed idee vindt,' zei ze zachtjes. 'Je hoeft mijn problemen natuurlijk niet voor me op te lossen; je bent me niets verplicht.'

'Ik wil het graag voor je oplossen,' mompelde hij, 'ik voelde me erg ellendig. Ik heb ook een klein onderzoek naar de handel en wandel van Vriesebosch opgestart, want het zit me niet lekker.'

Sylvie keek hem geschrokken aan. 'Je doet toch niks onwettigs, hè?'

'Zo min mogelijk,' mompelde hij, een tikje schuldbewust. 'Ik ben niet in de wieg gelegd voor black-hat, maar voor een hoger doel wil ik de flexibiliteit van de regels best aan een nader onderzoek onderwerpen.'

'Ik ben toch geen hoger doel?'

'Je veiligheid, en die van Ties, is dat zeker wel. Voor mij. Ik zal er pas gerust op zijn als jij en de kinderen veilig op Woudenbergh zijn, en je je over je huisvesting in ieder geval geen zorgen meer hoeft te maken.'

Sylvie ademde diep in, en liet die adem daarna heel langzaam weer ontsnappen. Ze kon zijn lekkere geur ruiken, zo vertrouwd en tegelijk zulk verboden terrein. 'Ik ga je wel huur betalen, Freek. Ik moet even kijken hoeveel ik kan missen; hier betaal ik ook iets, maar dat is echt een schijntje. Een marktconforme huur, dat heb ik gewoon niet, maar ik kan natuurlijk heus wel –'

Freek legde twee vingers op haar schouder. 'Ik wil dat niet.'

'Ik kan toch niet voor niks in je huis gaan zitten? Jij hebt het ook niet breed.'

'Ik wil niet dat je mij huur betaalt. Ik ben de reden dat je dakloos dreigt te worden.' Freek klonk alsof hij niet van plan was zich om te laten praten. Zijn twee vingers kregen, op Sylvies schouder, voorzichtig gezelschap van de rest van zijn hand, en daarna gleed die hand, in een lichte streling, over haar arm naar beneden terwijl het koffiezetapparaat begon te pruttelen.

'En als ik dan bijvoorbeeld… de kosten van Jack betaal? Is dat een idee?'

Freek bleef even stil, terwijl zijn hand voorzichtig de hare greep. 'Ja,' zei hij toen aarzelend, 'ja, dat is misschien wel een goed idee. Jack zal toch ook bij het koetshuis op stal moeten blijven, totdat ik daar iets anders voor heb bedacht, en misschien vinden de kinderen het ook leuk om te helpen met de verzorging? Ik weet dat Ties en Jack het goed met elkaar kunnen vinden, in ieder geval, dus, eh…'

'Mam?'

Sylvie keek om Freeks brede schouders heen naar Ties, die de keuken binnen kwam gedanst.

'Moeten wij voor Jack zorgen, als we in het koetshuis gaan wonen? Zei je dat nou, Freek?'

'Nou, het moet niet, maar ik dacht dat je het misschien aardig zou vinden om me te helpen? Aangezien je Jack ook graag mag.'

'Tuurlijk! En eh…' Ties bekeek Sylvie en Freek eens goed. 'Wat staan jullie er nou onhandig bij? Staan jullie een beetje handje vast te houden? Of gingen jullie toch nog even stiekem zoenen, net als vroeger?'

'Ties, maak jezelf nuttig,' zei Sylvie een beetje bruusk, terwijl ze haar hand uit die van Freek trok en een keukenkastje opende, 'en neem deze koffiemokken mee naar binnen. En de suikerpot, daar, op tafel. Ik kom zo met de koffiekan en de melk. O, en neem ook nog even wat lepeltjes mee.'

Freek stond, een tikje onhandig, als een groot rotsblok in de weg bij het aanrecht; hij ging niet opzij, hij stond daar gewoon, en zodra Ties de deur weer uit was stak hij een hand uit naar Sylvie.

Bijna zonder nadenken stapte ze naar hem toe en zijn arm gleed om haar middel, gewoon, alsof het zo hoorde, en ook alsof het zo hoorde legde ze haar hoofd tegen zijn schouder en liet ze zich even gaan: ze snuffelde aan zijn nek, terwijl ze voelde hoe zijn neus over haar haargrens streek.

'Groene appels,' mompelde hij met zijn lippen tegen haar voorhoofd. Zijn korte baardhaartjes kriebelden heerlijk.

'Freek,' begon Sylvie. Ze legde haar hand tegen zijn borstkas en voelde zijn warmte door de stof van zijn T-shirt tegen haar handpalm.

'Ik weet het,' zei hij zachtjes, zijn wang tegen haar voorhoofd.

Ze hief haar gezicht naar hem op, waardoor hun wangen elkaar raakten, en voelde hoe zijn andere arm om haar heen kwam, hoe hij zich om haar heen krulde totdat ze zich helemaal warm en beschermd voelde – hoe deed hij dat toch? Ze was door zo veel mannen vastgehouden in haar leven, maar niemand had haar ooit zo'n gevoel van veiligheid gegeven. Ze kon niet anders dan haar wang een beetje tegen de zijne aan wrijven. 'Je bent zo'n lekkere knuffelaar, ik kan niks tegen je beginnen,' mompelde ze. 'Je bent gewoon te lief.'

'Jij bent liever,' zei hij zachtjes, zijn neus tegen de hare, 'jij bent de liefste.'

'Niet.'

'Zeker wel,' mompelde hij, bijna onverstaanbaar, zijn lippen op haar lippen en ieder woord een onbedoeld kusje.

Het was niet te doen.

Niet te doen hoe lief ze hem vond, hoe haar hart tekeerging van zijn nabijheid, zijn geur, dat bedwelmende mengsel van tederheid en doortastendheid van hem waarvan ze bijna flauw kon vallen van pure verliefdheid.

Ze kuste hem.

Hij kuste haar terug, voorzichtig, alleen lippen, maar dat was al heerlijk genoeg, een voorzichtig, teder snoer van lichte kusjes die maakten dat ze glimlachte. Hij glimlachte ook, ze voelde het, er trok een soort opluchting door haar heen, een soort ontspanning van iets waarvan ze niet had geweten dat ze het al die tijd aangespannen had gehouden.

Bij hem gebeurde er iets vergelijkbaars, ze voelde het in de spierspanning van zijn armen: het was alsof hij zachter werd. En met een trage uitademing gaf hij haar alsnog een likje. Een kleintje maar, een klein beetje van zijn zachte gladheid en zijn smaak.

Ze kon het niet onbeantwoord laten; een klein puntje teruggeven was toch wel het minste wat ze kon doen.

Hij trok haar dichter tegen zich aan en streelde haar rug in trage cirkels.

De wereld was zo goed als verdwenen.

'Mam?' kwam er uit de woonkamer.

De wereld kwam met een klap weer terug en Sylvie opende haar ogen, om recht in de verschrikte blik van Freek te kijken.

'Mam, Hawé en ik gaan morgen helpen met opruimen op Huis De Toecomst, hebben we met Simon afgesproken, kom je ook? Hoe meer we het met z'n allen doen, hoe eerder we kunnen verhui–' Ties' stem kwam dichterbij, bleef even stil en produceerde toen een plagerig: 'Awkwarrrrd!'

Sylvie kneep haar ogen stijf dicht en verborg haar gezicht in Freeks nek.

'Er is niets awkwards aan, Ties,' zei Freek dapper over haar hoofd heen, 'ik vind je moeder nog steeds erg lief en aantrekkelijk, ook al weten we wel dat we maar beter niet aan een serieuze relatie kunnen denken. En het is heel fijn om te weten dat zij blijkbaar hetzelfde denkt over mij.'

'Jullie zijn klef,' zei Ties beschuldigend, 'jullie zijn echt veel kleffer dan Hawé en ik. Maar dat vind ik niet erg, hoor, want als jullie nu weer staan te zoenen dan komt het vanzelf wel goed met jullie. Nou, mam, kom je morgen meehelpen? Kan je hem nog een keer zoenen.'

'Oohhh!' verzuchtte Sylvie semi-geërgerd, en ze maakte zich los van Freek om achter Ties aan te lopen naar de hal. 'Ties, luister nou even. Ja, ik ga morgen mee om te helpen, natuurlijk ga ik mee, maar haal je nou niet van alles in je hoofd over Freek en mij. We zijn natuurlijk nog steeds best wel heel dol op elkaar, dat is niet in één keer weg, dat snap je toch wel? Maar we gaan er verder niet te veel gedoe van maken, en ik wil heel graag dat jij dat dus ook niet doet, want anders wordt het wél echt awkward, en daar heb ik geen zin in.'

Ties keek haar moeder geschrokken aan en Sylvie besefte dat ze misschien te streng uit de hoek was gekomen.

'Sorry, mam,' zei Ties meteen deemoedig. 'Ik begrijp heus wel dat het moeilijk voor je is, en zo. En voor Freek ook. Ik wil het echt niet nog moeilijker maken, maar ik mag toch wel een beetje hopen?'

Sylvie zuchtte. 'Van hopen is nog nooit iemand slechter geworden,' zei ze, 'kom hier, Ties.'

Er was tussen haar en haar dochter nog nooit een conflict geweest, groot of klein, dat niet met een stevige knuffel kon worden opgelost, en dit was geen uitzondering.

Freek

10

Simon had zich razendsnel omgekleed, maar dat was ook niet verwonderlijk, dacht Freek: hij had de kleren die hij aan wilde naar de Herfstborrel al bij zich. Hij had geen keuzeprobleem. Freek had dat wel. Zijn witte T-shirt of zijn witte overhemd? Hij had ook nog een zwart overhemd, dat hij had gedragen op de uitvaart van zijn moeder. Hij was haast vergeten dat hij het bezat – het hing onder het jasje van zijn smoking, die hij sinds zijn studententijd niet meer had gebruikt – dus het was slechts één keer gedragen, maar het paste hem nog steeds.

De smoking was natuurlijk geen optie. Hij twijfelde over zijn donkerblauwe jeans of de broek van zijn zwarte pak, maar dan weer niet met het zwarte overhemd. Hij had op de uitvoering van de achtstegroepers, waarbij hij had meegedaan op de piano, de zwarte broek en het bijbehorende jasje gedragen, met een wit T-shirt en zijn zwarte All Stars. Hij had Sylvie zijn jasje gegeven toen ze buiten hadden gestaan, omdat het fris was voor haar. Hij had zelf nauwelijks iets van de temperatuur gemerkt; ze had zijn jasje gedragen terwijl hij zijn beschamende verhaal deed, terwijl ze samen dansten, terwijl ze elkaar hadden gekust. Achter het fietsenhok. Hij legde nu het jasje apart. Dat ging sowieso aan.

Vanaf het moment dat hij bij haar in de keuken had

gestaan, had hij zo'n vreemd soort kriebelend gevoel onder in zijn maag gehad. Hij had haar vastgehouden en ze hadden elkaar tóch weer gekust. Voorzichtig, een klein beetje maar, bijna als herinnering aan wat geweest was, maar voor hem had het gevoeld alsof er iets monumentaals was verschoven. Alsof…

Hij kon het maar beter aan zichzelf toegeven, zo vlak voordat ze dit toneelstuk gingen opvoeren, waarbij hij zou moeten doen alsof Sylvie en hij nog steeds een stel waren. Hij had intussen bijna twee weken de tijd gehad om erover na te denken. 'Vooruit, Freek!' zei hij tegen zichzelf; zijn lippen bewogen maar hij maakte geen geluid. Vooruit: denk de gedachte.

Het was… het was alsof er toch een straaltje licht gloorde in de duisternis. Een miniem draadje hoop. Iets wat verkrampt was geweest, had zich ontspannen op het moment dat ze hem terug had gekust. En hoewel hij nog steeds iedere dag die pijn in zijn borstkas voelde, vanaf het moment dat hij alleen wakker werd tot het moment dat hij alleen in bed stapte en weer in slaap viel, leek het nu toch iets beter te verdragen. Vanwege dat draadje hoop. Waar hij op hoopte wist hij eigenlijk niet precies, want hij vond nog steeds dat een relatie geen optie kon zijn, als hij zulke uitbarstingen als die meltdown kon hebben.

Hij schudde zijn hoofd en ruimde de kleren op die hij sowieso niet ging aantrekken.

Zijn jeans en zijn witte T-shirt bleven over en hij kleedde zich om terwijl hij in zijn hoofd een doorloopje deed. Hij zou Sylvie ophalen met de jeep, Simon zou achter hem aan rijden. Simon had beloofd, plechtig maar lachend, hen thuis te brengen als Freek om wat voor reden dan ook ineens starnakel dronken bleek te zijn; hij zou dan wel bij Freek op de bank slapen. Dat mogelijke rampscenario was in ieder geval voorzien van een passende oplossing.

Toch bleef zijn maag kriebelen, en er was nog iets anders, iets meer dan dat verbodene, verwachtingsvolle dat maar bij Sylvie bleef horen, al vertelde hij zichzelf honderd keer dat een relatie geen optie was. Terwijl hij de kleren die hij die dag had gedragen in de was gooide en in de badkamer zijn haar vochtig maakte om het strak naar achteren te kammen – geen staartje naar de borrel, dat leek hem idioot – nam hij de tijd om zijn gevoel preciezer te analyseren.

Hij was zenuwachtig.

Niet vanwege het feit dat hij naar een borrel vol gemeenteraadsleden moest, die dan van alles van hem zouden vinden, en waar hij dan ongetwijfeld van de ene in de andere faux pas zou rollen, maar vanwege…

Vanwege…

'Wel verdomme!' Hij trok een gezicht naar zichzelf in de spiegel. Hij was zenuwachtig omdat hij met Sylvie ging! En niet omdat hij zich zorgen maakte om wat anderen ervan zouden vinden, of omdat hij bang was dat hij zijn rol niet goed zou spelen, maar omdat hij een afspraakje met haar had! Het eerste echte afspraakje dat hij met haar had, en het was al aan geweest en ook alweer uit, en ze wisten allebei hoe de vlag erbij hing! Hij was gek aan het worden, dat kon niet anders.

Hij roffelde de trap af en liep met een paar grote passen de woonkamer in, waar Simon op hem wachtte.

'Nou nou, jij had een hoop tijd nodig,' zei die plagerig. 'Je hoeft je echt niet mooier te maken dan je al bent, hoor, want Sylvie is nog steeds even gek op je als altijd. Ik zag heus wel hoe ze van het weekend weer steeds stiekem naar je zat te kijken.'

'Hou op, Simon,' zei Freek met een zucht, 'ik ben al niet zo rustig.'

'Jongen, je maakt het jezelf te moeilijk. Ik heb het meteen al gezegd.'

Freek schudde zijn hoofd. Hij had ook naar Sylvie gekeken, verstolen, toen zij en de kinderen kwamen helpen in het grote huis. Het weekend na het keukenmomentje, en toen ze de woensdag daarna de ronde hadden gemaakt, en het afgelopen weekend weer. Steeds als hij dacht dat hij ermee wegkwam, hadden zijn ogen zo'n beetje aan haar gekleefd gezeten. Zij had ook naar hem gekeken, dat had hij wel gevoeld, en af en toe hadden ze elkaar ook betrapt, en dan elkaar een soort verontschuldigende blik gegeven.

Hij had niet de kans gehad haar opnieuw in zijn armen te nemen, hoewel ze bij de ronde door het bos per ongeluk met hun handen tegen elkaar aan waren gebotst toen ze over het wat smallere, nieuwe pad rondom het meertje hadden gelopen, en toen had hij in ieder geval voor de rest van dat pad haar hand vastgehouden.

Hij verlangde naar haar, met een af en toe acuut opvlammende heftigheid. Dan moest hij even stilstaan en een paar keer diep ademhalen totdat het een beetje was gezakt.

'Nou, ben je zover?' vroeg Simon nu, terwijl Freek zo onopvallend mogelijk zijn ademhalingsoefeningen deed en voor de zekerheid zijn jasje dichtknoopte.

Hij knikte.

'Je ziet er in ieder geval netjes uit, behalve die gympies, maar die zijn dan eigenlijk ook wel weer leuk,' zei Simon, na een kritische blik op en neer. 'Als jij het niet doet, misschien doet zij het dan, want om je de waarheid te zeggen word ik er wel een beetje uiig van, hoe jullie als twee tieners om elkaar heen lopen te draaien.'

'Ik dacht dat je blij was met de extra hulp in het grote huis,' zei Freek, terwijl hij de voordeur achter hen afsloot.

'O, dat ben ik ook, en Sylvie is een harde werkster dus we schieten lekker op zo. De keuken en de wc zijn weer brandschoon, ik hoef alleen nog maar het riool goed door te prikken. En zodra ik klaar ben met het behandelen van die houtrot in de kozijnen kunnen we alles schilderen. Ik ben alleen bang dat je niks aan de kinderen zult hebben, die gaan zodra ze kunnen een beetje schatzoeken op zolder.'

'Ik ben al lang blij dat de forensische mensen de zolder niet hebben opengebroken en daar niet ook alles overhoop hebben gehaald,' zei Freek. Hij opende het portier van zijn jeep. 'Ik zie je zo dadelijk bij Sylvie,' zei hij, en toen stapte hij in.

Tijdens de rit door het bos overdacht hij de voortgang. Het schoot lekker op; de hele bel-etage was leeg en voor een flink deel ook al grondig schoongemaakt door Sylvie en de kinderen, die heus wel heel hard hadden meegeholpen voordat ze naar boven waren verdwenen om de oude bediendenverblijven, de opslagzolder en de vliering te onderzoeken.

Hij had op de zondag van het eerste weekend Ties de sleutel van de zolder gegeven en haar gevraagd om eens te kijken of daar alles nog op orde was. Ze was met Hans-Willem naar boven gegaan en pas aan het eind van de dag met glanzende ogen weer naar beneden gekomen, en tot zijn verrassing hadden ze er, bloedserieus, een heel project van gemaakt. Ze hadden een heleboel foto's gemaakt van dingen die ze hadden gevonden: kasten, kisten, een secretaire, oeroude bedden in de bediendenslaapkamers, met een matras er nog op, meubelstukken waarvan ze niet direct zagen waar die voor dienden, en dit weekend waren ze begonnen om van alles open te maken en heel precies vast te leggen wat erin zat. Hij vond het heimelijk fijn dat zijn familieverleden interessant genoeg was om de kinderen zo te intrigeren; op een goed moment was Ties voorzichtig naar beneden gekomen in een enorme crinoline – gevonden in een kist – en Hans-Willem had lachend een iets te grote driekante steek afgenomen in een hoekige maar vrolijke buiging. Er was nog veel meer kleding, en alles in betrekkelijk goede staat. De restanten van het tafelzilver waren intussen ook gevonden – er was nog iets meer over dan hij zich herinnerde, want naast de houten doos waarin de laatste vorken en messen waren opgeborgen in groen vilt, had Hans-Willem tot zijn vreugde in het oude bureau van Freeks grootvader een geheime lade gevonden, waar een forse cassette uit kwam met meer verschillende soorten messen, vorken en lepels dan de kinderen ooit hadden gezien. Het zilver was ouderwets van vormgeving en het was zwart uitgeslagen, alsof het al minstens honderdvijftig jaar niet was gebruikt. Freek had niet eens van het bestaan ervan geweten, en hij vermoedde zijn moeder evenmin, want anders had ze het vast wel verkocht. Het bureau had tijdens zijn opgroeien op Huis De Toecomst al op zolder gestaan; zijn vader had het nooit willen gebruiken.

De kinderen zouden komend weekend nog wel zoet zijn met zilver poetsen, bedacht hij zich met een voorzichtige grinnik, terwijl het laantje naar Sylvies boshuisje al in zicht kwam. Hij was zo diep in zijn gedachten verzonken geweest dat hij zich nauwelijks herinnerde dat hij toen hij het landgoed verliet het hek had opengemaakt, dat hij het weer had gesloten, en dat hij het hele stuk met Simon vlak achter zich door het bos had gehobbeld.

De realiteit kwam terug in beeld, en daarmee ook dat trillerige, nerveuze gevoel waarmee hij was ingestapt.

Waar was hij aan begonnen? Hij wilde niet naar zo'n borrel. Hij voelde zich opgeprikt, hij kon niet acteren, iedereen zou alles aan hem zien, maar tegelijk wilde hij niets liever dan met Sylvie daarheen, zijn arm om haar heen kunnen slaan en haar naar zich toe kunnen trekken, een beetje bezitterig doen misschien zelfs wel. Hij wist dan wel dat het allemaal niet waar was, maar hij wist ook dat hij er tóch van zou genieten.

Hij draaide het laantje in en schudde zijn hoofd. Hij was echt gek aan het worden. Hij was natuurlijk al vrij gek, vergeleken met de gemiddelde man, maar tot nu toe had hij in ieder geval altijd nog kunnen claimen dat hij rationeel was. Nu was hij ook nog onredelijk.

Hij parkeerde zijn jeep op de plek waar hij hem iedere keer had gezet als hij Sylvie bezocht, en even gaf hem dat een steekje, maar hij negeerde dat en stapte uit.

Simon liet zijn auto maar gewoon op het pad staan, de motor nog draaiend. Hij opende zijn raampje en stak zijn hoofd een stukje naar buiten. 'Haal jij haar op, dan keer ik vast om.'

Freek knikte, haalde diep adem, slikte maar eens een keer, en liep op Sylvies huisje toe. Toen hij bijna bij de deur was ging die open en Sylvie stond op de drempel, in een zwarte jurk met witte stippen. De jurk had een wijde rok. Ze droeg er zwarte, nette schoenen bij met een klein hakje, en haar haar hing los, maar ze had het met speldjes vastgezet boven haar oren. Ze droeg make-up: eyeliner, mascara en een klein beetje lippenstift. Het was niet veel, maar Freek kon niet anders dan met grote ogen naar haar kijken.

Mooiste vrouw ter wereld. Geen twijfel mogelijk.

'Hoi, Freek,' zei ze, een beetje onzeker met haar handen over de stof van haar jurk strijkend, 'ik hoorde jullie al aankomen. Denk je dat het zo kan? Ik weet eigenlijk niet precies hoe netjes het moet.'

'Je ziet er prachtig uit,' zei hij, bijna ademloos.

'Jij ook,' zei ze met haar ondeugende grijns, 'jij bent ook bijna helemaal zwart-wit, straks gaan mensen nog denken dat we het zo hebben afgesproken.'

Hij voelde hoe hij glimlachte. Sylvie was te mooi; hij kon niet anders dan blij zijn als hij haar zo zag, en dat kon niet anders dan op zijn gezicht tot uiting komen in een glimlach.

'Ik pak even mijn handtas, en, eh, toch ook maar een vestje, het is iets koeler dan ik dacht,' zei ze, strijkend over haar blote armen.

'Je mag mijn jasje wel weer aan,' bood hij meteen aan.

'Nee joh, ben je mal, ik kan toch gewoon nu nog even iets pakken?' Ze verdween naar binnen en hij bleef een beetje voor de deur hangen, maar toen verscheen Ties in de gang.

'Hé Freek, kom je niet binnen? Ik wil je iets laten zien, kom, het kan nog net even snel.'

'Simon staat daar te wachten,' zei Freek, geheel ten overvloede, maar Ties trok hem aan zijn hand over de drempel. Ze was in de keuken bezig met haar laptop en liet hem vol trots zien hoe ze alle foto's die ze op de zolder van het grote huis had gemaakt, had overgezet in een document. Bij iedere foto had ze een behoorlijk gedetailleerde beschrijving gemaakt.

'Dat ziet er netjes uit,' zei hij, werkelijk een beetje onder de indruk, 'en waar heb je al die informatie vandaan?'

'Gegoogeld,' zei ze tevreden. 'Er zijn ook een paar dingen die ik niet kan vinden, ook omdat ik niet zo goed weet wat voor zoekterm ik moet invoeren, maar misschien mail ik wel een keer naar een of ander museum of zo. Het leek me wel handig voor je; mijn moeder vertelde dat je een beetje krap zit, en dat wij Jack voor je gaan betalen als we in het koetshuis komen wonen, en ik dacht: misschien vinden we nog iets op zolder dat je zelf niet nodig hebt, en dat je dan kan verkopen of zo. Maar ik vind al die oude dingen wel heel cool, dus ik zou het ook jammer vinden als je ze weg zou doen, hoor.'

'Ik vind ze ook cool,' zei Freek met een grijns. 'Ik bedenk

me dat ik als kind wel regelmatig op zolder ben geweest – ik verschool me er graag – maar nadat ik er nog wat zaken had geparkeerd, vlak voordat ik het grote huis verhuurde, heb ik er geen voet meer gezet. Ik had eigenlijk geen idee dat er nog zo veel stond.'

'En dit is nog lang niet alles, hoor,' zei Ties blijmoedig. 'Hawé en ik gaan het helemaal voor je in kaart brengen.'

'Waar is hij eigenlijk?'

'Hockeyen,' zei Ties, op een toon alsof ze daar helemaal niets aan vond.

Sylvie kwam de trap af met een klein zwart vestje aan over haar jurk. Ze pakte haar handtas van het tafeltje in de hal en zei tegen Ties: 'Hou je het wel uit, in je eentje?'

'Tuurlijk, mam,' zei ze vrolijk, 'ik kan niet wachten tot Hawé terugkomt met die pizza achter op zijn fiets. Ik hoop dat hij dan nog warm is, maar anders stoppen we hem nog wel even in de oven. Komt goed, gaan jullie nou maar lekker belangrijk borrelen. En niet stiekem zoenen, hè? Of eigenlijk, ga juist maar wel stiekem zoenen.' Ze keek even heel stout maar zwaaide toen grinnikend. 'Doeiiiii!'

'Dag, Ties,' zei Freek ernstig, 'ik zal goed op je moeder passen,' en toen liep hij achter Sylvies zwierige rok aan naar buiten.

De rit naar Hogerweijde verliep in een gemoedelijke stilte, hoewel Freek zich moest beheersen om niet de hele tijd opzij te kijken naar de mooiste vrouw van de wereld. Hij wist eigenlijk even geen gespreksonderwerp, dus zweeg hij maar, hoewel hij zich daar wel een beetje stupide bij voelde.

Simon reed nu voorop en hij nam de asfaltweg. Freek was liever dwars door het bos gegaan, maar hij reed toch maar achter hem aan.

'Jij wilde zeker zo rijden?' vroeg Sylvie, met een vinger in de richting van de bosweg.

'Inderdaad,' zei Freek. 'Ik denk dat het ook korter is.'

'Nou, ik ben blij dat we dat niet hebben gedaan. Er zit een gigantische kuil in die weg, die tegenwoordig permanent vol water staat. Als je erdoorheen was gereden, had het water over je gympen geklotst.'

'Dan was Simons auto er waarschijnlijk in blijven steken,' zei Freek met een klein grijnsje.

'Denk maar niet dat ik met deze schoenen was uitgestapt om te helpen duwen,' zei Sylvie. 'Maar serieus, ik hoopte nou net even de burgemeester aan te schieten over het onderhoud in het bos dat nog ligt te wachten op actie van de gemeente.'

'Dat zal vast lukken, je ziet er zo mooi uit dat hij niet anders zal kunnen dan naar je luisteren. Het is overigens ondenkbaar dat je zou helpen duwen in deze jurk.' Hij klonk bijna geschokt.

'Nou ja zeg, ik ben toch niet meteen invalide als ik eens een keer zo'n ding aandoe en een paar nette schoenen!' Sylvie lachte hartelijk. 'Ik heb alleen geen zin om op een paar hakjes tot mijn enkels in de blub te gaan staan, en bergschoenen onder zo'n jurk kan volgens mij echt niet.'

Freek wilde eigenlijk liever serieus blijven – het idee dat Sylvie als dame, want dat was ze op dit moment, blootgesteld zou moeten worden aan dergelijke modderige omstandigheden stuitte hem daadwerkelijk tegen de borst – maar het beeld dat ze hem voorschotelde was té grappig. Hij proestte het uit.

Zij zat ook te grinniken, en de vrolijkheid tussen hen nam het laatste beetje zenuwen dat in Freeks buik had gebruist, helemaal weg.

Hij parkeerde zijn jeep op het plein bij de school. 'Ik hoop niet dat je het erg vindt om een klein stukje te lopen? De parkeerplaats achter het gemeentehuis zal wel vol staan.'

'Tuurlijk niet,' zei ze gemoedelijk. 'Voor hakken zitten deze schoenen best lekker. Waar is Simon eigenlijk?'

'Ik denk dat hij zijn auto voor zijn eigen deur heeft gezet; hij zal zo dadelijk wel naar de achteringang van het gemeentehuis komen. Als wij er eerder zijn dan hij, wachten we daar op hem.'

'Prima,' zei Sylvie, en ze stapte uit, om meteen bijna tegen Freek op te lopen, die met een paar grote passen om de neus van de jeep heen was gekomen.

'Wat doe jij nou?' Ze moest zich aan zijn arm vastklampen om niet om te vallen.

'Ik wilde het portier voor je openen, maar ik ben te laat,' zei hij een tikje mismoedig.

'Gekkie, dat doe je anders toch ook niet?'

'Maar nu ben je netjes,' zei hij zachtjes. Hij stak zijn elleboog naar haar uit.

Ze giechelde een beetje, maar gaf hem toch een arm, en ze liepen een klein stukje. 'Ik vind het echt heel weird om zo met je te lopen, alsof we bejaard zijn, weet je dat?'

Hij keek op haar neer, zijn hart vol warmte. 'Hoe zou jij willen lopen?'

'Gewoon,' zei ze zachtjes. Ze liet hem los, maar toen hun handen elkaar per ongeluk even raakten en hij de hare greep, trok ze haar hand niet weg.

'Beter?'

Ze gaf hem die ondeugende, aantrekkelijke grijns van haar. 'Veel beter. En het ziet er ook meteen heel echt uit, hè, als we zo lopen. Als we nu Francine van Bickershoek van Hooglanden tegenkomen, dat verwaande mens, hoeft die geen seconde te twijfelen.'

Freek was even in de war. 'Twijfelen? Het is toch echt? Ik bedoel: we houden echt elkaars hand vast.'

Sylvie duwde haar schouder even tegen hem aan. 'Ik bedoelde dat we net moeten doen alsof het aan is, maar je hebt wel gelijk: het is echt. Dat we elkaars hand vasthouden.'

'Het voelt ook echt,' bromde Freek zachtjes, bijna tegen zijn zin. Hij had zich hierop verheugd, op de kans om nog even het gevoel te hebben dat ze bij hem hoorde, al was het maar voor een paar uur, maar hij had niet zien aankomen dat er ook een bittere bijsmaak zou kunnen zijn.

Sylvie gaf zijn hand een kneepje, bijna alsof ze wel voelde wat er zich in zijn hoofd afspeelde.

Sylvie

11

Het was binnen veel drukker dan ze had verwacht, en iedereen leek elkaar heel goed te kennen. Zij kende maar een paar gezichten: hoofdagent Van Breeuwijk natuurlijk, en Reindert, en het gezicht van de burgemeester kende ze ook wel, hoewel ze nog niet met hem had gesproken. Maar verder was het een zee aan onbekendheid die haar tegemoet golfde, en iedereen leek haar juist wel te kennen, wat ze tegelijk verrassend en ook een beetje overweldigend vond. Ze werd links en rechts door allerlei onbekenden begroet en als Freek niet naast haar had gestaan, had ze waarschijnlijk de neiging gehad een rustig hoekje op te zoeken om even bij te komen van al die aandacht.

Freek was een perfecte heer. Hij kende al die mensen blijkbaar wel, stelde haar netjes aan iedereen voor, regelde een glas witte wijn voor haar en een glas bier voor zichzelf – 'eentje kan denk ik wel,' had hij in haar oor gemompeld; ze wist meteen dat hij op de feestweek doelde – en hield zodra dat maar enigszins mogelijk was haar hand in de zijne.

Dat gaf een enorme rust, die hand. Het gevoel van veiligheid dat altijd van hem uitging was misschien wel sterker dan ooit, en ze stond zichzelf toe om af en toe licht tegen hem aan te leunen als iemand een praatje met haar begon.

Freek praatte ook met mensen. Hij gaf nietszeggende antwoorden op nietszeggende vragen en glimlachte af en toe vriendelijk, maar toen hij een arm om haar middel sloeg en, luid genoeg om hoorbaar te zijn voor de mensen in hun directe omgeving, zei: 'Kom, liefste, laten we August Moelleux even begroeten,' toen voelde ze ineens dat hij een beetje trilde.

Ze draaide zich naar hem toe en mompelde richting zijn oor: 'Gaat het?'

'Jawel,' zei hij zachtjes, 'beter dan ik had verwacht, eigenlijk, hoewel het me nooit heel natuurlijk zal afgaan. Het blijft hard werken.'

Ze maakten voorzichtig wat vordering door de ruimte, en Sylvie zei zacht: 'Dat kan je nou wel zeggen, maar dat "liefste" kwam er anders heel natuurlijk uit.'

Freek gaf haar een blik, zijn ogen duidelijk groenig en iets verschillend van kleur in het licht van de grote ouderwetse kroonluchter aan het plafond, en hij zei zo zacht dat alleen zij het kon horen: 'Maar het is toch ook waar? Jij bent de liefste. Van ons tweeën, bedoel ik. Daar hebben we het nog over gehad bij jou in de keuken, toen we bij jullie langskwamen om te vertellen van Simons idee om –'

Alsof hij zijn naam had gehoord verscheen Simon naast hen met een groot glas witbier in zijn hand en een tevreden glimlach om zijn lippen. 'Ze hebben hier een van mijn favoriete drankjes,' zei hij.

'August is ook een groot liefhebber van witbier,' zei Freek, snel schakelend naar conversatietoon. 'Hij heeft me verteld dat het een voorwaarde is dat De Paardentram het op de tap houdt, anders legt hij zijn ambtsketen neer.'

Sylvie grinnikte. 'Serieus?'

'Waarschijnlijk niet,' zei Freek met een klein grijnsje, 'maar het is wel een goed verhaal. Zal ik je aan hem voorstellen, Simon? Hij vindt het vast aardig om nog een witbier-aficionado te ontmoeten.'

Gedrieën bewogen ze langzaam door de mensenmassa in de richting van de burgemeester, die in vol ornaat, ambtsketen en al, in een hoek van de verder van meubilair ontdane raadszaal hof stond te houden.

'Ha, Freek,' zei August enthousiast toen hij hen in het oog kreeg, 'wat fijn dat je er dit jaar bij bent! Reindert had het al gezegd, dat hij je vriendin in het complot had betrokken om je eindelijk eens naar onze gemeenteraadsborrel te lokken!' August kneep allebei zijn ogen dicht, wat hij waarschijnlijk bedoelde als een knipoog, maar dan door een man die niet in staat was zijn ogen onafhankelijk van elkaar te sluiten.

'Complot?' vroeg Sylvie met een lach, terwijl ze haar hand naar de burgemeester uitstak. 'Freek, is er serieus een complot voor nodig om je hiernaartoe te krijgen?'

August schudde haar hand enthousiast. 'Fijn dat we elkaar even spreken, boswachter; het had al veel eerder moeten gebeuren. Mijn excuses daarvoor.'

'O,' zei Freek, terwijl nu hij Augusts hand schudde, 'er was heus geen complot voor nodig om mij hier te krijgen, hoor. Alleen een vriendin. Mag ik je overigens voorstellen aan mijn jeugdvriend Simon van Bon, August? Hij is recent geremigreerd vanuit Canada via New York, werkt nu op onze lagere school en is, net als jij, een groot liefhebber van witbier.'

'*Hello*,' zei Simon tegen August. Hij schudde de uitgestoken hand van de burgemeester en bleef verrassend stil; direct na de handdruk dook hij, als om te bewijzen dat hij inderdaad van witbier hield, diep in zijn glas.

'Wat… geestig!' zei August, die een beetje van zijn stuk gebracht leek. 'En je bent dus ook opgegroeid in De Grote Weijde?'

Simon knikte, nam nog een grote slok en antwoordde toen, een tikje ademloos, waarschijnlijk door het koolzuur in het bier: 'Ik heb het hier altijd gemist; ik wilde als kind helemaal niet verhuizen. Er is voor mij geen mooiere plek op aarde, en ik... *count myself lucky* dat ik hier nu weer woon. En dat ik Freek kan helpen met de restauratie van Huis De Toecomst.'

'Ik vergeet regelmatig dat Simon hier lang niet is geweest,' zei Freek tegen August. 'We hebben onze vriendschap zo weer opgepakt waar hij was blijven liggen toen Simons ouders emigreerden. Ze pachtten vroeger de hoeve bij het landgoed.'

'Ah!' zei August. 'Ik heb er beeld bij! Dat is ook wel een zeer idyllische plek om op te groeien. Overigens, is er al een oplossing voor de huisvesting van onze boswachter? Ik heb nog even om me heen gekeken, hoor. Ik heb nog geen oplossing gevonden, maar ik ben niet van plan om het erbij te laten hangen: als het moet neem ik zelf contact op met Staatsbosbeheer.'

'O, wat aardig van u,' zei Sylvie uit de grond van haar hart, 'dat had ik nou niet verwacht.'

'Ik hecht er bijzonder veel waarde aan dat ons bos goed wordt beheerd,' zei August. 'Bij die blikseminslag in het trafohuisje een paar weken geleden was het volledig dankzij jouw adequate handelen dat de brand zo snel onder controle was. Als je niet zo snel in de gaten had gekregen waar de bliksem was ingeslagen, hadden we misschien wel veel langer dan een middag zonder stroom moeten zitten. Of, nog erger, we hadden de dorpen moeten ontruimen als de brand te lang had kunnen voortwoekeren. Nee, daar moet ik niet aan denken.' August sloot even zijn ogen en haalde diep adem. 'Als het nodig is ga ik wel in conclaaf met de burgervaders van onze direct omliggende gemeenten; misschien is er daar wat gemakkelijker woonruimte te bemachtigen, en dan toch nog binnen een aanvaardbare afstand van ons bos.'

'Het is niet nodig,' zei Freek. 'Sylvie en haar dochter, en voor het moment ook Reinderts zoon, kunnen binnen afzienbare termijn hun intrek nemen in het koetshuis op Woudenbergh. Ik ga weer op Huis De Toecomst wonen.'

'O,' zei August, 'dat is... misschien wel een heel mooie oplossing! Maar ik meende dat je zei dat het grote huis vrijwel onbewoonbaar was op het moment, Freek?'

'Er is al veel werk verzet,' zei Freek, die eruitzag alsof hij nog meer had willen zeggen, maar afgeleid was geraakt door wie er binnen waren gekomen.

'O, kijk, Bé is er ook,' zei Simon, die Freeks blik had gevolgd.

'Bé is er altijd,' zei August, 'en kijk, ze heeft Marcus Rietberger meegebracht!'

'Ken je hem dan?' vroeg Simon, tegelijk met dat Sylvie uitbracht: 'Mijn ex.'

August keek licht verbijsterd.

'Ik heb op de positie van boswachter hier gesolliciteerd toen onze relatie stukliep, eind vorig jaar. Hij was de directeur van de basisschool in het dorp waar Ties en ik woonden, maar hij is daar weg, en nu heeft Béatrice Altena hem aangenomen als onderwijzer. Ik weet ervan, maar ik vind het toch ongemakkelijk om hem tegen het lijf te moeten lopen.' Sylvie nam snel nog een slok van haar wijn, die al een beetje warm was geworden en nu wat zurig smaakte.

'Uiteraard,' zei August begripvol, 'hoogst ongemakkelijk. Marcus is, zo begrijp ik, nog maar net in dienst als leraar op onze school, maar hij heeft zich al een paar keer verdienstelijk gemaakt voor de school door bij bijeenkomsten over de geplande nieuwbouw van de school, Bé's plaats in te nemen als ze druk was. Hij heeft ook aangegeven geïnteresseerd te zijn in het raadswerk, en blijkbaar is hij ervaren. Op het eerste gezicht een aanwinst voor onze gemeenschap, zou ik zeggen. Wat ziet Bé er trouwens... atypisch uit.'

Bé droeg een fleurige, jeugdige tricot jurk met een paar lichtgele open schoenen met sleehakken eronder; eigenlijk iets te zomers voor de tijd van het jaar, maar het stond haar geweldig en maakte dat ze er zo tien jaar jonger uitzag. Haar nieuwe, speels geknipte kapsel met highlights deed de rest; bijna al haar strenge juffigheid was verdwenen.

'Het is zeker geen achteruitgang,' zei Freek, terwijl hij geconcentreerd naar het stel leek te staren.

'Ik vind het haar ook heel goed staan,' zei Sylvie na een korte blik. Ze keek maar snel weer weg; het leek erop dat Marcus haar nog niet had gezien en hoewel ze er eigenlijk verrassend weinig bij voelde – ze had zich een beetje schrap gezet voor een onaangename schok, maar die was uitgebleven – wilde ze liever voorkomen dat ze daadwerkelijk met hem zou moeten praten. Ze pakte Freeks hand en aan zijn stevige grip voelde ze dat hij misschien nog wel iets gespannener was dan eerst. 'Burgemeester Moelleux,' zei ze maar snel, 'ik had gehoopt nog even kort van gedachten te kunnen wisselen over het onderhoud van de bospaden, maar volgens mij moeten we weer plaatsmaken voor andere gasten die met u willen spreken.'

'O, noem me toch August,' zei August gemoedelijk, 'en geen zorgen, we hebben vanmorgen de portefeuilles herverdeeld en ik zal zo dadelijk het betreffende raadslid een zetje jullie kant op geven. Dan kun je meteen spijkers met koppen slaan. Ha, Bé,' ging hij verder, nu Bé en Marcus dicht genoeg waren genaderd, 'en Marcus, wat fijn jullie even te zien. Heb je het nieuwe schooljaar met goed gevolg kunnen opstarten, Bé?'

Marcus zei niets, maar hield een vriendelijke glimlach op zijn knappe gezicht terwijl zich een levendig gesprek tussen August, Bé en Simon ontspon. Ook het project waarbij op landgoed Woudenbergh jonge bomen zouden worden aangeplant door de kinderen van basisschool De Brink kwam voorbij.

'Er liggen intussen meer bomen klaar dan er kinderen op school zitten,' zei Bé met een lach. 'Ik had niet verwacht dat er zo enthousiast op het idee zou worden gereageerd door de verschillende sponsoren. Maar ik had wel verwacht dat er eerder mee begonnen had kunnen worden.'

Ze keek hierbij naar Freek, die zich haastte om toe te lichten: 'Het heeft iets meer voeten in de aarde gehad – letterlijk, mag ik wel stellen – om het veldje dat ik hiervoor vrij wilde geven, ook daadwerkelijk vrij te maken voor nieuwe beplanting. Ik heb wat problemen gehad met de onderhuurders van het grote huis. Ik kan het nu wel zeggen: de heren bleken onderdeel van een criminele organisatie, met vele uitingsvormen. Zonder dat ik het heb gemerkt was het beoogde veldje vol gezet met hennep. Dat moest uiteraard worden verwijderd, op last van de politie, maar ik kon daar niet eerder open over zijn, omdat het onderdeel uitmaakte van een veel groter onderzoek dat op dat moment nog liep. August weet er wel iets van, en ik heb volledige openheid van zaken gegeven aan hoofdagent Van Breeuwijk zodra ik daar toestemming voor had.'

Simon sprong bij: 'Je begrijpt natuurlijk wel, Bé, dat Freek daar heel druk mee is geweest. Daarom heb ik gezegd dat ik de organisatie rondom het bomenveldje wel verder op me zou nemen, maar we moesten wachten totdat de heren waren opgepakt, en dergelijke. We wilden natuurlijk niet dat de kinderen van De Brink lekker bij Freek in het bos kwamen rommelen terwijl er nog van alles aan de hand was in het grote huis.'

Bé knikte ernstig. 'Ik begrijp het volkomen,' zei ze. 'En ik begrijp ook dat je niet eerder openheid van zaken kon geven, Freek; het spijt me als ik ongeduldig was.'

'Het geeft niet,' zei Freek zachtjes.

'Intussen is het ideale moment om bomen te planten natuurlijk allang verstreken,' zei Simon, terwijl Marcus handig achter Bé langs stapte, zodat hij ineens naast Sylvie stond. Hij bleef vriendelijk glimlachen maar mengde zich nog steeds niet in het gesprek.

'Bomen planten moet je in het voorjaar doen, of laat in het najaar,' ging Simon verder, 'dus ik ga ervan uit dat we over een paar weken, zo'n beetje in de herfstvakantie, alsnog wel kunnen beginnen. Ik moet even kijken hoe ver we tegen die tijd zijn met de renovatie van het grote huis, want Freek wil het weer betrekken nu die onderhuurders eruit zijn. Het heeft alleen nogal wat schade opgelopen en er is veel achterstallig onderhoud.'

'Aha,' zei Bé vrolijk tegen Simon, 'dus daar verdwijn jij steeds zo haastig naartoe!'

Simon begon een heel verhaal over hoe mooi hij het vond om aan de renovatie, en soms ook restauratie, van het grote huis te werken, hoeveel werk er nog te doen was, hoe hij het voor zich zag, en Sylvie merkte dat haar concentratie iets verslapte. Vanaf het moment dat Bé en Marcus zich bij hen hadden gevoegd, had ze zich volledig op het gesprek gefocust, ook omdat het feit dat Marcus nu vrij dicht naast haar stond, haar toch een beetje van haar stuk bracht. Als Freek niet aan haar andere zijde had gestaan, zijn hand stevig in de hare, had ze zich waarschijnlijk ultiem ongemakkelijk gevoeld. Nu was het nog steeds niet ideaal, maar Freeks solide, rustige aanwezigheid drong dat vervelende gevoel aardig naar de achtergrond.

'Ik ben er altijd van overtuigd geweest dat je het snelst een kleine kern als deze in kaart krijgt als je mee kunt draaien in de lokale politiek,' zei Marcus plotseling tegen Sylvie, zijn stem zacht en vertrouwelijk. 'In Olterloo kwam ik er niet zo makkelijk tussen, en de stijl van de bevolking en de bestuurders sloot niet helemaal aan bij de mijne, dat weet je. Maar in Wijdwierdum, nou ja, dat weet je ook, daar was ik nog net niet de burgemeester.' Marcus lachte zachtjes en een beetje zelfingenomen.

Sylvie had regelmatig de verhalen van zijn leven vóór Olterloo moeten aanhoren. Ze had het altijd wat vreemd gevonden dat hij zo'n succesvolle positie in een Gronings dorp, waar hij na zijn lerarenopleiding terecht was gekomen om er op school te werken en waar hij binnen een paar jaar niet alleen de schoolleider was geworden, maar ook een zetel in de gemeenteraad had verworven, zomaar had opgegeven om in Olterloo te gaan werken. Nu ze hem goed kende vond ze het minder vreemd. Marcus, met zijn onverzadigbare versierdrift, had natuurlijk in kleine gemeenschappen een beperkte houdbaarheidsdatum; ze gokte dat hij na een jaar of zes, zeven toch echt moest verkassen omdat hij zichzelf onmogelijk had gemaakt. Ze kon ternauwernood een rilling onderdrukken bij het idee dat ze nog zes jaar tegen zijn zorgvuldig gepolijste glimlach aan zou moeten kijken in De Grote Weijde, hoe knap hij er ook uitzag, en ze kneep even in Freeks hand.

Meteen kreeg ze een kneepje terug, wat haar goeddeed, en even wisselde ze een blik met Freek. Zijn gezicht stond belangstellend en vriendelijk, maar Sylvie voelde gewoon dat dat alleen maar buitenkant was. Freek was eigenlijk, bedacht ze, verrassend goed in het verbergen van wat er bij hem vanbinnen gebeurde; als je hem nu zag zou je denken dat hij in een heel gemoedelijk gesprek met goede bekenden was verwikkeld, maar de spanning in zijn hand en arm vertelde een ander verhaal.

'Met jou gaat het ook goed, hè, hier,' ging Marcus verder tegen haar, zo zacht dat waarschijnlijk alleen zij het kon horen. 'Je ziet er goed uit, Sylvie. En een relatie met de lokale landadel, toe maar, daar kan ik natuurlijk niet tegenop! Ik heb nog even overwogen je op te zoeken en te kijken of er nog iets tussen ons, nou ja, eh, je begrijpt denk ik wel wat ik bedoel, maar ik zie nu dat ik toch echt te laat ben. Maar goed, je weet hoe het is, oude liefde roest niet...' Hij liet zijn zin suggestief in de lucht hangen en gaf haar een blik die ze maar al te goed herkende. Zo had hij naar haar gekeken toen hij druk bezig was haar toe te voegen aan zijn lange lijst veroveringen: alsof ze de begeerlijkste vrouw op aarde was.

Even wist ze niet hoe ze moest reageren; die man was werkelijk te brutaal voor woorden. Ze had hem aan de telefoon, en later ook nog eens recht in het gezicht, luid en duidelijk medegedeeld dat ze niets meer met hem van doen wilde hebben, en hier stond hij doodleuk tegen haar aan te insinueren alsof er niets aan de hand was?

Freek schraapte heel licht zijn keel en zei toen tegen Sylvie, zijn stem op z'n allergravigst: 'Liefste, ik vermoed dat je gelijk had toen je voorstelde te circuleren; het begint hier enigszins een *crush* te worden, en waarschijnlijk willen andere gasten zich ook even met August onderhouden.' Hij knikte eenmaal kort ten afscheid en keerde zich toen enigszins abrupt om, om Sylvie vervolgens aan de hand mee te voeren naar een rustiger hoekje in de zaal.

'Wow,' zei ze, 'daar had Marcus niet van terug. Wat kan jij toch deftig uit de hoek komen als je dat nodig vindt. Hoorde je wat hij tegen me zei?'

'Ik hoorde het, al deed hij zijn best dat te voorkomen. Vandaar mijn, eh, interventie.'

'Nou, ik ben maar blij dat je meneer de graaf even uit de kast trok, want ik was zo verbijsterd dat ik mooi met mijn mond vol tanden stond. Moet je je voorstellen, dat je ex – in gezelschap nota bene – min of meer tegen je zegt dat hij nog wel een beetje met je zou willen rotzooien, terwijl je zogenaamde nieuwe partner ernaast staat, en zijn eigen date volgens mij ook binnen gehoorsafstand was. Zou Bé hebben gehoord wat hij zei?'

'Ik vermoed van niet,' zei Freek, na een diepe in- en uitademing, 'ik denk dat ze te diep in gesprek was met August en Simon. Ik ben blij dat we een rustig hoekje hebben gevonden.'

'Nou, ik ook. Helpt het, dat het hier iets minder vol is?' Ze zette haar halflege wijnglas op de vensterbank.

'Wel iets,' gaf hij schoorvoetend toe, 'hoewel ik het allerliefst de raadszaal even zou verlaten. Het is ook niet zozeer vanwege de drukte, het is meer –'

Sylvie onderbrak hem met een elleboogstootje. 'O, kijk nou,' zei ze zachtjes, toen Simon aanstalten maakte om bij August vandaan te lopen, en August onopvallend even zijn hand op Simons arm legde. De twee mannen wisselden een blik; Simon bleef staan, ook toen Bé en Marcus wegliepen bij August.

Freek keek haar aan met een blik waar niets dan vraagtekens uit sprak.

'Volgens mij vinden Simon en August elkaar een beetje leuk,' fluisterde Sylvie in Freeks oor. Ze moest daarvoor op haar tenen gaan staan en tegen hem aan leunen, en hij zette direct zijn bierglas weg en legde zijn arm om haar middel.

Sylvie werkte onopvallend haar arm onder zijn jasje, zodat ze zijn rug kon strelen zoals hij ook de hare streelde, en even stonden ze zo samen, elkaar een beetje stiekem te aaien, totdat ze voelde hoe zijn adem wat trager ging en hij minder gespannen aanvoelde.

'Waar krijg je dan zo de zenuwen van?' vroeg ze aan hem, haar voorhoofd tegen zijn kin. 'Was het Marcus? Of in het algemeen de drukte?'

'Beide. En het gevoel van verlies van controle; bij conversaties met een of twee mensen kan ik vooruitdenken, zodat ik met redelijke zekerheid kan inschatten of ik adequaat reageer, maar er zijn te veel variabelen, nu. En… eh…'

Sylvie keek even naar zijn gezicht; hij kneep zijn lippen op elkaar. Ze gaf zijn rug nog een aanmoedigende streling.

'Je vindt het waarschijnlijk bizar, maar ik was, nou, nu ik Marcus eens goed heb kunnen observeren… Simon had me wel verteld dat de man er goed uitzag, maar…'

Sylvie grinnikte en legde haar oor tegen zijn schouder. 'Freek, lieverd, jij bent toch veel knapper?'

'Nou, eh,' zei Freek, onhandig.

'Jij bent met gemak, en dat moet je maar van me aannemen, het lekkerste ding op deze borrel. Ik zie ze wel kijken, die andere vrouwen, en als ik al niet bij je in de buurt wilde blijven om je een beetje te steunen in de drukte, dan zou ik alleen maar nog aanhankelijker willen doen, gewoon uit kliederigheid, weet je dat?'

Freek beet even op zijn lip, keek kort naar Sylvie en grinnikte toen. 'Ik vind het altijd heel vermakelijk als je zo ondeugend kijkt,' zei hij zachtjes, 'en dan vind ik je ook altijd extra aantrekkelijk. Ik heb er de hele tijd aan gedacht, aan toen we bij jou thuis in de keuken…'

'We gingen bijna weer verschrikkelijk zoenen, hè?' zei Sylvie. 'Ja, ik heb er ook nog wel aan teruggedacht, natuurlijk. Het is ook niet zo gek; we zijn vrienden, we vinden elkaar nog steeds aantrekkelijk, we kennen elkaar intussen behoorlijk goed, ook op, eh, dié manier...' Ze gaf hem een veelbetekenende blik.

'Ik wil verschrikkelijk graag met je naar bed,' mompelde Freek.

Sylvie schoot in de lach. 'En dat ga je dan nu, midden in een zaal vol mensen, zo tegen me zeggen? O, jij hebt soms echt geen filter, hè?'

'Het spijt me,' zei hij schuldbewust met een halve grijns, 'maar het is wel de waarheid.'

'Ik weet het,' zei Sylvie, 'en ik zou het ook wel willen, jij lekker ding.' Ze kneep even zachtjes in zijn zij, waar hij bijna een sprongetje van maakte – ze wist heus wel dat hij, als ze hem ermee overviel, slecht tegen kietelen kon. 'Maar het kan niet, hè? Als we dat zouden doen, maken we het denk ik wel heel ingewikkeld voor onszelf.'

'Dat denk ik ook. Zal ik trouwens nog iets te drinken gaan halen? Iets zonder alcohol? Mijn bier is dood.'

'Mijn wijn is warm, en nu smaakt hij zuur. Maar ik heb verder nog niet echt dorst, jij?'

'Ook niet, maar men behoort toch een glas in de hand te hebben op gelegenheden als deze.'

'Zullen we ons gewoon nergens iets van aantrekken?' mompelde Sylvie vanuit haar mondhoek, als een stripverhaalschurk.

'Oké,' deed Freek terug, op dezelfde manier, en toen keken ze elkaar even aan en proestten zachtjes.

'De romantiek spat ervan af,' zei Reindert den Dekker joviaal, terwijl hij aan kwam kuieren om zich bij hen aan te sluiten. 'Ik ben blij dat je je geliefde zover hebt kunnen krijgen om zijn gezicht te laten zien, Sylvie!'

'Ha, Reindert,' zei Freek, enigszins op zijn hoede, hoewel

Sylvie vermoedde dat dat alleen haar op zou vallen.

'Hallo, Reindert,' zei ze. 'Ik hoefde minder mijn best te doen om hem te overtuigen dan ik had gedacht, hoor. Samen is het ook wel een stuk gezelliger, hè?' Ze keek even naar Freeks gezicht.

'Zeker,' zei Freek, met een al even snelle blik terug.

Ze voelde die blik tot in haar tenen naar binnen schieten, en hij voelde het ook, dat wist ze zeker. Ze streelde zijn rug traag, van boven naar beneden, en liet haar hand warm in het holletje net boven zijn broekband liggen. O, ze wilde ook met hem naar bed, ze verlangde naar hem als een malle. Ze was niet goed wijs geweest dat ze had gedacht dat het ongemakkelijk zou zijn om hier te doen alsof ze nog steeds een relatie hadden: het was precies het tegenovergestelde. Ze kon bijna niet van hem afblijven nu ze een legitieme reden had om hem aan te raken.

'De burgemeester stuurde me jouw kant uit, Sylvie,' zei Reindert opgeruimd, en Sylvie deed haar best haar broeierige gedachten te parkeren.

'O?' zei ze.

'Ik heb naast economie de portefeuille natuur en milieu erbij gepakt. Niemand wilde 'm hebben, het is ook veel werk en je moet je er echt in verdiepen, maar ik vond dat ik wel eens een beetje meer tijd in mijn directe leefomgeving mocht steken.'

'Wat gebeurt er met je, Rein,' zei Freek, ernstig maar met een plagende ondertoon.

'Nou, dat heb ik me de afgelopen weken ook afgevraagd; mijn privéleven is in alle eerlijkheid een puinhoop op het moment, ik heb geen contact met mijn dochter uit mijn vorige huwelijk, mijn huidige vrouw en ik zijn uit elkaar en ze woont in Spanje, en mijn zoon woont bij jou, Sylvie. Ik doe iets helemaal verkeerd.'

Reindert was echt serieus, dat zag Sylvie direct.

Hij haalde diep adem en ging verder: 'Ik heb… professionele hulp gezocht. Ik dacht niet dat ik dat ooit zou doen in mijn leven, maar ik denk wel dat het nodig is. Onderdeel van het proces is dat ik er met mensen over moet praten. Ik neig er nogal naar om mooi weer te spelen, niet te benoemen wat er aan de hand is, en dan maar door te rennen van het een naar het ander. Mijn therapeut noemt het een piramidespel spelen met mijn emoties: het ene gat proberen te dichten met het andere, zal ik maar zeggen. Ik hoop niet dat jullie het vervelend vinden dat ik zo openhartig ben?'

'Natuurlijk niet,' zei Sylvie vriendelijk, 'ik vind het alleen maar ontzettend goed van je dat je dit doet! Ieder mens verandert in de loop van zijn of haar leven, je leert bij, je doet nieuwe ervaringen op, dingen komen in een ander licht te staan… Soms is het goed – zwaar, maar wel goed – om daar heel bewust mee om te gaan.'

'Ik heb zoiets ook doorgemaakt,' deed Freek een duit in het zakje. 'Ik stond eigenlijk al jaren stil, had met bijna niemand contact; mijn leven was zo leeg en prikkelvrij als ik het kon krijgen. Toen kwam Sylvie, en Ties, die me lieten inzien dat ik daardoor ook heel veel miste. Er zijn altijd meerdere kanten aan de zaak.'

Reindert haalde diep adem en blies die adem langzaam uit. 'Mooi,' zei hij. 'Ik waardeer jullie openhartige reacties. Ik zou nu echt heel graag een glas bier willen, maar bij de transformatie hoort ook een fysieke: ik ben aan de lijn. Voor mij alleen maar mineraalwater. Hoe dan ook, Sylvie: laten we binnenkort eens afspreken om alles wat er nog ligt vanuit de boswachterij op een rijtje te zetten. Ik heb ook wat ideeën die ik eens met je wil bespreken: ik vind je recente initiatieven voor de zwerfvuiljachten heel mooi, en ik zit daarnaast te denken aan natuurrondleidingen door De Grote Weijde.'

'Oef,' zei Sylvie met een frons, 'dat zou wel heel leuk zijn, maar ik ga dat qua tijd niet redden, hoor! Die zwerfvuiljachten zouden eigenlijk vooral in het hoogseizoen veel vaker moeten, en dat red ik al niet. Ik heb ook wel eens zitten denken aan een soort combinatie met een begeleide natuurwandeling, maar het is een behoorlijk groot gebied qua onderhoud, en er moet ook nog wat aan het landgoed gebeuren zodat dat opnieuw open kan...'

'Je hoeft het toch ook niet allemaal zelf te doen?' Reindert gaf haar een brede grijns. 'Ik heb een hele ploeg jonge mensen die in het pannenkoekenhuis werken, en die best nog wel iets meer zouden willen bijverdienen. Er zijn er al een paar bij me gekomen met de vraag of ik niet nog een pannenkoekenrestaurant kan openen, maar daar is geen plaats voor. Als jij ze nou opleidt, dan kunnen zij de wandelingen begeleiden, met een mooie stop bij het pannenkoekenhuis. En als je echt uit het boshuisje moet, dan ga ik er hoogstpersoonlijk achteraan dat Staatsbosbeheer er wel een bezoekerscentrum maakt, zoals ze zo graag zeggen te willen. En dat ik de horeca die daar ongetwijfeld bij komt kijken, op me neem: een prachtige win-winsituatie. Ik hoor overigens van August dat Freek je huisvesting ter hand heeft genomen?'

'Zo zou je het kunnen noemen,' zei Sylvie met een grijns. 'Ik ben maar wat blij dat De Grote Weijde straks niet met een dakloze boswachter zit. Je hebt trouwens goeie ideeën, Reindert, laten we inderdaad maar snel afspreken om verder te praten.'

'We gaan niet samenwonen of zoiets dergelijks,' zei Freek, abrupt en een tikkeltje haastig. 'Ik ga zo snel mogelijk op Huis De Toecomst wonen, hoewel dat op dit moment nog in slechte staat verkeert; zo kan ik van binnenuit de renovatie begeleiden.

Sylvie, Ties en jouw zoon, als hij dat zo wil, kunnen dan het koetshuis betrekken.'

'Samenwonen zou ook wel een beetje vroeg zijn,' zei Sylvie, licht ongemakkelijk, hoewel Reindert dat niet leek te merken.

'En dan, als het grote huis helemaal gerenoveerd is...' zei hij veelbetekenend, met zijn vinger heen en weer wijzend tussen Freek en Sylvie.

Freek glimlachte stijfjes en Sylvie voelde hoe zijn arm om haar middel iets verstrakte.

'Als jullie in tijdnood komen, dan is mijn gastenverblijf altijd nog een optie, hoor,' ging Reindert joviaal verder. 'Ik heb dat beloofd, en dat staat. Hebben jullie trouwens gezien hoe leuk Bé Altena eruitziet? Ik weet niet wat ze heeft gedaan, maar ze is er enorm van opgeknapt.' Reindert keek de zaal rond tot zijn ogen Bé vonden, die druk in gesprek was met twee raadsleden. 'Ha, ze heeft de bouwcommissie alweer te pakken. Ze wil een uitbreiding aan de school, maar dat geeft natuurlijk een ontzettend gedoe.'

'Waar is Marcus?' vroeg Freek.

'Geen idee,' zei Sylvie, 'ik zie hem niet. Misschien is hij drinken halen of zo.'

De raadsleden namen afscheid van Bé en liepen bij haar vandaan, en even stond ze zo, een beetje verweesd, midden in de drukte.

'Marcus, is dat die man met wie ze binnenkwam?' vroeg Reindert. 'Dat is toch een nieuwe leraar, of zoiets? Hij scharrelt volgens mij ook meteen een beetje rond in het raadswerk; ik heb hem nog niet gesproken maar wel in het voorbijgaan gezien.'

'Hij is ook mijn ex,' zei Sylvie, die ter plekke besloot maar gewoon open kaart te spelen, 'de man om wie ik hiernaartoe ben verhuisd. Ik ben er nog steeds niet achter of hij hier nou puur toevallig terecht is gekomen, of dat hij wist dat ik hier woon en hij het erom doet. Maar goed, het is allemaal net lang genoeg geleden dat ik er niet zo heel erg mee zit om hem tegen te komen, hoewel ik het toch fijner had gevonden als hij ergens anders…' Ze wuifde met haar hand, als om te zeggen: liefst zo ver mogelijk hiervandaan.

'Uiteraard,' zei Freek.

'Dat kan ik begrijpen,' zei Reindert. Hij bleef een paar seconden peinzend naar Bé kijken, die eruitzag alsof ze zich een beetje ongemakkelijk begon te voelen, zo overduidelijk in haar eentje tussen de mensen. 'Ik ga Bé even van een gesprekspartner voorzien,' zei hij toen, en daarna liep hij daadkrachtig bij Freek en Sylvie vandaan.

'Wat een verandering,' zei Freek zachtjes.

'Wel goed van hem. Dat meen ik echt, hoor. Een mens is nooit te oud om te leren, hè, en hoe je vandaag bent hoeft niets te zeggen over hoe je morgen wil en kan zijn.'

'Was het maar zo gemakkelijk met mijn asperger,' bromde Freek.

'Nou ja, maar jij leert toch ook steeds bij? Je hebt al zo veel geleerd over jezelf en over hoe je met zaken om moet gaan, en een menselijk karakter is toch geen statisch ding? Dat zal jouw aandoening dan toch ook wel niet zijn, stel ik me zo voor!'

'Ik heb daar wel twijfels over,' zei Freek. 'Ik ben nog niet uit de meltdowns gegroeid, in ieder geval. Zullen we…' Hij keek om zich heen en bleef iets langer naar de deur staren.

'Wat wil je, lieverd?'

'Ik wil heel graag even weg uit de drukte, en ik zou je een schilderij willen laten zien dat mijn grootvader cadeau heeft gedaan aan het gemeentehuis toen het werd heropend. Het hangt in de kleine raadszaal.'

'Mogen we daar dan zomaar in?'

'Vast wel,' zei hij, en hij zette enigszins abrupt een paar grote stappen richting de deur, waardoor Sylvie snel achter hem aan moest hollen om niet net zo verweesd achter te blijven als Bé. Ze keek even naar Bé toen ze aan haar dacht, zag meteen dat Reindert en zij in een heel geanimeerd gesprek verwikkeld waren geraakt, en merkte dat het haar goeddeed om dat te zien.

Halverwege de zaal keerde Freek, al even abrupt als hoe hij was weggelopen, zich naar haar om. 'Ga ik te hard?' vroeg hij deemoedig, en hij pakte snel haar hand.

'Je hebt ook van die lange benen,' zei Sylvie met een grinnik toen ze de hal bereikten. Het was daar meteen een stuk rustiger – er stonden twee jongere mannelijke raadsleden in ietwat snelle pakken met de schouder tegen de muur geleund, in een druk gesprek verwikkeld – en ze voelde hoe Freek opgelucht ademhaalde.

'Hier naar binnen,' zei hij zachtjes, terwijl hij een half openstaande deur verder openduwde.

De ruimte was een soort kleinere kopie van de grote raadszaal: er hing ook een kroonluchter aan het hoge, bewerkte plafond, hoewel een wat bescheidener model, en de muren hadden net als in de grote zaal halfhoge, donker gelakte lambrisering, met daarboven romig lichtgeel geschilderd pleisterwerk. Het meubilair bestond uit losse, vierkante tafels, die allemaal naar één kant van de ruimte waren geschoven en op elkaar waren gestapeld, zodat de ovale raadstafel, die blijkbaar in de grote raadszaal thuishoorde en die in twee grote delen uit elkaar kon, ertegenaan gezet kon worden. Langs de vrije muur stond ook nog een manshoog, verrijdbaar garderoberek dat goed gevuld was met de jassen van de bezoekers, en langs de rechtopstaande bladen van de raadstafel waren stapels stoelen geplaatst. In het dagelijks gebruik was het waarschijnlijk wel een mooie, wat intiemere zaal, maar op dit moment had hij meer weg van een opslagruimte.

'Oké...' zei Sylvie, half lachend, 'wat wilde je me nou laten zien? De opgestapelde stoelen of de garderobe?'

'Nee,' bromde Freek, een beetje verstoord, 'natuurlijk staan die tafels precies voor het schilderij, ik hoop maar dat ze er niet tegenaan zijn geschoven. Het is een landschap: een zicht op Huis De Toecomst, vanaf de oprijlaan. Zoals het er tweehonderd jaar geleden uitzag. Ik heb me altijd voorgesteld dat het er ooit opnieuw zo uit zou kunnen zien, eh...' Hij liep naar het raam en keek achter de tafels. 'Kom, Sylvie, gelukkig hebben ze nog wat ruimte gelaten tussen de tafels en de muur, we kunnen er nog net tussendoor, al staan we er dan wel te dichtbij om er echt goed zicht op te krijgen, maar... Ik heb thuis een grote foto van dit schilderij, die ik heb gescand op hoge resolutie, en ik heb eigenlijk nog nooit de kans genomen om op het echte schilderij te kijken naar...' Zachtjes pratend verdween Freek achter de tafels. Hij was meteen onzichtbaar, zo achter die zeker twee meter hoge stukken raadstafel die als kamerschermen omhoog stonden.

'Gekke Freek, waar heb je het toch allemaal over,' zei Sylvie zachtjes en een beetje in zichzelf, terwijl ze zich ook maar achter de tafels werkte. Er was net genoeg ruimte om te lopen, maar haar schouder raakte de schilderijlijst even toen ze Freek bereikte, die met het lampje van zijn mobiel op het doek scheen.

'Er is hier niet genoeg licht,' mompelde hij, voorovergebogen naar het schilderij voor zover de beperkte ruimte dat toestond, 'en een conservator zou vast een wegtrekker krijgen van wat ik hier doe, maar het moet maar even.'

'Is het dan een schilderij dat musea graag zouden willen

hebben? Ik weet niks van kunst, hoor,' zei Sylvie. 'Het is wel mooi, die bomen zijn ook heel mooi gedaan.'

'Het is een Barend Cornelis Koekkoek,' zei Freek achteloos. 'Het is een aantal jaren geleden getaxeerd op honderdtwintigduizend euro, of iets daaromtrent.'

'Zo hé,' zei Sylvie, oprecht onder de indruk. 'Baal je niet dat je opa het aan het gemeentehuis heeft gegeven? Als jij het nog had, dan had je daar mooi het grote huis van kunnen laten renoveren!'

'Ik ben juist blij dat hij dat heeft gedaan.' Freek kwam overeind, deed het lampje van zijn mobiel uit en stopte het apparaat in de zak van zijn jasje. 'Als hij het niet had gedaan, dan was het ofwel verkocht door mijn vader, die voornamelijk goed was in geld uitgeven, ofwel na zijn dood door mijn moeder, die natuurlijk nauwelijks meer iets had voor haar en mijn levensonderhoud. Zij had sherry nodig en ik moest naar de universiteit. En dan was er ook nog haar zaakgelastigde, notaris Alvenaar, die naar ik vermoed een bescheiden fortuin aan commissie heeft vergaard met de verkoop van onze spullen.' Hij gaf haar een snelle blik; er zat iets van ergernis in, maar ook kwetsbaarheid.

Sylvie voelde ineens dat ze nog lang niet genoeg zicht had op alle omstandigheden die Freek hadden gevormd. Hij had haar wel verteld dat hij nog steeds bezig was de schulden van zijn ouders af te betalen, en ze wist dat hij niet veel meer te besteden had dan zij, maar toch: ze had altijd, heel naïef, gedacht dat mensen zoals hij, die opgegroeid waren in landhuizen met grote stukken grond eromheen, in een soort vanzelfsprekende luxe waren grootgebracht. Dat 'het niet breed hebben' voor zulke families betekende dat ze misschien drie keer per jaar met vakantie naar het buitenland konden, in plaats van vier keer, daar waar het voor mensen zoals zijzelf meer een keuze werd tussen warm eten of witbrood met jam. Maar ineens had ze een beeld voor ogen van adellijke armoede, waarbij mensen dan wel woonden in zo'n groot huis, maar ze net zo goed iedere cent moesten omdraaien, tot hun niets restte dan hun familiegeschiedenis, hun identiteit in feite, te gelde te maken.

'Kijk, hier,' zei Freek, inbrekend in haar gedachten, 'ik hoop dat je het kunt zien zonder extra verlichting: zie je dat piepkleine rode figuurtje? In die boom? Dat is een kind. Het enige menselijke figuurtje op het hele schilderij, het is bijna verborgen. Ik weet dat het er is, van de foto, maar ook omdat mijn grootvader me erover heeft verteld: zijn grootvader had het schilderij besteld, en uitdrukkelijk benoemd dat er geen levende wezens op mochten staan. Geen tuinwerkers, geen bedienden, geen karren, geen koetsen, en ook geen dieren. Er is heel lang hier, links van het huis, een groot hertenkamp geweest. Een soort kweekgrond voor de jacht; als de herten eenmaal groot genoeg waren, dan werden ze losgelaten in het bos. Dat mocht er allemaal niet op: het ging om het huis. Naar verluidt is dat kleine rode figuurtje een opstandige daad geweest van de schilder: er was natuurlijk altijd activiteit rondom het grote huis, er woonden naast mijn voorouders allerlei mensen in en om, en de schilder had liever een realistischer weergave geschilderd. Vanwege dat kleine figuurtje heeft het doek nooit in de blauwe salon gehangen; het stond op zolder. Na de Tweede Wereldoorlog vond mijn grootvader het wel een aardig gebaar om het aan het herbouwde gemeentehuis te schenken. Als een soort stille herinnering aan wie ervoor had gezorgd dat het herbouwd kon worden, denk ik.'

Sylvie knikte. 'Wat een verhaal, Freek. Ik kan me voorstellen dat een museum dat wel zou willen hebben, met die achtergrondinformatie ook! Dat is toch superinteressant? Ik vind het ook heel leuk om te horen.' Ze was dicht naast hem gekropen, om het rode figuurtje te kunnen zien, maar ook om hem nog even te kunnen voelen. Ze legde haar hoofd tegen zijn schouder, sloot haar ogen en voelde hoe hij haar voorzichtig in zijn armen nam. Het paste precies in het smalle gangetje achter het opgestapelde raadszaalmeubilair; ze stonden even stilletjes te knuffelen en van elkaars nabijheid te genieten.

'Dat kleine figuurtje,' mompelde Freek in haar haar, 'ik stel me voor dat ik dat ben. Het huis helemaal leeg, ontdaan van alle leven, en alleen ik nog over. Bijna ook als een opstandige daad, maar dan van het lot.'

Sylvie hief haar hoofd op en legde haar hand tegen zijn wang. 'Je bent niet alleen, Freek, en als wij straks bij je komen wonen in het koetshuis, dan woon je er ook niet alleen.'

Hij drukte een kusje op haar handpalm en mompelde 'liefste' tegen haar pols.

'Nee, jij bent lief,' zei Sylvie, 'ik kan niet eens stoppen met je aanraken, zo lief vind ik je. Ik wil gewoon steeds maar aan je zitten.'

'Ik wil ook aan jou zitten,' zei hij, terwijl hij haar zij streelde en tevreden zuchtte toen ze een beetje draaide zodat hij haar borst kon voelen.

'Dat is zo lekker,' zei Sylvie zachtjes.

'Ja,' zei Freek, en toen kuste hij haar mond met een mengsel van tederheid en gretigheid dat zo ontwapenend was dat Sylvie bijna smolt in zijn armen.

Freek

12

Hij kon met geen mogelijkheid zeggen of ze elkaar nu een minuut, of vijf minuten, een half uur of een heel jaar hadden gekust. De wereld leek te verdwijnen en het enige wat overbleef was de vrouw in zijn armen, de vrouw die tegen hem had gezegd dat hij niet alleen was, en die hem terug kuste met evenveel passie als hij voelde.

Hij wilde met haar naar bed. Hij wilde seks met haar, voor zijn part waar ze nu stonden – hoewel hij natuurlijk wist dat dat volkomen onmogelijk was – maar meer nog dan de ontlading, de bevrijding van een orgasme, tot nu toe over het algemeen zijn belangrijkste drijfveer voor seks, wilde hij dat gevoel van versmelten ervaren. Alleen met haar voelde hij dat, en hij wist ineens met iedere vezel van zijn wezen dat hij het nodig had, om niet alleen te zijn, om bij haar te horen. Om niet gek te worden.

Sylvie verbrak de zoen en mompelde aangedaan tegen zijn wang: 'We kunnen volgens mij niet blijven doen alsof er niks aan de hand is tussen ons.'

Blijkbaar had ze zijn gedachten gelezen. Hij glimlachte. 'Ik denk ook nie–'

Een geluid deed hem zwijgen.

Sylvie hief haar hoofd op om hem vragend aan te kijken in

de schemering van hun beschutte plekje, maar hij trok zijn wenkbrauwen op en nu kon zij de stemmen ook horen, zag hij aan haar gezicht.

'Marcus!' fluisterde ze.

Hij knikte. Hij had een fenomenaal geheugen voor details: zaken als spoorboekjes, telefoonnummers, namen, maar ook stemmen, verdwenen zonder moeite in de enorme database tussen zijn oren.

'De vrouw heet Agathe,' fluisterde hij terug, 'Agathe Schermerhorn. Ik ken alle namen van de raadsleden, al heb ik niet met iedereen persoonlijk gesproken. Met haar heb ik wel gepraat, bij de opening van de feestweek in De Paardentram, al was ik toen al te dronken om me te kunnen herinneren waarover.'

'Was dat die vrouw die toen zo overduidelijk interesse in je toonde?' Sylvie gaf hem haar stoute grijns.

'Ik wist niet dat je het had gezien,' zei hij zachtjes in haar oor, 'ik dacht dat je met agent Anouschka stond te praten.'

'Volgens mij waren we elkaar stiekem in de gaten aan het hou–'

Freek legde een voorzichtige vinger tegen Sylvies lippen. De stemmen kwamen dichterbij.

'Ik pak even mijn mobiel uit mijn jaszak,' zei de stem van Agathe, 'dan kan ik je laten zien wat ik bedoel. Het is zo'n schattig huisje, bijna direct aan het strand, en het is helemaal niet duur om het voor een weekend te hu– oeh!' Haar zin eindigde in een hoog, ademloos gilletje. 'Wacht nou, de deur staat nog open,' kwam erachteraan.

Er klonk een klik van de zware, eikenhouten deur die dichtging, direct gevolgd door het geluid, van een afstandje maar onmiskenbaar, van twee mensen die elkaar schaamteloos hongerig zoenden. Freek vond het eigenlijk nogal onsmakelijk om naar te moeten luisteren.

'Klinken wij ook zo?' fluisterde Sylvie in zijn oor. Blijkbaar had ze alweer zijn gedachten gelezen.

'Ik hoop het niet,' fluisterde hij terug, en hij voelde meer dan dat hij hoorde dat Sylvie moest lachen. 'Ik hoop niet dat ze besluiten seks te gaan hebben, want dan staan we hier misschien nog wel even. Agathe heeft een jurk aan die denk ik niet erg handig is op het gebied van de, hm, toegankelijkheid.'

'Hoe weet jij dat nou?'

'Ik zag haar. Daarnet, in de raadszaal. Ik heb een behoorlijk fotografisch geheugen.'

Sylvie proestte zachtjes tegen zijn schouder en hij zei 'ssshh' in haar oor.

'Maar het is toch een idiote situatie?'

Van de andere kant van de ruimte klonk tweestemmig en doorvoeld gekreun en gehijg, gelardeerd met vochtige smakken en het geritsel van kledingstukken.

'Jazeker,' zei Freek, fluisterend maar ernstig, 'maar ook wel een vervelende. Bé staat in de raadszaal met Reindert te praten, althans, dat neem ik aan, en haar *plus-one* is in geen velden of wegen te bekennen omdat hij blijkbaar... nou ja.'

Sylvie kneep even haar lippen op elkaar en knikte. Hij zag in het gedempte licht aan haar gezichtsuitdrukking dat ze de ernst van de situatie inzag. 'Typisch Marcus,' mompelde ze, met een vervaarlijke frons. 'Ik ben in staat om tevoorschijn te komen en hem te confronteren. Dan weet Bé ook meteen wat voor vlees ze in de kuip heeft.'

Freek trok haar iets steviger tegen zich aan. 'Doe dat niet,' zei hij zachtjes, 'zo'n scène betekent erg veel ongemak voor alle betrokkenen. Ik zal haar wel bellen, morgen, of misschien moeten we eerst even met Simon overleggen.'

Sylvie zweeg en keek hem aandachtig aan.

'Wat is er?' fluisterde hij.

'Je bent ontzettend fijngevoelig, wist je dat?' zei ze zachtjes.

'Bé is een vriendin, ik wil haar geen verdriet doen. En voor August zou het ook vervelend zijn als de bijeenkomst op zo'n manier verstoord werd, al verdient Marcus het zeker om ontmaskerd te worden.' Hij gaf Sylvie een blik en mompelde toen: 'Ik was bang dat hij je terug zou winnen.'

'Marcus?' Ze vergat bijna te fluisteren, zo verbaasd reageerde ze.

Freek trok zijn wenkbrauwen naar haar op en ze sloeg verschrikt een hand voor haar mond.

'Nee, nee, het kan niet, hier kan het echt niet,' klonk ineens de ademloze, wanhopige stem van Agathe, aan de andere kant van de ruimte. Er klonk een geluid dat deed vermoeden dat zij en Marcus al zoenend en rommelend half tussen de jassen aan het garderoberek terecht waren gekomen, en dat het ze enige moeite kostte zich daar weer uit te bevrijden.

Marcus bromde iets onverstaanbaars, en even waren er weer alleen van die vochtige, hijgerige slobbergeluiden te horen waar Freek van rilde en Sylvie een proest van onderdrukte, maar toen bracht Agathe met hoorbare moeite uit: 'We móéten stoppen, Marcus, ik wil je, ik verlang naar je, maar...'

Marcus bromde nog iets, er klonk nog wat gerommel, de klik van de deurklink en de stem van Agathe, die zo te horen de kamer verliet: 'Ik... ik ga me even opfrissen, eh, mijn neus poederen...'

'Zal ik... meekomen?' Marcus' stemgeluid volgde haar.

Nu was Sylvie degene die rilde, in Freeks armen.

'Wat is er?' vroeg hij zachtjes, zijn lippen in haar haargrens. 'Volgens mij zijn ze weg.'

'O, ik herinnerde me ineens hoe vasthoudend Marcus altijd was, als hij eenmaal had bedacht dat er gesekst moest worden. Hij hield gewoon niet op totdat het voor elkaar was, en daarna ging hij dan meteen heel nadrukkelijk weg, of "zijn eigen ding doen", weet je wel? Ik vond dat eigenlijk altijd ontzettend vervelend.'

Freek liet met tegenzin zijn armen van Sylvie af glijden; hij pakte nog snel even haar hand en kneep er zachtjes in. Ze gaf hem een korte blik, keerde zich om en liep voorzichtig voor hem uit, om dan om de tafels heen te stappen. Hij kwam achter haar aan, het volle licht van de kroonluchter in. Hij stond even met zijn ogen te knipperen, maar de vraag die op zijn lippen brandde was te urgent om te negeren. 'Was hij dan zo slecht in bed?'

'Marcus?' Sylvie grinnikte vreugdeloos. 'Juist niet, eigenlijk. Hij wist wat hij deed, hoor. Achteraf gezien ook logisch, voor iemand die altijd zo bezig was met jagen, en met zo veel vrouwen was geweest. Het seksen zelf was ook niet vervelend. Het was meer dat hij geen nee wilde horen, en dan meteen daarna het liefst wilde maken dat hij wegkwam.'

Freek dacht erover na. Probeerde de situatie te analyseren, te doorvoelen, en was daar nog steeds mee bezig toen hij, hand in hand met Sylvie, de kleine raadszaal uit liep en de hal van het gemeentehuis doorkruiste. Hij was liever even stil blijven staan om echt goed na te denken, maar merkte dat het zo ook wel aardig ging, zolang hij op haar hand vertrouwde.

De Herfstborrel was langzaamaan een beetje uit de raadszaal gevloeid; er stonden her en der mensen in de hal en de gang te praten. Sylvie koerste op Simon af, die verrassend genoeg nog steeds naast August stond, en die, dat was van een afstandje duidelijk zichtbaar, herhaaldelijk door August in het gesprek werd betrokken.

Dat is aardig, dacht Freek, dat August zich zo om Simon bekommert. Ik zou me moeten schamen dat ik mijn vriend zo lang alleen heb gelaten op een partijtje waar hij vrijwel niemand kent. Hij kneep nog een keer zachtjes in Sylvies hand.

Ze stopte met lopen en keek hem vragend aan.

'Waar gaan we naartoe?' Hij hoopte maar dat ze niet alsnog van plan was een scène te veroorzaken.

'Ik dacht om even bij Simon te gaan kijken; we hebben hem wel een beetje alleen gelaten, hè? Maar zo te zien heeft hij het goed naar zijn zin.'

Dat was nu al de derde keer dat ze zijn gedachten leek te hebben gelezen. Hij voelde hoe zijn glimlach opkwam.

'Wat sta je nou te lachen, gekke Freek,' zei ze plagerig.

'Je zegt steeds ongeveer wat ik denk. Dat is wel vermakelijk. En ik begrijp denk ik wat je daarnet vertelde. Over je verleden met, eh...' Hij trok zijn wenkbrauwen even op en bewoog zijn hoofd een klein beetje in de richting van de kleine raadszaal. 'Het is onrechtvaardig als jij voor hem je plannen opzij moet zetten, maar dat hij dan, als hij eenmaal heeft gekregen waar hij op uit was, vervolgens niet hetzelfde voor jou wil doen.'

'Klopt,' zei ze, ineens fronsend. 'Heel irritant. En kinderachtig is het ook, eigenlijk.'

'Zeker,' zei Freek. Hij pauzeerde even, maar ging toen verder: 'Mag ik eerlijk zijn?'

'Altijd.'

'Ik wil naar buiten.'

'O. Oké, die zag ik niet aankomen, maar nu je het zegt: ik wil ook naar buiten.' Ze grijnsde ondeugend naar hem op, haar frons alweer vergeten. 'En ik heb ook honger. Ties en Hans-Willem zijn onder de pannen, qua eten; zullen we een patatje gaan halen bij De Halte?'

Hij glimlachte naar haar, zijn hart onverklaarbaar licht in zijn borstkas. 'Een uitstekend idee. Laten we Simon inlichten, en dan gaan we.'

Een paar minuten later liepen ze over straat, na een kort afscheid van Simon, die onverwacht enthousiast had gezegd dat hij nog even bleef, en een iets langer afscheid van August, die omstandig mededeelde hoe verheugd hij was dat ze waren gekomen.

Freek had eigenlijk het liefst Sylvies hand opnieuw in de zijne genomen. Hij wist niet zeker of dat nog wel kon, nu de borrel voor hen eigenlijk was afgelopen, maar Sylvie verraste hem door een arm om zijn middel te slaan. Hij legde snel zijn arm om haar schouder, zodat ze dicht tegen hem aan kon lopen, en zij stak haar arm onder zijn jasje, zodat ze een vinger in een van zijn broekriemlusjes kon haken.

Hij voelde hoe ze een beetje rilde, ondanks haar vestje. 'Heb je mijn jasje nog een keer nodig?'

'Nee, ik heb gewoon honger,' zei ze, 'daar krijg ik het altijd koud van. Kom, ik kan de frieten al bijna ruiken!' Ze trok hem een beetje vooruit zodat ze wat sneller zouden lopen, en grinnikend, en een beetje zwabberend, gingen ze over straat.

'Straks denken de mensen nog dat we te veel hebben gedronken,' zei Freek vrolijk. 'Houd je me wel tegen als ik ineens mijn broek openmaak?'

'Natuurlijk, daar ben ik toch voor?'

Hij lachte hartelijk. 'Het is vreemd: eerst schaamde ik me verschrikkelijk voor dat moment als ik eraan terugdacht, maar nu schijnt het me alleen maar komisch toe.'

'Was het ook. En je was superlief toen je zo dronken was. Je bent ook superlief als je niet dronken bent, maar ik vond je toen echt zo ontzettend schattig!'

Hij voelde zich ineens weer serieus worden. 'Sylvie, zijn we... nog steeds aan het doen alsof we een stel zijn?'

Zij leek ook te ontnuchteren. 'Ik weet het eigenlijk niet. Het is niet meer echt ergens voor nodig, hè?'

'Ik denk het niet,' zei hij, maar aangezien ze geen aanstalten leek te maken om hem los te laten, deed hij het ook niet.

'Ik heb het wel heel goed naar mijn zin, zo,' zei ze, met een klein kneepje in zijn zij, waar hij een soort minisprongetje van maakte.

'Ik ook,' mompelde hij, 'zolang je me niet kietelt.'

'Sorry,' zei ze deemoedig, en toen hadden ze de snackbar bereikt.

Binnen een paar minuten stonden ze weer buiten, ieder met een grote puntzak warme, zoute frieten. Hij had mayonaise erop genomen, en tot zijn verrassing had zij satésaus gevraagd.

Hij keek naar haar terwijl ze, al lopend, genietend een dikke friet met saus in haar mond stopte.

'Satésaus,' zei hij, op een toon alsof het een belachelijk idee was.

'Weet je niet hoe lekker dat is?'

'Nee,' zei hij.

'Je hebt toch gestudeerd? Ik dacht dat studenten zo'n beetje leefden van de vette bek.'

Hij trok een gezicht. 'Wat een term! Het was meer Italiaans dan friet, in Leiden; er waren veel goedkope pizzarestaurants. Ik kan me nauwelijks herinneren dát ik heb gegeten, als ik nu terugdenk aan die tijd; ik was een van de weinigen die niet gruwde van de mensa. Voedsel was brandstof, ik was daar niet voor de culinaire hoogtepunten.'

Sylvie duwde een schouder tegen hem aan, terwijl ze nog een friet naar binnen schoof, en ze mompelde met volle mond: 'Je bent me er toch eentje, jij.'

Ze liepen en aten even in stilte, en sloegen de hoek om naar de parkeerplaats bij de school, waar Freek zijn jeep had neergezet.

‘Weet je wat nog lekkerder is?’ vroeg Sylvie toen ze de auto bijna hadden bereikt.

‘Lekkerder dan wat? Ik kan verschillende dingen bedenken die lekkerder zijn dan iets anders.’

‘Lekkerder dan friet met satésaus,’ zei Sylvie. Ze leunde al kauwend tegen de zijkant van de auto, en Freek kwam naast haar staan.

‘Bijna alles?’

‘Nee, malle,’ zei ze, en met een snelle haal trok ze een van haar frieten met satésaus door de mayo in zijn puntzak. ‘Dit is nog lekkerder!’ Met een ondeugende blik liet ze de friet in haar mond verdwijnen.

‘Nu zit er satésaus in mijn mayonaise!’ zei Freek ontdaan.

‘Dat heet oorlog,’ zei Sylvie, die nog een friet met satésaus door Freeks mayo haalde, en die hem vervolgens voorhield. ‘Hier, proef.’

Freek twijfelde ernstig maar hapte toch de friet uit haar vingers, en hij voelde hoe ze naar zijn gezicht keek terwijl hij proefde. Het smaakte… het gele, een beetje zure en tegelijk lobbige van de mayonaise paste eigenlijk perfect bij de donkerdere toon van de iets korrelige satésaus, die tegelijk zoet en zout was, en warm daar waar de mayonaise fris was. ‘Oorlog?’ zei hij, toen hij de friet had doorgeslikt.

‘Ja, volgens mij is dat tegenwoordig een beetje een sociaal onacceptabele term, maar voor mij is het gewoon nog patatje oorlog, hoor. Met uitjes is ook heel lekker. Kom op, Freek, je hebt toch niet zo onder een steen geleefd dat je dit nog nooit hebt gegeten?’

Freek haalde een lange, dikke friet uit zijn puntzak. Een friet met daadkracht, besloot hij, en hij viste er een lik satésaus mee uit Sylvies zak voordat hij hem in de mayonaise doopte en in zijn mond stopte. Het duurde even voordat hij kon antwoorden, maar toen zei hij: 'Ik heb juist wel onder een steen geleefd, Sylvie. Ik heb mijn uiterste best gedaan om, jarenlang, zo goed mogelijk onder een steen te leven.'

Hij voelde de warmte van haar lichaam tegen het zijne toen ze een beetje tegen hem aan leunde. Haar nabijheid zorgde steeds opnieuw voor zo'n troost, zo'n stilzwijgend, vanzelfsprekend samenzijn; hij wist niet hoe hij het zonder dat gevoel zou moeten stellen. 'Volgens mij kan ik vannacht niet slapen,' zei hij dus maar eerlijk, terwijl hij de laatste stukjes friet uit zijn puntzak schudde. Hij hoorde hoe zijn stem treuriger klonk dan hij wilde.

'Waarom dan niet?' vroeg ze zachtjes. Ze was ook uitgegeten, pakte de lege zak uit zijn handen en liep naar de vuilnisbak aan de rand van de parkeerplaats.

Hij voelde zich meteen koud en verlaten. Een voorbode, dacht hij, en zonder na te denken liep hij achter haar aan. Iedere seconde die ze nog hadden was er een.

'Kom je met me mee naar de vuilnisbak?' vroeg ze lachend, toen ze zijn lichte aanraking op haar rug voelde.

'Ik wil je graag voelen.'

Ze sloeg opnieuw haar arm om hem heen, en hij legde snel zijn arm om haar schouders terwijl ze terugliepen naar de jeep.

'Ik wil jou ook graag voelen,' zei ze zachtjes, 'je bent altijd zo lekker warm.'

Bij het portier voor de bijrijder stopten ze, en hij voelde in zijn zak naar zijn sleutel, zonder haar los te laten.

'Waarom kan je dan niet slapen, lieve Freek?'

Hij zuchtte diep en opende het slot. 'Ik zal je zo missen,' mompelde hij verlegen. 'Het was heel fijn, vanmiddag, maar nu het is afgelopen ben ik daar wel ellendig van, merk ik.'

'O, lieverd,' zei ze zachtjes, 'kom hier dan,' en haar armen gleden om zijn hals.

Ze stonden even te knuffelen, tegen het portier geleund, en Freek kon niet bedenken hoe hij het ooit voor elkaar moest krijgen om haar weer los te laten, in te stappen, naar haar huis te rijden en dan vervolgens, na een afscheid waarvan zijn hart waarschijnlijk uit zijn borstkas zou vallen, alleen terug te rijden naar het koetshuis.

Sylvie

13

De hele rest van de week, na de Herfstborrel, ging voorbij in een vreemd soort waas. Er waren momenten dat ze Freek zag: die momenten waren helder, scherp afgetekend, en in gelijke mate heerlijk en moeilijk. De dagen waarop ze Freek niet had gezien leken achteraf ongrijpbaar leeg. Alsof er een mist neerdaalde, die de dag een bepaalde mate van zinloosheid gaf en die niet weg te krijgen was, hoe hard ze ook haar best deed. Ze had ook niet geweten hoe ze contact met hem moest zoeken op de dagen dat ze elkaar niet zagen – er was niet echt iets urgents wat ze tegen hem moest zeggen, en gewoon maar appen of bellen leek toch vreemd – en blijkbaar had hij ook niet geweten hoe hij de stilte moest doorbreken. Of misschien had hij wel helemaal niet dezelfde gevoelens als zij; ze hield zichzelf met kracht voor dat het niet onmogelijk was dat hij wel van alles voelde als ze elkaar zagen, maar dat dat wegzakte zodra ze uit beeld verdween.

Ze hadden op woensdag de ronde door het bos gemaakt en daarbij voor een flink deel van de route hand in hand gelopen, na een uitgewisselde blik, maar meer dan praten was er niet gebeurd. Ze hadden het bos doorgenomen, wat er nog aan onderhoud lag, Freeks vorderingen met het hek nu hij offertes van verschillende mogelijke leveranciers binnen had, de stand van zaken van de renovatie van Huis De Toecomst, en, na een licht ongemakkelijk begin, de situatie met Marcus, Agathe Schermerhorn en Bé. Freek en Simon hadden er ook al over gesproken; het leek er toch echt op dat Bé hoopte op iets van een relatie tussen haar en Marcus. Hij had haar dan ook alle reden gegeven om op zoiets te hopen, voor zover Simon had kunnen overzien, en Freek had zich verrassend beschermend opgesteld.

'Het is wel ónze Bé,' had hij gezegd, 'en Simon staat er ook zo in. We kunnen niet niets doen, al weet ik nog niet precies wat we dan wel zouden moeten doen.'

Dat beschermende, dat deed hij ook bij haar; hij leek er bijna niet eens bij na te denken. Ze vond het iedere keer opnieuw een heerlijk gevoel. Toch was het ook vreemd: ze was toch altijd vol overtuiging een zelfstandige vrouw geweest, die niemand nodig had.

Ze had er donderdag en vrijdag lang en diep over nagedacht, hoe het mogelijk was dat ze iets zo fijn vond, en tegelijk zo moeilijk om van te genieten. Freek wilde haar zo graag beschermen dat hij ervoor in het grote huis wilde gaan wonen terwijl dat nog niet af was. Ze was ontzettend opgelucht dat ze niet dakloos zou worden, maar dat was voornamelijk vanwege Ties en Hans-Willem. Als ze alleen was geweest, dat voelde ze, dan was het moeilijker geweest om Freeks genereuze gebaar zomaar te accepteren.

Wat zou dat nou toch zijn? Hoe zou dat werken? Als ze echt eerlijk tegen zichzelf was, als ze echt diep bij zichzelf naar binnen keek, tot op de bodem, waar ze als een klein meisje was, nog zonder het eelt dat opgroeien nu eenmaal op je ziel kweekt, dan zou ze niets liever doen dan zijn armen in rennen, zich tegen zijn brede borstkas verschuilen en verzuchten: eindelijk.

Maar ze was niet meer dat kleine meisje, en het eelt op haar ziel zat er. Het was niet weg te denken, net zomin als dat Freeks meltdowns weg te denken waren. Het was een vreemd dilemma, dat er niet eenvoudiger op werd toen ze eenmaal aan zichzelf had toegegeven dat ze nog net zo verliefd was op die man als voor zijn meltdown. Misschien nog wel een beetje meer.

Zaterdag – gisteren – had ze keihard gewerkt in het grote huis; ze had geholpen met het leeg- en daarna schoonmaken van het souterrain, waar zo'n vijftien vuilniszakken vol troep uit was gekomen. Vandaag stond ze te schilderen, in wat Freek de salon noemde, en dat had iets meditatiefs, waardoor haar gedachten opnieuw de vrije loop namen. De muren leken oneindig en haar arm met de roller ging in rustige bewegingen op en neer. De muur werd een blauw dat zo licht was dat het nog nét niet wit was – de naam op de verfbus was 'delicaat blauw'. De kleur paste wonderwel bij de ruimte. Freek had bedacht dat een verwijzing naar de oude naam, de blauwe salon, toch wel het minste was wat hij kon doen, al was hij allerminst van plan om aan de slag te gaan met dikke fluwelen overgordijnen – blauw natuurlijk – en stoelen met bewerkte poten en blauwe damasten zittingen.

Ties had op zolder een krukje gevonden met precies zulke bekleding. Ze had het naar beneden gesleept en aan Freek laten zien, en hij had verbaasd, bijna blij, gereageerd met: 'Er is nog een tabouretje; dat had ik niet verwacht!' Het krukje mocht beneden blijven, als stil eerbetoon aan de vergane glorie van de voormalige blauwe salon, dus nu stond het in een hoek met een vuilniszak eroverheen getrokken, beschermd tegen eventuele verfspatten, en Sylvie stond al schilderend stilletjes te verlangen en te piekeren over hoe het nu allemaal verder moest.

Haar gepieker werd onderbroken doordat het object van haar verlangen, bedekt met een laagje kalk, de salon binnenstapte. 'Sylvie,' zei hij, een beetje ademloos, 'ik denk dat we beneden opnieuw zullen moeten schoonmaken.'

Ze keek over haar schouder en schoot in de lach. 'Wat is er met jou gebeurd?' Voorzichtig legde ze haar verfroller in de bak.

'Het wordt mooi, hier,' zei hij, rondkijkend, 'ik ben tevreden over de kleur. Simon ziet er net zo uit als ik, op dit moment, en –' Hij sloeg wat kalkstof van zich af en Sylvie schoot meteen op hem toe om hem de hal in te duwen.

'Niet doen, het schilderwerk is nog nat! Wat hebben jullie beneden gedaan, er een muur uit getikt?'

Freek greep even haar bovenarmen met zijn kalkhanden. 'Nee, een wandje van gipsplaat in een van de ruimtes beneden; volgens mij was het vroeger de bediendenzitkamer. Er was een nieuw slot op gezet, maar de deur is opengebroken door de recherche, met evenveel zachtzinnigheid als waarmee ze de andere zaken hier in huis onder handen hebben genomen. Er zal het nodige restauratiewerk aan de deur moeten gebeuren, maar Simon bezweert me dat het mogelijk is om –' Freek onderbrak zichzelf met een handgebaar. 'Mijn excuses; ik sta door te wauwelen over een bijzaak. En ik heb handafdrukken op je gemaakt.'

Sylvie keek even naar de witte vlekken van zijn handen op de mouwen van het verwassen zwarte shirt dat ze tot klusshirt had gebombardeerd. 'Nou, dáár kan ik wel tegen, hoor,' zei ze lachend. 'Maar vertel nou verder, het begon net interessant te worden. Waarom zit er dan een nieuw muurtje in?'

'Dat weet ik nog niet,' zei Freek. Hij veegde zijn handen af aan zijn combatbroek en keek even verdwaasd naar hoeveel kalk er nog af kwam. 'De heren onderhuurders moeten die wand erin hebben gezet. Het was netjes afgewerkt en geschilderd; als het Simon niet was opgevallen dat de muur een iets andere kleur heeft dan de rest van de kamer, en als hij niet aan de buitenkant had gekeken en had gezien dat er een klein boograampje, een soort stalraampje, in de buitenmuur zat, dan hadden we het niet geweten.'

'En dat raampje is nu afgedekt aan de binnenkant?' Sylvie reikte omhoog en veegde met een zachte hand over Freeks wang. Er kwam een klein kalkwolkje uit zijn baard.

'Inderdaad,' zei hij, terwijl hij voorzichtig een hand in haar zij legde. 'De wand staat een klein stukje van de daadwerkelijke muur af, een centimeter of twaalf; Simon heeft dat gededuceerd op basis van de afmetingen van de kamer ernaast. Hij vermoedt nu dat er iets onder zit, een gat in de muur, of een barst, of misschien schimmel of zoiets – hoewel je dat natuurlijk niet weg krijgt door er een wand voor te zetten. Nu ja, hij wil weten wat de staat van de binnenmuur is, dus hij heeft besloten de wand te slopen. De kinderen helpen ook mee; vooral Hans-Willem is al aardig wit geworden.'

'En dat kwam je me allemaal vertellen?' Ze legde haar handen op borsthoogte tegen zijn stoffige T-shirt en duwde een beetje. 'Je bent heel vies,' zei ze, hoewel ze het heerlijk vond om even aan hem te zitten.

'Ik begon je zo te missen,' zei hij verontschuldigend en een beetje verlegen. 'Iedereen was beneden maar jij was hier, en ik wilde heel graag naar je toe. Ik ben, eh, nogal in de war geraakt, denk ik.'

'Van afgelopen dinsdag?'

Hij knikte. Zijn handen gleden om haar middel.

'Ik ook,' zei ze zachtjes, 'ik denk echt alleen nog maar aan jou, en aan hoe het nou moet met ons, en aan dat ik je zo mis; het is echt niet leuk meer.'

'Ik vind het ook niet leuk meer,' zei hij, terwijl hij haar voorzichtig tegen zich aan trok.

Het interesseerde haar eigenlijk niets dat hij onder de kalk zat; ze was het al bijna vergeten. 'Freek,' zei ze zachtjes, gewoon omdat het lekker was om zijn naam even te zeggen.

'Ik weet ook niet hoe het moet met ons,' mompelde hij, 'ik slaap bijna niet; ik ben verschrikkelijk moe, maar ik blijf maar zo onrustig vanbinnen. Nu, nu is het een beetje minder, nu ik je vasthou, maar het kan zo echt niet verder. Ik kan zo niet verder.'

'Wat... wat wil je dan doen?' Sylvie voelde hoe haar hart er een tandje bijzette; ineens besefte ze dat ze geen idee had waar Freeks mysterieuze gedachteprocessen hem allemaal heen hadden gevoerd in de dagen dat ze elkaar niet hadden gezien. Hij was rechtlijnig; het kon twee kanten op gaan, en dan was het natuurlijk meteen een keuze tussen twee uitersten. En hoe zou het dan moeten met het plan om in het koetshuis te gaan wonen?

Freek bleef lang stil. Zijn handen streelden haar rug zachtjes, gedachteloos, maar zijn armspieren waren verstrakt en zijn blik was naar binnen gekeerd. 'Ik weet dat ik zoiets niet kan vragen van je,' zei hij uiteindelijk, 'en ik zal er begrip voor hebben als je het afwijst, maar ik... ik wil terug naar hoe het was. Tussen ons. Ondanks mijn handicap, ondanks het gevaar van omgaan met zo'n onberekenbaar iemand als ik. Het is bijzonder egocentrisch van me dat ik dit voorstel, dat realiseer ik me, maar ik kan geloof ik niet anders. Zo. Ik heb het gezegd.'

Ineens voelde ze hoe hij trilde en ze leunde tegen hem aan en streelde zijn haar, zijn wang, zijn schouder. 'O, Freek, je bent niet egocentrisch, en je bent ook niet onberekenbaar.' Ineens rolden er twee dikke tranen uit haar ogen. 'En ik wil ook terug naar toen het aan was...' Ze hield even op omdat er een snik omhoogkwam.

'Maar het kan niet?' fluisterde Freek. 'Ik weet wel dat het niet kan, maar ik mis je zo. Ik voel me zo goed bij jou, ik verlang zo naar je.'

'Dat heb ik ook allemaal,' zei Sylvie beverig, 'en ik wil ook dat het gewoon wel kan, ik weet alleen niet hoe. Ik heb hier toch ook geen ervaring mee?'

Hij legde een grote, warme hand tegen haar wang, veegde haar tranen weg met zijn duim en mompelde vertwijfeld: 'O, ik maak je helemaal wit.'

'Geeft niks, onder de douche gaat het er wel weer af,' zei ze, lachend door haar tranen heen. Ze voelde een onbeschrijfelijke opluchting in haar borstkas. 'Weet je, ik wil het liefst dat alles weer een beetje, nou ja, openligt. Dat we gewoon rustig kunnen bekijken hoe we dit nou aan moeten pakken, want we kunnen niet blijven volhouden dat er niks is tussen ons.'

'Nee, dat kan zeker niet,' zei Freek hartgrondig. Hij bleef even stil. 'Dus... wat doen we dan nu? Misschien heb je wel gelijk en is het verstandig om de tijd te nemen. Ik wil absoluut voorkomen dat ik nogmaals een meltdown krijg.'

'Misschien dat ik een volgende keer beter voorbereid ben op wat er kan gebeuren,' zei Sylvie zachtjes, 'dan hoef ik ook niet zo te schrikken. Misschien kan ik je dan helpen om eruit te komen.'

Freek kneep zijn ogen stijf dicht en mompelde: 'Ik vind het afschuwelijk dat ik je heb laten schrikken. Ik wil dat je je veilig voelt bij mij, en ik besef nu ten volle dat de reden dat ik in de meltdown terechtkwam volslagen absurd was.'

'Nou ja,' zei Sylvie een beetje schamper, 'noem het maar absurd, dat je erachter moet komen dat je per ongeluk je huis hebt verhuurd aan zware criminelen en dat de halve Europese politiemacht er blijkbaar aan te pas moet komen om ze er weer uit te krijgen. En dat je nota bene als een soort James Bond in je eigen huis stiekem een tap hebt moeten plaatsen! Ik vind het niet gek dat je daar zo overprikkeld van bent geraakt, hoor. Een ander zou nog een paar jaar van schrik met PTSS rondlopen, jij krijgt een meltdown. Dan ben je het ook wel meteen helemaal kwijt, daarna. Toch?'

'Je maakt er bijna iets moois van,' zei Freek, met een glimlachje, 'en dat waardeer ik; je zet altijd alles rondom mijn aandoening in een ander perspectief. Ik vergeet vaak dat er meerdere perspectieven mogelijk zijn. Maar dit was niet zo mooi; ik kreeg die meltdown eigenlijk niet door de hele toestand met mijn onderhuurders. Ik raakte daar wel ernstig van in het rood, maar het was niet wat me over de rand duwde. Ik weet nog heel precies dat ik aan voelde komen dat ik niet meer terug kon, dat de *rumblings* begonnen, eigenlijk op het moment dat Marcus zich bij je meldde. En dan was er ook nog Reindert, die zo om je heen cirkelde; de een goed uitziend en sociaal zeer ontwikkeld, de ander vermogend... Allemaal zaken waar ik werkelijk niets tegenover kan stellen.'

Sylvie snufte haar laatste tranen weg en gaf hem een indringende blik. 'Dinsdag op de borrel, toen we zo verstopt stonden achter die tafels, toen zei je ook al zoiets... dat je hebt gedacht dat Marcus me terug zou winnen?'

Hij knikte. 'Ik dacht dat inderdaad. Nu ik hem daadwerkelijk heb kunnen observeren en heb gezien hoe hij zich gedraagt, en hoe jij bent als je hem opnieuw ziet, nu weet ik dat het onzin was. En nog steeds is. Maar dat zag ik toen niet helder. Jij, onze relatie, hoe pril ook, was mijn enige anker in een bizarre situatie die me op alle mogelijke manieren ver uit mijn comfortzone sloeg. Door jou kon ik nog iets van mijn rust bewaren, kon ik voorkomen dat ik doordraaide. En toen dacht ik dat ik je zou verliezen en draaide ik alsnog door, en maakte ik zelf alles kapot. Als dat geen selffulfilling prophecy is, dan weet ik het ook niet meer.' Hij zuchtte diep.

'O, Freek, lieverd,' zei Sylvie zachtjes, opnieuw ontroerd. 'Hoe heb je dat nou allemaal kunnen denken? Wil je de volgende keer asjeblieft tegen me praten als dat soort spookbeelden in je hoofd opkomen, want dan kan ik tenminste tegen je zeggen dat je het mis he–'

Hij drukte zijn lippen stevig tegen de hare, midden in haar woord, en kuste haar gretig en een beetje bezitterig, wat ze verrassend genoeg heerlijk vond.

'Ja hoor!' klonk ineens de stem van Ties. 'Ze staan te zoenen. Gelukkig. Ein-de-lijk. Nou, Hawé, ik krijg een tientje van je; het weekend is nog niet afgelopen.'

'Hadden jullie erom gewed?' Sylvie verbrak de zoen en liet Freek een beetje los om haar met een dun laagje kalk bestoven dochter een niet zo goed gelukte strenge blik te geven. Ze keek even terug naar Freeks gezicht, wit besmeurd, zijn ogen warm en glanzend. 'Je smaakt naar kalk,' zei ze tegen hem, quasi beschuldigend.

Hij grijnsde. 'Jij nu ook.' Zijn hand streelde warme rondjes op haar rug.

'We hadden vanuit mijn kamerraam gezien dat jullie terugkwamen van de borrel, en toen stonden jullie nog een hele tijd te kleffen bij Freeks auto. Dus we zeiden tegen elkaar: wedje leggen dat ze voor het eind van de week opnieuw gaan zoenen?'

'En Hans-Willem dacht van niet?' Sylvie keek heen en weer van Ties naar Hans-Willem, die er schaamteloos bij stond te grinniken.

'O, jawel hoor,' zei Hans-Willem gemoedelijk, 'ik dacht van wel, maar Ties wilde zo graag wedden, dus ik dacht: ik doe wel net alsof ik het niet vind. Anders is het ook een weddenschap van niks.'

'Je bent een echte heer,' zei Freek waarderend.

Er klonk een doffe bonk uit het souterrain, en toen nog een.

'Wat is dat?' vroeg Sylvie.

'O,' zei Hans-Willem achteloos, 'Simon heeft een voorhamer gepakt, want met zijn gewone hamer komt hij er ineens niet meer doorheen. Bij die andere gipsplaten was het baf! Krak! We konden het zo van die houten latten –'

'Het regelwerk, zei Simon,' merkte Ties behulpzaam op.

'O ja, regelwerk! Nou, dus toen de gipsplaten er eenmaal af waren, toen trok Simon zo een heel stuk regelwerk uit elkaar, want dat zat niet goed geschroefd, alsof ze het heel haastig in elkaar hadden geknald, zei hij, en toen wilde hij verdergaan met de volgende gipsplaat, maar er zat ineens een dikkere balk tussen, en toen gaf hij een mep op die volgende plaat, toen zat er wel een deuk in, maar hij brak helemaal niet, dus toen dacht hij dat er iets achter zou kunnen zitten, en toen pakte hij zijn voorhamer, maar –'

Bonk, bonk, bonk, galmde er door het huis.

'En toen, en toen, en toen,' zei Freek met een grijns, 'Hans-Willem, je bent al net zo erg als je vriendinnetje.'

'Wat heb ik nou weer misdaan?' zei Ties verongelijkt.

'Niets, maar als jij enthousiast bent praat je ook op zo'n manier: dat je je zinnen aan elkaar rijgt.'

'O, en jij doet dat niet?' Ze gaf Freek een komische frons.

'Niet dat ik weet,' zei Freek. 'Doe ik dat?' Hij keek even naar Sylvie.

'Volgens mij niet, maar jij praat altijd netjes, Walburgis.'

'O, nee,' verzuchtte Freek, en Sylvie, Ties en Hans-Willem schoten in de lach om zijn vertrokken gezicht.

'Is het nou weer aan tussen jullie?' vroeg Ties nieuwsgierig. 'Kom je nou weer de hele tijd bij ons slapen, Freek? Of wacht, nee, we kunnen beter meteen bij jou komen slapen met z'n allen, dan zijn we ook van dat verhuisgedoe af. Ik moet van mijn moeder alvast zo veel mogelijk in dozen doen, en nou ben ik steeds van alles kwijt.'

'Nou...' zei Sylvie aarzelend.

'Als je me steeds Walburgis noemt, dan niet,' zei Freek tegen Sylvie, ook met zo'n komische frons. 'Maar luister, Ties. Ik weet dat jij de zaken graag zo eenvoudig mogelijk benoemd ziet, maar soms werkt het niet zo, of in ieder geval niet meteen. Je moeder en ik hebben wat tijd nodig om te bedenken hoe we om moeten gaan met wat we voor elkaar voelen; hoe we ons tot elkaar moeten verhouden op een manier die voor ons allebei prettig is.'

Sylvie keek even naar Freeks gezicht en kon een glimlach niet binnenhouden. Hij keek ineens zo ernstig, zo serieus, en hij had ook iets waardigs over zich.

'Heb ik dat goed gezegd zo?' vroeg hij aan haar.

'Zeker,' zei ze. 'Kijk, Ties, we zijn een beetje haastig van start gegaan, Freek en ik; we vonden elkaar zo leuk dat het niet te houden was. Maar er was toen ook van alles aan de hand hier op het landgoed, waardoor hij meteen zo'n beetje bij ons kwam wonen. Dat was misschien niet zo snel gebeurd als de situatie anders was geweest, zoals nu. We zijn nog steeds heel dol op elkaar, maar we hebben nog een beetje tijd nodig om elkaar beter te leren kennen, om aan elkaar te wennen, en om uit te vinden hoe we het gelukkigst kunnen worden samen.'

'Ja,' zei Freek.

Sylvie stond net op het punt om nog iets te zeggen, toen er nog een bonk uit het souterrain opsteeg, een bonk die anders klonk dan de voorgaande en die gevolgd werd door Simons stem.

'Freek? Ik denk dat je even moet komen kijken.'

'Dat klinkt niet goed,' zei Freek, en hij maakte zich los van Sylvie om de trap naar het souterrain met twee treden tegelijk af te rennen.

Sylvie, Ties en Hans-Willem wisselden één blik en volgden hem.

Freek

14

Hoewel hij bezorgd was over de toon van Simons stem, toen die hem zo had geroepen – had hij een gat in een draagmuur geslagen, of andere grote, en vooral onbetaalbare schade aangericht? – voelde hij zich toch vreemd licht terwijl hij de trap naar het souterrain af kwam.

Er was nog een kans, tussen hem en Sylvie; misschien kwam het nog allemaal goed. Alleen al de notie dat het geen onmogelijkheid was om haar in zijn armen te houden en te kussen met alles wat hij in zich had, zelfs om misschien wel met haar naar bed te gaan en dan daarna naast haar te slapen, was genoeg om hem bijna van vleugels te voorzien.

'Wat is er, Simon?' zei hij, terwijl hij het gelukzalige gevoel even opzij schoof en de ruimte binnenstapte waar hij wist dat Simon moest zijn.

Het was er een puinhoop; er stonden wat zakken met brokken gips erin, maar er lag ook nog heel veel op de grond, en alles was bedekt met een dikke stoflaag. Simon was zo wit dat hij bijna besneeuwd leek, en hij had iets rechthoekigs in zijn hand, wat hij nu naar Freek uitstak.

'Dit zit er in de muur,' zei Simon verbijsterd. 'Nooit geweten dat het zo goed isoleert, en dat het in de letterlijke zin zo veel moeilijker is om er een deuk in te slaan dan in de figuurlijke zin.'

Freek veegde wat kalkstof van het plastic dat strak om het pakket gewikkeld zat; op het eerste gezicht leek het alsof er een hele rol huishoudfolie omheen was gegaan.

Sylvie en de kinderen kwamen ook binnen.

'Wat is dat?' vroeg Ties meteen, en ze stapte dichterbij.

'Poeh, wat een troep hebben jullie gemaakt,' zei Sylvie. 'Freek zei al dat er hier opnieuw moet worden schoongemaakt, maar volgens mij is het... Freek? Wat ís dat?'

Freek had nu genoeg stof weggeveegd zodat iedereen door het plastic heen kon kijken, naar het blok van briefjes van vijftig dat hij in zijn hand hield. 'Ik gok,' zei Freek nadenkend, 'eens even kijken, een bankbiljet is zo'n beetje 0,1 millimeter dik, en dit is een centimeter of, wat, tien, Simon? En twee van zulke stapeltjes bijeengebonden? Dit is hoogstwaarschijnlijk een ton,' zei Freek, het pakket wegend in zijn handen. 'Honderdduizend euro.'

'Wowzers,' riep Ties, 'je bent rijk!'

'Dat méén je niet,' zei Sylvie, een stuk minder enthousiast. 'Hadden die kerels een vals muurtje aangelegd om hun buit achter te verbergen?'

'Blijkbaar,' zei Freek.

'Dat verklaart ook wel dat ze het zo haastig hebben aangepakt,' zei Simon afkeurend. 'Alles is getackt, en nog met hele kleine nietjes ook. Geen behoorlijke krammen; je trekt het zo uit elkaar. Zo'n muurtje zet ik ook in een middag neer, maar als je ertegenaan leunt ga je erdoorheen.'

'Mag ik dat ook even vasthouden?' vroeg Ties aan Freek. 'Ik heb nog nooit zo veel geld tegelijk vastgehouden.'

Gedachteloos overhandigde hij haar het pakket. Ze keerde het om en om in haar handen terwijl ze naar de briefjes onder het plastic staarde. 'Dus nu ben je uit de geldzorgen,' zei ze tegen hem, waarna ze het pakket door wilde geven aan Hans-Willem.

'Zo heel veel is dat nog niet, jongens en meisjes,' zei Simon, 'er zit volgens mij nog een heleboel meer in die muur verstopt. Ik had geluk dat er hier blijkbaar een gaatje tussen de pakketten zat, waardoor ik erdoorheen ging met die hamer, maar anders stond ik hier nu nog te beuken. Het vervelende is wel dat ik al het gips in die gipsplaten zo'n beetje tot moes heb geslagen, dus als je nu aan dat karton trekt dat eromheen zit, krijg je meteen een enorme wolk over je heen.'

'Jij ziet er sowieso al uit als een yeti,' zei Ties meteen tegen Simon, '*say no more*, ik begrijp het helemaal. Hoe krijgen we de rest van dat geld dan uit de muur?'

'Dat gaan wij niet doen,' zei Freek, die al met zijn mobiel in zijn hand stond. 'Dat gaat de dienst doen. Zet dat pakket maar even tegen de muur, ik ga Morris bellen.'

'Zeg er wel even bij dat ze niet van die olifanten in de porseleinkast moeten sturen als die jongens van het forensisch onderzoek, anders kunnen we weer van voren af aan beginnen hier,' zei Simon. 'En je moet ze ook heel goed duidelijk maken dat er niet nog meer muren zijn waar ineens gipswandjes voor staan, want ik zie ze ervoor aan om een sloopkogel door je huis te jagen, alleen maar om te checken of er niet nog meer poen ingemetseld zit tussen de vierhonderd jaar oude muren.'

'O, zeker,' zei Freek. Hij voelde in zijn binnenste iets verstrakken; zijn hart bonkte ervan.

'Ga je het... teruggeven dan?' Ties klonk stomverbaasd, dus hij keerde zich naar haar toe.

'Niet teruggeven; inleveren. Het is onderdeel van de zaak. Ik kan het niet houden. Het is crimineel geld.' Hij keek even over zijn schouder naar de muur, waar Simon zo'n beetje om de meter minstens één slag op had gegeven – de deuken spraken voor zich – zonder dat er een gat in was gevallen. De ruimte was zeker drie meter hoog, de gipsplaten waren waarschijnlijk één meter twintig breed...

'Maar Freek, al je geldproblemen zijn opgelost,' probeerde Ties nog, en hij hoorde – wel een beetje van veraf, omdat hij plompverloren in de diep-nadenkenstand terecht was gekomen – dat Sylvie haar tot stilte maande: 'Ties, volgens mij is Freek aan het rekenen.'

Pakketje ter waarde van honderdduizend euro, grootte: ongeveer 15x15x10 centimeter. Per gipsplaat van één meter twintig breed en drie meter hoog: maximaal acht pakketjes in de breedte en twintig in de hoogte, dus honderdzestig pakketjes van een ton achter één gipsplaat. Er waren nog, zo op het oog, drie gipsplaten gebruikt langs de muur; als alles vol zou zitten...

'Potentieel past er vierenzestig miljoen euro in deze muur,' zei hij. 'Als alles helemaal vol zit, en als het allemaal dezelfde denominatie en munteenheid is. Het zal wel wat minder zijn; tenslotte had Simon het geluk in een gat te slaan, waardoor hij erdoorheen kwam, maar dan nog zal het een substantieel bedrag zijn. Ik kan me niet voorstellen dat dat allemaal geld is dat de heren zelf hebben verdiend. Ik vermoed dat ze ook nog, boven op alles wat we al van ze weten, voor bankiers binnen hun criminele netwerk hebben gespeeld, waarbij deze muur dan de rol van kluis toebedeeld had gekregen.'

'Denk je niet dat er dan mensen op zoek zijn naar dat geld?' Simon krabde zich fronsend op het hoofd, waardoor er een wolkje kalk uit zijn haar opsteeg. 'Het is me nogal een bedrag, zeg.'

'Jazeker, dat denk ik wel,' zei Freek, en hij keerde zich met een ruk om naar Sylvie, zijn mobiel al in zijn hand. 'Sylvie, neem de kinderen mee en ga ogenblikkelijk terug naar huis,' zei hij, bijna bars ineens. 'Stuur me een bericht wanneer je bent aangekomen en laat het me weten zodra je iets vreemds bemerkt; het is hier niet veilig. Of nee, ga naar De Paardentram. Een publieke locatie is waarschijnlijk veiliger.'

Sylvie keek hem verschrikt aan. 'Wat denk je dan dat er gaat gebeuren?'

'Ik heb steeds het vage gevoel gehad dat er zaken plaatsvonden waar ik mijn vinger niet op kon leggen. Ik kon maar niet verklaren hoe het hier zo'n rommel kon zijn nadat de heren van het forensisch onderzoek hun werkzaamheden hadden afgerond, en toen we de muziekkamer uitruimden hadden Simon en ik allebei het idee dat die erger overhoopgehaald was dan we ons herinnerden. Op het moment zelf hebben we dat weggewuifd, maar nu ik die gedachte combineer met het geld dat verborgen is in de muur, én met het feit dat ik waarschijnlijk sporen van kampeerders in het bos heb aangetroffen...'

'Daar heb je niks van verteld!' Sylvies gezicht was intussen niet alleen wit van Freeks kalkstofzoen, maar ook van schrik, en ze had Ties bij de hand gepakt.

Freek kreeg een naar gevoel in zijn binnenste: haar laten schrikken was wel het laatste wat hij wilde, en even schoot de ellendige herinnering aan zijn meltdown hem door het hoofd. 'Ik had al het zwerfvuil al opgeruimd,' ging hij haastig verder, 'en ook de notie van kampeerders heb ik in eerste instantie genegeerd. Daarom heb ik er niet over gesproken. Maar nu moet ik concluderen dat het grote huis waarschijnlijk in de gaten wordt gehouden door ongure elementen. Er is gezocht naar dit geld – ik begrijp nu ook ineens waarom het slot op de bediendeningang naar het souterrain niet meer functioneert – en de personen die zich hiermee bezighouden, bevinden zich hoogstwaarschijnlijk op het landgoed, in het bos. Het is hier niet veilig. Ze zullen ongetwijfeld ook de communicatie met de politie proberen te monitoren, dus ik speel dit via Morris, niet via hoofdagent Van Breeuwijk.' Met zijn duim veegde hij over het scherm van zijn mobiel totdat hij het nummer van Morris klaar had staan. 'Ga nu snel, Sylvie, Ties, Hans-Willem; stuur me een berichtje als jullie in De Paardentram zijn, en blijf daar totdat je weer van mij hoort. Simon,' hij keerde zich naar zijn vriend, 'wees zo goed om met Sylvie en de kinderen mee te gaan.'

'En jou hier in je eentje achterlaten?' vroeg Simon verontwaardigd. 'Geen haar op mijn hoofd.'

'Ik sta erop,' zei Freek met klem. Hij hoorde hoe gebiedend zijn toon was – het verbaasde hem zelf – en zag toen hoe Simon even zijn wenkbrauwen optrok, hem nog een blik gaf, en daarna de voorhamer tegen de muur zette.

Hij liep achter Simon, de kinderen en Sylvie aan de trap op naar de bel-etage, en keek ze door de open deur na, terwijl ze in hun auto's stapten en over de oprijlaan het landgoed verlieten.

Zoals altijd schuurde het in zijn binnenste als Sylvie wegging, maar nu was het toch anders. Er was iets belangrijks uitgesproken, en al was het nog ongewis hoe het zou uitpakken – hij wist eigenlijk niet hoe hij zich diende te gedragen als hij haar opnieuw zou zien: moest hij beleefd afstandelijk blijven of mocht hij haar gewoon meteen in zijn armen nemen? – toch stond hij zichzelf even toe om de hoop te doorvoelen. Was ze weer zijn vriendin? Mocht hij haar weer zo noemen? Hij wist het nog niet precies, en normaal gesproken zou die onzekerheid, die onduidelijkheid en onduidbaarheid, hem gek maken, maar nu was hij vooral blij dat de onmogelijkheid was opgeheven. Want die was nog veel erger.

Met een korte grimas duwde hij de voordeur dicht en keek hij op het scherm van zijn mobiel, die hij nog steeds in zijn hand hield. Een klik later ging hij over, terwijl hij met het toestel aan zijn oor de trap op rende. Naar eenhoog, de gang door…

'Morris,' klonk Morris' stem, een tikje gejaagd. Hij klonk alsof hij het druk had.

Het verbaasde Freek altijd enigszins dat mensen hun naam zeiden als ze opnamen: voor hem hoefde dat niet. Hij wist toch wie hij belde? En als hij mobiel belde wist degene die opnam over het algemeen ook dat hij de beller was, dus het was ook voor hem volkomen zinloos om zich eerst nog te identificeren. Allemaal tijdverspilling, en al helemaal wanneer je het druk had.

'Wat is er, Freek?' vroeg Morris. 'Je gaat me toch niet vertellen dat je een probleem hebt met die harde schijf die ik je van de week heb opgestuurd?'

'O, nee,' zei Freek, 'dat gaat allemaal goed. Ik bel je voor iets heel anders, en ook iets veel acuters.'

Zo compact als hij kon, zonder iets aan volledigheid te verliezen, praatte hij Morris bij, terwijl hij de deur naar de zolder van het slot haalde. Hij beende de trap op en liep snel de gang tussen de vier kleine bediendenslaapkamers door, om de daadwerkelijke opslagzolder met zijn vieze kleine raampjes te bereiken. Daar was een open trap naar boven; al pratend nam hij de treden totdat hij op de donkere vliering stond. Hij moest het gesprek met Morris even pauzeren om het lampje van zijn mobiel te gebruiken. Er waren hier kleinere objecten opgeslagen: schilderijen, wat beeldjes, spiegels, vazen en dergelijke – allemaal veel te krullerig naar zijn smaak – en de nodige koffers en manden, waarvan hij geen idee had wat erin zat. In vroeger tijden werd de vliering gebruikt om de was te drogen als dat niet buiten kon; het was de warmste plaats in het huis en er was genoeg ruimte aan de lange lijnen die nog steeds in de nok hingen, en die met katrollen konden worden bediend.

Maar Freek was daar niet in geïnteresseerd; hij was op weg naar de kleine klokkentoren die op een van de hoeken van het huis was gebouwd. De bel die erin hoorde stond, met een barst erin, op de houten planken van de vliering en Freek bedacht even bezorgd wat het zou gaan kosten om het gietwerk te laten repareren, maar hij kon het zich niet veroorloven om zijn geest te laten ontsnappen in allerlei meanderende gedachten die niets met zijn acute probleem van doen hadden.

Met zijn mobiel tussen zijn tanden klom hij het smalle laddertje op dat hem naar het luik van het klokkentorentje bracht. Met moeite werkte hij zijn brede schouders door het gat; hij kon nét één knie op de vlonder in het torentje zetten, en dan uitkijken over het landgoed. Dat was zijn plan; hij wist dat het torentje een perfect uitzicht rondom bood. Als kind, toen hij nog niet zo groot was als nu, was hij vaak in het torentje geklommen als hij probeerde te ontsnappen aan zijn eigen gevoel van tekortschieten, als zijn vader weer met zo'n blik naar hem keek, of als zijn moeder niet reageerde op zijn voorzichtig geformuleerde vraag om aandacht. Toen had hij nog niet geweten dat haar reactie – of gebrek daaraan – was ingegeven door haar innige band met de sherryfles; hij had gedacht dat het aan hem lag. Hij had altijd gedacht dat het aan hem lag.

In het torentje kon hij de hele tuin en een behoorlijk stuk van het bos overzien; het had hem altijd een gevoel van troost gegeven als hij zich omringd wist door de groene natuur. Misschien zouden de bomen wel van hem houden; die zouden het toch niet erg vinden dat hij zo anders was dan iedereen om hem heen?

Freek verbande zijn bitterzoete herinneringen, dwong

zichzelf opnieuw te focussen en concentreerde zich op zijn blikveld. 'Ik ben in de klokkentoren,' zei hij in zijn mobiel tegen Morris, 'daar heb ik rondom uitzicht over het bos en het land. Als je het huis wilt benaderen, dan moet je eerst een stuk grasland oversteken, hoe je het ook wendt of keert. Ongezien naderbij komen in daglicht is eigenlijk niet goed mogelijk. Ik zie niemand.'

'Dat hebben we gemerkt,' zei Morris, 'dat je het huis niet ongezien kunt benaderen. Die voorouders van jou waren zo gek nog niet. Daarom hebben we die inval om die drie kerels in je huis te pakken te krijgen, met hun Oost-Europese gezelschapsdame erbij, ook 's nachts gedaan. Daar heb jij niks van gemerkt natuurlijk, omdat je op dat moment ziek in bed lag. Blijf aan de lijn, ik ga de Landelijke Eenheid mobiliseren. Ik verwacht niet dat er nu direct allemaal gewapende gangsters uit het bos komen denderen; ze kunnen natuurlijk ook niet ruiken dat jij net hebt gevonden waar zij naar op zoek zijn. Ik wil ook absoluut niet dat je je ermee bemoeit als er straks een eenheid bij je huis verschijnt, ik heb liever dat je zo ver mogelijk uit het zicht blijft. Zit je veilig waar je nu zit, en kan je je daar schuil blijven houden?'

'Ik denk het wel,' zei Freek, 'ik ben voor zover ik weet vrijwel onzichtbaar vanaf de grond.'

'Mooi. Nou, voordat die eventuele kerels in je bos iets in de gaten hebben staan er zes man zwaarbewapende marechaussee op je grasveld, let maar op: dit is zo'n grote zaak, en er is potentieel zo veel geld mee gemoeid, dat ze er wel een Eurocopter voor scramblen op Schiphol. En als dat ding eenmaal in de lucht is hoeft hij maar een poepie gas te geven en dan is hij al bij jou; het zal nog langer duren om er genoeg specialistische mannetjes in te zetten dan om naar je toe te vliegen.'

Freek hoorde furieus getyp aan de andere kant van de lijn,

en daarna: 'Ik leg je even op je rug, Freek, dit moet telefonisch.' Vervolgens kwam er een enorme hoeveelheid jargon, waar Freek maar half naar luisterde, want er verscheen een melding op zijn scherm dat Sylvie een appje had gestuurd.

Veilig in de Paardentram, stond er, en direct erachteraan:

Lunch met Simon en de kinderen. Hoe gaat het met jou? Ik maak me zorgen.

Hij klikte de app open en typte snel: *Ik zit in de klokkentoren, onzichtbaar vanaf de grond, maar ik kan het hele landgoed overzien. Morris stuurt een heli.*

O gelukkig, was het volgende bericht van Sylvie, gevolgd door:

Doe je voorzichtig?

Ja, altijd, antwoordde hij, waarop zij met een lachende emoji, een hartje en een klein helikoptertje antwoordde. Zijn hart werd even warm in zijn borstkas.

'Freek?' klonk het uit zijn mobiel.

'Ik ben er nog,' zei hij terug.

'De helikopter is overrrr... drie minuten in de lucht,' zei Morris tevreden. 'Ik ren nu naar mijn auto en kom ook jouw kant op, en er komen nog een paar busjes met marechaussee over de weg; volgens mij trekken ze de halve koninklijke beveiligingsunit leeg. Met een beetje geluk zijn het er genoeg om je landgoed uit te kammen.'

'Het landgoed is bijna zeventig hectare groot,' zei Freek, 'en het merendeel is bos. Om dat snel uit te kammen heb je vrij veel mensen nodig.'

Morris grinnikte in zijn oor. 'Dat is bijna net zo groot als de Efteling, man! Wat een lap grond. Maar goed, als je maar genoeg plek hebt voor die heli, dan komt het allemaal wel goed. Ik verwacht ook niet dat je nog problemen krijgt als het geld eenmaal weg is; als we dat met veel misbaar uit je huis halen, dan weet die bende natuurlijk wel hoe laat het is. Dan moeten we alleen zorgen dat we zo veel mogelijk mannetjes van ze te pakken krijgen; ik begrijp dat die Miroslav over wie jij het had tijdens het interdisciplinair overleg van de zomer – dat is dus blijkbaar een bloedlinke topcrimineel waar Europol al een hele tijd naar op zoek is – hierbij betrokken zou kunnen zijn. Als we die uit jouw bos halen vandaag, dan hebben we helemaal een topdag.'

'Ja,' zei Freek, een beetje overdonderd door al deze informatie. Hij moest de situatie zien te analyseren en keek nog eens om zich heen naar de slecht onderhouden grasvelden die het huis omringden. Hij probeerde zich te verplaatsen in een schurk die zijn huis ongezien wilde naderen: de enige onderbrekingen in het gras waren de door bomen omzoomde oprijlaan – nog altijd erg openbaar – en het veel smallere pad dat van de hoofdingang naar het koetshuis liep, waarlangs een enigszins uitgegroeide coniferenhaag liep. Om die haag als beschutting te gebruiken moest je over het grind lopen, wat natuurlijk geluid maakte; ook niet ideaal. Als hij zich vervolgens verplaatste in de helikopterpiloot, de andere kant van de zaak, dan zou hij het gras aan de zijkant van het huis nemen voor de landing; daar waar in vroeger tijden het hertenkamp was geweest. Veel ruimte, geen last van bomen, en een goed overzicht over het terrein.

Plotseling kreeg hij een schok. Jack scharrelde nog buiten; die zou zich natuurlijk een hoedje schrikken van een helikopter. 'Morris?' zei hij in zijn mobiel. 'Morris, ik moet weer naar beneden, mijn paard loopt los op het gras.'

Het bleef even stil. 'Ik hoor je,' kwam er ineens uit zijn mobiel. 'Doe het snel en gedraag je zo veel mogelijk alsof er niets aan de hand is, want als ze de boel in de gaten houden en ze hebben gezien dat iedereen behalve jij halsoverkop is weggereden, terwijl jullie anders gewoon door zouden werken tot weet ik hoe laat, dan vermoeden ze misschien toch dat er iets staat te gebeuren. Als jij dan ook nog ineens het huis uit rent en heel haastig je paard uit de wei haalt...'

'Ik snap het,' zei Freek.

'Bel me terug als je je paard op stal hebt en je zelf uit beeld bent,' zei Morris, 'dan blijven we aan de lijn terwijl ik in de auto zit.' En toen werd de verbinding abrupt verbroken.

Gelukkig, dacht Freek, terwijl hij het apparaat in zijn broekzak schoof en zich voorzichtig uit de krappe klokkentoren werkte om de ladder af te klimmen. Morris besteedde in ieder geval geen tijd aan nutteloos afscheid nemen aan de telefoon.

Met twee treden tegelijk rende hij de zoldertrappen af, en daarna de grote trap naar de bel-etage, het bediendenpoortje door, en verder naar beneden naar het souterrain.

Alles was nog zoals hij het had achtergelaten, kalkstof en al. Het zou ook vreemd zijn, bedacht hij zich, als hij nu ineens drie zwaarbewapende Oost-Europese criminelen met doorgeladen automatische wapens tegenover zich zou vinden, maar toch, binnenshuis kon hij zich maar nauwelijks beheersen om niet te gaan rennen. Hij opende de deur aan het eind van de gang, stapte naar buiten, het paadje op, en vermande zich. Morris had natuurlijk gelijk, het zou heel goed kunnen dat hij nu wel degelijk in de gaten werd gehouden. Hij haalde diep adem en liep zo langzaam en relaxed als hij kon – hij hield het woord 'kuieren' voor ogen – van het pad af en het grasveld op.

Jack was in geen velden of wegen te bekennen, en even gaf zijn hart een onbehoorlijk harde klop; wat als zo'n crimineel het in zijn hoofd had gehaald om zijn paard neer te schieten?

'Rustig, Freek,' zei hij tegen zichzelf. Hij had geen schot

gehoord, en ook geen gehinnik van Jack. Even kneep hij zijn ogen dicht om zich te kunnen focussen, en toen floot hij zo hard hij kon. Direct daarna klonk er wél gehinnik, en even later kwam Jack uit de bosrand vrolijk op hem toe rennen, alsof er niets aan de hand was.

'Soms ben je inderdaad net een hond,' zei Freek warm, terwijl Jack hoofdschuddend voor hem tot stilstand kwam. 'Sylvie heeft dat eens van je gezegd, weet je dat?' Hij voelde in zijn broekzak naar het noodhalster dat hij daar altijd in had zitten als Jack vrij rondliep, en snel haalde hij het tevoorschijn en deed het Jack om.

'Hhh!' protesteerde het paard, met een nadrukkelijke hoefschraap.

'Ja, ik weet het, het is een mooie dag en je wilt liever verder scharrelen, maar geloof me, we moeten naar binnen,' zei Freek, en hij begon te lopen. 'Kom, Jack,' mompelde hij, 'sneller is beter. Voor deze keer vind ik het niet erg als je trekt, als je maar doorloopt. Naar je stal.'

Jack leek hem te begrijpen, want hij ging er nog net niet op een holletje vandoor, en Freek moest bijna naast het paard draven om niet meegesleurd te worden. Bij het poortje naar de rozentuin liet hij het halstertouw even los – ze konden er niet naast elkaar doorheen – en toen Jack eenmaal achter het koetshuis was deed hij snel het poortje dicht. In de verte hoorde hij het geluid van een naderende rotor in de lucht, dus liep hij met een paar grote passen op Jack toe en greep opnieuw het halstertouw. 'Kom, Jack, je stal in. Ik blijf bij je, we krijgen even heel veel lawaai.'

Gelukkig werkte het paard mee, hoewel Freek aan zijn oren kon zien dat hij het er niet helemaal mee eens was. Hij pakte in het voorbijgaan twee kleine appeltjes uit de appelkrat en liep mee Jacks box in, waar hij dicht naast hem bleef, een arm om Jacks hals, terwijl hij hem de appeltjes uit de hand voerde. Het geluid van de heli werd snel sterker en Jack werd er voelbaar onrustig van.

'Rustig nou maar,' bromde Freek in het paardenoor, 'het is zo voorbij. Als we samen blijven kan ons niets overkomen.' Hij kon niet bepalen wie hij met die opmerking nou meer probeerde gerust te stellen: zijn paard of zichzelf.

Sylvie

15

Het viel niet mee om te doen alsof er niets aan de hand was, terwijl ze zich zo veel zorgen maakte om Freek dat ze bijna niet in haar stoel kon blijven zitten. Ze had in de auto zo streng ze kon tegen Ties en Hans-Willem gezegd dat ze onder geen beding mochten praten over wat ze hadden gezien, en ze zag vooral aan Ties dat het haar moeite kostte om het niet te hebben over wat ze in haar handen had gehad. Tegelijk vermoedde Sylvie dat Ties lang niet alle potentiële gevaren van de situatie kon overzien. Zo veel geld zou een criminele organisatie, welke dan ook, niet zomaar laten liggen. Ze hadden allemaal verschrikkelijk veel geluk gehad dat er tot nu toe niets was gebeurd, dat wist ze zeker. Dat Freek niet zomaar 's morgens nietsvermoedend tegen een paar zwaarbewapende, nietsontziende bendeleden aan was gelopen, of dat Ties en Hans-Willem niet ineens gegijzeld waren door een of andere griezel die zich op zolder had verstopt. Huis De Toecomst was zo groot dat het makkelijk had gekund.

Schielijk dronk ze van haar koffie, niet in staat zich te concentreren op de lunchkaart. Ties en Hans-Willem waren van plan een pannenkoek te eten en Simon, die er na een kort bezoek aan de toiletten alweer een stuk minder uitzag alsof hij voor zijn plezier door de kalk had liggen rollen, wilde een omelet met ham en kaas op oerbrood. Om ervan af te zijn bestelde ze dan maar een puntzakje friet. Ze had het gevoel dat ze niets naar binnen zou kunnen krijgen; alleen al bij de gedachte dat Freek iets kon overkomen zat haar keel dicht en haar maag nog dichter. En wat zou er gebeuren als dit moment voorbij was? Zou Freek dan een terugslag krijgen, in de vorm van een nieuwe meltdown? Of zou hij weer zo naar binnen verdwijnen, hoe noemde hij dat ook alweer… een shutdown?

Hoe moest ze dit ooit goed krijgen? Hoe moest het gaan werken, tussen haar en die lieve, knappe, gekke, ongrijpbaar vreemde man? Ze kon niet niets voor hem voelen, dat was wel duidelijk; ze had zo'n beetje geleefd op gedachten aan hem sinds de gemeenteraadsborrel. Maar hoe moest het ooit goed komen?

Ze zuchtte. *First things first*; als hij nou maar eerst zonder kleerscheuren deze dag doorkwam, als de politie dat geld maar weghaalde uit zijn huis zonder dat er een schietpartij van kwam, en als die figuren van wie hij vermoedde dat ze zich in zijn bos schuilhielden, maar in de kraag werden gevat. Als hij nou maar eerst gewoon veilig was.

'Mam?' vroeg Ties, met haar haarscherpe observatievermogen. 'Gaat het wel een beetje?'

'Niet zo,' zei ze maar eerlijk, 'ik maak me zo'n zorgen om Freek. Ik heb hem nog een appje gestuurd, maar hij heeft niet meer geantwoord. Volgens mij kan ik geen hap door mijn keel krijgen.'

'Je bent nog wel steeds heel erg op hem, hè?' vroeg Ties zachtjes.

Sylvie knikte. 'Heel erg,' zei ze, alleen voor de oren van haar dochter bestemd.

'Komt wel goed, mam. Ik weet het zeker.'

Het was gek, maar toch gaf het troost, dat rotsvaste vertrouwen van Ties. Ze nam nog maar een slok van haar koffie en kreeg bijna een kluts warm vocht over zich heen toen Simon haar onverwachts aanstootte.

'Sylvie, kijk, daar zit Bé. In haar eentje. Zal ik haar anders vragen bij ons te komen zitten? Het is toch ook niks om in je eentje te gaan zitten lunchen, zo?'

'Ja, tuurlijk, plek zat,' zei Sylvie meteen, na een blik over haar schouder. Ze waren nadat ze waren binnengekomen snel aan de familietafel voor het raam aangeschoven en ze had nog niet om zich heen gekeken in het café, dat aardig goed bezet was zo tegen lunchtijd; ze was te vol van zorgelijke gedachten geweest.

Bé Altena zat, met iets onuitsprekelijk eenzaams over zich, achter een kopje koffie aan een klein tafeltje een stukje verderop, ook aan het raam.

Simon schraapte zijn stoel achteruit en stapte op haar toe, en na een kort gesprekje stond ze op en liep ze, terwijl hij haar koffiekopje voor haar droeg, met hem mee terug. Hij zette haar kopje voor de stoel naast Ties.

'Ha, juf Bé, komt u gezellig bij ons zitten?' vroeg Ties ondeugend.

Bé, die vond dat de kinderen op school juf Béatrice moesten zeggen, trok even haar wenkbrauwen op naar Ties, maar zag toen gelukkig toch de humor van de situatie in. 'Je mag dat juf nu wel achterwege laten, hoor, Laetitia,' zei ze, en ze glimlachte toen Ties een overdreven gezicht trok bij het horen van haar volledige naam.

'Juf,' zei Hans-Willem verdedigend, 'Ties háát het om Laetitia genoemd te worden!'

'Dat weet ik heus wel, hoor,' zei Bé, nu al even ondeugend als Ties.

‘O, u zit me te pesten!’ Ties schoot in de lach. ‘Stoute juf, u moet op de gang!’

Sylvie kon ondanks haar bezorgdheid een grinnik niet binnenhouden. ‘Er is hier niet echt veel gang, Ties, of je moet het gangetje naar de wc’s en de achterdeur bedoelen, daar?’ Ze knikte in de richting van de bar.

‘Je bedoelt waar jij en Freek voor het eerst hebben gez–’ Ties’ enthousiaste zin stierf een vroegtijdige dood doordat Sylvie haar wenkbrauwen optrok en haar vinger kort tegen haar lippen legde.

‘Ik denk niet dat Bé op die informatie zit te wachten, Ties,’ zei ze, terwijl ze voelde dat ze toch een tikje bloosde.

‘O, maar het is reeds algemeen bekend, hoor, dat verhaal,’ zei Bé. ‘Er waren ook nogal wat mensen bij aanwezig, hè, en lang niet iedereen had te diep in het glaasje gekeken. Ik ben maar wat blij om te zien dat het zo voorspoedig verloopt tussen Freek en jou, Sylvie; het heeft hem een stuk toegankelijker gemaakt voor de gemeenschap en ik hoop dat we hem op school ook af en toe nog eens mogen verwelkomen. Misschien kan hij, samen met jou, Ties, als de bomen eenmaal zijn geplant, nog eens iets over je app komen vertellen.’

‘Ja hoor, dat wil hij vast wel,’ zei Ties blijmoedig, ‘maar eerst moeten we zorgen dat zijn huis een beetje bewoonbaar wordt, zodat hij erin kan, en dan mogen wij in het koetshuis. Cool hè? Ik verheug me er echt zo op om op het landgoed te wonen, ook al is het wel verder fietsen naar school.’

Terwijl zich tussen Bé en Ties een druk gesprek over de verschillen tussen de middelbare en de basisschool ontspon, wierp Sylvie nog een steelse blik op haar mobiel. ‘Ik wou dat Freek iets van zich liet horen, verdorie, het duurt me echt veel te lang,’ zei ze tegen Simon. ’Maar ik wil ook niet bellen, want stel: zijn mobiel gaat af en iemand hoort het die dat niet moet horen?’

'Maak je nou maar niet druk,' zei Simon, 'Freek kan zich beter redden dan je denkt. Of dan hijzelf denkt.'

Hans-Willem zat intussen achterstevoren op zijn stoel tegen het raam te tikken: zijn vader liep aan de overkant van de straat al pratend met iemand voorbij. Toen Reindert den Dekker zijn zoon achter het raam ontwaarde en stopte met lopen om een hand naar hem op te steken, bleek de andere persoon burgemeester Moelleux te zijn.

Sylvie keek snel even naar Simon, die plotseling heel langzaam en met uiterste precisie zijn koffiekop van het schoteltje tilde om er in slow motion een slok uit te nemen, terwijl Hans-Willem drukke wenkgebaren maakte naar zijn vader. Reindert maakte ten antwoord gebaren die moesten uitdrukken dat hij eraan kwam zodra ze hun gesprek hadden afgerond, en August raakte even zijn dasknoop aan.

'Hebben jullie elkaar nog gesproken sinds de borrel?' vroeg Sylvie zachtjes aan Simon.

Hij schudde zijn hoofd. 'Ik kan hem toch niet zomaar bellen, of zoiets? Hij is de burgemeester!'

'Maar het klikte toch goed tussen jullie?'

Simon haalde met iets van verslagenheid zijn schouders op. 'Ik hoop maar dat hij niet naar binnen komt. Zal je altijd zien, dan zie ik er zo uit als dit!'

'Niks mis met je, hoor,' mompelde Sylvie bemoedigend.

'Maar hij is zo heel verzorgd, en ik zit erbij als...'

'*Opposites attract*,' fluisterde ze ondeugend, en toen zag ze tot haar plezier dat beide mannen de straat overstaken en op weg gingen naar de ingang van De Paardentram.

'O, nee,' verzuchtte Simon.

'Bé is er wel blij mee, denk ik,' zei Sylvie, met een korte blik op het gezicht van Bé, die nog steeds diep in gesprek met Ties was verwikkeld, maar die het toch onmiskenbaar voor elkaar had gekregen – vast door jarenlang voor de klas – om niets van wat er in haar omgeving gebeurde te missen. De droevige trek die ze had gehad toen ze nog alleen aan haar tafeltje had gezeten, was helemaal verdwenen, en toen het tweetal binnenkwam, August enigszins voorzichtig aan het hoofd van de tafel bij Sylvie en Simon plaatsnam, en Reindert naast zijn zoon en recht tegenover Bé ging zitten, glimlachte ze stralend.

'Hallo, heren,' zei Sylvie ter begroeting.

'Boswachter,' zei August, en 'Ha, Sylvie,' zei Reindert, 'waar is je geliefde?'

'Freek moet nog even iets afhandelen op het landgoed,' zei Sylvie. 'Ik verwacht ieder moment van hem te horen, om je de waarheid te zeggen. Hij heeft ons vooruit gestuurd om alvast te gaan lunchen; eten jullie ook mee?'

'Hadden jullie met Bé hier afgesproken?' vroeg Reindert verder.

'We kwamen elkaar hier tegen,' zei Bé, ineens weer iets op haar hoede. 'Ik had eigenlijk een lunchafspraak met iemand anders, maar het lijkt erop dat hij niet komt opdagen.'

'Laat me raden,' zei Reindert, 'je verwachtte Marcus te treffen?'

Bé's gezicht betrok een klein beetje, maar Ties fronste vervaarlijk, en nog voordat Sylvie haar waarschuwende 'Ties...' had kunnen laten horen flapte ze eruit: 'Juf Bé, Marcus is een ontzettende piemel. Echt waar. U moet niet met hem omgaan, want hij gaat gewoon de hele tijd vreemd. Ik weet dat, omdat hij het met mijn moeder ook heeft gedaan, en ze is er goed ziek van geweest. Ik begrijp niet waarom die man zo nodig achter ons aan moest komen hiernaartoe. We waren nou juist verhuisd om van hem af te zijn, maar gelukkig heeft mijn moeder nu Freek, die is een stuk liever voor haar. En voor mij. Ik wou dat ik Marcus nooit meer hoefde te zien, ik haat hem echt zo hard. Ik ben blij dat ik precies op tijd van school ben!'

Er viel een soort arctische stilte aan tafel. Even wist niemand hoe nu verder te gaan, maar toen kwam de serveerster met een blad vol borden, en was iedereen druk met zijn bestelling in ontvangst nemen, of juist nog iets bijbestellen. Reindert nam, tot Sylvies stille vermaak, na enig openbaar twijfelen over een maaltijdsalade uiteindelijk alsnog een spekpannenkoek, maar August wilde alleen koffie.

Ze hoorde met een half oor hoe er een voorzichtig en enigszins onhandig gesprekje op gang begon te komen tussen August en Simon, maar in de drukte van het uitserveren zag ze ook hoe Bé stilletjes haar stoel naar achteren schoof, haar dampende roerei-op-maisbrood aan zijn lot overliet, en schielijk het gangetje naar de toiletten in verdween.

Er verscheen een mooie, rood-wit geblokte, papieren puntzak met grof gesneden frieten voor haar neus, in een speciaal daarvoor gemaakte metalen houder. Ze bedankte het meisje dat het had gebracht, maar had nog steeds geen trek in eten, en nu was ze niet alleen bezorgd om Freek maar zat ze zich ook nog druk te maken over Bé. Ze keek even naar het gangetje achter de bar, toen weer naar haar frieten, en toen schoof ze ook haar stoel naar achteren.

'Even kijken hoe het met Bé gaat,' zei ze tegen niemand in het bijzonder, en toen navigeerde ze snel tussen de tafels door naar achteren. Terwijl ze liep trok ze haar mobiel tevoorschijn om – voor de duizendste keer – te checken of Freek al iets had teruggestuurd, maar ze wist eigenlijk al dat dat niet zo was; ze had de trilfunctie aangezet om er zeker van te zijn dat ze geen bericht zou missen. 'Verdorie!' bromde ze, en op de hoek van het gangetje hield ze heel even in om te typen:

Freek, laat alsjeblieft iets van je horen, ik ben zo bezorgd!

Veel te wanhopig natuurlijk; de kans was groot dat hij niet zou snappen waarom ze zich zo druk maakte. Wat niet eens zo raar was: ze snapte het zelf niet eens helemaal. Hij was een grote jongen, en Simon had helemaal gelijk: hij had dan wel zo zijn onhandigheden, en ook zeker zijn onzekerheden, maar hij kon prima voor zichzelf zorgen. Ook in complexe situaties; anders had hij natuurlijk zijn studententijd bij het corps niet overleefd. Om nog maar te zwijgen van het plaatsen van die tap, in zijn eigen huis. En dat terwijl hij toen al zo dicht tegen die meltdown aan had gezeten, vlak voordat die figuren die het grote huis van hem hadden gehuurd werden opgepakt. Hoewel hij vandaag had gezegd dat die meltdown niet was gekomen door al die moeilijke omstandigheden, maar door haar, doordat hij zo bang was geweest om haar te verliezen...

Ze schudde even kort haar hoofd en duwde de deur naar de dames-wc open. Te ingewikkeld, nu.

Bé stond, met twee handen aan weerszijden van de ouderwetse wasbak geleund, haar behuilde gezicht te bestuderen in de wat verweerde spiegel.

'Gaat het?' vroeg Sylvie zachtjes.

'Dan denk je toch van jezelf dat je oud genoeg bent om verstandig te kunnen zijn, hè,' zei Bé droevig maar sarcastisch, 'maar nee, hoor.'

'Sorry, Bé; Ties had dat niet zo over tafel moeten gooien,' zei Sylvie.

'Ze is nog een kind, en ze bedoelt het goed. En ik begrijp ook wel dat een man als Marcus natuurlijk niet écht in een vrouw als ik geïnteresseerd zou kunnen zijn; ik ben nota bene ouder dan hij. Maar weet je wat het is, Sylvie?' Bé trok haar blik los van haar spiegelbeeld en keek Sylvie dapper aan, ook al rolde er nog een traantje over haar wang. 'Ik had hoop. Voor het eerst in jaren had ik toch een soort hoop. Ik ben niet zo handig met mannen, ik kan niet, eh, flirten, begrijp je wel? Veel geluk heb ik ook nooit gehad bij het ontmoeten van mogelijke partners, en een grote schoonheid ben ik ook al niet, zo realistisch ben ik heus wel. Maar toch. Marcus gaf me heel even het gevoel dat ik toch echt bijzonder was.'

'O, ja, daar is hij heel goed in,' zei Sylvie schamper. Ze stapte voorzichtig dichterbij en na een kleine aarzeling legde ze haar hand op Bé's schouder. Ze voelde hoe de oudere vrouw zuchtte, maar zich tegelijk ook een klein beetje ontspande. 'Ik weet nog steeds niet waarom hij hier nou zo nodig naartoe moest komen; je zou toch denken dat hij overal terecht moet kunnen met de tekorten in het onderwijs op het moment. Ik ben echt speciaal vanwege hem weggegaan en ik wilde hem echt nooit meer zien, en Ties ook niet – nou ja, dat snap je zeker wel, gezien haar reactie daarnet. Ik heb ook geen zin om hem er verder naar te vragen; hij heeft me een paar keer gebeld, waar ik niet bepaald vrolijk van werd natuurlijk, en dan dat gesprekje dat we hadden op de gemeenteraadsborrel er nog bij; dat was echt meer dan genoeg, wat mij betreft. Hij zei zo'n beetje tegen me, in bedekte termen, dat hij er niet afwijzend tegenover zou staan als we nog een keer tussen de lakens terecht zouden komen. En Freek stond naast me, en jij stond er ook vlakbij. Ik bedoel maar; de schaamteloosheid van die man! Ik denk trouwens dat hij me zijn beweegredenen toch niet zal vertellen, zelfs al vraag ik hem er direct naar; hij was er altijd een meester in om dan zo heel geheimzinnig weg te kijken, maar je geen antwoord te geven.'

Bé knikte en pakte een papieren handdoekje om haar ogen droog te vegen. 'Ja, die eigenschap heb ik ook al waargenomen bij hem. In eerste instantie heeft het wel iets charmants, dat mysterieuze air van hem, maar bij nader inzien… Het verbaast me trouwens niets dat hij zo'n opmerking tegen je maakte op de borrel. Ik ben er gisteren achter gekomen dat hij niet alleen met mij afspreekt, maar dat hij zich ook nogal uitgebreide vrijpostigheden veroorlooft met het jongste lid van de formatie. Juf Marjolein, vers van de pabo, een schat van een meid, ze staat voor de kleutertjes. Ze is knap en, en, nou ja, fris, en slank, met mooi lang haar…' Bé raakte even haar nieuwe, vlotte maar kortere kapsel aan. 'En ik denk dat ik weet waarom hij hier een nieuwe baan heeft gezocht, en niet ergens anders. Hij heeft wel verteld over het verleden dat hij met jou heeft; sterker nog, hij heeft het behoorlijk vaak over je. Het is voor hem denk ik moeilijk te verkroppen dat jij de relatie hebt beëindigd, en dat je daarna meteen zo spoorslags uit zijn leven bent verdwenen. Hij wil… Ik denk dat hij aan je wil laten zien dat hij ook zonder jou succesvol kan zijn. Ik heb het vermoeden dat je een diepe indruk op hem hebt gemaakt, Sylvie, en dat hij er veel last van heeft gehad dat je hem hebt verlaten.' Bé gooide haar papieren handdoekje weg en bestudeerde haar gezicht nog een keer, om daarna haar handen door haar kapsel te halen.

Bij Sylvie begon er vanbinnen iets te bruisen bij het woord 'verlaten'. Ze haalde een keer diep adem door haar neus, beet even op haar onderlip, maar kon zich toen niet meer beheersen. 'Verlaten? Is dat hoe hij het heeft verwoord? Weet je hoe het echt is gegaan, Bé, hoe het daadwerkelijk is verlopen? Marcus heeft eerst een paar maanden achter me aan gesjouwd, en ik ben gewaarschuwd, ik ben door allerlei mensen in Olterloo gewaarschuwd, want er waren door zijn toedoen al een paar huwelijken op de klippen gelopen. Maar ja, op een goed moment kwam het er dan toch van, tussen hem en mij. Ik was niet eens verliefd. Het was gewoon wel… comfortabel, en er zat ook, maar dat zag ik achteraf pas, altijd wel een element in van gewoon maar toegeven, om een beetje van dat eeuwige aandringen af te zijn. Ik ben altijd erg op mezelf geweest, dus ik verwachtte niet dat we meteen op elkaars lip zouden gaan zitten, of zoiets; daarom heeft het waarschijnlijk al met al best nog een tijd geduurd tussen hem en mij. In ieder geval voor zijn doen. Maar ik kwam er uiteindelijk toch achter dat hij me besodemieterde, met een lerares van de school waar hij directeur was, en hij was ook al bezig met een andere moeder op het schoolplein. En toen had ik het meteen zo gehad met hem dat ik hiernaartoe ben verhuisd toen ik de kans zag. Alleen… het is heel raar, maar hoewel ik niet echt heel gek op hem was, had ik toch een bepaald idee gekregen dat het wel fijn zou kunnen zijn om een vaste man in mijn leven te hebben. Ook voor Ties. En dat dan meteen mijn eerste poging met zo'n, zo'n… etterbuil…!' Sylvie schudde haar hoofd vol afschuw. 'Ik denk, achteraf gezien, dat ik nog het meeste verdriet heb gehad over mezelf, omdat ik me zo schaamde dat ik niet meer onderscheidend vermogen heb gehad, weet je dat? Marcus is een slang, met zijn knappe gezicht en zijn fijne manieren; toen hij me een tijdje geleden belde om me te laten weten dat hij hier kwam werken, liet hij nota bene doorschemeren dat hij van plan was om zich hier op school omhoog te werken tot hij weer opnieuw de directeur was.'

Bé had bijna bewegingsloos geluisterd naar Sylvies uitbarsting, maar nu verstrakte haar gezicht.

'Simon weet hiervan, hij weet de hele voorgeschiedenis,' zei Sylvie. 'Daarom is hij ook zo kritisch over Marcus. Ik heb aan hem gevraagd om te proberen je op andere gedachten te brengen, zodat je hem niet aan zou nemen. Ik wist ook niet precies hoe ik dat nou moest doen; ik kon toch moeilijk zomaar op je af stappen en dit hele verhaal er zo plompverloren uit gooien?'

'Nee, nee, dat zou wel een beetje vreemd geweest zijn,' zei Bé zachtjes.

'En dit is nog niet alles, hè,' ging Sylvie verder. 'Op die Herfstborrel, toen wilde Freek op een goed moment graag een beetje uit de drukte, want daar kan hij niet zo goed tegen; hij wilde me een schilderij laten zien dat zijn opa aan het gemeentehuis had geschonken. Dat hing in de kleine raadszaal, maar er stond van alles voor gestapeld om ruimte te maken in de grote raadszaal. Dus wij waren achter al die spullen gekropen om dat schilderij te kunnen bekijken, en toen hoorden we Marcus binnenkomen, met een vrouwelijk raadslid. Eh...' Sylvie fronste, terwijl ze probeerde zich de naam van het raadslid te herinneren. 'God, hoe noemde Freek haar nou,' mompelde ze, 'hij had nog met haar staan praten hier in het café bij de opening van de feestweek, eh... Agathe! Zo heet ze.'

'Agathe Schermerhorn?' zei Bé verbijsterd, maar nu ook hoorbaar furieus. 'Wat moet hij in vredesnaam met dat mens? Ik heb nooit begrepen wat zij in de raad doet, behalve de vergaderingen ellenlang rekken. Ze heeft verder niets in haar leven, behalve te veel geld waar ze nog nooit een dag voor heeft gewerkt, en ze is oliedom.'

'Nou, het was voor ons duidelijk hoorbaar wat hij met haar moest; ze stonden elkaar nogal luidruchtig af te lebberen. Zij had het over een weekendje weg samen, en hij ging, als ik het goed heb verstaan, achter haar aan toen zij een einde probeerde te maken aan de vrijpartij door naar de toiletten te lopen. Hij was er blijkbaar wel opgewonden van geraakt. Ik was zo boos op hem dat ik hem het liefst meteen en ten overstaan van iedereen had ontmaskerd, maar Freek hield me tegen. En daar had hij op dat moment ook gelijk in, maar ik ben wel blij dat ik het je nu alsnog kan vertellen. Ik hou er niet van om dingen te moeten verzwijgen.'

'Simon had kort na de borrel ook al iets laten doorschemeren,' zei Bé, met een woede die ze nog maar net kon onderdrukken, 'maar ik had moeite het te geloven, al verklaarde het wel waarom Marcus steeds zo veel interesse in het raadswerk aan de dag legde. Totdat ik vrijdag de lerarenkamer binnenliep en hem in een innige verstrengeling aantrof met... nou ja. Dat hij en ik nu een lunchafspraak hadden, was om erover te spreken, over hem en juf Marjolein. Hij zei dat hij het me allemaal wilde uitleggen, dat het niets betekende en dergelijke, maar gezien het feit dat hij niet is komen opdagen, en in het licht van wat je me nu allemaal hebt verteld...' Ze zuchtte diep. 'Het liefst zou ik hem morgen direct ontslaan. Strafontslag wegens moreel verwerpelijk gedrag. Ik zal even in de cao kijken of zoiets als plichtsverzuim kan worden aangemerkt; ik heb zo'n situatie als deze nog nooit bij de hand gehad. Maar als het kan, dan sta ik in mijn recht en kan hij naar ww fluiten. Zo.' Bé fronste even naar zichzelf in de spiegel.

'Goed zo,' zei Sylvie met een warme grijns, 'hup met je strijdbaarheid!'

Bé keek haar aan. 'Het is helaas niet zo makkelijk; ik heb gisteren al zitten cijferen, maar ik kan hem niet missen in het rooster. Zelfs al gaan twee leerkrachten meer uren werken, en maak ik een herverdeling, dan nog kom ik in ieder geval één dag tekort. Ik zal hem aan moeten houden totdat ik vervanging heb geregeld.'

Sylvie voelde haar mobiel trillen in haar zak, en ze haalde hem snel tevoorschijn. Een appje:

Alles is eruit gehaald, ik kom op Jack naar café

'O, gelukkig,' verzuchtte ze, en van pure opluchting zakte ze even tegen de deurstijl.

'Wat is er?' vroeg Bé bezorgd.

'Ik maakte me zorgen om Freek; Simon heeft vandaag bij de verbouwing van het grote huis, eh, nieuw bewijsmateriaal in de zaak tegen Freeks voormalige onderhuurders gevonden, dat verstopt zat in een gipswandje. Freek heeft meteen allerlei instanties gewaarschuwd, en toen zouden er direct mensen komen, maar nu zijn ze erachter gekomen dat het grote huis waarschijnlijk nog in de gaten wordt gehouden door criminelen, en waarschijnlijk ook vuurwapengevaarlijke criminelen, die zich in het bos schuilhouden. Freek heeft ons voor de veiligheid weggestuurd om te gaan lunchen terwijl hij wachtte op die politiemensen, maar hij moest ook Jack nog uit de wei halen. Ik hoop maar dat het nu allemaal veilig is, hoewel ik het wel een beetje gek vind dat hij niet gewoon met de auto komt. Als ik het goed begrijp kan Jack er niet zo goed tegen om lang, eh, geparkeerd te staan – hoe zeg je dat eigenlijk bij een paard? Hoe dan ook, dan gaat dat beest zich blijkbaar gigantisch vervelen. Nou ja, ik ben al superblij dat hij hiernaartoe komt; we zullen zo wel van hem horen hoe de vork aan de steel –' Sylvie hield abrupt op en stak een vinger omhoog, omdat haar ineens iets inviel. 'Kan je Freek niet nemen, Bé?' vroeg ze.

Bé keek haar verbaasd aan. 'Waarvoor zou ik Freek moeten nemen?'

'Nou, om voor de klas te staan, bedoel ik. Hij was toch zo goed met de kinderen? En hij vond het ook hartstikke leuk, dat weet ik zeker. Hij was helemaal enthousiast over die presentatie met Ties, en meedoen met de musical vond hij ook leuk om te doen.'

'Maar ik denk niet dat hij de juiste bevoegdheid heeft,' zei Bé meteen.

'Denk je niet dat hij het niveau wel aankan?' Sylvie trok

haar wenkbrauwen op. 'Als de kinderen goed op hem reageren, en hij vindt het leuk om te doen; hij heeft natuurlijk ook geen tijd om fulltimer te worden, want hij heeft al een baan, maar omdat hij thuis werkt is hij wel vrij flexibel met zijn uren. Misschien kan hij net dat gat in je rooster opvullen?'

Bé weifelde zichtbaar. 'Ik weet niet eens precies wat voor werk hij doet; ik weet alleen dat hij, nou ja, computerdeskundige is.'

'Ik mag dat eigenlijk helemaal niet zeggen,' zei Sylvie samenzweerderig, 'maar hij werkt dus voor de AIVD. Hij is ethisch hacker. Een soort computerspión, zeg maar. Dus hij is hyperintelligent, en ook heel, eh, hoe zeg je dat, onkreukbaar?'

'Van onbesproken gedrag?' souffleerde Bé.

'Ja, precies. Dat. Zo iemand heb je toch liever voor de klas dan, nou ja...'

'Ik zou...' zei Bé nadenkend, 'ik zou hem natuurlijk kunnen aanstellen als gastdocent. Dan kan hij maar een beperkt aantal uren per week lesgeven, maar dat is precies genoeg om één dag... En het zal ook wel een bepaalde indruk maken bij het koepelbestuur, denk ik, als ik kan zeggen dat meneer de graaf... Kan ik het hem zo direct meteen voorleggen, denk je?'

Sylvie grinnikte warm. 'Gewoon doen, zou ik zeggen. Freek is een stuk robuuster dan iedereen, inclusief hijzelf, denkt, en hij weet altijd heel precies wat hij wel en niet wil, dus je kunt ervan op aan dat je een oprecht antwoord krijgt. En daarnaast: hij kan volgens mij een beetje extra geld best goed gebruiken, nu hij zijn onderhuurders kwijt is.'

Bé glimlachte ingehouden. 'Het is duidelijk zichtbaar dat je gevoelens voor onze graaf veel dieper gaan dan die voor je expartner.'

'Zo, nou,' zei Sylvie hartgrondig. 'Geen vergelijk, hoor. Maar Bé, in alle eerlijkheid, je praat jezelf wel een beetje naar beneden. Je bent een bijzondere vrouw, gedreven, met het hart op de goeie plek, en je ziet er goed uit. Volgens mij heb je wel een fan, hoor, en hij zit bij ons aan tafel daarbinnen.' Ze wees met haar duim over haar schouder.

'Reindert?' zei Bé direct, en nogal verbaasd.

'Aha, dus het was je heus wel opgevallen.' Sylvie grijnsde.

'Reindert valt alleen op van die jonge dingen,' zei Bé misprijzend, 'en dan liefst een heleboel achter elkaar. Zijn tweede ex-vrouw is ook een ex-onderwijzeres van bij ons op school.'

'Ja, dat heb ik intussen natuurlijk allemaal meegekregen,' zei Sylvie, 'maar Bé, weet je: volgens mij is Reindert aan het veranderen. Niemand blijft zijn hele leven hetzelfde, tenslotte, en ik heb de indruk dat Reindert in de gaten heeft dat hij iets moet ondernemen, wil hij niet doodongelukkig worden. Hij was misschien een beetje de weg kwijt, maar hij heeft heus zijn hart wel op de goeie plek zitten. Net als jij. Kom, zullen we weer naar binnen? Je ziet er prima uit; je ogen zijn helemaal niet meer rood.'

Bé haalde een keer diep adem en knikte toen.

Sylvie duwde de deur open.

Freek

16

Gelukkig was het droog. Vannacht zou het ook droog blijven, en de vooruitzichten voor de rest van de week waren betrekkelijk goed. Het was ook nog vrij zacht; Jack zou zonder problemen een nachtje in de buitenlucht kunnen doorbrengen. Bij Sylvie in de tuin. Als ze dat goed vond, tenminste. Hij wist ook niet hoe hij het anders moest regelen; het was allemaal nog precair, ze hadden tenslotte die ochtend nog maar naar elkaar uitgesproken dat...

Hij zuchtte ervan.

Dat er nog hoop was.

Dat ze zouden zien hoe het zou gaan.

Hij kon het nog steeds bijna niet geloven, als hij zijn hersenen de vrijheid gaf om er dieper over na te denken. Om zijn denken, en voelen, erin onder te dompelen. Ze wilde hem misschien gewoon toch nog, ondanks alles. Dat zij, juist zij, de mooiste vrouw van de wereld, überhaupt in hem geïnteresseerd was geraakt was al een wereldwonder te noemen, maar dat ze er nog steeds over na wilde denken om misschien wel een relatie met hem te hebben, zelfs nadat ze hem op zijn allerslechtst had meegemaakt, dat was... Het was...

Hij klakte met zijn tong om Jack aan te sporen, hij wilde naar haar toe. Gelukkig werd het bosgebied van De Grote

Weijde doorkruist door ruiterpaden die hij allemaal kende; in sommige gevallen was het op deze manier nog sneller dan met de auto.

Vreemd eigenlijk, bedacht hij zich: als hij ergens heen moest rijden met de auto, ergens waar hij niet zo vaak naartoe ging, kon hij zich daar heel druk over maken. Naar het postagentschap in de Jumbo in Hilversum, of naar een van de andere omliggende dorpen of steden, of naar Zoetermeer voor zijn werk. Zelfs naar de werkschuur van Staatsbosbeheer rijden had hij wel eens vervelend gevonden, al wist hij precies waar dat ding lag. Als hij in de verkeerde bui was, dan was alles wat zich buiten de grenzen van zijn landgoed bevond eigenlijk wel een beetje een probleem.

Nou ja, behalve Sylvies huis dan. En als hij op Jack ging, dan had hij nergens last van. Het was dat Jack het niet zo goed verdroeg om lang te moeten wachten, en dat er voor hem vaak midden op straat weinig plek was, anders zou hij standaard zijn boodschappen te paard doen. Het was waarschijnlijk het gevoel dat hij niet alleen was, het troostrijke dat daarvan uitging; of misschien was het het feit dat Jack hem zo klakkeloos accepteerde en respecteerde om wie hij was.

Zij deed dat ook, bedacht hij zich ineens. Zij accepteerde hem zonder aarzeling, en vaak kon ze de dingen die zijn karakter, of zijn aandoening, met zich meebrachten op een voor hem totaal nieuwe manier uitleggen. Het in zo'n ander licht zetten dat het eigenlijk niet zo'n groot probleem was. Wonderbaarlijk vond hij dat.

Hij zag de daken van Hogerweijde al door de bomen schemeren; dit pad liep achter het zwembad langs om vervolgens tussen twee oude gebouwen door – de voormalige smidse, nu omgebouwd tot twee onbetaalbare woningen, en een ruim bemeten schuur waarin een muziekcafé huisde dat heel toepasselijk De Wagenschuur heette – de straat te bereiken.

Hij was nooit binnen geweest in De Wagenschuur, maar kreeg altijd de programmering op kleurige A5 gevouwen foldertjes in de post. Misschien moest hij er eens binnenstappen. Met haar. Misschien konden ze wel een keertje uitgaan, samen; in een restaurant eten, of in De Paardentram, dat zich met zijn menukaart ergens op de glijdende schaal tussen snackbar, eetcafé en pannenkoekenhuis bevond, en dan na het eten muziek gaan luisteren. Misschien kon hij er zelfs wel een keertje optreden; hij wist van zichzelf dat hij vrij redelijk kon zingen, maar hij zou dan wel eerst een paar liedjes moeten instuderen. Op de vleugel, die hij eerst moest laten repareren, wel verdomme.

Even verloor hij zich in een soort droom waarin hij op het podiumpje van De Wagenschuur zat en liefdesliedjes speelde en zong, terwijl Sylvie in de zaal zat en hem bewonderde. Natuurlijk zou zoiets niet werken; hij zou er vast een rommeltje van maken. Zijn tekst vergeten. Door de grond gaan van verlegenheid. Er zouden vast nog veel meer mensen in de zaal zitten; hij wist zeker dat als hij zou aangeven een keer te willen optreden, niemand dat een probleem zou vinden in De Grote Weijde, en waarschijnlijk zou iedereen wel willen komen kijken wat meneer de graaf nu weer…

Hij schudde zijn hoofd. Wat een idiote gedachten allemaal. Hij moest ervoor waken niet op de zaken vooruit te lopen. Of te hollen.

Hij bereikte de parkeerplaats bij De Paardentram, steeg af met een zwaai en een sprong, een beweging die hij al zo vaak had gemaakt dat hij er geen seconde over nadacht en volledig op zijn spiergeheugen vertrouwde, en sloeg Jacks teugels rond het uiteinde van een fietsenrek.

'Ik besef wel dat je geen fiets bent,' bromde hij tegen Jack, met een liefdevolle wrijf over diens hals en oren, 'maar ik zie zo gauw niets beters. Ik zal even een emmer water voor je vragen.'

Hij beende het café binnen, zijn rugzak groot en onhandig op zijn rug, en stoomde meteen door naar de bar. 'Mag ik een emmer water voor Jack?' vroeg hij aan het meisje dat daar glazen stond te poetsen.

'Freek!' hoorde hij een lichte stem achter zich, en hij kon zich nog maar net op tijd omdraaien om Ties op te vangen, die zo ongeveer in hem sprong. Hij tilde haar even van de grond en hield haar dicht tegen zich aan, in stilte ontroerd door die ongeremde uitbarsting van genegenheid.

'Je ruikt naar paard,' zei ze lachend toen hij haar weer op haar voeten zette. 'Ik ben zo blij dat je hier bent! Mijn moeder was ook gigantisch bezorgd, ze heeft haar patat niet eens opgegeten. Ik heb mijn pannenkoek ook niet op trouwens. Mag ik de rest aan Jack geven?'

'Wat zit er op die pannenkoek?'

'Boter en suiker,' zei Ties met een schouderophalen, 'niks vreemds of zo; ik had het echt niet voorgesteld als er rozijnen met rum op had gezeten. Dat lijkt mij heel vies, dus dan zal Jack het ook wel smerig vinden.'

'Rozijnen mag hij wel, maar rum is niet goed voor hem,' zei Freek. 'Ik breng even dit water.' Hij pakte de emmer snel over van het meisje, dat hem maar ternauwernood hoog genoeg kon houden om hem over de bar heen te tillen. 'Rol jij dan even de resten van je pannenkoek op en neem die mee naar buiten. Jack vindt pannenkoek bijna net zo lekker als appeltaart, dus ik vermoed dat hij het ineens een stuk minder vervelend vindt om hier te moeten wachten als hij zo'n smakelijk hapje van je krijgt aangeboden.'

'Joepie!' riep Ties uit, en ze danste naar de tafel.

Freek keek haar na. Sylvie zat aan die tafel, en alsof ze zijn ogen voelde, keerde ze zich om in haar stoel. Haar blik kruiste de zijne. Hij voelde de schok ervan tot in zijn tenen en bleef even, als een idioot, midden in het café staan, de emmer vergeten aan zijn hand. Hij zag hoe ze langzaam uit haar stoel opstond en zijn kant uit kwam, en al even langzaam zette hij zijn emmer neer. Het kon hem niets schelen dat het hele café meekeek; hij voelde dat alle aanwezigen zo'n beetje hun adem inhielden. Hij spreidde zijn armen en Sylvie liep zo zijn omhelzing in, haar armen gleden om zijn hals alsof ze daar hoorden en haar hele lichaam ontspande tegen het zijne met een diepe zucht, terwijl ze haar voorhoofd tegen zijn wang legde.

'Ik ben zo blij dat je hier bent,' zei ze, zo zacht dat alleen hij het kon horen, 'ik kreeg geen hap door mijn keel.'

'Liefste,' zei hij zachtjes, zijn lippen tegen haar voorhoofd, zijn neus in haar haargrens, gevolgd door een haastig en verontschuldigend, 'ik heb mijn rugzak nog op!'

'Wat kan mij dat nou schelen,' zei ze met een lach, 'je bent er, dat is echt het enige wat telt.'

'Ik heb helemaal geen problemen gehad; de aanvoerder van het eskader dat mijn bos uitkamt leek het veiliger als Jack en ik ons ver buiten een eventuele vuurlinie zouden begeven voordat ze begonnen, dat was alles. Het geld is uit de muur gehaald en per heli afgevoerd, het is nu opnieuw een enorme rommel in het souterrain, maar ik heb ervoor gezorgd dat ze de bediendeningang gebruikten, dus alle rommel is beneden gebleven.'

'Hoe lang gaat die uitkamoperatie duren, denk je?'

'Onbekend. Morris komt ook deze kant op; ik heb hem gezegd dat ik hier op hem zou wachten, maar ik vermoed dat hij de weg is kwijtgeraakt. Hij had er ongeveer even snel moeten zijn met de auto, als ik dwars door het bos op Jack,' mompelde hij, enigszins overweldigd door die heerlijke appelgeur van haar shampoo. 'Pas op, ik ga je kussen in het openbaar.'

'Moet ik daarvoor oppassen, dan?' vroeg ze, haar ogen twinkelend, terwijl ze haar gezicht naar hem ophief.

Even stonden ze doodstil, hun lippen tegen elkaar. Hij voelde een voorzichtig en ondeugend, maar heerlijk tongpuntje, en toen maakte ze zich een klein beetje van hem los en gaf hem een schaapachtig lachje. Een paar mensen in het café maakten voorzichtige juichende geluiden en Freek mompelde, met een licht gevoel in zijn borstkas en een glimlach spelend om zijn lippen: 'Dat voelde verrassend goed. Dat iedereen kon meekijken, bedoel ik. Jou kussen voelt altijd fantastisch.'

'Staan jullie weer te kleffen,' klonk Ties' stem plagerig. Ze was met een handvol pannenkoek naast hen verschenen. 'Zal ik dan maar even voor je paard zorgen, Freek?'

Freek stapte een klein beetje weg bij Sylvie, maar liet zijn hand langzaam langs haar arm naar beneden glijden totdat hij haar hand kon pakken en er een kneepje in kon geven. Hij kreeg meteen een kneepje terug en voelde hoe zijn glimlach als vanzelf breder werd.

'Ik moet even voor Jack...' zei hij tegen Sylvie.

'Tuurlijk,' zei ze, 'geef je rugzak maar vast hier, dan zet ik die even veilig voor je weg.' En met zo'n ondeugend grijnsje dat hij altijd zo charmant van haar vond, liep ze naar de tafel, waar zich, zag hij nu hij nog eens goed keek, een heel gezelschap omheen had verzameld. Hij negeerde dat lege prikken van zijn handpalm nu hij haar hand niet meer voelde, greep het handvat van de emmer en zei tegen Ties: '*Après vous, ma très chère.*'

Ze grijnsde naar hem – ineens zag hij dat ondeugende van haar moeder in haar gezicht – en trok de deur voor hem open. ‘Volgens mij ben je nog steeds hartstikke op mijn moeder,’ zei ze toen de deur eenmaal achter hen was dichtgevallen.

‘Zeker,’ zei Freek. ‘Het is niet minder geworden, waarschijnlijk juist sterker.’ Hij zette de emmer voor Jack neer. ‘Hier heb je iets te drinken, Jack. En wees er eens een beetje voorzichtig mee, duw hem nou niet om met je neus en ga er voor de verandering ook eens niet met één hoef in staan; het is een leenemmer.’

‘Hhh,’ zei Jack, terwijl hij zijn neusgaten even opensperde en vervolgens zijn nek uitstrekte en zijn bovenlip optilde.

‘Ha, wat doet hij nou?’ zei Ties grinnikend.

‘Hij fleemt. Ik denk dat hij de pannenkoek ruikt, maar hij heeft hem nog niet gezien. Steek je platte hand maar uit.’ Freek legde even een hand tegen Jacks nek om zijn aandacht terug te krijgen. ‘Je krijgt een smakelijk hapje van Ties, Jack. Kijk eens even hier.’

‘Pannenkoek, Jack,’ zei Ties aanmoedigend, en toen kreeg het paard in de gaten waar die heerlijke geur vandaan kwam, en smikkelde hij voorzichtig het stuk pannenkoek uit Ties’ hand. Er viel een stukje in de emmer met water.

‘O, wat ben je toch een rommelige eter! Nee, meer heb ik niet, kijk maar, je hebt alles op.’ Ties hield haar lege hand omhoog en veegde hem toen af aan haar broek.

‘Hij slobbert dat stuk er straks nog wel uit,’ zei Freek grinnikend. ‘Kijk hem nu eens tevreden zijn!’ Hij dacht er niet eens over na; het was volkomen natuurlijk om zijn arm om Ties’ smalle schouders te leggen en haar nog even een eenarmig knuffeltje te geven toen hij haar hoorde lachen. Hij had het gevoel dat zijn hart zo’n beetje overstroomde op het moment, ondanks alles wat er aan de hand was op het landgoed. De zon was dan wel verdwenen achter een wattige wolkenlucht en het was een dag waar zo veel tegelijk in gebeurde dat hij daar onder normale omstandigheden misschien wel heel veel last van had gehad, maar niet vandaag. Niet vandaag; vandaag overtrof de hoop zo'n beetje alles wat het lot probeerde op zijn pad te werpen, en zijn overprikkelingsniveau stond nog steeds ferm in het groen. Als hij het nou in principe zo zou kunnen houden, met misschien af en toe een klein uitstapje naar geel als het erg druk werd, dan zou het, dan kon hij…

'Lieve Freek,' zei Ties tevreden, en ze sloeg een arm om zijn middel. 'Kom je nou ook weer bij ons slapen?'

'Nou,' zei hij, 'ik zal misschien aan je moeder moeten vragen of in ieder geval Jack een nachtje bij jullie mag slapen. Hij kan zonder problemen in de achtertuin, het is nog warm genoeg voor hem om een nachtje buiten te staan. Dat vindt hij ook wel fijn; ik heb het alleen niet meer gedaan sinds ik het grote huis had verhuurd. En er is genoeg voor hem te eten op het grasveld.'

'En jij dan?' Ze keek hem aan.

'Ik eet geen gras,' zei Freek met opgetrokken wenkbrauwen.

'Free-heek! Ik bedoel, wat ga jij dan doen vannacht?' Ze proestte het uit. 'Ik zie het voor me!'

Freek liet zijn wenkbrauwen weer zakken. 'Maar serieus, Ties. Ik weet nog niet hoe lang de mensen van de marechaussee bezig zijn om het landgoed uit te kammen; misschien kan ik terug naar huis, of misschien kan ik, eh, een hotelkamer nemen, of zoiets, eh, ik weet het nog niet precies.' Hij fronste. Het liefst zou hij natuurlijk gewoon naast Sylvie in bed gaan liggen, maar hij vond het toch wel een beetje te vroeg om daar zomaar van uit te gaan.

'Doe normáál!' Ties riep het uit. 'Je gaat toch niet in een

hotél? Wacht, ik ga het met mijn moeder bespreken.' Ze schoot bij hem vandaan en verdween het café weer in, precies op het moment dat de auto van Morris in beeld kwam.

'Ha,' zei Freek tegen Morris toen die zijn auto had geparkeerd, was uitgestapt en naderbij kwam gelopen.

'Hh,' zei Jack, die even zijn neus uit de wateremmer trok.

'Ik was verkeerd gereden,' zei Morris, een beetje besmuikt, 'ik ben een stukje door het bos gegaan, zoals jij zei, maar toen kwam ik uiteindelijk weer bij een asfaltweg, een hele smalle, en toen had ik werkelijk geen idee meer welke kant ik nou uit reed en moest ik Google Maps zelfs raadplegen. Het is hier toch uitgestrekter dan ik had gedacht. Of mijn richtingsgevoel is suboptimaal, dat kan natuurlijk ook; ik ben in ieder geval niet zo'n buitenman als jij, dat moge duidelijk zijn.'

'Ik vermoedde het al,' zei Freek. Hij had de indruk dat mannen op dit punt elkaar normaal gesproken zouden plagen of zouden proberen af te troeven, maar hij zag daar het nut totaal niet van in. 'Ik had verwacht dat we hier ongeveer tegelijk aan zouden komen, maar ik ben intussen al binnen geweest om Sylvie en Ties te begroeten en water voor Jack te regelen. Er is overigens intussen een hele congregatie verzameld, binnen. Ik begrijp ook niet waar al die mensen nu ineens vandaan komen, maar er zit een tafel vol met de fine fleur van De Grote Weijde. Ik zal je aan iedereen moeten voorstellen als je mee naar binnen gaat; is dat geen protocolbreuk?'

'Welnee,' zei Morris zorgeloos, 'zolang we er niet bij zeggen wat voor werk we precies doen is er niets aan de hand. Mijn hele schoonfamilie denkt dat ik ICT'er ben voor een of andere onuitsprekelijk saaie overheidsdienst. Als je een paar vaktermen laat vallen is bijna iedereen direct onder zeil, en dan vragen ze niet verder.'

'Hm,' zei Freek, een tikje duister, 'we gaan het zien. Kom, laten we naar binnen gaan.'

'Ik ben nou toch wel benieuwd naar die illustere vriendin van jou,' zei Morris. 'Ik wilde er verder niet naar vragen als we elkaar aan de telefoon spraken, maar ik begreep tussen de regels door van Simon, toen ik met hem contact hield in de periode dat jij ziekgemeld was, dat er een beetje een kink in de kabel was, met haar? Je moet het maar zeggen als je er niet over wilt praten, hoor.'

Freek hield halt met de deurklink in zijn hand, en hij gaf Morris een korte, en naar hij vreesde vrij duistere blik. Hij hoopte maar dat de bonk die hij in zijn hartstreek voelde niet buiten zijn borstkas hoorbaar was; het resoneerde helemaal tussen zijn oren.

'Oeps,' zei Morris, 'had ik dat niet moeten zeggen? Man, wat kan jij intens kijken, ineens.'

'Mijn excuses,' bromde Freek fronsend. 'Het lijkt erop dat we het toch nog een kans kunnen geven, maar die notie is nog zeer vers. Ik weet niet wat eruit gaat komen, maar ik heb hoop. Het is vreemd, Morris, en het is ook verre van rationeel, maar het voelt alsof ik die kans op succes ondermijn als ik er te luchthartig over doe.' Na een scherpe uitademing drukte hij de klink naar beneden en de deur open, en hij focuste zich op het altijd vervelende voorstelrondje waar hij doorheen zou moeten met Morris. Hij had altijd een intense hekel aan voorgesteld worden aan een groep mensen, en wanneer hijzelf iemand moest voorstellen vond hij dat minstens even vervelend. Misschien was het omdat iedereen dan naar hem keek, of omdat hij vreesde dat hij het voorstelritueel niet naar behoren zou uitvoeren; feit was in ieder geval dat hij op zulke momenten het liefst door de grond zou zakken.

'Vooruit, Freek,' gromde hij zachtjes tegen zichzelf.

‘Wat zeg je?’ vroeg Morris, maar Freek maakte een gebaar dat, zo hoopte hij, ‘niets wat voor herhaling vatbaar is’ betekende. Morris vroeg in ieder geval niet door, en toen stonden ze al bij de hoek van de tafel.

Freek schraapte even zijn keel, en tot zijn verrassing stopte iedereen, inclusief August en Reindert, met praten om naar hem te kijken.

‘Goedemiddag,’ zei hij onwennig. ‘Dit hier is mijn leidinggevende op het werk. Morris Abbema is zijn naam. Morris, August Moelleux, de burgemeester van De Grote Weijde, Simon ken je, Hans-Willem den Dekker, Reindert den Dekker, Béatrice Altena Lankester, ons schoolhoofd, Ties van Foreeste en, eh, Sylvie van Foreeste.’

Morris glimlachte gemoedelijk en reikte over tafel om iedereen de hand te schudden. Hij leek geen enkel probleem te hebben met het voorstelritueel, noch leek hij te merken dat Freek zo’n beetje stond te sterven van puur ongemak. Toen Morris bij Sylvie was aangekomen keek hij haar eens goed aan.

Freek vroeg zich intussen af waarom hij Sylvie niet als eerste had voorgesteld, hoewel hij, na een razendsnelle interne analyse, besloot dat het waarschijnlijk toch wel sociaal het wenselijkst was geweest om te beginnen met de burgemeester.

‘Dus jij bent nou Freeks vriendin,’ zei Morris vrolijk, terwijl hij zijn hand naar haar uitstak.

‘Kan ik ermee door?’ vroeg ze grinnikend, en Freek voelde zijn hart knijpen in zijn borstkas. Het was verdorie niet officieel aan, en iedereen hier deed maar gewoon alsof het wel zo was; hij had verschrikkelijk veel moeite met die onduidelijkheid. Alle moed waarmee hij doorstroomd was geweest toen hij haar in zijn armen hield en haar zomaar midden in het best drukke café had gekust, was uit hem gevloeid, en even had hij het gevoel alsof zijn knieën van rubber waren en hij ieder moment op de vloer zou kunnen neerzijgen.

'Zo te zien is Freek een man met goede smaak,' zei Morris met een brede grijns. 'Nou, waar zal ik zitten?'

'Hier is nog een stoel!' riep Reindert joviaal van de andere kant van de tafel. 'Schuif gerust aan, hoor, Morris, tenzij je een gesprek over de verbouwingsplannen van de lagere school beneden je waardigheid vindt.'

'Absoluut niet,' zei Morris, 'mijn kinderen zitten toch ook nog op school? Ik zit zelfs in de mr.'

'Ach, wat fijn, een betrokken ouder,' zei Bé met een warme glimlach.

Freek vroeg: 'Mag ik zo vrij zijn?' aan een ouder echtpaar dat genoeglijk samen zat te lunchen aan een belendend tafeltje van vier, en de dame zei ogenblikkelijk: 'Uiteraard, meneer de graaf!'

Hij pakte een lege stoel en schoof die, ietwat bruusk, tussen Sylvie en August in, zodat hij aan de punt van de tafel zat.

'Zo,' zei Sylvie met een tevreden gezicht, 'die zit.'

'Wie?' vroeg Freek, een beetje in de war.

'Jij, natuurlijk, malle. Wil je mijn frieten? Ik kon geen hap door mijn keel krijgen toen je er nog niet was, en nu ben ik volgens mij over mijn honger heen. Ze zijn wel een beetje afgekoeld, intussen.'

Freek trok voorzichtig een mooie, handgesneden friet uit het zakje. Er was een vertederend klein bakje mayonaise bijgeleverd in het sausgarnituurtje, waarin hij het uiteinde van de friet kon dopen. 'Geen satésaus?' vroeg hij.

'Hmmm...' zei ze, en ze keek hem schuins en een beetje ondeugend aan, waar hij van in de lach schoot.

'Ik begrijp van Ties dat je komt logeren, met Jack?'

Hij werd direct weer serieus. 'Je vindt dat toch niet te vrijpostig? Misschien kan ik later op de avond wel gewoon naar huis, of ik kan ook gewoon ergens anders naartoe gaan; misschien kan ik bij Simon. Of in een hotel?'

'Freek, ik vind het niet te vrijpostig. En al helemaal niet als het een noodgeval is. We zijn toch sowieso nog steeds vrienden? Dan ben je er voor elkaar in een noodgeval.'

'Ik… moet je om nog een gunst vragen,' zei hij aarzelend. 'Deze dag verloopt echt volkomen anders dan ik me vanmorgen toen ik opstond had voorgesteld.'

'Kom maar door dan,' zei Sylvie, en ze gaf hem een warme blik. Zo eentje die hij tot in zijn tenen voelde en die zijn hele lichaam deed tintelen.

Sylvie

17

Vanuit de woonkamer, waar ze op haar knieën voor de kranten- en tijdschriftenmand zat om die eens even flink uit te ruimen, kon ze precies de keuken in kijken. Daar zaten Freek en Morris, ieder achter een laptop, recht tegenover elkaar. De keyboards ratelden als machinegeweren en af en toe zeiden ze iets tegen elkaar wat ze ternauwernood als Nederlands kon identificeren; ze was ervan overtuigd dat het jargon was, maar voor hetzelfde geld had het Oostgotisch kunnen zijn.

Natuurlijk had ze ja gezegd toen Freek haar, op zijn vertederende, aarzelende manier, had gevraagd of Morris en hij haar keukentafel tijdelijk als tactische basis mochten gebruiken. Hij had een idee, iets wat ze zouden kunnen doen om de marechaussee te ondersteunen bij het doorzoeken van het landgoed, maar dan zouden ze wel even op topsnelheid aan het werk moeten in een omgeving met stroom en stabiele wifi.

Natuurlijk mocht dat, net zo goed als dat hij natuurlijk mocht blijven slapen als dat nodig zou zijn, en dat Jack de nacht mocht doorbrengen op haar bescheiden grasveldje achter het huis, waar hij nu vredig stond te grazen.

Sylvie wist niet helemaal waar ze zich nu op moest voorbereiden; áls Freek zou blijven slapen – want hij had heel stellig gezegd dat dat alleen zou gebeuren als de marechaussee nog niet klaar was – zou hij dan naast haar in bed kruipen? Zou hij op de bank willen? Zouden ze vrijen, of ging dat dan toch weer te snel? Ze wist nauwelijks wat ze zelf wilde, ondanks haar nogal verhitte gedachten van de afgelopen dagen.

Dat hij haar zomaar had gezoend midden in het café was heerlijk geweest. Het was een klein kusje geweest, maar wel meteen een soort statement. Alsof hij had gezegd: van mij, poot erop. En dat hij zo nadrukkelijk naast haar was gaan zitten aan tafel, zijn knie tegen de hare, zijn arm over haar stoelleuning… Hij had al haar frieten opgegeten, en ze hadden even in stilte geluisterd naar het geanimeerde gesprek tussen Simon en August over het werk van Mark Rothko. De twee mannen bleken niet alleen allebei van witbier te houden, maar ook van abstracte kunst, en Sylvie wíst gewoon dat Freek, net als zij, iets had gedacht in de trant van: zóú het, tussen Simon en August?

Dat gevoel van een band, een wederzijds begrip, tussen hem en haar was misschien wel net zo lekker als dat kusje, en dat statement.

Met een zucht, en een stapel oud papier in haar handen, stond Sylvie op. Op de bank zat het lange lijf van Hans-Willem, verzaligd onderuitgezakt terwijl hij een of ander spelletje op zijn iPad speelde, en dwars tegen hem aan leunde Ties, haar hoofd tegen zijn schouder, haar voeten over de armleuning. Ze las een boek. Sylvie grinnikte in zichzelf, ineens overspoeld door een verrassende tevredenheid: de hele bank zat vol puber, maar ze zagen er gelukkig en rustig uit.

'Zal ik eens een kop thee zetten?' stelde ze voor.

'Ja lekker, mam,' zei Ties.

'Met koekjes?' vroeg Hans-Willem. 'Of heb ik alweer alles opgegeten?' Zijn toon hield perfect het midden tussen schuldbewust en schaamteloos, en Sylvie schoot in de lach.

'Nee hoor, ik ben intussen aan je gewend, ik heb nog een paar pakken op een geheime plek liggen.'

De kinderen lachten mee. 'Er zijn hier geen geheime plekken, mam,' zei Ties met een alwetend gezicht.

'Dat is nou precies wat je moet denken, als ik graag wil dat er ergens een geheime plek is in dit huis,' zei Sylvie, nog nagrinnikend. 'Maar je hebt wel gelijk, het is hier niet groot, dus er is ook niet veel ruimte voor geheime plekken. En als ik jullie zo samen op de bank zie zitten, denk ik ook wel dat het hier wat aan de kleine kant begint te worden voor drie van die grote mensen; misschien is het sowieso veel comfortabeler om in Freeks koetshuis te gaan wonen. Dan hebben jullie ook allebei een eigen kamer.'

'O, maar dat willen we helemaal niet,' zei Ties stellig.

'Nee,' beaamde Hans-Willem, 'dan zouden we toch de hele tijd bij elkaar gaan logeren. Trouwens, mijn vader zei dat we ook wel samen bij hem mogen komen slapen, hoorde je dat, Ties?'

'O ja? Ik zat met juf Bé te praten; ik heb het niet gehoord. Maar, eh, wil je dat dan, bij je vader slapen?'

'Nou ja, het is wel mijn vader,' zei Hans-Willem schoorvoetend, 'en hij lijkt wel een beetje veranderd, de laatste tijd. Hij doet in ieder geval een stuk normaler tegen me.'

'Volgens mij is je vader heel hard aan zichzelf aan het werken,' zei Sylvie, 'en ik denk dat dat heel verstandig van hem is.'

'Volgens mij heeft je vader een oogje op juf Bé,' zei Ties wijs. 'Moeten we straks bij het ontbijt in koor "goedemorgen juf Béatrice" zeggen als we bij je vader gaan logeren, want we mogen vast geen Bé zeggen als ze daar in haar ochtendjas zit.'

Hans-Willem grinnikte. 'Ik weet niet of ik dat trek, juf Bé in haar ochtendjas. Maar goed, als mijn pa er gelukkig van wordt… en, eh, dus… je zou dat wel willen? Dat we daar gingen slapen?' Hij leek opgelucht.

'Tuurlijk,' zei Ties, met grote vanzelfsprekendheid, 'als jij wilt, dan wil ik toch gewoon mee? Ondanks juf Bé. Ik mag haar eigenlijk wel, hoor. Ze was heel anders tegen me nu ik niet meer op school zit, heel geïnteresseerd en zo. Superaardig eigenlijk, helemaal niet zo überstreng.'

'Ik denk dat mijn vader er wel van opknapt als hij eens een strenge vriendin krijgt,' zei Hans-Willem nadenkend, 'eentje die hem op zijn kop geeft als hij raar begint te doen, maar die het dan niet meteen uitmaakt, zeg maar.'

'Ik weet niet of het echt iets wordt tussen je vader en Bé,' zei Sylvie grinnikend, 'maar misschien is het inderdaad wel eens goed voor hem om een vrouw te hebben die hem een beetje op de goede weg kan houden. En die hem kan helpen met zijn slanke lijn, want die enorme pannenkoek die hij vanmiddag naar binnen heeft geschoven, gaat hem natuurlijk niet vooruithelpen met zijn dieet.'

Ze liep de kamer uit en hoorde Ties' stem achter zich: 'Ik had de helft van zijn pannenkoek moeten roven voor Jack! Beter voor allebei!' En daarna klonk er gelach van de bank.

'Hoe gaat het hier, heren?' vroeg Sylvie zo luchtig als ze kon, terwijl ze de stapel papier in de oudpapierkrat naast de ijskast dumpte. 'Willen jullie ook een kop thee?'

'Graag!' zei Morris direct, zonder zijn ogen van het beeldscherm af te halen. Freek keek wel op, zijn ogen groenig in het licht van de plafondlamp. Sylvie voelde een harde klap in haar hartstreek van die blik, en even benam die haar de adem. Freek zat doodstil terwijl hij naar haar keek, en zij naar hem; ze wist zeker dat hij het ook had gevoeld, wat het dan ook was.

Ze ging aan de gang met de waterkoker, kopjes pakken,

vast een theezakje in de theepot hangen, allemaal onzinwerkjes, terwijl ze zich zo belachelijk bewust was van Freeks aanwezigheid in haar keuken dat ze bijna niet wist hoe ze normaal moest reageren.

Plotseling viel haar iets in. 'Freek! Ik heb mijn verfroller zo laten liggen in het bakje! Jij kwam binnen, toen duwde ik je de kamer uit omdat je zo stoffig was, en toen riep Simon van beneden dat hij iets had gevonden. Toen gingen we kijken wat er aan de hand was, en daarna bonjourde je ons er meteen uit, en alles lag gewoon nog zo, in de salon; ik heb niet eens de deksel op de verfpot gedaan.'

'Ik wel,' zei Freek. Hij haalde even zijn handen van zijn toetsenbord af om zijn naar voren vallende haar naar achteren te vegen, en vervolgens na een paar seconden zichtbaar te hebben nagedacht een elastiekje van zijn pols te trekken en een staartje te maken. 'Nadat het geld eenmaal verwijderd was en de heli weer was opgestegen. Toen kon ik Jack pas weer alleen laten, want hij werd nerveus van het lawaai. Ik heb nog snel een ronde door het huis gemaakt om te zien of er niet overal weer nieuwe rommel lag, maar dat viel erg mee; de bel-etage was nog netjes. En toen zag ik je verfspullen. Ik heb alles in de keuken gezet, de verf in het bakje weer teruggegooid in de pot en de deksel erop gedaan. Ik had geen tijd om de roller goed uit te spoelen, maar ik heb hem in een emmer water gezet. Misschien kunnen we hem nu weggooien, maar –'

'We hebben er nog een paar,' maakte Sylvie zijn zin af.

Morris zat ingehouden te grinniken achter zijn beeldscherm.

'Wat is er zo leuk?' vroeg Sylvie.

'Jullie,' zei Morris vrolijk, 'jullie zijn leuk. Ik heb zelden twee mensen meegemaakt die zo gek op elkaar waren; de lucht knettert er nog net niet van. Freek, hoe ver ben jij? Ik heb er nu acht.'

'Elf,' zei Freek, 'nog negen te gaan.'

'Wedstrijdje?' vroeg Morris met een grijns.

'Waarom?' was Freeks wedervraag, met een verbaasde blik over de rand van zijn beeldscherm.

Morris grinnikte en schudde zijn hoofd. 'Sorry, Freek, ik was even vergeten dat jij niet zo in elkaar zit.'

Freek trok zijn wenkbrauwen op, gaf Sylvie een snelle blik, maar concentreerde zich toen weer op zijn werk.

'Wat zijn jullie eigenlijk aan het doen?' vroeg Sylvie, terwijl de waterkoker borrelde en toen afsloeg. Ze schonk thee in en zette vervolgens naast iedere laptop een dampende beker neer.

'Ik kan wel merken dat je niet meer in de kleine kinderen zit,' zei Morris, alweer met zo'n ondeugende twinkel in zijn ogen. 'Bij mij thuis is er altijd verplicht een ruime meter afstand tussen mijn laptop en een vloeistofhouder van welke aard dan ook.'

'Wat er hier nog aan kind in huis is, is die benaming al bijna ontgroeid,' zei Sylvie, terwijl ze een schoteltje met wat biscuitjes tussen de mannen in zette. 'Ze vullen bijna de hele bank met z'n tweeën en ze zullen nog wel groter worden voordat ze helemaal zijn uitgegroeid. Vooral Hans-Willem. Ik hoop dat jullie het niet erg vinden dat ik de koektrommel meeneem de kamer in? Hij heeft alweer trek.'

'Ik vind dit al een koninklijke verzorging,' zei Morris, 'ik moet altijd alles zelf pakken van mijn vrouw.'

'We zijn bezig de camera's in het bos te reactiveren,' bracht Freek in, een tikje onhandig. Tegen Morris ging hij verder: 'Sylvie weet alles. Ik zat hier toen ik de camera bij de voordeur van het koetshuis hackte, en doordat Ties nog wist wat de code van de wifi was die zichtbaar werd op haar mobiel toen zij en ik een bezoek brachten aan het grote huis, zijn we erachter gekomen dat de server waarop de camera's hun bestanden opsloegen, ook in het grote huis moest staan.'

'O,' zei Morris, die zichtbaar even nadacht over wat Freek allemaal had gezegd. 'Ja, sorry hoor,' zei hij toen tegen Sylvie, 'ik ben zo gewend om niet over mijn werk te praten... De beste tactiek is om gewoon over iets anders te beginnen, maar bij jullie kan ik dat dus maar beter niet doen, merk ik.'

Nu was het Sylvies beurt om te grijnzen. 'Beter van niet, nee. Maar waarom moeten jullie die camera's eigenlijk reactiveren; had iemand ze dan uitgezet nadat die mannen uit je huis zijn gehaald, Freek?'

'Nee,' zei Freek, 'maar de betreffende server is weggehaald door de heren van de forensische opsporing. Nu kunnen de camera's hun bestanden niet meer kwijt, en dus zijn al die apps waarmee ze opnemen en de bestanden versturen, vastgelopen omdat de geheugens vol zitten. We moeten ze een voor een opsporen, alle bestanden wissen, en opnieuw weg laten schrijven naar een nieuwe locatie.'

'Oftewel: mijn laptop,' zei Morris. 'En dan moeten we nog in kaart brengen welke camera waar staat in het bos, en dan kunnen we die camera's gebruiken om de marechaussee te ondersteunen met hun zoektocht: als er nou net een *bad guy* het beeld in wandelt, dan app ik even.'

'Met dat in kaart brengen kan ik wel iets bijdragen,' zei Sylvie, terwijl ze haar strak opgerolde grote topografische kaart erbij pakte. 'Zetten jullie even je theekop aan de andere kant van je laptop, anders gaat de boel strakjes alsnog omver.' Ze rolde geroutineerd de kaart uit, die als een tafellaken over twee derde van de keukentafel viel. 'Als alle nummeringen van die camera's nog hetzelfde zijn, dan hebben jullie hier het overzicht van welke camera waar hangt in het bos.'

'Je hebt het bewaard,' zei Freek met een brede grijns.

'Tuurlijk,' zei Sylvie, en toen ging ze met een dienblad met thee en koek de woonkamer in.

Pas tegen half acht was de klus uiteindelijk geklaard, en ging Morris de deur uit. Sylvie had voor het avondeten maar gewoon twee schalen met sandwiches gemaakt: een voor de mannen in de keuken, en eentje voor haar en de kinderen, die ze voor de tv hadden weggewerkt. Zij had naar het nieuws en een of ander praatprogramma over sport gekeken zonder er ook maar één woord daadwerkelijk van mee te krijgen, Ties had nauwelijks opgekeken uit haar boek en Hans-Willem had, met oortjes in, iets op zijn iPad zitten bekijken. Ze hadden amper een woord gewisseld, maar Sylvie wist zeker dat de kinderen, of in ieder geval Ties, net zo gespannen waren als zij over het verdere verloop van de avond.

Wat zou Freek gaan doen? Zou hij blijven? En dan? Het was vreemd, en ingewikkeld dat niets vanzelfsprekend was, hoewel Sylvie dit nog altijd veruit prefereerde boven dat gruwelijk koude en lege gevoel dat ze had gehad toen ze zeker wist dat alles afgelopen was. Over, voorbij, geweest.

Toen de boterhammen op waren had Ties Hans-Willem tegen zijn schouder geduwd, en toen hij een oortje uit zijn oor had getrokken, vroeg ze: 'Gamen?' met een hoofdbeweging richting de trap.

Hans-Willem had even naar Sylvie gekeken, toen weer naar Ties, en daarna waren ze woordeloos naar boven vertrokken.

Nu keek Sylvie Morris na in de deuropening; vlak voordat hij in zijn auto stapte, stak hij nog even zijn hand naar haar op. Ze deed hetzelfde en duwde de deur in het slot, en tegelijk voelde ze hoe Freek achter haar verscheen. Dicht achter haar. Ze keerde zich om en stond zo'n beetje meteen tegen hem aan; ze sloeg snel een arm om zijn middel om niet om te vallen. Zijn warme, stevige arm kwam over haar rug en trok haar voorzichtig tegen zijn borstkas.

'Zijn de kinderen naar boven?' vroeg hij zachtjes.

'Gingen gamen toen het brood op was,' zei ze, haar oor tegen zijn schouder. 'Hans-Willem had bij zijn vader nog een los beeldscherm staan, dat hebben ze opgehaald, want anders zaten we elkaar een beetje in de weg als zij wilden spelen en ik tv wilde kijken, weet je wel?' Ze wist dat ze babbelde over niets, maar ze kon even niets anders verzinnen. Ze keek Freek even aan, en kreeg een warme blik en een streling over haar rug terug. 'Wil je nog koffie?' zei ze dan maar.

'Misschien wel,' zei Freek. 'Ik moet zo dadelijk nog even bij Jack gaan kijken. Ik zag al door het raam dat het goed met hem gaat, maar ik wil dat hij me nog even ziet, zodat hij ook weet dat alles goed is.'

Ze knikte. 'En, eh, doen al die camera's in je bos het nou weer gewoon?'

'Ja; alles streamt naar Morris' machine en ik kan meekijken op de mijne. We laten de beelden analyseren door code die opvallende kleurveranderingen detecteert; het is niet zo verfijnd als een bewegingssensor, maar zeker als er nog voldoende licht is, is het een goede hulp. Als daar iets uit komt krijgen we een alert. De marechaussee kan ook meekijken, maar ik vraag me af of er genoeg mensen voor zijn. Blijkbaar gaan ze wel de hele nacht door met zoeken; ik kan niet naar huis. Zo, dan heb ik dat ook maar gezegd.' Hij zuchtte.

'Ik vermoedde al zoiets,' zei Sylvie met een glimlach, 'en ik denk dat ik ook al een beetje zat te hopen dat je hier zou blijven. Kom, dan gaan we nog even naar de keuken.'

Ze liep vooruit en voelde hoe Freek achter haar aan kwam.

'Vind je dat niet vervelend?' vroeg hij. 'Ik, eh, kan wel proberen op de bank te slapen, misschien als ik de rugkussens eraf haal...'

'Of je komt gewoon bij mij in bed, straks?' zei Sylvie, haar hart ineens hard bonkend in haar borstkas. Hoe stom was dat; vroeger had ze nooit moeite gehad met zeggen wat ze wilde.

'Is dat niet allemaal veel te snel? Ik vind het bijzonder ingewikkeld dat ik niet precies weet wat we nu, eh, hebben, of zijn; ik weet niet waar ik op moet rekenen. Hoe ik me moet gedragen. Het zou vreemd zijn om te zeggen dat het nu weer aan is, maar uit is het ook weer niet, want we hebben naar elkaar uitgesproken dat we dat allebei niet willen. Ik... Het spijt me, Sylvie, ik voel me totaal niet geëquipeerd om met deze situatie om te gaan; ik zou wensen dat ik niet zo emotioneel gehandicapt was.'

Sylvie glimlachte. 'O, Freek, ik voel me toch net zo weird over deze hele toestand als jij? Daar is niks emotioneel gehandicapts aan, hoor. Volgens mij zijn wel allebei even grote stuntels op dit moment. Het is bijna grappig. Ik ben echt zo gek op je, ik wil niet dat je naar huis gaat, ik wil ook niet dat je op de bank gaat slapen, ik wil dat je bij me in bed komt. Ik weet niet of we nou meteen woeste seks moeten gaan hebben, maar ik voel me in ieder geval een stuk beter als je bij me bent dan als je niet bij me bent. Zo, en dan heb ík dat maar gewoon gezegd. Ja toch?' Ze keek hem een beetje uitdagend aan.

'Ja,' zei hij. En na even nadenken: 'Ik wil dat ook. Bij jou in bed. Ik... moet op een bepaalde manier denken aan toen ik met Anne-Laure omging, toen ik nog studeerde. De laatste keer dat ik haar zag was kort nadat ik was afgestudeerd, toen ik mijn spullen ging weghalen uit mijn studentenkamer.'

'Dat was toch je vorige vriendin?'

'Nou ja, dat hoopte ik, dat ze dat was. Het was volkomen onduidelijk voor me hoe we ons tot elkaar verhielden; ik had toen ook geen enkel houvast om richting te geven aan hoe ik me diende op te stellen. Ik vond dat heel zwaar.'

'Snap ik,' zei Sylvie, terwijl ze de koffiekopjes vulde. 'En wat gebeurde er toen?'

'Ik heb daar heel lang niet over kunnen praten,' zei Freek, 'maar dat schijnt me nu vreemd toe. Het was schaamte, denk ik.'

'En nu schaam je je niet meer?'

'Jawel, nog steeds, maar de verhoudingen zijn veranderd. Doordat ik jou heb leren kennen, en door wat we hebben meegemaakt. Mijn gevoelens voor jou. Dat alles heeft de episode met Anne-Laure in een ander kader geplaatst. Ik zie nu in dat mijn gevoel voor haar van een andere orde was dan mijn gevoel voor jou – veel minder belangrijk – waar ik eerder niets had om het mee te vergelijken. Het lijkt erop dat, nu het aan belang heeft ingeboet, de schaamte ook in intensiteit is afgenomen. Ik kan je erover vertellen, als je dat wilt.'

'Als je het kwijt wilt,' zei Sylvie, terwijl ze hem een koffiemok gaf en aan tafel ging zitten. 'Vertel maar, hoor.'

Freek dronk een paar grote slokken gloeiend hete koffie. Sylvie verwonderde zich er steeds opnieuw over hoe gevoelig hij aan de ene kant was voor prikkels, maar hoe weinig last hij aan de andere kant leek te hebben van externe omstandigheden. Hitte, kou, steentjes onder zijn blote voeten… Zij zou nog wel even moeten blazen voordat haar eerste slok genomen kon worden zonder blaren op haar tong.

'Ik had een paar keer seks gehad met Anne-Laure,' zei Freek toen plompverloren. 'Ik was nooit een hele nacht bij haar blijven slapen, noch zij bij mij; één keer was ze na de seks in slaap gevallen en toen heb ik ook heel even geslapen, maar toen ze wakker werd moest ik alsnog meteen weg. Ik dacht toen dat dat ook wel zou komen door de TMAU; ze had me verteld dat het heel sterk kon zijn als ik was klaargekomen, en dat ze ervan moest kokhalzen. Dat wilde ik natuurlijk niet op mijn geweten hebben; ik vond het uiteraard sowieso een verschrikkelijk idee, maar om dan ook nog de vrouw van wie ik meende te houden tot misselijkheid te brengen; ik wilde niets liever dan dat voorkomen, dat begrijp je.'

Sylvie knikte, en nam voorzichtig een klein slokje hete koffie.

'Toen, op de laatste dag van mijn bestaan als student, toen ik bezig was mijn weinige persoonlijke zaken in dozen te doen, toen verscheen ze plotseling. Daar. In mijn kamer, in het studentenhuis. Ik was niet de enige die zijn kamer moest verlaten die dag, er was een soort impromptu afscheidsfeestje in de keuken en het was behoorlijk lawaaiig. Anne-Laure maakte duidelijk dat ze bereid was tot seks – ik maakte me nog zorgen of ik het in dat lawaai wel klaar zou spelen, *no pun intended*.'

Sylvie grinnikte, en ze zag hoe Freeks ogen even oplichtten en een van zijn mondhoeken een stukje omhoog krulde.

'Maar tegelijk dacht ik iets in de trant van: dit is mijn kans. Mijn laatste kans, nu of nooit. En dus, toen de daad was volbracht, wat beter ging dan ik voor mogelijk had gehouden, toen deed ik mijn zegelring af en ging ik op de knie voor haar.'

'Wát?' vroeg Sylvie verbijsterd. 'Vroeg je haar ten huwelijk?'

Freek knikte.

'Serieus? Ik bedoel, voor het echie? Freek! Dat doe je toch niet zomaar, met iemand met wie je *casual sex* hebt?'

'Ik was volkomen serieus op dat moment. Ik was bang haar

nooit meer te zien, ik waande me verliefd. Het leek me de enig mogelijke manier om te zorgen dat we contact zouden houden, en ik, nu ja, ik hoopte denk ik ook dat onze relatie zich dan wat zou verdiepen. Want ik wist natuurlijk ook wel, al was ik nog zo groen, dat het inhoudelijk weinig voorstelde.'

'Hoe reageerde ze?' Sylvie staarde gefascineerd naar Freek.

'Niet op een manier die ik had kunnen voorbereiden in een scenario in mijn hoofd,' zei Freek, een tikje schamper. 'Ze sprong op en rende de kamer uit, in haar ondergoed nota bene, en ik hoorde haar in de keuken iets roepen, en daarna begon iedereen te schreeuwen en te lachen.' Freek kneep zijn ogen even stijf dicht en trok zijn hoofd een beetje naar achteren, alsof hij de nare herinnering tóch nog een keer doormaakte, alsof het tóch nog iets te gevoelig was.

'Huh,' zei Sylvie. 'Wat idioot! Waarom in godsnaam?'

'Er was...' Freek slikte. 'Er was een weddenschap. Er deden intussen heel wat mensen aan mee. Ze hadden op verschillende uitkomsten gewed, waarvan er een was dat ik haar ten huwelijk zou vragen, dat het stinkdier haar ten huwelijk zou vragen. Want dat was de bijnaam die Paul me had gegeven binnen de vereniging. Ik wist wel dat ze me zo noemden, achter mijn rug, hoewel niemand het ooit in mijn gezicht zei; het stak me, hoewel ik er op dat moment nog wel van uitging dat het terecht was, gezien mijn TMAU.' Freeks stem was bijna toonloos, mechanisch geworden. 'De uitkomst waarbij het stinkdier Anne-Laure ten huwelijk zou vragen werd door veel mensen als onwaarschijnlijk gezien, dus er was aardig wat geld mee gemoeid. Ik hoorde later nog van een van mijn exhuisgenoten, een jongen die niet al te onvriendelijk was geweest gedurende mijn studententijd, dat de weddenschap al heel lang liep. Eigenlijk al vanaf het begin; ik heb je geloof ik wel eens verteld dat Anne-Laure met me naar bed ging omdat ze eigenlijk een relatie met Paul hoopte te krijgen.'

'Paul was je aartsvijand, toch?' zei Sylvie afgemeten. 'O, als ik die man ooit in mijn leven nog tegenkom, dan... o!'

'Ik acht de kans zeer klein,' zei Freek. 'Hij is in de strafadvocatuur tegen een paar zeer vervelende criminelen aan gelopen en leeft nu ondergedoken en onder constante bewaking. In het verleden kon ik aan die gedachte nog wel een zeker plezier ontlenen, maar nu merk ik dat het me eigenlijk nauwelijks nog beroert. Wat... zou je willen doen als je hem tegen zou komen?'

'Zijn ballen eraf hakken!' zei ze direct, en ze voelde hoe haar ogen vlamden. 'Of iets anders wat heel veel pijn doet; liefst iets met zijn kruis. Kan me niet schelen wat, eigenlijk. Wat een ongelooflijke lul, zeg.' Ze pakte haar koffiemok, stond op, liep om de tafel heen, trok de stoel naast die waar Freek op zat onder de tafel vandaan, draaide hem een kwartslag en ging zitten. Na nog een boze slok zette ze haar beker neer en legde haar hand op die van Freek.

Hij stond even op om ook zijn stoel te draaien, zodat ze recht tegenover elkaar zaten, knie tegen knie, hun handen in elkaar.

'Niemand had gedacht dat het hele gebeuren zich nog zo lang zou voortslepen, ook Anne-Laure niet,' zei Freek. 'Maar er was intussen zo veel geld mee gemoeid dat ze er niet meer uit kon stappen; dat stond Paul klaarblijkelijk ook niet toe. Ik heb me wel eens afgevraagd in hoeverre ik haar als slachtoffer moet zien, in plaats van als dader.'

'Nou, ze heeft er toch echt zelf voor gekozen om eraan mee te doen, in het begin,' zei Sylvie schamper. 'Ik zeg het niet graag van een andere vrouw, maar wát een slet van een meid, zeg. En heeft ze die Paul uiteindelijk nou nog gekregen, na al die moeite die ze ervoor had gedaan?'

'Ik heb begrepen dat ze zich op een goed moment hebben verloofd, maar het huwelijk is nooit doorgegaan.' Freek gaf haar een zachte, en wat verbaasde, blik. 'Waarom ben je toch zo boos ineens, Sylvie? Het is in het verleden. Het is geweest; we kunnen er niets meer aan veranderen.'

'Oooh, gewoon,' bromde ze, en ze schudde geërgerd haar hoofd, 'ik kan het niet uitstaan dat ze je zo hebben behandeld. Ik wou dat ik erbij was geweest, dan had ik ze, dan had ik... Weet ik veel. Ik weet niet wat ik had gedaan, maar ik had wel íéts willen doen.'

'Maar waarom dan?'

'Nou, om je te beschermen?' zei ze zachtjes, ineens verlegen. 'Ik weet wel dat het een stom idee is, maar ik vind het zo naar dat die mensen je zo'n pijn en verdriet hebben gedaan.'

Freek

18

Hij had de afgelopen twee weken bijna dagelijks teruggedacht aan dat moment bij haar aan de keukentafel toen ze zo dicht bij elkaar hadden gezeten, twee handen vast, en ze had beweerd, met zo veel passie, dat ze hem wilde beschermen. Ze kwam net tot zijn kin, en ze wilde hem beschermen. Het idee was een tikje bizar, het was natuurlijk zijn taak om háár te beschermen, maar tegelijk vervulde het hem iedere keer opnieuw met zo'n warmte, als een soort gouden gloed die hij door zijn aderen voelde stromen, dat hij even moest stilstaan met gesloten ogen om er ten volle van te kunnen genieten. Het zou hem niet verbazen als hij op zulke momenten een klein beetje licht gaf; zo voelde hij zich.

Hij had nog niet eerder iemand in zijn leven gehad die hem wilde beschermen. Zelfs zijn eigen moeder niet; die was over het algemeen eerder bezig geweest met vergetelheid dan met bescherming. Het was een groot gemis, dat wist hij nu, maar hij was te dankbaar voor het feit dat de zaken er nu anders voor stonden om lang over het verleden te willen blijven nadenken. Maar de toekomst...! Zijn gedachten aan de toekomst vervulden hem met hoop.

De nacht na die bewogen dag had hij naast haar in bed geslapen, haar hand in de zijne. Ze hadden niet gezoend en ook geen seks gehad, maar dat was helemaal niet erg geweest; er was zó veel gebeurd die dag en ze hadden er blijkbaar allebei op dat moment genoeg aan om gewoon bij elkaar te zijn. Het was ook wel een vreemde situatie: zijn laptop stond open op het nachtkastje, om direct te kunnen reageren als er een melding van de primitieve bewegingssensor zou komen die Morris en hij hadden ingesteld op de camerabeelden uit zijn bos, en die nacht had zijn laptop een paar keer geluid gemaakt en was hij overeind geschoten, maar steeds was het de marechaussee, niet de criminelen. Het had een onrustige nacht opgeleverd waar hij vast verschrikkelijk overprikkeld van was geraakt, als Sylvie daar niet was geweest.

De volgende morgen, toen de kinderen naar school waren, na een verrassend gezellig en ontspannen ontbijt – Freek had gevreesd dat de situatie ongemakkelijk zou zijn aan de keukentafel, nu hij zo overduidelijk weer bij Sylvie in bed had geslapen, maar tot zijn verrassing gedroegen de kinderen zich alsof het allemaal de normaalste zaak van de wereld was – kreeg hij een belletje van Morris: één crimineel was opgepakt. Een Bulgaar. Hij had meteen bekend dat er nog vier mannen betrokken waren bij het in de gaten houden van het grote huis. Ze hadden een bestelbusje en bleven om beurten een of twee nachten in het bos, waarbij ze steeds probeerden het huis binnen te dringen om te zoeken naar het geld.

Hoogstwaarschijnlijk zaten er nog twee mannen in het bos, die daar door Miroslav en de overgebleven crimineel waren achtergelaten toen die er met de bus vandoor waren gegaan. De Bulgaar had gezegd dat het een gehuurd busje was: de gegevens waren intussen bekend en Morris ging ervan uit dat de mannen in het bos in de loop van de dag zouden worden gepakt en dat de bus uiteindelijk wel door verkeerscamera's zou worden opgespoord.

Freek had Sylvie bijgepraat en haar vervolgens nogal gepassioneerd gezoend tegen het aanrecht; zo gepassioneerd dat zij slap in zijn armen hing en hij bijna een ongelukje maakte waardoor hij schone kleren nodig had gehad. En daarna was ze, met die ondeugende grijns van haar, aan het werk gegaan in het bos, en was hij aan haar keukentafel gaan zitten om te zien wat hij allemaal nog meer te weten kon komen over de heer Vriesebosch, het provinciehoofd van Staatsbosbeheer die, zo wist hij intussen, er extreem vrouwonvriendelijke ideeën op nahield.

Hij had nog altijd niet aan Sylvie verteld dat hij zonder al te veel problemen de mobiel van Vriesebosch had gehackt en de berichten had gelezen die de man had uitgewisseld met zijn geheime minnaar, een jonge, zogenaamd nieuwrechtse politicus die naam probeerde te maken in de provincie Flevoland. Vriesebosch had duidelijk niet veel op met het beleid van Staatsbosbeheer om meer vrouwen in het bos te krijgen: vrouwen hoorden wat hem betreft in het huwelijk en achter het aanrecht of de kinderwagen. Zelf was hij ook nog getrouwd; Freek vermoedde dat mevrouw Vriesebosch niets wist van de escapades van haar echtgenoot.

De mailserver van Staatsbosbeheer had intussen ook weinig geheimen meer voor Freek, die in stilte bezig was een aanbeveling te schrijven over de digitale beveiliging van de interne systemen; blijkbaar was er bij de verzelfstandiging van de organisatie in de afgelopen decennia niet zo veel aandacht besteed aan de digitale security. Tegelijk had hij bij de namen van de raad van toezicht iemand ontdekt die hij zijdelings bleek te kennen: hij was tijdens zijn studie huisgenoot geweest van diens jongere broer. Het contact was snel gelegd, en intussen waren er al enkele e-mails heen en weer gegaan, onder andere over de op de mailserver aangetroffen memo's van Vriesebosch' hand waarin hij zich uitermate laatdunkend uitliet over het steeds grotere aantal vrouwelijke boswachters in het veld. Van boswachters met een niet-westerse achtergrond of een seksuele oriëntatie anders dan rechttoe rechtaan hetero wilde hij al helemaal niets weten, en Freek was er vrijwel zeker van dat zijn contact in de raad van toezicht er wel voor kon zorgen dat de man met vervroegd pensioen gestuurd zou worden.

Alles ging goed, alles ging zoals hij had gehoopt.

De verbouwing van het grote huis was in de afgelopen twee weken ook heel voorspoedig voortgegaan: de salon was weer blauw, zij het een heel broos lichtblauw, en bewoonbaar; bijna al zijn spullen stonden er al in. In de keuken op de bel-etage stond een douchecabine waarmee hij zich prima kon redden terwijl Simon zich uitleefde op de badkamers op de eerste verdieping, de muziekkamer was leeg op de in het parket vastgelopen vleugel na, de eetkamer was helemaal leeg en intussen ook geschilderd, en hij had het souterrain zo grondig schoongemaakt dat de boenwasgeur weer terug was, niet in de laatste plaats doordat hij ook daadwerkelijk boenwas had gebruikt. Hij had de houten traptreden naar beneden minutieus geboend, en ook de houten lambrisering in de gang had een beurt gekregen. Het was nog een behoorlijke work-out voor zijn armspieren geweest en het werk had hem wel drie volle dagen beziggehouden. Gelukkig had hij het even rustig gehad bij de dienst, zodat hij intussen ook had kunnen nadenken over het voorstel van Bé.

Ze had hem, terwijl hij nog bij Sylvie aan de keukentafel had zitten werken, onverwachts opgebeld met de vraag of hij, in ieder geval voor de duur van het resterende schooljaar, één dag in de week in groep acht wilde lesgeven.

Zomaar.

Ze wilde Marcus Rietberger ontslaan – een beslissing die hij natuurlijk van harte toejuichte – maar dat leverde een probleem op in de formatie. Ze had niet direct een oplossing voorhanden, totdat ze zich had herinnerd hoe goed hij was geweest met de kinderen. Gaandeweg het gesprek gaf Bé ruiterlijk toe dat Sylvie haar het idee aan de hand had gedaan – *credit where credit is due*, zei ze erbij – maar dat ze er, naarmate ze er langer over had nagedacht, steeds enthousiaster over was geworden.

Hij was zo verrast geweest dat hij niet in staat was haar direct te antwoorden, en dus was hij al twee weken aan het nadenken. Nu zou hij dan toch een knoop moeten doorhakken, want Bé wilde Marcus er het liefst uit bonjouren voor de herfstvakantie, en hem, Freek, dan direct aansluitend na de vakantie laten beginnen.

Hij begon al aan het idee te wennen. Hij vermoedde wel dat hij het zou gaan doen; het leek hem eigenlijk steeds leuker naarmate hij er langer over nadacht. Als Bé hem maar wel kon beloven dat hij niets met de ouders van de kinderen van doen hoefde te hebben, en al helemaal niet met Francine van Bickershoek van Hooglanden, die in zijn ogen het toonbeeld was van een parvenu. Haar oudste dochter Eugenie had bij Ties in de klas gezeten en hoewel de verhoudingen niet zo slecht waren geweest als tussen hem en Paul, had het vervelende, verwaande meisje Ties toch aardig dwarsgezeten. En Francine had nog een kind, een zoontje, nu in groep zes, en was een zeer actieve ouder in en om de school. Zolang ze hem maar niet voor het diner zou uitnodigen... Dat had ze de afgelopen jaren volhardend geprobeerd zodra ze er de kans toe zag, en hij kreeg al rillingen bij de gedachte. Hoewel hij het eigenlijk wel redelijk zou verdragen als Sylvie erbij zou zijn, bedacht hij zich ineens, en hij zette de staande lamp die hij droeg even neer op het grind om haar met zijn ogen te zoeken.

Daar. Ze was bezig haar leunstoel uit zijn jeep te sjorren. Helemaal alleen. Dat ging natuurlijk nooit goed; even voelde hij zo'n warme gloed vanbinnen, een mengeling van trots en verliefdheid, bij het idee dat zij, een vrouw die maar net tot zijn kin kwam, hem zou willen beschermen. Of helemaal alleen een leunstoel zou willen dragen die bijna net zo groot was als zijzelf.

Hij beende op haar af. 'Liefste, laat me je helpen,' zei hij zachtjes, toen hij dichtbij genoeg was.

'O, Freek, ik ben toch niet gehandicapt?' zei ze, naar hem op lachend. 'Ik heb dit onding ook zelf naar buiten gekregen vanochtend.'

'Gelukkig ben je op geen enkele manier gehandicapt,' zei hij, 'maar dat wil nog niet zeggen dat het niet prettig is als ik je even assisteer. Als jij nu daar gaat staan?' Hij wees naar de rugleuning van de stoel, waar zij het minste gewicht zou hoeven torsen, en greep zelf twee van de poten. Het was niet echt zwaar voor hem, en met de stoel tussen hen in gingen ze het koetshuis binnen.

'Ongeveer hier?' vroeg Freek, en toen ze knikte zette hij de stoel op zijn pootjes in zijn voormalige woonkamer. Iedere keer dat hij er binnenstapte overviel het hem dat alles leeg was. Dat zijn hele interieur, alles waar hij het afgelopen decennium zo aan gewend was geraakt, was verdwenen. Hij wíst wel dat zijn bureau, zijn bank, zijn boekenkast en zijn televisie nu in de blauwe salon stonden, en dat zijn bed in de en-suite te vinden was, maar toch.

'Is het raar voor je?' vroeg Sylvie, die hem nauwlettend stond op te nemen.

'Inderdaad,' zei hij, verrast dat ze dat aan hem kon zien. 'Ik weet rationeel gezien precies waar alles is, maar toch ben ik dan verbaasd als ik hier binnenstap en het blijkt leeg te zijn.'

'Dat is toch ook niet zo vreemd,' zei ze, 'als je ergens zo lang hebt gezeten. Ik heb ook wel even moeten wennen toen we net hiernaartoe waren verhuisd. Hoewel ik het hier eigenlijk toch wel meteen beter naar mijn zin had dan in Olterloo, zelfs toen ik me nog wel ellendig voelde over Marcus.'

'Ik ga het doen,' zei Freek abrupt.

Sylvie glimlachte breed. 'Daar zal Bé blij mee zijn!'

Hij kon zich steeds opnieuw verwonderen over het feit dat ze hem zo vaak begreep, zelfs als hij er zomaar iets uitflapte wat hem op dat moment bezighield, en wat misschien wel niets te maken had, in ieder geval voor ieder ander mens dan hijzelf, met wat er voorafgaand was gezegd. Ze was zo meegesprongen met zijn gedachtesprong: van Marcus naar Marcus ontslaan naar Bé's aanbod. Hij glimlachte breed. Zouden mensen dit bedoelen als ze zeiden dat ze op elkaar afgestemd waren?

'Freek, Freek, FreekerdieFreek,' hoorde hij achter zich, een vrolijk gezang van een meisjesstem, en hij keerde zich precies op tijd om om zijn armen te openen en een knuffeltje van Ties te ontvangen. Ze was soms onverwachts heel aanhankelijk en hij genoot daar iedere keer opnieuw enorm van.

'Ben je blij?' vroeg hij aan haar witblonde kruin, terwijl ze even haar hoofd tegen zijn borstkas legde.

'Suuuperblij,' zei ze doorvoeld. 'Ik vind het zó tof dat we hier kunnen wonen! Ik kan niet wachten om vanavond hier te gaan slapen, weet je dat?'

'In je nieuwe bed?'

'In mijn nieuwe ouwe bed,' zei ze lachend. Ze had erop gestaan om de oeroude ijzeren bedden uit de bediendenvertrekken boven in het grote huis te recyclen, en in de slaapkamer die ze had ingericht pasten er precies twee, met de hoofdeinden naar elkaar toe en een tafeltje met een gezellig lampje in de hoek. 'Ik vind het ook zo tof dat Hawé ein-de-lijk een eigen bed heeft, en die dingen zijn ook nog nét groot genoeg dat je er met z'n tweeën in kunt liggen!'

'En jullie hebben ook nog een eigen zit-, game- en studeerkamer,' zei Sylvie, die aan kwam lopen om haar dochter over haar haar te strelen.

'Ja, man, wat een feest,' zei Ties tevreden, terwijl ze een arm uitstrekte om haar moeder in de *group hug* te trekken.

Freek legde zijn arm om Sylvies middel en trok haar zachtjes tegen zijn lichaam aan en even stonden ze zo, zonder iets te zeggen, totdat Ties zich ineens losmaakte en hen beiden met glanzende ogen aankeek. 'Ik vind het echt zó lekker om met jullie samen te knuffelen!' zei ze. 'En ik wil ook wat vragen. Kan het even?'

'Tuurlijk,' zei Sylvie, en Freek bromde een beetje terwijl hij Sylvies rug streelde.

'Hawé en ik willen straks een housewarming houden. Omdat we nu hier wonen. In de tuin, nu het nog lekker weer is. En dan Marilou en Gemma uitnodigen, en nog wat van Hawé's hockeyvrienden en zo. En die kinderen die van de zomer in de club waren toen we een club hadden bij Gem op zolder? Ik bedoel, als we klaar zijn met alles zijn we allemaal moe, dan gaan Hawé en ik wel pizza's halen, of we vragen aan de anderen om allemaal een pizza mee te nemen of zo, dan hebben we vast wel genoeg voor iedereen, ook voor jou, mam, en Freek, en Simon...'

'Simon kan ongeveer anderhalve pizza op,' zei Freek, lichtelijk omineus. 'Je zou het niet zeggen als je hem ziet, maar er kan meer pizza in hem dan in mij.'

'Nou, eh...' zei Sylvie, 'je overvalt me een beetje, maar

volgens mij heb je het plan al helemaal uitgewerkt, en ik heb ook niks beters voor het avondeten, dus waarom ook niet? Ik denk alleen niet dat we genoeg stoelen hebben, naast Freeks bank.'

'Ik heb in het grote huis nog een paar stoelen in de keuken. En er zijn hooibalen,' zei Freek, 'in Jacks stal. Daar kunnen we banken van maken. Er ligt een stapel vilten dekens, dat zit waarschijnlijk best comfortabel.'

'Briljant idee!' zong Ties, en ze draaide een rondje om haar as. 'We zitten al sinds gisteravond te appen met de hele groep om te kijken wat we kunnen doen; ik ga de troepen mobiliseren.'

'Laten we eerst even de rest van onze meubels verhuizen, en alle keukengerei en dergelijke; volgens mij moeten we nog zeker drie keer heen en weer rijden,' zei Sylvie waarschuwend. 'En niet tot laat, hoor; tot een uur of tien max, want volgens mij zijn we kapot tegen de tijd dat het avond is. Jij ook, Ties, al denk je misschien nu van niet. En zorg ervoor dat er genoeg te drinken is; ik heb geen cola voor tien kinderen in huis, of hoeveel er ook komen. O, en heb je op de buienradar gekeken, dat het niet ineens begint te plenzen vanavond?'

'Ma-haaaaam!' zei Ties. 'Stop met stressen. Hawé en ik gaan dit helemaal regelen, dan hoeven jullie grote mensen gewoon niks te doen behalve op een hooibaal gaan zitten en pizza eten.' Met haar mobiel in haar hand rende ze de kamer uit.

Sylvie zuchtte diep en legde haar hoofd even op Freeks schouder. 'Ik ben nu al moe, weet je dat?'

Freek stak zijn neus in haar haar, snuffelde en genoot. Van de geur van groene appels van haar shampoo, maar ook van het besef dat hij blijkbaar het recht had om dat zomaar te doen. Hij deed het zo vaak hij kon, aan haar ruiken. Hij zou nog liever met haar zoenen, langdurig en intens en nat en opwindend, net zo lang totdat seks onvermijdelijk was, maar hij had zich de afgelopen twee weken zo goed mogelijk ingehouden. Ze deden tenslotte rustig aan, en hij ging er maar van uit dat dat voornamelijk bestond uit zich inhouden. Dus niet te vaak en te wild zoenen, en in ieder geval geen seks. Zij gedroeg zich ongeveer hetzelfde: ze wilde overduidelijk graag bij hem in de buurt zijn, en hem af en toe aanraken of knuffelen. Hij had zelfs in de afgelopen twee weken nog twee keer bij haar in bed geslapen, en de laatste keer hadden ze toch wel zo veel gezoend dat ze elkaar tot een voorzichtig en licht besmuikt orgasme hadden gebracht. Met hun handen. Daarna waren ze er allebei een beetje ongemakkelijk over geweest, hoewel ze er verder niet over hadden gesproken; Freek had dat opgevat als bevestiging van zijn theorie dat 'geen seks' hoorde bij 'rustig aan doen'.

Hij vond het erg moeilijk. En het werd ook steeds moeilijker: ze rook zo lekker, ze was warm en zacht en ze had zulke lekkere borsten om aan te voelen; hij kon zijn verlangen bijna niet meer in bedwang houden. Voorzichtig streek hij over haar zij omhoog.

'Ooh,' verzuchtte ze, terwijl ze naar hem toe draaide totdat ze helemaal tegen hem aan stond, en haar armen om zijn nek liet glijden.

Hij greep zijn kans en streelde de zijkant van die heerlijke ronding van haar, en tot zijn genoegen draaide ze een beetje zodat hij zijn hand over haar hele borst kon leggen en met zijn duim zachtjes over het topje kon strijken. Ze rilde in zijn armen en verborg haar gezicht tegen zijn hals, en ineens voelde hij zachte kusjes daar, omhoog tot net achter zijn oorlel. Het was een heerlijk intiem gevoel, teder en een beetje kriebelig, en hij kreeg er een enorme erectie van.

'Ik word helemaal gek van je,' zei ze zachtjes in zijn oor, 'weet je dat?'

'O, mijn excuses,' zei Freek verschrikt, en hij liet snel haar borst los.

Ze stapte niet bij hem weg, zoals hij had verwacht, maar greep hem bij zijn schouders. 'Nee, niks ervan, kom hier jij,' zei ze, met een ondeugende blik, 'ik bedoel niet dat ik gek van je word, ik bedoel dat ik... gék van je word...!' Ze wreef zich suggestief tegen hem aan.

'O...!' zei Freek, verhelderd. Hij sloeg snel zijn armen weer om haar heen en trok haar zo mogelijk nog iets dichterbij, niet alleen omdat hij het zo fijn vond om haar vast te houden, maar ook om te zorgen dat ze zou stoppen met zo lekker tegen hem aan te kronkelen. 'Pas nou op, ik ben al zo... ehm, als je zo doorgaat moet ik schoon ondergoed gaan halen. Want ik word ook gek van jou, als je het zo bedoelt,' mompelde hij, een beetje verhit.

'Ja, malle, zo bedoel ik het natuurlijk,' zei ze met een lach in haar stem, 'ik heb zo belachelijk veel zin om met je te seksen dat ik bijna knap.'

'Het kost me moeite, maar ik ga je niet zoenen,' zei Freek, ineens daadkrachtig, 'want anders doe ik het hier en nu met je, dan interesseert het me niets dat Simon of de kinderen –'

'Mam!' klonk het van buiten. 'Kom eens?'

Freek liet Sylvie los. Ze keken elkaar nog even aan, half opgewonden, half schuldbewust, en liepen toen achter elkaar naar buiten, waar naast de auto's van Freek, Simon en Sylvie een hele berg dozen en zakken stond.

'Dit zijn alle kleine dingen; als we nou even een treintje maken, dan hebben we het zo naar binnen,' zei Simon, en hij greep een doos. 'Sylvie, jij moet binnen, want jij weet waar je alles wilt hebben.'

Sylvie

19

Toch nog eerder dan ze had gedacht was alles verhuisd, had ze de laatste, een tikje verdwaasde ronde gemaakt door het lege, ineens onpersoonlijke en een beetje benauwd aandoende boshuisje om te checken of er echt niets meer lag, en had ze de deur afgesloten. De sleutel hield ze nog even in haar beheer; die zou ze op termijn wel inleveren. Het voelde bijna als een opstandige daad, die laatste keer de deur op slot draaien, de sleutel in haar zak steken, nog één keer rondkijken: Vriesebosch kon maar mooi de hik genieten. Tegelijk had het ook iets licht weemoedigs: ze had hier maar een ruim half jaar gewoond, maar er was hier iets gebeurd wat meer impact op haar had gehad dan alles wat er de afgelopen jaren op haar pad was gekomen.

Ze was verliefd geworden. Echt, helemaal, honderd procent. Hij was het, ze wist het zeker. Voor het eerst van haar leven voelde ze met betrekking tot een man iets van dezelfde soort angst die haar wel eens kon overspoelen als ze eraan dacht hoe het zou zijn als Ties iets zou overkomen. Ze was geen huilebalk, maar dan konden haar plotseling de tranen over de wangen stromen en dan kneep haar hart zich pijnlijk samen in haar borstkas tot het leek alsof er een klompje gestolde lava zat, hard en korrelig.

Zo voelde ze zich ook over Freek. Ze wist niet hoe het moest, met hem, want alles was anders dan bij iedere andere man; ze wist alleen maar dát het moest, omdat het voelde alsof ze kapot zou gaan als ze hem zou moeten missen. Alsof ze gewoon niet kón zonder hem. Hij was zo, zo... ongefilterd, lief, teder, grappig, aantrekkelijk en – zonder dat hij dat zelf in de gaten had – vreselijk sexy. Maar aan de andere kant was hij ook onbegrijpelijk: hoe hij zo'n persoonlijkheidsverandering had kunnen doormaken toen hij eenmaal zo overprikkeld was geraakt dat hij in die meltdown was beland. Ze snapte niet hoe dat werkte. En ze was ervan overtuigd dat hij onder dergelijke omstandigheden gevaarlijk kon zijn. Voor zichzelf in ieder geval, maar ook voor de mensen in zijn directe omgeving. Hij zou het vast niet zo bedoelen, maar hij was groot en sterk, dus als hij iets door de kamer smeet en je kreeg dat tegen je aan... Ze schudde haar hoofd. Ze moest er niet aan denken. Ze was echt bang van hem geweest; ze had sterk de indruk gehad dat hij haar wel had waargenomen, maar niet écht had gezien. Dat hij zo diep in zichzelf was beland dat alle gevoel was verdwenen.

Ze stond intussen, diep in haar gedachten verzonken geraakt, met haar autosleutel in de hand bij haar groene Jimny. Nog een laatste keer keek ze goed om zich heen, naar de bomen die al verkleurden en hun herfstige, vochtige geur verspreidden. Eén brutale vliegenzwam stond al te stralen tussen de stammen; over een paar weken zou het rond het bospad naar het huisje, en aan de rand van het grasveldje achter, wel vergeven zijn van de paddenstoelen.

Sylvie zuchtte. Toch jammer dat ze niet alle seizoenen op z'n minst één keer had kunnen meemaken hier. Het kostte haar meer moeite dan ze had verwacht om afscheid te nemen van het boshuisje, omdat ze wist dat ze, op een bepaalde manier, ook afscheid nam van haar zelfstandigheid. En hoewel ze niets liever wilde dan wonen in het koetshuis, op landgoed Woudenbergh, dicht bij Freek in de buurt, en ze helemaal niets liever wilde dan Freek in haar leven, was het afscheid van het huisje ook een afscheid van een fase. Een periode in haar leven waarin ze helemaal zelf voor alles in Ties' en haar leven verantwoordelijk was geweest. Soms was dat mooi geweest, soms zwaar, maar nu was het, dat voelde ze heel sterk, voorbij. Ongemerkt was Freek verantwoordelijk voor haar geworden, en zij voor hem, ook al waren ze er nog niet helemaal uit welke vorm hun relatie moest krijgen. Het was een heerlijk gevoel, volkomen natuurlijk en noodzakelijk, maar toch, ze wilde er even bij kunnen stilstaan om het einde van deze fase te doorvoelen.

Daarom had ze deze laatste ronde alleen willen doen, terwijl Simon haar keukenspulletjes stond uit te pakken en Freek met de kinderen bezig was de tuin klaar te maken voor het pizzafeest.

Er waren intussen nog wat meer gasten uitgenodigd; het zou te druk worden om te kunnen nadenken als ze eenmaal weer bij het koetshuis terug was. Simon had tot haar verrassing de moed gevonden om August te bellen – hij was nog op de uitnodiging ingegaan ook, en vond het blijkbaar niet erg om op een hooibaal te moeten zitten – en Ties had agent Anouschka een appje gestuurd met Sylvies telefoon. De telefoon die nu lawaai begon te maken, en die Sylvie snel uit haar broekzak viste.

'Anoes! Heb je dat appje gezien? Dat was Ties, hoor.'

'Ik vermoedde al zoiets,' klonk de stem van Anouschka in haar oor, 'jij gebruikt nooit zo veel emoji's.' Ze klonk, vond Sylvie, vermoeid. Misschien wel een beetje verdrietig.

'Hé, gaat het wel een beetje? Ik bedenk me ineens dat ik je

helemaal niet meer heb gebeld, behalve net nadat ik had gehoord dat ik mijn huis uit moest, maar de boel kwam ook in zo'n stroomversnelling,... Sorry, Anoes. Is alles wel goed met jou?'

'Het gaat,' zei Anouschka met een sombere stem.

'Vertel.' Sylvie opende haar portier en ging achter het stuur zitten. 'Ik doe even een oortje in, dan kan ik ondertussen naar het koetshuis terugrijden. Ik heb net voor het laatst het boshuisje afgesloten.'

'O,' zei Anouschka, 'dat zal vast een raar gevoel zijn. Ga jij maar lekker rijden, hoor. Ik heb natuurlijk via de dorpstamtam gehoord dat je op het landgoed gaat wonen, in het koetshuis; ik ben blij voor je dat het zo goed heeft uitgepakt. Voor je woonruimte, en ook tussen jou en Van Lynden.'

'Nou ja, we zijn er nog niet, hoor,' zei Sylvie. 'Ik liep net natuurlijk weer enorm te piekeren hoe we het nou moeten doen, Freek en ik, maar het is onmiskenbaar dat we gek op elkaar zijn. Maar wat is er nou met jou aan de hand? Je klinkt helemaal... tja, ontdaan?'

'Nou ja,' zei Anouschka brommerig, terwijl Sylvie de asfaltweg op draaide, 'Wout en ik... Ik dacht dus dat het heel goed ging tussen ons. In het begin was ik een beetje huiverig, dat weet je, maar hoe langer het duurde, hoe gezelliger het werd, zeg maar; ik begon er al helemaal aan te wennen om een vast vriendje te hebben. En het ging ook goed met Jan-Paul, we konden het wel goed met elkaar vinden en ik dacht dat ik lekker bezig was als bonusouder. Ik... nou ja, ik weet niet, ik vond het allemaal denk ik leuker dan ik doorhad.'

'Anoes? Waarom praat je erover in de verleden tijd?' Sylvie voelde haar beschermingsinstinct opvlammen voor haar vriendin. 'En waarom heb je me niet meteen gebeld als er iets aan de hand was? Je weet toch dat ik er voor je ben, net zoals jij er voor mij was toen Freek zijn uitbarsting had gehad?'

'Nou ja, jij had wel even wat anders aan je hoofd, en ik wilde ook niet... nou ja, ik kán ook gewoon niet zo makkelijk praten over dit soort dingen, weet je wel? Ik moet er eerst een tijdje over nadenken voordat ik er iets over kan zeggen. Het gaat allemaal gewoon niet zo snel bij mij. Ik had tijd nodig om eraan te wennen dat het aan is, en ik zal ook wel weer een tijdje nodig hebben om te wennen aan dat het nu... nou ja.'

'Heeft hij het uitgemaakt?' Sylvie was zo verbijsterd dat ze een slinger maakte met het stuur. 'Is hij gek geworden of zo? Hij vond je toch zo leuk? En jullie hadden toch zo'n, eh, sportief seksleven, zal ik maar zeggen?'

Anouschka zuchtte in haar oor en bleef daarna zo lang stil dat Sylvie het nodig vond om 'Anoes?' te zeggen.

'Ik ben er nog,' zei ze meteen, 'ik zit gewoon even te denken. Ik probeer de hele tijd iets aanwijsbaars te vinden, een moment waarop het misging. Dat ik iets heb gezegd of gedaan. Maar ik kan gewoon niks vinden. Het ene moment zitten we gezellig samen op zaterdagavond, hebben we boodschappen gedaan voor het weekend, hebben we plannen om zondag lang uit te slapen en zo, het volgende moment word ik op zondagochtend wakker, is hij helemaal koud tegen me en zegt hij plompverloren dat hij liever heeft dat ik wegga omdat het hem naar de keel vliegt. Ik bedoel, hoe dan? Ik deed niks anders dan anders. Waarom vliegt het hem ineens naar de keel? Ik begon verdorie net een beetje te wennen!'

Sylvie hoorde hoe Anouschka's stem een beetje omhoogging aan het einde; dat betekende dat de tranen haar waarschijnlijk hoog zaten, maar dat ze geen zin had om ze te laten rollen. 'Je mag in mijn oor janken, hoor,' zei ze maar snel, een beetje ongenuanceerd, in de hoop dat een vleugje humor de boel op gang zou kunnen brengen bij Anouschka. 'Ik heb bij jou ook gejankt, dus kom maar door, als dat oplucht. En weet je, als ik het zo hoor is Wout volgens mij gewoon een beetje kopschuw geworden. Door zijn scheiding, bedoel ik. Ik denk, met mijn huiskamerpsychologie, dat hij het eigenlijk ook heel gezellig en comfortabel begon te vinden, en dat hij toen ineens dacht: als ik me er nu aan overgeef, dan gaat het straks ineens wéér mis, snap je?' Sylvie draaide van de asfaltweg af de oprijlaan van het landgoed op. Ze moest Freek misschien maar om een sleutel van het hek in het bos vragen, bedacht ze, omdat het anders toch wel omrijden zou zijn, iedere keer als ze naar Hogerweijde moest voor de boodschappen; het landgoed behelsde toch een forse lap grond.

'Ja maar, Syl,' zei Anouschka, 'dat is toch een idiote redenering? Dat je het uitmaakt omdat het zo goed gaat?'

'Nou ja, ik kan me er wel iets bij voorstellen, hoor. Ik bedoel, ik ben het met je eens dat het van een afstandje bizar klinkt, maar bij hem… heeft hij het destijds uitgemaakt met zijn ex, of was het op haar initiatief?'

'Haar initiatief. Ze had ineens een ander. Ook al een tijdje; hij had niks gemerkt. Ze hebben er verder geen ruzie om gemaakt, vanwege Jan-Paul, ze zijn gewoon uit elkaar gegaan en dat was dat.'

'Jee, moet je je voorstellen wat die arme jongen in zijn eentje te verwerken heeft gekregen! En hij klinkt ook wel een beetje als een binnenvetter, net als jij overigens, dus kun je het hem kwalijk nemen dat hij op een goed moment even een adempauze nodig heeft? Al is het maar om alles te laten zakken. En heeft hij echt gezegd dat het uit is tussen jullie, of alleen dat hij een beetje tijd voor zichzelf nodig had?'

Anouschka bleef een tijdje stil. 'Ja, dat is maar net hoe je ertegenaan kijkt,' zei ze toen. 'Hij zei: "Ik moet eigenlijk alleen zijn, het vliegt me ineens naar de keel," en daarna heeft hij me niet meer gebeld. Dat was vorige week. Dit weekend hebben we elkaar dus ook niet gezien, dat snap je; ik was er al zo aan gewend geraakt om de weekends met hem door te brengen dat ik prompt gisteren de hele dag met mijn ziel onder mijn arm heb rondgesjouwd. Gelukkig had ik een avonddienst staan, anders was ik helemáál tegen de muur op gelopen. Ik heb natuurlijk de afgelopen tijd ook nog geprobeerd te zorgen dat ik zo min mogelijk hoefde te werken in het weekend, zodat ik tijd had voor... Nou ja.'

Sylvie parkeerde haar auto bij het koetshuis, opende het portier, maar bleef nog even zitten. Ze hoorde vrolijke stemmen uit het huis en de tuin komen; zo te horen waren er al wat kinderen aangekomen. 'Anoes, luister. Dit is wat je doet: je belt hem nu op en je vraagt hem of hij zin heeft om met je mee te gaan naar ons verhuisfeestje op het landgoed. Jullie moeten allebei een pizza en een fles cola meenemen. Vindt Wout vast leuk; het is me opgevallen dat er toch een heleboel mensen zijn die het maar mateloos interessant vinden om iets met Freek, of met het landgoed, van doen te hebben. En dan komen jullie lekker bij ons op een hooibaal zitten, en pizza eten, en een beetje lachen en kletsen, en dan komt het vast allemaal wel weer goed. Het zou me niet verbazen als hij je stiekem een hele week heeft zitten missen en nou ook niet precies weet hoe hij je weer moet bellen.'

'Denk je?'

'Stuur me maar een appje om te laten weten of jullie komen, goed? En als hij niet wil, dan kom je gewoon in je eentje. Dat kan altijd nog.'

'Oké,' zei Anouschka, 'oké. Oké, zo ga ik het doen.' Bij de derde oké klonk ze alweer een stuk daadkrachtiger, dus Sylvie hing met een gerust hart op en stapte uit de auto.

Freek

20

Het was wonderbaarlijk hoe goed hij het had verdragen. Al die mensen in zijn achtertuin. O nee, nu was het Sylvies achtertuin. Het was al bijna helemaal donker – iedere keer verbaasde het hem weer, als de zomer ten einde liep en de herfst begon; het duister overviel hem dan ineens veel eerder dan hij had verwacht – en iedereen was alweer weg, maar in zijn hoofd hoorde hij nog het vrolijke gepraat en gelach. Het was gezellig geweest, echt gezellig, en hij was niet overprikkeld geraakt. Hij had met August gesproken, en met agent Anouschka, en met haar vriend, die hij niet kende maar met wie hij toch een heel aardige conversatie over programmeren had kunnen onderhouden. Het was allemaal gladjes verlopen, natuurlijk; hij had zich weer eens voor niets druk gemaakt. Maar tegelijk wist hij ook zeker dat de reden dat het voor hem zo gladjes was verlopen, naast hem had gezeten op de hooibaal waarop hij zat, in het holletje van zijn arm, met haar hoofd tegen zijn schouder.

Nu liep ze achter hem, met net als hij twee opgestapelde keukenstoelen in haar handen, over het grindpad naar de bediendeningang van het grote huis. Bijna alles was alweer opgeruimd, de kinderen hadden hard meegeholpen en waren toen naar binnen gegaan om nog even rond te rommelen in hun kamers. Ze waren doodmoe; hij vermoedde dat ze, tegen de tijd dat Sylvie haar stoelen in de keuken van het grote huis had afgeleverd en weer terug zou zijn bij het koetshuis, al zouden slapen.

Hij had nog geprobeerd Sylvie één stoel te laten dragen, zodat hij er drie kon nemen, maar daar had ze niets van willen weten, en eigenlijk had dat hem niet verrast. Zo was ze: ze wilde graag gelijkwaardigheid. Daar hield hij ook van. Het was lekker overzichtelijk: je deed iets doormidden en dan nam je ieder de helft. Voor hem een uitermate werkbaar concept, of het nu om vier stoelen ging of om iets ongrijpbaars als emoties. Plotseling had hij een voor hem al even werkbaar beeld bij de uitdrukking 'gedeelde smart is halve smart' en probeerde hij te becijferen of dat dan zou betekenen dat, als je de verdrietige emoties halveert door ze te delen, je de prettige emoties verdubbelt als je ze allebei ervaart.

'Freek, wat loop je toch hard,' klonk het achter hem, verder weg dan hij had verwacht.

Hij keek om en wachtte tot ze dichtbij genoeg was, waarna hij zich zachtjes verontschuldigde.

'Het is niet erg, hoor,' zei ze lachend, 'ik zie je toch, en ik weet waarnaartoe je op weg bent. Ik vind het alleen zo grappig om te zien dat jij soms ineens echt zo de benenwagen kan aanzwengelen, en dan vlieg je ervandoor.'

'Ik was in gedachten,' zei hij. 'Ik dacht na over het tegenovergestelde van gedeelde smart.'

'O ja? Wat is dat dan?'

Intussen hadden ze de ingang bereikt en Freek zette de stoelen even neer om de deur te openen. 'Verdubbeld geluk, vermoed ik.'

'Malle Freek.' Sylvie grinnikte en Freek voelde zich zoals altijd even licht worden bij het idee dat hij haar aan het lachen had gemaakt. En dat terwijl hij het niet eens had geprobeerd.

Ze droeg haar stoelen naar binnen en liep meteen door naar het eind van de gang. Hij sloot snel de deur en volgde haar.

Op de trap naar boven hoorde hij haar stem uit de keuken komen: 'Wat ruikt het lekker beneden, is dat die boenwas van jou?'

'Jazeker,' zei hij glimlachend, 'vind jij dat ook zo'n aangename geur?'

'Nou, ik weet niet eens of ik het echt lekker vind ruiken, maar op de een of andere manier past het wel heel goed bij het huis. Het heeft zoiets ouderwets.'

'Eigenlijk wordt het vooral voor meubels gebruikt, of voor vloeren en trappen die minder vaak worden belopen, maar de vroegere huishoudster boende er ook de trap naar het souterrain mee, en de lambrisering. Ook al betekende dat dat ze de trap ieder jaar opnieuw moest doen. Ik denk dat het haar ook om de geur te doen was.'

Hij kwam de halfduistere keuken binnen, klikte met zijn elleboog het licht aan en zette de stoelen snel op hun plaats rond de tafel. Lelijke, stapelbare plastic keukenstoeltjes waren het, maar ze voldeden: je kon erop zitten. Sylvie stond naast de snoeilelijke maar al even functionele nooddouchecabine uit het raam te kijken, totdat ze over haar schouder naar hem keek.

'Wat een ongezellig licht is dat toch, hè, zo'n tl-buis,' zei ze, met een korte blik omhoog naar het plafond.

Freek keek ook. Hij had zich nog niet eerder in zijn leven beziggehouden met de mate van gezelligheid van licht, dus hij zei: 'Het is licht.'

'Ja, dat wel,' klonk Sylvies stem, ineens een stuk dichterbij, en toen hij zijn blik van het plafond af haalde stond ze zo ongeveer direct onder zijn neus. Hij stopte die neus dan ook meteen in haar haar om te snuffelen.

'Wat ben je toch een ruikerd, jij,' zei ze grinnikend, terwijl ze tegen hem aan kroop. 'Maar ik vind jou ook altijd lekker ruiken, dus ik snap het.'

'Ik moet toch iets,' zei hij verdedigend, zijn armen stevig om haar heen, 'ik wil natuurlijk eigenlijk zoenen en met je naar bed, maar ja.'

'Het valt niet mee, hè?'

'Nee,' zei hij hartgrondig, 'hoewel ik wel het idee heb dat het goed gaat. Tussen ons, bedoel ik. Of heb ik dat mis?'

'Volgens mij heb je het goed,' zei Sylvie warm, 'ik ben echt superblij dat het niet meer uit is. En ik ben ook blij dat we nu zo lekker dicht bij elkaar wonen. Hoe lijkt het je om vannacht hier te slapen?'

'Ik denk dat het vreemd zal zijn. Het was vanmorgen ook heel vreemd om wakker te worden in het koetshuis terwijl bijna al mijn spullen al waren verhuisd, en er beneden al van alles van jou stond. Toch… gaat het wel,' zei Freek peinzend, zijn wang op haar voorhoofd. 'Normaal gesproken zou ik heel erg in de war raken van dit soort veranderingen, en het verlies van houvast zou me humeurig maken, en misschien ook wel enigszins angstig.' Hij zweeg. Het was altijd weer vreemd wanneer hij zich realiseerde dat hij nog nooit met een ander mens over dit soort zaken had gesproken, dat hij zich altijd een beetje – en soms ook heel erg – had geschaamd voor zijn gedrag, maar dat dat bij Sylvie allemaal niet aan de orde was.

'Snap ik,' zei ze. Gewoon, alsof er niets aan de hand was.

'Ik vermoed dat het minder erg is omdat het jou betreft,' zei hij dus. 'En omdat ik heel graag wil dat je hier woont. Bij mij, veilig op Woudenbergh. Dat ik dat zo graag wil, dringt al dat andere enigszins naar de achtergrond.'

Ze wreef zich een beetje tegen zijn borstkas aan en kuste hem zachtjes in zijn nek. Dat vond hij altijd een heerlijk gevoel; ze was de eerste vrouw die dat met hem deed en hij had geen idee gehad dat zoiets simpels zo lekker kon zijn.

'Lieve Freek,' mompelde ze in zijn oor, 'soms ben je ineens zo achterlijk lief dat ik je wel zou willen opeten.'

'Dat past niet; ik ben groter,' zei hij meteen, terwijl hij het zich probeerde voor te stellen.

'Ik zeg toch ook niet dat het in één keer moet?' Haar gezicht kwam tevoorschijn en ze had die twinkelende ogen en die ondeugende grijns van haar die zijn hart altijd deden smelten. Al helemaal van zo dichtbij.

'Ik ben juist blij dat je zo lekker groot en sappig bent; ik verwacht dat ik wel twee weken met je doe,' zei ze, terwijl ze zachtjes in zijn zij kneep.

Het lukte hem om de kriebelprikkel te onderdrukken, maar hij kon niet tegenhouden dat hij zijn lippen tegen de hare legde. Het was niet te doen, het was gewoon niet te doen om het niet te doen. Hij voelde hoe ze glimlachte, en toen kwam hun zoen tot leven en proefde hij haar. Heerlijk smaakte ze. Warm en vertrouwd. Ze kreunde zachtjes, ze was al net zo verlangend als hij. Hij duwde haar voorzichtig tegen de tafelrand, ze schoof er een stukje op, opende haar benen en hij duwde ongeremd zijn kruis tegen het hare. Hij stond op knappen.

'Ik wil niet in tl-licht,' zei ze ademloos, en hij reikte achter zich naar de lichtknop, maar ze klom van de tafel en duwde hem de hal in.

Al zoenend vielen ze de halfduistere blauwe salon binnen, waar zijn bank stond. Daar kon het ook op, dacht hij, hoewel hij nog geen gordijnen had en hij zich had voorgenomen om de binnenluiken dicht te doen als hij ging slapen. Hoewel er geen licht brandde zouden ze misschien toch zichtbaar zijn, als er toevallig iemand de oprijlaan op zou komen.

Ze rukte zijn T-shirt omhoog, en hij het hare; hij wilde haar huid tegen de zijne voelen, al was het maar een klein stukje. Zijn hand vond een van haar borsten en kneedde en wreef; ze werd zo mogelijk nog zachter in zijn armen en ze vielen in een verzaligde kluwen van armen en benen op de bank.

'Waarom heb je geen rok aan,' bromde hij, terwijl hij probeerde haar jeans open te krijgen. Zij had intussen zijn broek al opengeritst en wreef op een tegelijk fantastische en gekmakende manier over de erectie in zijn onderbroek.

'Omdat het herfst is,' mompelde ze verhit, terwijl hij haar kruis masseerde door haar broek heen. 'Wacht, die knoop zit strak.' Ze maakte hem zelf open, en toen kon hij de boel snel ver genoeg naar beneden schuiven om te kunnen voelen aan haar zachte krulhaar, vochtig van verlangen.

Ze maakte allemaal geluidjes die hem zo mogelijk nog opgewondener maakten, en toen ze dan eindelijk zijn lid tevoorschijn had gehaald en haar hand eromheen legde, hield hij het niet meer. Hij kon nog net een 'O...!' uitbrengen, gevolgd door een rilling en een gemompeld, 'wel verdomme', maar toen hoorde hij aan Sylvies gejaagde ademhaling hoe zij eraan toe was en richtte hij even zijn aandacht op de hand die hij tussen haar benen had. Haar orgasme kwam direct achter het zijne aan en even later lagen ze slap tegen elkaar aan te wachten totdat de wereld weer in focus kwam.

'Heb ik op je geknoeid?' vroeg Freek bezorgd, toen hij weer een beetje was bijgekomen.

'Geen idee,' zei Sylvie dromerig, 'en het interesseert me ook niks. Ik zit onder de vlekken van het verhuizen, en dit zijn mijn kluskleren; volgens mij valt een spermavlek echt helemaal niet op.' Ze giechelde ondeugend.

'Gelukkig staat dit huis niet aan een drukke weg,' zei Freek, die voorzichtig zijn hoofd ophief om toch maar even te controleren of er niemand voor het huis stond.

'Je hebt gordijnen nodig,' zei ze. 'Maar poeh, daar knapt een mens van op, zeg. En jij kan het ook zo lekker, ik weet niet wat je nou precies doet, maar ik vind het met jou echt het lekkerst.'

'Ik met jou ook,' zei Freek, terwijl hij voorzichtig opstond van de bank, zich wegstopte, zijn gulp dichtritste en een hand naar haar uitstak. Hij voelde met zijn andere hand achter op zijn hoofd. 'Ik ben mijn elastiek kwijtgeraakt.'

Sylvie tastte even snel rond over de bank, mompelde 'ik heb 'm' en greep zijn hand, zodat hij haar overeind kon trekken. Ze stond meteen zo dichtbij dat hij haar opnieuw in zijn armen kon nemen; ze gaf hem een lieve kus op zijn mondhoek.

'Keer om dan, lieverd, dan maak ik een nieuw staartje voor je,' zei ze zachtjes.

Hij deed wat ze vroeg en genoot van dat innige samengevoel dat er was, dat hij nog nooit eerder in zijn leven met een ander mens had gevoeld. Alleen met haar.

'Ik hou van je, Sylvie,' mompelde hij zachtjes, zo zachtjes dat ze, achter hem, haar handen in zijn haar, vroeg: 'Wat zeg je?'

Hij kon de moed niet vinden het te herhalen. De vorige keer dat hij het tegen haar had gezegd was kort daarna zijn meltdown begonnen, en hoewel hij zich op dit moment volkomen anders voelde durfde hij toch het lot niet te tarten, dus slikte hij, keerde zich om toen zijn staartje klaar was, en zei: 'Ik bedenk me dat Jack nog buiten loopt.'

'Wil je hem naar binnen halen?' Ze was ineens weer

praktisch en haalde haar mobiel uit haar achterzak. Het scherm lichtte op als een zaklamp in de intussen donkere kamer; ze klikte Buienradar open. Er stond lichte regen aangekondigd. 'Kan hij daar tegen?' vroeg ze, terwijl ze de mobiel omhooghield.

'Jawel, hij heeft er alleen een hekel aan. Laten we hem maar even binnen zetten, en dan heb ik meteen een excuus om je naar huis te brengen.'

'Grapjas,' zei Sylvie liefdevol. 'Dan breng ik jou daarna weer naar huis, en dan jij mij weer, en dan lopen we de hele nacht heen en weer. Hoe lijkt je dat?'

'Beter dan dat ik alleen de nacht doorbreng,' zei Freek, met één mondhoek omhoog. 'Kom, liefste, hij zal wel op het veld achter zijn, of in de bosrand scharrelen.'

Hij ging voor, het bediendenpoortje door, de trap af naar het souterrain, de paar treden weer op in het kleine halletje bij de deur naar buiten. Zijn moeder had dat altijd de bediendeningang genoemd, en heel soms gebruikte hij die term zelf ook, maar alleen om deze ingang te onderscheiden van de voordeur. Eigenlijk was dit zijn lievelingsdeur. Alleen al vanwege de boenwasgeur waar hij dan direct in naar binnen stapte, maar ook omdat hij het statige van de voordeur altijd een beetje vervelend vond. Alsof hij zich eerst netjes moest aankleden voordat hij hem open kon doen, zoiets. Toen ze nog bezig waren geweest met opruimen, Simon en hij, en hij zo vaak achter elkaar met een vuilniszak in zijn hand via de voordeur naar buiten was gegaan, toen was dat gevoel wel weg geweest. Maar nu alles weer een beetje netjes was, in ieder geval op de bel-etage, ging zijn voorkeur weer uit naar de veel bescheidener achteruitgang. Hij zou nooit een meneer de graaf worden die erg op statuur stond, dat wist hij wel zeker.

De avondlucht was flink afgekoeld: het was veel frisser dan

toen ze de stoelen hadden teruggebracht.

Sylvie stapte achter hem aan naar buiten en snoof. ‘Ik ruik regen in de lucht,’ zei ze, ‘ruik je dat? Ook al is het nog niet helemaal dichtgetrokken.’

Het gras achter het grote huis werd spaarzaam verlicht door de maan, die zichtbaar was door een groot gat in de wolken, en een groene, vochtige, herfstige geur drong Freeks neus binnen. Een lekkere geur. Een beetje zoet en bitter, rood en goudgeel en aardebruin, sterker dan normaal. Maar er was ook een element waar hij nog niet eerder aandacht aan had besteed: een stille, doorzichtige toets die, nu hij erop lette, steeds beter waarneembaar werd. ‘Het ruikt naar water,’ zei hij, ‘planten, grond en water.’

‘Ja,’ mompelde ze tevreden, en ze pakte zijn hand.

Samen liepen ze het gras op. ‘Dit grasveld heeft erg veel onderhoud nodig; het is verschrikkelijk verstikt,’ zei hij. ‘Iedere keer zie ik dat en bedenk ik me dat daar iets aan zou moeten gebeuren, en iedere keer is er iets anders wat meer aandacht behoeft.’

‘Nou ja, Jack vindt het lekker, toch? Het gras, bedoel ik.’

‘Dat is waar.’ Hij glimlachte even en floot toen, een woeste snerp die de nachtlucht aan stukken scheurde.

‘Oef,’ zei Sylvie zachtjes, maar uit de bosrand klonk gehinnik, en even later kwam Jack op ze af gegaloppeerd.

Freek kon er altijd erg van genieten om zijn paard zo in actie te zien, en zelfs in het weinige licht van de maan zag het dier er geweldig uit. Hij ademde de koele avondlucht diep in, en weer uit, en tegen die tijd had Jack hen bereikt en stond hij hoofdschuddend – zijn manen vlogen rond – en met een vrolijke bries stil.

‘Je gaat op stal,’ zei Freek.

‘Hhh,’ zei Jack.

Sylvie grinnikte. 'Jullie praten echt met elkaar, ik kan daar zo'n lol om hebben.'

'Jack is een uiterst intelligent paard,' zei Freek, met een liefdevolle wrijf over Jacks neus. 'Ik ben ervan overtuigd dat hij enkele woorden mensentaal verstaat, zoals ik ook zeker weet dat ik een paar woorden paardentaal versta. In ieder geval als hij ze spreekt.'

'"Op stal" zal hij wel begrijpen,' zei Sylvie, gevolgd door: 'Hé, ik voel een druppel. Nu al?'

Freek voelde ook een druppel, en toen nog een, en nog een. 'Kom, Jack,' zei hij, maar het paard had weinig aansporing nodig: hij liep snel het openstaande poortje bij de rozentuin door en zo de stal binnen en zijn box in.

Buiten lagen nog twee hooibalen. Freek pakte er met iedere hand een bij het touw dat de baal bijeenhield, en liep achter Jack aan naar binnen. Hij voelde dat Sylvie achter hem liep en nogal indringend naar hem keek, maar hij kon niet bepalen waardoor dat kwam. Toen de balen netjes opgestapeld naast de andere lagen keerde hij zich om en zag hoe ze nét binnen de deuropening van de stal naar hem stond te kijken, beschenen door het kale peertje aan het plafond.

'Wat is er?' vroeg hij, ineens onzeker. Hij voelde zich onhandig en veel te groot.

'O, niks,' zei ze achteloos, 'hoe je met die hooibalen wegliep.'

'Deed ik iets niet goed?' Plotseling werd het hem koud om het hart. Wat als hij nu de hele tijd dacht dat alles de goede kant op ging, en hij ongemerkt iets deed waardoor Sylvie haar mening over hem zou bijstellen? Het was hem al zo vaak gebeurd in het verleden: dat hij helemaal niets in de gaten had gehad terwijl om hem heen de mensen hem al lang hadden geclassificeerd als vreemd, of ongeschikt, of... Herinneringen aan zijn school- en studententijd overspoelden hem; hij kneep zijn ogen even dicht.

'Freek, lieverd,' hoorde hij van veel dichterbij, 'is alles wel goed met je?'

'Hgmm,' zei hij, tussen zijn tanden door, maar toen voelde hij haar zachte hand op zijn arm en deed hij heel voorzichtig één oog open.

'Ik vond je er zo lekker uitzien, hoe je zo alsof het niks was die balen oppakte en ermee wegliep,' zei ze zachtjes en een beetje zwoel. 'Ik kreeg meteen nog een keer zin in je.'

Hij knipperde met zijn ogen. Zijn gedachten waren zo'n andere kant uit gestormd dat hij even moest verwerken wat ze nu eigenlijk zei, maar haar warme nabijheid maakte dat hij als vanzelf zijn armen om haar middel liet glijden. Ze leunde tegen hem aan, meteen weer heerlijk vertrouwd, en zoende zijn behaarde kin met een hoorbare smak.

'Heeft Jack nog verzorging nodig, moet hij geborsteld of zoiets?'

'Nee hoor,' zei hij zachtjes, 'hij heeft niet in de modder gerold en ook niet erg gezweet; die paar druppels regenwater drogen vanzelf wel we–'

Ze zoende hem. Midden in zijn woord, gretig en nat zoende ze hem, terwijl buiten de losse druppels zich aaneenregen tot een bui die zachtjes roffelde op het dak van de stal. Hij was direct opnieuw opgewonden; alsof de episode in het grote huis helemaal niet was gebeurd, zo opgewonden was hij, en nogal ongenuanceerd greep hij met zijn ene hand haar borst en duwde hij zijn andere hand tussen haar benen.

Ze kreunde ervan, wat hij altijd heerlijk vond. Híj deed dat, híj, hij maakte haar aan het kreunen van genot, net zoals hij haar aan het lachen kon maken. Het gaf hem een extra stoot geluksgevoel.

'Freek, Freek, snel, ik, schiet op nou, eh, een deken, kom op,' hijgde ze onsamenhangend in zijn oor.

Hij liet haar even los om een van de dekens waar ze eerder die avond op hadden gezeten, en die hij natuurlijk alweer keurig had opgevouwen, uit te slaan en over de opgestapelde hooibalen uit te spreiden, en toen hij opkeek had Sylvie haar gympen uit en haar broek en onderbroek al half naar beneden. Ze stapte er met één been uit en greep naar zijn gulp, maar hij had hem al open, en een paar seconden later – seconden die ineens om een onverklaarbare reden aanvoelden als eeuwen – voelde hij de warmte van haar huid, de vochtigheid van haar kruis, de heerlijke natte gladde hete omsluiting van zijn erectie.

Ze deden het.

Ze deden het in de stal, op een hooibaal.

Hij had er veel over gefantaseerd, en zichzelf dan soms stilletjes tot een hoogtepunt gebracht, maar in geen enkele van die fantasieën hadden ze het in de stal op een hooibaal gedaan. De geur van hooi en paard en natuur omringde hen, het was aards en waarachtig en noodzakelijk en hij voelde met iedere stoot zowel zijn vervulling als de hare naderen.

'O, Freek, ik hou het niet meer,' bracht Sylvie uit, en ze trok hem diep naar binnen, waar hij van schokte, en zij van trilde, en toen was het klaar en lag hij als een voddenbaal over haar heen.

Hij kon niet meer denken.

Hij kon waarschijnlijk helemaal niets meer; hij voelde zich zweven als een paardenbloempluisje in de wind.

Ze giechelde zachtjes in zijn oor, en toen realiseerde hij zich dat hij geen paardenbloempluisje was, en ook geen voddenbaal, maar een man die zojuist gepassioneerd de liefde had bedreven met de vrouw van wie hij hield.

'Leef je nog?' vroeg ze zacht.

'Nog net,' mompelde hij, 'maar het scheelde niet veel.'

Weer zo'n giechel. 'Ik kon me gewoon niet meer inhouden, weet je dat? Je bent zo'n lekker ding, en toen je dat zo deed met die hooibalen, dat zag er zo oer uit op de een of andere manier…'

'Ik vind het niet erg dat je je niet meer kon inhouden,' zei Freek met een besmuikte grinnik, 'ik wil denk ik nog wel eens seks met je op een hooibaal.' Hij kwam een beetje omhoog, steunend op één arm, en keek naar haar gezicht. Er staken stukjes hooi in haar haar, hij haalde er twee weg. Ze zag er lief en bevredigd uit.

'Nog niet opstaan, hoor,' zei ze, 'ik wil je nog heel even voelen. Het is altijd zo naar en koud als je er weer uit moet, als we zo lekker als een puzzeltje in elkaar zitten, samen.'

'Maar als het nat en vies wordt…' mompelde hij, zijn wenkbrauwen omhoog.

'Nou en,' fluisterde ze stout, 'we zijn toch in twee stappen thuis?'

'Hhh!' klonk het uit de box, met een bonk van een hoef.

Sylvie giechelde nog een keer. 'O, mijn god, Jack heeft meegeluisterd! Laten we maar hopen dat hij het niet al te awkward vond.'

'Ik denk dat hij wel wil slapen. Ik doe 's nachts altijd het licht uit in de stal.' Voorzichtig maakte hij zich van haar los en even waren ze bezig om zich weer een klein beetje te fatsoeneren. Toen liep ze voor hem uit de bui in, terwijl hij het licht uitdeed en de staldeur op een kier zette.

'Mijn jeep regent in,' zei hij, met een korte blik naar boven. 'Ik zet hem vaak met de neus in de stal als het gaat regenen, maar…'

'Nu zal je je stoel droog moeten vegen, als het de hele nacht door blijft gaan,' zei ze vrolijk. Ze stapte twee passen naar hem toe en pakte zijn hand.

Hij keek ernaar, hun twee handen verenigd, en toen ze zachtjes trok zei hij: 'Ik moet naar het grote huis.'

Ze trok nog een keer. Hij keek haar aan in de regen.

'Al mijn kleren zijn daar. Ik word nat.'

'Morgen is het wel weer droog,' zei ze. 'Ik heb nog een Staatsbosbeheer-shirt dat jou zeker past. En anders ga ik toch even iets voor je halen?'

En toen liep hij achter haar aan het koetshuis binnen.

Het was een heel ander soort ontwaken dan waarop hij zich had ingesteld. Hij lag in zijn oude slaapkamer, maar niet in zijn eigen bed: hij lag naast Sylvie, in Sylvies bed. Ze sliep nog; ze had in haar slaap een arm om hem heen geslagen. Het was vroeg, veel te vroeg in de morgen om op te staan, maar hij was wakker genoeg om zich te herinneren hoe de avond ervoor was geëindigd, en hoe hij hier op deze plaats terecht was gekomen. Met een glimlach om zijn lippen zakte hij weer weg in een verzaligde dommel.

'Freek... Freek, lieverd... liefje, wakker worden, het is tijd om op te staan! Ik hoor de kinderen al rommelen beneden...'

Er streelde een zachte hand over zijn wang.

'Ik ben wakker,' mompelde hij tegen die hand, 'ik was daarnet al wakker geworden.'

'Nee hoor,' zei de stem liefdevol, 'je lag heerlijk te snurken. Je hebt zeker drie bomen omgezaagd, ik zou als ik jou was maar oppassen als je straks uit bed stapt.'

Freek opende zijn ogen, om recht in het lachende gezicht van de mooiste vrouw van de wereld te kijken. Hij lachte meteen terug. 'Waar moet ik voor oppassen, dan?' vroeg hij.

'Nou, dat je niet valt over die bomen die je hebt omgezaagd.'

Hij bleef naar haar kijken.

'Toen je aan het snurken was, bedoel ik. Daarnet.'

Heel langzaam drong het tot zijn slaperige brein door dat ze een grapje maakte, hoewel hij nog niet echt zag hoe het werkte.

'Ben je er nog niet helemaal?' vroeg ze warm, en ze boog zich voorover om hem een kus te geven. De druk van een van haar borsten op zijn arm maakte dat hij meteen een stuk wakkerder werd, en zonder erbij na te denken greep hij haar, rolde hij haar om en kuste hij haar mond. Ze sloeg haar benen om hem heen alsof ze het zo hadden afgesproken en als vanzelf gleed hij bij haar naar binnen.

'Sst,' fluisterde ze, 'snel, snel, en zachtjes...' en toen kuste ze hem terug en waren ze even een minuut of drie verhit in de weer.

'Nu ben ik wakker,' zei Freek tevreden, toen hij na afloop zijn botten had herontdekt in zijn lichaam, zijn spieren weer kon bewegen, en zijn hoofd kon opheffen om naar haar ondeugende gezicht en warrige haar te kijken.

'Je plet me,' zei ze, 'maar dat is eigenlijk heel lekker. Jij wordt altijd helemaal slap, als een soort grote harige deken, als je bent klaargekomen.'

'Dat had ik eerder nooit,' zei hij nadenkend. 'Bij Eufemia voelde ik me na afloop heel anders. Meer alsof er spanning was opgeruimd; ik werd daar op een bepaalde manier energiek van. Bij jou voel ik me alsof ik mijn ruggengraat uitspuit, zo heftig is het. Misschien wel alsof ik mijn hele skelet uitspuit. Dan voel ik me even zo ontspannen, alsof ik geen lichaam meer heb. Alsof ik zweef. En ik voel me veilig.'

'Ik voel me ook veilig bij jou,' mompelde ze, haar ogen glanzend. Ze streelde met één hand het haar achter zijn oor. 'Je ontroert me helemaal, gekke Freek, je bent zo lief... Maar nu moeten we denk ik toch echt een beetje maken dat we beneden komen.'

Voorzichtig maakte hij zich van haar los. Ze sprong uit bed, greep wat kleding uit de kast, gluurde even om de hoek van de slaapkamerdeur en rende toen zo, bloot, de gang op en de douche in.

Freek ging langzaam rechtop zitten op de rand van het bed. Even keek hij naar zijn voeten en stelde hij zich voor dat er boomstammen lagen, die hij al snurkend had verzaagd, en toen herinnerde hij zich in wat meer detail wat er de avond tevoren allemaal was gebeurd. Hoe hij het met haar had gedaan in de stal, en hoe ze nadien in de regen hadden gestaan, en hoe zij hem aan de hand mee naar binnen had genomen. Hun kleren waren kleddernat geweest; het had helemaal niet zo hard geregend, maar het was zo'n gemene miezer geweest die overal doorheen drong en die je in drie minuten tot op het bot kon doorweken. Hij had zijn kleren uitgetrokken en over de verwarming onder het raam gelegd. Die was waarschijnlijk nog niet aan, want zo koud was het nog niet, maar in ieder geval kon het dan een beetje drogen.

Hij stond langzaam op en liep door zijn slaapkamer, die er heel anders uitzag nu het Sylvies slaapkamer was, met Sylvies bed erin. Ze had ook een kledingkast, met een lange spiegel op de deur, en hij bekeek zijn naakte lichaam even: hij had zelf niet zo'n lange spiegel, dus normaal gesproken zag hij alleen zijn hoofd en een stukje van zijn schouders.

Hij was groot, en blond, en zijn armen waren behoorlijk gespierd. Van het werken in het grote huis waren ze misschien nog wel iets gespierder geworden. Zijn borstkas was vrij breed en bedekt met blonde haartjes, zijn buik was, tja, gewoon, een buik, niets bijzonders, en zijn benen zagen er stevig uit, alsof hij er wel iets zwaars mee zou kunnen dragen.

Hij leek goed in verhouding. Hij bekeek zichzelf van de zijkant en probeerde ook een blik over zijn schouder te werpen om een idee te krijgen hoe zijn achterkant eruitzag, maar hij kon niet direct ontdekken wat het nou was aan zijn lichaam waardoor Sylvie hem gisteravond ineens zo aantrekkelijk had gevonden dat ze direct seks met hem wilde.

Niet dat hij iets te klagen had. Hij was heel blij dat ze die beslissing had genomen, want hij wilde natuurlijk ook heel graag met haar, maar hoe ze van de 'we willen niet dat het uit is, maar we doen rustig aan'-stand naar 'het is aan en we gaan gewoon met elkaar naar bed' waren gekomen, daar had hij geen idee van. Maar hij was er blij mee. Dit was toch overzichtelijker, en ook fysiek veel prettiger.

Hij voelde aan zijn kleding, die nog steeds over de verwarming hing, en die nog steeds vochtig was. Het leek hem onaangenaam om dat allemaal opnieuw aan te moeten trekken, en hij vermoedde dat het verre van schoon was, zowel van het verhuizen van de dag ervoor als van de seksuele activiteiten die daarna hadden plaatsgevonden. Maar hij kon ook weer niet naakt de trap af komen, daar zouden de kinderen vast van schrikken. Of misschien zouden ze om hem moeten lachen; dat leek hem bijzonder vervelend.

Misschien zouden ze sowieso wel om hem lachen, of het vreemd vinden dat hij ineens hier was, terwijl het overduidelijk de bedoeling was geweest dat hij in zijn eigen bed zou gaan slapen, in het grote huis. Hij piekerde even, zijn klamme onderbroek in zijn hand, over de verschillende scenario's die zich zouden kunnen ontvouwen als hij de trap af zou komen, en voelde zich ineens een stuk minder vrolijk en tevreden.

De deur ging open; hij keek verschrikt op uit zijn overpeinzingen.

Gelukkig was het Sylvie, die volledig gekleed en met vochtig haar uit de douche was gekomen.

'Dat is zeker nog niet droog?' vroeg ze, met een knik naar zijn kleren.

'Nee,' zei hij, een beetje miserabel.

Ze deed haar kledingkast open en rommelde erin, om daarna tevoorschijn te komen met het veel te grote Staatsbosbeheer-shirt en een joggingbroek. 'Hier kan je wel in, dan gooi ik je spullen gewoon in de was, want schoon zal het wel niet zijn, na gisteren. Behalve je sokken, ik heb geen sokken in jouw maat.'

Hij pakte, een tikje verdwaasd, de kleding van haar aan.

'Ik heb een handdoek voor je klaargelegd in de douche,' zei ze. 'Ik haal intussen het onderlaken er even af en dan gooi ik al onze spullen van gisteren meteen in de machine. Zie je zo beneden, hè?'

Hij vermoedde dat hij haar een benauwde blik had gegeven, of zoiets, want ze keek hem nog eens goed aan en vroeg toen: 'Wat is er?'

'De kinderen...' zei hij zachtjes, 'gaan die het niet vreemd vinden dat ik hier ineens ben?'

'Ties vindt het vast alleen maar leuk, en Hans-Willem vindt het vast ook best. Zit je je daar druk over te maken, lieverd?' Ze stapte naar hem toe en gaf hem een liefdevolle kus. 'Ga maar even douchen, want je ruikt naar zweet en seks, en ik vind dat heerlijk, maar ik kan me zo voorstellen dat je dat liever niet met andere mensen deelt.'

Hij keek haar zo verschrikt aan dat ze meteen in de lach schoot en daarna zei: 'Ik plaag je, gekkie, ga nou maar lekker douchen.' Ze stapte snel naar de slaapkamerdeur, opende hem op een kiertje en gluurde naar buiten, precies zoals ze voor zichzelf had gedaan, en mompelde toen over haar schouder: 'De kust is veilig, kom maar gauw!'

Hij was natuurlijk in twee stappen de gang door en de badkamer in, hij kon die twee stappen wel dromen, maar moest zich toch beheersen om niet half te rennen. De douche scheen hem vertrouwd toe; daar was nog het minst veranderd. Zijn douchegordijn hing er nog. Alleen de flessen waren anders, maar dat vond hij niet erg: hij waste snel zijn haar met haar shampoo, zodat hij haar de hele dag zou kunnen ruiken, en ondertussen probeerde hij het in zijn hoofd goed te krijgen dat dit nu niet meer zijn huis was maar dat hij er toch had geslapen, dat Sylvie er nu woonde en dat het waarschijnlijk nu wel weer echt aan was nu ze seks hadden gehad, hoewel ze er niets over hadden gezegd, dus het was nog niet honderd procent zeker, en dat hij niet meer zomaar bloot door dit huis kon lopen omdat Ties en Hans-Willem er ook waren. Te veel nieuwigheid, te veel onduidelijkheid; het ging weer veel te hard allemaal. Maar toch was hij er niet ellendig onder: tot zijn eigen verbazing voelde hij zich goed. Rustig, uitgerust, opgelucht. Het was wel vervelend dat het nog niet honderd procent helder was met Sylvie, maar het was al een stuk helderder dan vierentwintig uur geleden, en zijn blijdschap daarover woog zwaarder dan zijn zorgen over de laatste onduidelijkheden die er nog waren.

Hij werkte zich in het T-shirt – dat paste, geen probleem – en probeerde toen de joggingbroek. Die ging wel over zijn billen, maar de pijpen kwamen tot halverwege zijn kuiten, wat ongetwijfeld een idioot gezicht moest zijn, zeker als hij er ook nog sokken bij aan moest. Zijn sokken, die gelukkig droog waren, stopte hij dan maar even in de zak van de broek, en nadat hij zijn haar recht naar achteren had geborsteld met Sylvies borstel liep hij voorzichtig de trap af en nog voorzichtiger zijn oude woonkamer binnen.

'Goedemorgen,' zei hij, ineens verschrikkelijk verlegen met zichzelf.

'Ha, Freek, ben je wakker,' zei Ties enthousiast.

'Goeiemorgen,' zei Hans-Willem breed grijnzend, 'ik heb een ei voor je gekookt. Zes minuten, is dat goed?'

'Ik denk het wel,' zei Freek, terwijl hij aarzelend naderbij kwam. Sylvies keukentafel stond zo'n beetje waar zijn bank had gestaan, iets dichter bij de keuken, terwijl ze haar bank en haar leunstoel op de plek van zijn bureau en zijn boekenkast had gezet. Het paste er allemaal makkelijk in, de ruimte was behoorlijk groot, en het verbaasde hem dat, puur door de meubels anders neer te zetten, de kamer zo'n totaal andere sfeer kreeg.

De tafel was gezellig gedekt, met afgebakken broodjes, allerlei beleg, eitjes voor iedereen en jus d'orange die er versgeperst uitzag.

'Ik heb de sju gemaakt,' zei Ties, die zag dat hij naar de glazen met sap keek. 'Hier, dit is jouw plek, naast mijn moeder; volgens mij is dat de stoel waar je bij ons ook altijd op zat. Of nou ja, bij ons, ik bedoel natuurlijk: in ons oude huis. Maar goed. We hoorden jullie binnenkomen gisteravond, dus Hawé en ik dachten, we gaan een feestontbijt maken.'

Sylvie, die al zat, gaf Freek een blik die er onverwachts kwetsbaar uitzag, en hij besefte ineens dat zij misschien ook wel onzeker was over hoe nu precies te handelen. Die gedachte gaf hem tot zijn verrassing moed, en dus zei hij met meer zelfverzekerdheid dan hij voelde: 'We moesten Jack nog binnen zetten, want er was regen voorspeld. Jack heeft een hekel aan regen, en de bui kwam eerder dan we hadden verwacht.'

'Ja,' zei Sylvie, 'en toen waren we hier, en we waren doorweekt, en toen was het eigenlijk wel zo handig om gewoon hier te gaan slapen.' Ze grijnsde naar hem.

Hij ging voorzichtig naast haar zitten.

'Dus daarom heb je een joggingbroek van mijn moeder aan?' vroeg Ties onschuldig. 'Hij is veel te klein. Het staat je wel schattig.'

'Mijn kleren zijn nog nat,' zei Freek zo waardig mogelijk. 'Ik weet dat het esthetisch gezien geen ideaal plaatje oplevert, maar het alternatief is ondenkbaar.'

'Wat, dat je in dat T-shirt met je blote snikkel eronder naar beneden was gekomen?' Ties giechelde.

Freek voelde hoe hij een beetje bloosde.

'Ties!' zei Sylvie streng. 'Je zit Freek helemaal ongemakkelijk te maken met je brutalerigheid, hou eens even op.'

'O, maar zo bedoel ik het helemaal niet!' Ties legde even een hand op Freeks arm. 'Ik ben blij dat je er bent, Freek. Ik weet dat mijn moeder en jij heel gek zijn op elkaar, en ik ben ook heel gek op je.' Ze trok even een gezicht. 'Wel op een andere manier dan op Hawé natuurlijk!'

'Natuurlijk!' zei Freek ernstig. 'Ik ben ook erg op jou gesteld, Ties. We zijn vrienden. En ik reken Hans-Willem ondertussen ook tot mijn vriendenkring.'

'Nou, en dus, ik wil gewoon heel graag dat het goed gaat tussen mam en jou, dus Hawé en ik dachten: we maken lekker een feestontbijt, om te vieren dat we nu hier wonen, en dat jij hier ook hebt geslapen, en dat het nou weer aan is. Ja toch?' Ties keek heen en weer van Freek naar Sylvie.

Hans-Willem was, op zijn stille, wat onopvallende manier, aangeschoven aan tafel, maar ineens roerde hij zich. 'Ties, je moet andere mensen wel de ruimte laten om het in hun eigen tempo te doen, hoor,' zei hij rustig. 'Ik weet wel dat je het goed bedoelt, maar zij moeten het toch echt op hun manier aanpakken.'

'Weet ik wel, maar ik mag toch wel hopen?'

‘Freek,’ zei Sylvie, met een nauwelijks onderdrukte, ondeugende grinnik, ‘we worden hier een potje de les gelezen door deze twee spruiten. Kan je het geloven?’

‘Jullie zijn erg volwassen voor je leeftijd,’ zei Freek, ‘en het doet me goed om te horen dat je het niet vervelend vindt dat ik nu hier ben, Ties; toen ik onder de douche stond had ik enige twijfels.’

‘Zo niet!’ zei Ties hartgrondig. ‘Al slaap je hier elke nacht! Lijkt me toch alleen maar gezellig? Je hoort bij ons, of jullie nou nog een half jaar onhandig gaan zitten doen of niet.’

Freek glimlachte en focuste zich even op zijn broodje, omdat hij zo’n warmte in zijn borstkas voelde dat hij die even moest laten zakken.

Ze aten in stilte verder.

‘Maar is het nou weer aan?’ barstte Ties ineens uit. ‘Zeg nou gewoon!’

Freek keek even naar Sylvie.

Ze gaf hem een verontschuldigende glimlach en zei toen: ‘Ik denk het… wel? Zo’n beetje? We gaan niet meteen op elkaars lip zitten, hoor; dat lijkt me niet goed voor ons, maar, eh, ja? Toch, Freek?’

‘Ja,’ zei Freek daadkrachtig. ‘Het is aan. En ik zal dus wel af en toe hier slapen, als dat zo uitkomt.’

Sylvie

21

Ze dacht regelmatig terug aan die ochtend dat Freek aan haar ontbijttafel had gezeten in die veel te kleine joggingbroek. Na die eerste ongemakkelijke momenten was het verschrikkelijk gezellig geweest, en tot haar verrassing was hij na het ontbijt, op zijn blote voeten, naar het grote huis gelopen, om een kwartier later volledig gekleed terug te komen, met haar shirt en joggingbroek over zijn schouder en zijn laptop in zijn hand.

'Precies op tijd voor verse koffie,' had ze tegen hem gezegd, en daarna was hij aan haar tafel gaan zitten, op zijn vaste stoel, en had hij zijn laptop voor zich neergezet en zijn mobiel uit zijn zak gehaald.

Hij had eerst Bé gebeld om te zeggen dat hij het aanbod aannam: na de herfstvakantie kwam hij één dag per week lesgeven aan groep acht. En daarna was hij aan het werk gegaan, terwijl Hans-Willem op de fiets stapte om even naar zijn vader te rijden, en Sylvie en Ties aan de slag gingen met het inrichten van hun nieuwe huis.

Er waren nog steeds een paar onuitgepakte dozen, hoewel er intussen een ruime week was verstreken, maar het was toch al heerlijk in het koetshuis en Freek was iedere nacht bij haar komen slapen. Meestal at hij 's avonds gewoon mee, maar een paar keer was hij bezig geweest in het grote huis en kwam hij in het halfduister alsnog ineens aanstruinen om nog een kop koffie te drinken en naast haar in bed te kruipen.

Jack had veel buiten gebivakkeerd; zolang het niet regende scharrelde hij lekker rond – het scheelde ook nogal in de kosten voor zijn onderhoud als hij zijn buik voor een flink deel kon vullen met het enorme grasveld achter het grote huis – maar als het regende ging hij op stal, en Ties wist intussen precies hoe ze hem moest verzorgen als hij binnen stond. Ze vond het leuk om te doen, en Jack vond het zo te merken ook leuk dat ze in het koetshuis woonden; hij stond regelmatig in de achtertuin en kon dan heel goed duidelijk maken dat hij graag wilde dat iemand de deur opende, zodat hij zijn hoofd naar binnen kon steken.

Sylvie had één keer appeltaart gebakken, en toen was hij van puur enthousiasme zelfs met twee hoeven naar binnen gekomen, hoewel de deur aan de krappe kant was voor zijn grote paardenlijf; pas toen Ties met een stuk taart voor hem buitenom was gelopen was hij voorzichtig achteruit naar buiten gestapt.

Freek had Jack ernstig toegesproken toen hij het verhaal die avond hoorde, en tijdens het avondeten hadden ze er nog hartelijk om gelachen.

Ze voelde zich gelukkig. Warm, en veilig, en gelukkig vanbinnen, met alle kleine, onbeduidende dingen die er de afgelopen dagen waren gebeurd. Het leven was goed, echt goed, en ze kon zich nauwelijks voorstellen hoe het nog beter kon worden.

Ze zou wel willen dat ze iets kon verzinnen om Freek te helpen met zijn toch wel nijpende geldgebrek, maar veel verder dan een brief naar de provincie Utrecht schrijven met het verzoek om subsidie voor landgoed Woudenbergh, zodat het opnieuw open zou kunnen, maar nu met goede bewegwijzering en een behoorlijk hek eromheen, was ze nog niet gekomen. Ze had nog geen antwoord gekregen, maar misschien ging het provinciebestuur wel met reces tijdens de herfstvakantie en moest ze gewoon niet zo ongeduldig zijn.

Zij had het in ieder geval niet bepaald rustig in de vakantieweek: Simon had het zo geregeld dat de aanplant van het bomenveldje op maandag kon beginnen, en dus stond Sylvie nu aan de rand van het schoongemaakte bomenveldje toezicht te houden op het planten van de jonge bomen, klaar om toe te schieten als haar hulp nodig was.

Simon had het goed georganiseerd: hij had drie opeenvolgende plantdagen op touw gezet en vandaag, op de eerste dag, waren er meteen meer dan zestig kinderen komen opdagen. Hij had ze verdeeld in ploegen, ieder met een volwassene als begeleider, en ieder groepje moest voor ieder kind in de groep een boom planten. Zodra de boom stond, kreeg deze een naamkaart en kon hij, als het kind bij wie de boom hoorde een mobiel had, worden toegevoegd aan Ties' bomenapp. Bé stond, op rubberlaarzen en in jeans en een fleecetrui, een groepje kinderen bij, evenals Reindert den Dekker. Ties en Hans-Willem hadden ook een groepje onder hun hoede; ze waren dan nog wel niet volwassen, maar ze hadden onder Sylvies leiding eerst samen een proefboom geplant – door Ties ogenblikkelijk Bladerus de Tweede gedoopt – dus ze wisten precies hoe en wat. Af en toe rende Ties ook rond om kinderen te helpen met de app. Ze had er rode wangen van, maar ze straalde, en steeds als Sylvies oog op haar dochter bleef rusten voelde ze haar moederhart gloeien in haar borstkas. Haar kind zag er gelukkig en gezond uit, ze lachte, ze was omringd door grote mensen en kinderen die het goed met haar voorhadden... Sylvie kon niet anders dan even stilstaan bij al dat geluk. Haar eigen geluk stond geduldig aan een ploegje kinderen uit groep vier en vijf uit te leggen hoe ze de wortels van het jonge boompje met aarde moesten bedekken, nadat hij een gat had gegraven, de boom voor ze had gedragen en die in het gat had gezet. Hij was nog steeds alleen in een T-shirt; de herfst leek totaal geen vat op hem te krijgen.

Simon had natuurlijk zelf ook een groepje, en tot ieders verrassing was de burgemeester ook op komen draven om te helpen. Hij droeg geen ambtsketen, wel keurige bergschoenen en zijn eigen, nette versie van outdoorkleding, hoewel hij na een uurtje heen en weer banjeren over de zachte bosgrond net zo vies was als de rest. Het leek hem weinig te deren; Sylvie hoorde hem vrolijk praten en lachen met de kinderen.

Anouschka had geen moment geaarzeld toen Simon haar had geronseld bij de pizza in de achtertuin van het koetshuis: zij had een groepje, haar collega Marten, die ze erbij had gevraagd, had er ook een, en Anouschka's vriend Wout hielp mee met het groepje waar zijn eigen zoon in zat. Gelukkig leek de lucht weer geklaard tussen die twee na het pizzafestijn; Sylvie had heus wel gezien dat ze elkaar warme blikken toewierpen zodra ze de kans kregen.

Er waren ook vier teams van wat oudere kinderen: vrienden van Ties en Hans-Willem, voormalige klasgenoten van de basisschool en in sommige gevallen opnieuw klasgenoten op het Goyers Lyceum. Het was bijna een reünie van Ties' achtste groep. Zelfs Eugenie was gekomen, hoewel ze niet erg gekleed was op een dagje bosbouw: ze droeg een roze broek, spierwitte gympen en een lichtgeel shirt, met een duur uitziend leren jasje erboven.

'Zijn dát bomen?' had ze met hoorbaar dedain gezegd, toen de hele groep kinderen en volwassenen, na zich verzameld te hebben bij het grote huis, het veldje bereikte en ze aan de rand daarvan een hele collectie jonge boompjes, dun en ongeveer anderhalve meter lang met een forse kluit eraan, zag staan.

Ze weigerde in eerste instantie ook maar iets aan te raken en gilde bij ieder vermoeden van een insect, maar werd vervolgens zo ongenadig geplaagd door haar ex-klasgenoten dat ze uiteindelijk toch maar gewoon mee ging doen. Vooral nadat Hans-Willem langs zijn neus weg had gezegd: 'Als je vies wordt mag je zeker niet in de auto van jullie chauffeur. Moet je naar huis lopen, op die witte gympen van je.'

De andere kinderen hadden gelachen en Eugenie wilde zich niet laten kennen, dus toen na een hele ochtend hard werken het grootste deel van de jonge bomen een plek had gevonden op het veldje en de hele groep terugliep naar het grote huis, waar Simon in de hal voor zo'n beetje een weeshuis aan flesjes water en donuts klaar had staan, zat ook Eugenie onder de vlekken, en haar mooie witte sneakers waren aardebruin.

Freek, Sylvie en Simon spanden zich in om iedereen te voorzien van een donut en een flesje drinken, en hoewel Eugenie een beetje snibbig vroeg: 'Is er geen cola?' was ze toch dorstig genoeg om het flesje gretig open te draaien.

'Lege flesjes in deze vuilniszak,' riep Sylvie streng, 'we gaan netjes recyclen.'

'Juf boswachter?' riep een jongen van een jaar of acht.

'Wat is er?' vroeg Sylvie, terwijl ze op hem toestapte.

'Ik heb nog geen boom.'

'Nou, dan moet je morgen terugkomen. Simon had vanochtend gezegd dat het vandaag niet helemaal af zou komen, toch? Vanmiddag gaat Simon samen met Freek nieuwe bomen halen, en dan gaan we morgen weer verder. Simon houdt heel precies bij wie er een boom heeft: er zijn voor iedereen labels om aan je boom te hangen, dus maak je maar geen zorgen, het komt helemaal goed. Ook als je niet komt, morgen of overmorgen, wordt er een boompje voor je geplant.'

'O, ik wil morgen nog een keer,' zei het jongetje enthousiast, 'ik vond het superleuk! Maar ik mag nog geen telefoon van mijn moeder, dus ik kan mijn boom niet in de app zetten.'

'Daar hebben we iets op bedacht,' zei Sylvie met een warme glimlach, 'alle bomen die niet door een kind op de app worden gezet, die zetten we zolang op het account van het bos. En dan noemen we de boom naar jou. Dus als je dan wat ouder bent, en je hebt wel een telefoon, dan kun je je boom altijd nog ophalen uit de bomenlijst van het bos. Goed? En in de tussentijd zullen Freek en ik op je boom passen.'

'Oké,' zei het jongetje, tevredengesteld, en hij nam een enorme hap van zijn donut.

'Ik vind het gat altijd het lekkerst,' zei Sylvie ondeugend, en tot haar plezier kreeg ze er een grinnik voor terug.

Ze keek even op om te zien waar Freek uithing. Ze had dat de hele ochtend gedaan, hem af en toe met haar ogen gezocht, maar ze had niet het idee dat hij hetzelfde met haar deed: hij leek helemaal op te gaan in waar hij mee bezig was. Dat was aan de ene kant mooi, maar aan de andere kant ook op een bepaalde manier een beetje vervelend. Sylvie had altijd het idee dat Freek, als hij eenmaal gefocust raakte, volkomen kon vergeten dat ze bestond. Dat had hij ook als hij aan het werk ging; ze had nu al een paar keer meegemaakt dat hij bij haar aan de keukentafel achter zijn laptop had gezeten, zowel in het boshuisje als hier in het koetshuis, en dan had hij urenlang niets tegen haar gezegd. Hij kon dan bijna verbaasd uit zijn concentratie komen, met zo'n glazige blik in die mooie verschillend groene ogen van hem, alsof hij volkomen vergeten was waar hij was, en met wie.

Ze vond hem op de onderste tree van de stoep naar de voordeur. Hij stond te praten met de moeder van Eugenie, Francine van Bickershoek van Hooglanden, die zich zoals gewoonlijk gedroeg alsof alles wat ze zei of deed hogelijk belangwekkend was. Sylvie vermoedde intussen dat ze onder al die sociale bravoure eigenlijk behoorlijk dom was.

Freek had een blik in zijn ogen die Sylvie intussen herkende: hij deed zijn best netjes te blijven, maar zou het liefst ontsnappen. Ze kon maar beter even naar hem toe lopen.

'... als die, eh, liaison met onze boswachter weer een beetje is geluwd, dat u dan tóch eindelijk eens een keertje bij ons komt dineren,' hoorde Sylvie Francines stem schallen. 'Ik begrijp de aantrekkingskracht, heur, maar tussen ons: zo'n mesalliance heeft toch een houdbaarheidsdatum?'

Sylvie zag een groene flits: Freek had gezien dat ze eraan kwam. Misschien wel de eerste keer vandaag dat hij haar aanwezigheid had erkend met zijn blik. Ze stapte dapper de trede van de stoep op om naast hem te komen en stak haar hand uit naar Francine.

'Hallo, wat een tijd geleden dat wij elkaar hebben gesproken! Hoe is het? Je dochter heeft lekker meegewerkt in het bos, vanochtend!'

Francine wierp een licht misprijzende blik op Sylvie, en daarna ongeveer zo'n zelfde blik op haar dochter, die in haar vies geworden meisjeskleren tussen haar voormalige klasgenoten stond, maar niet echt met iemand praatte.

Plotseling voelde Sylvie een intens medelijden met het meisje, dat onder de knoet van zo'n moeder moest zien op te groeien, hoewel het kind nou niet direct vriendelijk was geweest tegen Ties en ze ook wel had gemerkt dat Ties het de hele ochtend had vermeden om met haar te praten.

'Mijn dochter mist haar voormalige klasgenoten. Ik kan er nog steeds niet over uit dat haar schooladvies het niet toeliet om naar het Goyers te gaan, zoals de meeste van haar vriendinnen. Het is toch lastig om contact te houden, nietwaar?' Francine had een harde trek om haar mond. 'Ik moet me nog een keer onderhouden met Bé Altena over deze situatie; zij is uiteindelijk verantwoordelijk voor het vergooien van Eugenies toekomst. Maar daar hadden we het niet over.'

Freek gaf Sylvie een korte blik die zo ingehouden gemarteld was dat ze zich moest beheersen om niet te lachen. In plaats daarvan pakte ze even zijn hand. Hij trok haar direct zachtjes dichterbij en legde zijn arm om haar middel. 'Mevrouw Van Bickershoek van Hooglanden had het over het feit dat ze me wenst uit te nodigen voor het diner, maar wel nadat onze liaison is afgelopen,' zei Freek, doodernstig. En daarna gaf hij Sylvie een kus op haar slaap.

Ze moest even op haar onderlip bijten. 'Ik… meende al zoiets te horen, ja.'

Francine keek heen en weer van Sylvie naar Freek, maar leek zich helemaal niet ongemakkelijk te voelen bij haar eigen uitspraken.

'Ik beloof u,' zei Freek, nog steeds zo vervaarlijk serieus, 'dat zodra de relatie tussen Sylvie en mij ten einde is gekomen, ik bij u kom dineren, dezelfde dag nog. Ik bel u direct, nadat het doek voor onze affaire is gevallen, dus u kunt maar beter op het ergste voorbereid zijn. Dat lijkt me het beste, als we het zo afspreken, toch, liefste?' Hij keek even naar Sylvie, die nu haar grijns echt niet meer in bedwang kon houden.

'O, ja, uitstekende afspraak,' bracht ze met moeite uit. 'En ook handig dat je dan meteen voor die avond onder de pannen bent qua eten.'

Francine gaf Sylvie nog één misprijzende blik, mompelde

toen een bokkig 'goedendag' en liep op Eugenie af om haar te sommeren mee te komen naar het rode, glanzende sportwagentje waar ze zelf in reed als ze zich niet liet vervoeren in de gechauffeerde wagen.

'Serieueus...' zei Sylvie, laag en zacht, op precies zo'n toon als Ties zou kunnen gebruiken, en daarna proestte ze het uit.

Freek, naast haar, begon ook te grinniken, eerst zachtjes, en toen voluit. 'En het grappigste is,' zei hij, nog nalachend, 'dat ze nu voor eeuwig kan wachten.'

'Tot ze een ons weegt,' beaamde Sylvie, terwijl ze nog net iets dichter tegen Freek aan kroop.

'Of nog minder, als dat mogelijk is.'

Even stonden ze zo samen, uit te kijken over alle kinderen en volwassenen, die gemoedelijk met elkaar stonden te praten. Wat kleinere kinderen renden over het gras naast het huis; eentje had een bal meegebracht in een rugzak die bijna nog groter was dan de rug waarop hij moest hangen. Het rode autootje van Francine van Bickershoek had het eind van de oprijlaan intussen bereikt en draaide de asfaltweg op, en Sylvie realiseerde zich ineens dat Freek in de grap die hij had gemaakt, een soort liefdesverklaring had verstopt.

'Denk je echt dat het nooit meer misgaat tussen ons?' vroeg ze zachtjes.

'Ik weet het natuurlijk niet zeker, maar ik hoop het wel,' zei hij, al even zacht.

'Ik hoop het ook.'

'Meester Freek?' klonk een kinderstem.

Freek liet haar langzaam los.

'Wen er maar aan,' zei Sylvie zachtjes tegen hem, en even zag ze zijn grijns flitsen. Een van de jongetjes uit Freeks groepje van die ochtend stond een beetje dweperig naar hem omhoog te kijken.

'Zeg het maar,' zei Freek gemoedelijk.

'Als ik morgen weer kom bomenplanten, mag ik dan weer bij jou in het groepje?'

'Van mij wel.'

'Freek wordt ónze meester,' zei een grote achtstegroeper bezitterig, 'jij bent nog veel te klein. Vijfde groep, toch?'

'Maar hier zijn we niet op school,' zei Freek rustig, 'hier zijn jullie bij mij thuis. En hier wil ik ook best meester Freek voor de andere kinderen zijn, als dat zo te pas komt.'

De achtstegroeper knikte. 'Wel cool, dat je dit doet. Als graaf.'

'Waarom zou een graaf geen onderwijzer kunnen zijn?' Bé kwam erbij staan. 'Floris, je bent wel een beetje bevooroordeeld, hoor.'

'Ik vind het ook cool, ook al word je niet onze meester,' zei de jongere jongen.

'Als je nou vrolijk doorleert, dan kom je vanzelf in de achtste groep, Patrick, en als je dan geluk hebt, dan krijg je Freek ook een dag in de week als meester.' Bé legde even haar hand op de schouder van de jongen.

Sylvie glimlachte. Ze zag het zo voor zich, dat Freek niet alleen voor nu maar voor de komende jaren een dag in de week les zou geven op De Brink. Hij had een soort natuurlijk gevoel voor omgaan met kinderen, dat zag ze heel duidelijk. Hij liep tussen de groepjes door, maakte hier en daar een praatje, en leek totaal geen last te hebben van dat onhandige, dat verkrampte zelfs af en toe, dat hem zo nors en ontoegankelijk kon doen lijken als hij zich tussen volwassenen moest begeven.

'Mam!'

Sylvie opende haar armen om haar dochter een knuffel te geven. Ze rook naar bos en aarde en een klein beetje naar meisjeszweet. Heerlijk vertrouwd, Sylvie zou wensen dat ze niet zo hard was gegroeid. Maar hoewel ze nu toch echt stevig aan het puberen was, had ze gelukkig nog steeds geen enkele gêne waar het knuffelen in het openbaar betrof.

'Wat is er aan de hand, lieverd?'

'Hawé z'n vader vraagt of we bij hem komen slapen. Gewoon een nachtje op proef. Of eigenlijk heeft hij het natuurlijk aan Hawé gevraagd, maar die wil dat ik ook meekom. We hadden het er al een tijdje over, maar nu heeft hij het ook echt voor het echie gevraagd.'

'En wat wil jij?'

'Hmmm,' zei Ties, en ze trok haar piekergezicht. 'Ik wil eigenlijk gewoon het liefst hier slapen, mét Hawé, maar ik begrijp ook dat hij wel weer eens terug wil naar zijn vader, en zo. En dat zijn vader dat wil. Dus ik moet zeg maar kiezen tussen hier en Hawé, en ik weet dat hij dus het liefst wil dat ik meega.'

'Dan vindt hij het vast minder ongemakkelijk, als jullie samen zijn,' zei Sylvie.

'Denk het ook,' zei Ties. 'Daarom ga ik wel met hem mee. Als jij het goedvindt, tenminste.'

'Ik vind het goed,' zei Sylvie. 'En als er iets gebeurt wat je niet bevalt, dan bel je en dan sta ik binnen tien minuten op de stoep. Al is het midden in de nacht.'

'Als Hawé ineens weer besluit om 's nachts weg te lopen?' Ties keek haar moeder ondeugend aan.

'O, alsjeblieft zeg, wat een nacht was dat! Eentje daarvan was wel genoeg, wat mij betreft.' Sylvie trok een gezicht, en terwijl Ties weer weg dartelde om Hans-Willem te gaan vertellen dat ze met hem meeging, zocht ze opnieuw Freek met haar ogen.

Hij stond intussen te praten met Simon en August, aan de

rand van de groep kinderen, die gaandeweg kleiner en kleiner werd: de grotere kinderen pakten hun fietsen, die rijen dik tegen de bomen van de oprijlaan geparkeerd stonden, en de kleinere werden opgehaald door hun ouders, soms ook op de fiets, soms met de auto.

Sylvie liep snel buiten de groep om naar de drie mannen. 'Dat ging voorspoedig allemaal, hè?' zei ze vrolijk.

'Zeker,' zei Simon, 'we staan net te bespreken of het haalbaar is dat August het bomenveldje opent, als alles is geplant. Dat lijkt me nou een aardig officieel tintje geven, voor de kinderen.'

'O ja, leuk,' zei ze enthousiast, 'en dat zal Bé vast ook heel leuk vinden.' Ze keek even snel over haar schouder. Bé stond een stukje verderop te praten met twee moeders die hun kinderen kwamen ophalen, en het viel haar op dat Reindert haar nauwlettend in de gaten hield.

August zag ook iemand die hij kende, een vader die actief was in de gemeenteraad, en hij verontschuldigde zich bij Simon. 'Ik moet even iets kleins voorleggen aan Roderick, ik ben zo terug.'

Zodra hij buiten gehoorsafstand was, trok Simon een gezicht.

'Wat dan,' zei Sylvie, 'hij zegt toch dat hij zo terugkomt? Jullie lopen heerlijk om elkaar heen te draaien, hè?'

'Hoe moet ik nou met hem afspreken?' vroeg Simon met iets wanhopigs. 'De hele Grote Weijde weet er meteen van als wij eens samen iets gaan drinken, of we nou in De Paardentram gaan zitten of in De Wagenschuur.'

'Je kunt ook ergens anders naartoe gaan,' zei Freek. 'Waar je niemand kent.'

'Volgens mij moeten we dan naar Oost-Groningen,' zei Simon mismoedig, 'August kent overal mensen. In ieder geval hier in de wijde omtrek.'

'Ik heb een idee,' zei Sylvie ineens. 'Wat als jullie nou vanavond samen gaan eten, gewoon een pizzaatje halen, en jullie gaan hier in het koetshuis zitten?'

'Hoe bedoel je?' vroeg Simon uilig. Freek keek haar aan met een blik alsof hij er al evenmin iets van begreep.

'Nou,' zei Sylvie, 'vanavond gaan Hans-Willem en Ties bij Reindert slapen. Hans-Willem vindt dat best spannend, na zo'n tijd, hoewel de verhoudingen tussen hem en zijn vader echt enorm zijn verbeterd in de afgelopen weken, dus Ties gaat met hem mee om hem te steunen. Ze zijn sowieso zo'n beetje onafscheidelijk, die twee. Maar hoe dan ook, ik ben alleen thuis vannacht. Als ik nou bij Freek ga slapen...' ze gaf Simon een veelbetekenende blik, 'dan kunnen jij en August samen rustig eten in het koetshuis, zonder dat iemand het ziet. En praten, over dingen, en, eh...'

Simon bloosde tot aan zijn haarwortels.

'Ik zal het bed straks even verschonen, mocht het zover komen,' fluisterde ze ondeugend, waar hij zo mogelijk nog roder van werd.

Freek keek nog steeds alsof hij het niet helemaal snapte, maar Sylvie zag dat August er weer aan kwam lopen, dus ze nam Freek bij de hand en zei tegen Simon: 'Wij laten je even alleen om je afspraakje te regelen, goed?'

Hand in hand liepen ze tussen de laatste kinderen door, die wachtten om opgehaald te worden.

'Zijn jullie een setje?' vroeg een jongen met een brutale blik in zijn ogen.

'Jij bent toch het broertje van Eugenie?' vroeg Sylvie. 'Had je daarnet niet mee gemoeten met je moeder?'

'Nee, want ik ga bij Brian spelen. Brian is mijn beste vriend, al vindt mijn moeder dat ik beter om kan gaan met kinderen met andere namen.'

‘Wat is er mis met Brian?’

Het jongetje haalde zijn schouders op. ‘Niks. Zijn vader was vroeger een voetballer. Ik vind hem gewoon aardig, je mag bij hun in de tuin overal voetballen en zijn moeder maakt altijd hotdogs voor ons. Mijn moeder zegt ook dat jullie niet bij elkaar passen, jij bent niet deftig genoeg,’ een vinger priemde in de richting van Sylvie, ‘maar daar moeten jullie je gewoon niks van aantrekken. Net als ik, met Brian.’

‘We gaan ons nergens iets van aantrekken,’ zei Freek waardig.

‘Het komt wel goed met jou,’ zei Sylvie met een warme glimlach voor het jongetje, dat direct daarna samen met zijn vriendje op een moeder af rende die – dat was van een afstandje al te zien – duidelijk een fortuin had uitgegeven aan de nagel-, wimper-, filler-, en hairextensionstudio, maar die desalniettemin haar zoon in een grote, warme omhelzing nam, diens vriendje een kus op zijn kruin gaf, en de beide vrolijk stuiterende jongetjes lachend meenam, een waarlijk monster van een witte Range Rover in.

Freek

22

Op het nachtkastje brandde een klein lampje, dat maakte dat de en-suite van de blauwe salon er heel gezellig uitzag. Of misschien kwam het doordat Sylvie er was dat het hem zo gezellig voorkwam, dat was eigenlijk waarschijnlijker.

‘Dit is de eerste nacht dat ik hier slaap,’ zei hij. ‘De eerste keer in ongeveer twintig jaar. Ik heb er niet over nagedacht, maar nu het zover is, ervaar ik het toch als een grote stap. Ik ben blij dat je bij me bent.’

‘Ik ben ook blij dat ik bij je ben,’ zei ze met een brede grijns, terwijl ze haar shirt en haar broek uittrok, en haar ondergoed erachteraan. Ze stond zonder gêne mooi en bloot te wezen naast zijn bed, zoals altijd zo wonderlijk goed passend in haar eigen lichaam.

‘Heb jij wel eens het gevoel dat je te groot bent, of te klein?’

Ze keek hem verrast aan terwijl ze in bed stapte. ‘Nee, heb ik nooit, ik ben gewoon dit.’ Ze wees vagelijk naar zichzelf. ‘Maar vertel, heb jij dat dan wel?’

‘Regelmatig,’ zei hij, terwijl hij zijn shirt over zijn hoofd trok na een greep tussen zijn schouderbladen.

Ze grinnikte.

‘Vind je dat grappig?’ Hij trok het shirt van zijn hoofd en voelde aan zijn gezicht dat zijn verbazing erop af te lezen moest zijn.

Ze proestte. Dat was alvast een goed teken; hij was daar sowieso altijd blij om.

'Nu staat je haar recht omhoog,' zei ze, 'staat je schattig! Maar daar moest ik niet om lachen. Weet je dat mannen hun shirt anders uittrekken dan vrouwen? Sommige doen eerst hun arm naar binnen, dan doen ze hem van binnenuit over hun hoofd, en dan laten ze hem over hun andere arm eraf glijden. Er zijn ook mannen die, zoals jij, een soort graai op hun rug doen en dan zo de stof over hun hoofd trekken. Dat vind ik wel veel stoerder overkomen dan dat gewurm met die mouw, trouwens.'

Freek stapte om het bed heen, sloeg de punt van zijn dekbed open en schoof naast Sylvie. Ze deed meteen het licht uit en de kamer was in duisternis gehuld.

'Waar ben je?' vroeg ze.

'Hier,' zei hij, terwijl hij dichterbij schoof tot hij haar voelde. 'Hoe doen vrouwen een T-shirt uit?'

'Ze kruisen hun armen voor hun lichaam, pakken het shirt bij de zijkanten, en trekken het dan omhoog en over hun hoofd.'

'Waarom?' vroeg hij zacht, zijn neus tegen haar slaap.

'Geen idee,' zei ze, terwijl ze een been over het zijne wreef. 'Wat ben je toch altijd lekker warm.'

'Jij ook.'

'Je moet nog vertellen hoe dat zit met dat je je te groot of te klein voelt,' zei ze zachtjes, terwijl ze zijn arm streelde.

Hij legde die arm voorzichtig over haar heen, tastte naar waar hij haar gezicht vermoedde en streelde met zijn vingertoppen haar wang, haar hals, en voorzichtig haar borst, tot hij het topje vond en daar met zijn duim overheen wreef tot het samentrok. Ze maakte geen geluid maar drukte zich iets dichter tegen hem aan, dus hij wist dat ze dat lekker vond.

'Ik heb regelmatig het gevoel dat ik niet goed in mijn lichaam pas, of dat mijn lichaam niet het juiste formaat heeft voor de situatie,' zei hij, terwijl zijn hand langzaam naar beneden reisde, over haar heup naar haar zachte, ronde bil. Daar bleef hij liggen; zijn arm was niet lang genoeg om verder te voelen, dus hij trok haar dichterbij. 'Dan voel ik me zeer ongemakkelijk, of inadequaat. Soms zou ik willen verdwijnen, als ik denk dat ik iets verkeerd heb gedaan, en dan sta ik daar als een soort harige mammoet midden in de ruimte. En soms gebeurt er iets – dat kan ook iets heel kleins zijn, zoals ergens naartoe rijden waar ik de weg niet ken – waardoor ik me veel te klein voel voor wat er moet gebeuren. Onmachtig, zelfs al weet ik rationeel gezien dat ik de taak zonder problemen zou moeten kunnen uitvoeren.'

'Ik snap het denk ik wel,' zei ze zachtjes, haar neus tegen zijn kin, 'ik wil ook wel eens door de grond gaan van schaamte als ik iets stoms heb gezegd. Maar ik voel me wel altijd even groot. En hoe voel je je nu, trouwens?' Ze rolde helemaal tegen hem aan, haar been om hem heen geslagen, waardoor hij zijn hand eindelijk om de ronding van haar bil kon laten gaan om de vochtige gladheid tussen haar benen te voelen.

Nu maakte ze een geluidje, een verlangend geluidje. 'We kunnen lawaaiige seks hebben,' zei ze ondeugend in zijn oor, 'niemand die ons hier hoort!'

Hij rolde boven op haar en gleed met een soort grom bij haar naar binnen, als altijd een seconde lang verbijsterd over het fantastische gevoel. Aangemoedigd en opgewonden door alle geluidjes die ze maakte, alle kreuntjes en kreetjes, alle keren dat ze zijn naam fluisterde, en mompelde, en aan het eind bijna door de kamer schreeuwde, maakte hij ook geluid. Het was enorm bevrijdend om zijn genot te laten horen, om te uiten hoe goed hij zich op dat moment voelde, en na een laatste woeste kreun, toen hij van zijn ruggengraat ontdaan over haar heen viel, verwonderde het hem dat hij zich helemaal niet had geschaamd.

Even gaf hij zich over aan het heerlijke, zwevende gevoel, maar al snel kwam hij terug in zichzelf en fluisterde hij: 'Sylvie?'

'Tizzer,' mompelde ze slaperig.

'Ik heb nog nooit in het grote huis geslapen als meneer de graaf, ik heb nog nooit seks gehad in het grote huis, en al helemaal niet in deze kamer, en ik heb nog nooit zo veel herrie gemaakt terwijl ik klaarkwam.'

Ze lachte zachtjes in zijn oor. 'Beviel het?'

'Ik geloof het wel.'

'Volgende keer als we het op een hooibaal doen mag je ook herrie maken, maar in het koetshuis kunnen we maar beter stil zijn,' zei ze plagerig en zo te horen alweer wat wakkerder. 'Zouden trouwens August en Simon ook...? Ik had mijn bed voor ze verschoond en het netjes opgemaakt, ik heb een paar rozen uit de rozentuin gehaald – ik hoop niet dat je dat erg vindt – en er een paar in een vaasje op mijn nachtkastje gezet, en rozenblaadjes op het kussen gelegd... Was dat te veel?'

'Geen idee, en ik vind het niet erg,' zei hij met een lach in zijn stem, terwijl hij op zijn rug ging liggen en haar mee boven op zich rolde. 'Het is heel lief van je, dat je het zo hebt voorbereid voor ze. Ik heb me ook voorbereid, ik heb een handdoek klaargelegd, dan hoeven we het bed niet te verschonen of in een natte plek te liggen. Ik hoop voor ze dat ze seks gaan hebben, volgens mij zou het hun allebei goeddoen.'

'Volgens mij vinden ze elkaar echt heel leuk,' zei Sylvie peinzend, haar kin op zijn schouder. 'August lijkt me ook wel het soort man die graag een vaste vriend zou willen; liever dan losse contacten.'

‘O, zeker,’ zei Freek, terwijl hij een arm uit het bed liet hangen om zijn handdoek op te hengelen. ‘En van Simon weten we precies hoe hij erover denkt.’

‘Ik hoop ook maar dat Ties zich een beetje oké voelt, en dat het allemaal goed gaat bij Reindert… Ik heb gezegd dat ze me moet bellen als ze weg wil, dan haal ik haar op, maar ik bedenk me nu ineens dat ze dan niet eens naar haar eigen bed zou kunnen.’

‘Mijn bank,’ mompelde Freek terwijl hij heel liefdevol eerst Sylvie en daarna zichzelf afveegde. ‘Daar passen ze zelfs met z’n tweeën nog wel op.’

Even later lagen ze naast elkaar, hand in hand.

‘Wat is het toch altijd lekker met jou,’ zei Sylvie tevreden, na een paar minuten doezelen.

‘Ik heb het vreemde gevoel dat ik deze kamer heb… dat ik op een of andere manier het eigendom… Ik weet niet hoe ik het precies moet uitdrukken.’ Freek viel stil, zoekend naar een juiste omschrijving.

‘Misschien moeten we gewoon even neuken in alle kamers?’ Sylvie gaf hem een plagerig duwtje. ‘Dat je dan overal de baas bent, zeg maar.’

‘Ja, zoiets is het wel,’ zei hij, een tikje schamper, ‘hoewel het natuurlijk onzin is. Magisch denken. Toch voelt het op een bepaalde manier zo. En ik heb er geen bezwaar tegen om overal met je te, eh, neuken, maar ik denk niet dat ik dat vannacht nog red.’ Hij voelde even aan zijn tong, die niet gewend was om ‘neuken’ te zeggen maar die het toch had gedaan, en met succes, want Sylvie lag naast hem te schudden van de lach. Zoals zijn tong voelde hij zich eigenlijk bijna de hele tijd, tegenwoordig: alsof hij van alles deed wat hij niet gewend was, en iedere keer opnieuw was het verrassend genoeg een succes.

'Ik wil ook overal wel met je neuken,' zei Sylvie, toen ze eenmaal was uitgelachen en zich slaperig op haar zij draaide, 'sowieso, maar eerst wil ik slapen. Welterusten, lieverd van me.'

'Slaap wel, liefste,' mompelde Freek, en in zijn hoofd zei hij nog: 'Ik hou van je.'

Het leek wel steeds langer te duren totdat alle kinderen naar huis waren na het bomen planten; de ouders bleven hangen voor het grote huis, maakten een praatje met elkaar, met Simon, met Bé, of liefst met Freek, en de kinderen renden over het grasveld met ballen en frisbees. Twee meisjes hadden hun tennisrackets meegenomen, maar ze waren teleurgesteld dat het gras zo hoog was dat de bal niet stuiterde en ze hem steeds kwijtraakten; ze renden telkens rond, speurend tussen de halmen en uitgegroeide plantjes.

Freek stond op de stoep bij de voordeur, keek uit over de langzaam uitdunnende groep volwassenen en kinderen en vroeg zich af of het hem ooit zou lukken het grasveld rondom het huis weer op iets van een gazon te laten lijken, in plaats van een verstikte, uitgegroeide halve wildernis. Tussen de grassprieten langs de zichtlaan stonden intussen allemaal opgeschoten jonge boompjes, klein nog, misschien net een halve meter hoog, maar toch. Als hij volgend lenteseizoen geen onderhoud zou kunnen laten plegen – het was echt een te groot stuk grond om dat zelf te doen – dan kwam er geen grasmaaier meer doorheen. Zoals zijn tondeuse en zijn baard, bedacht hij zich, en even fronste hij, terugdenkend aan hoe hij zich had gevoeld toen hij net uit zijn meltdown, en daarna volgende shutdown was gekomen. Wat was er intussen ontzettend veel veranderd, en alles ten goede; hij kon zich oprecht verwonderen over het feit dat hij zich goed voelde terwijl zijn omgeving, zijn directe milieu, zijn biotoop, zo fluïde was geworden dat geen dag meer op de vorige leek en voorspelbaarheid of controle vrijwel onmogelijk was geworden. Hij leek zelfs niet al te veel problemen te hebben met grotere groepen mensen, maar misschien kwam dat ook wel doordat de afgelopen drie dagen van bomen planten zich buiten hadden afgespeeld. Een grote groep mensen in de vrije natuur voelde toch heel anders dan een grote groep mensen in een afgesloten ruimte.

Ze hadden de afgelopen dagen veel geluk gehad met het weer: het was droog geweest, af en toe een beetje zonnig, en redelijk warm voor de tijd van het jaar. Hij had het nog lang niet koud, maar het viel hem wel ineens op dat iedereen om hem heen een jas aanhad. Hij stond nog gewoon in een van zijn oeroude T-shirts met korte mouwen, zijn armen blootgesteld aan de buitenlucht.

Sylvie had hem verteld dat zo'n beetje alle moeders van hem zwijmelden, met zijn knappe gezicht en zijn achteloze gespierdheid, en hoewel hij dat maar met moeite kon geloven – knap vond hij zichzelf sowieso niet, en hij had eigenlijk geen idee wanneer je achteloos gespierd was – probeerde hij toch onopvallend op te letten of hij iets dergelijks kon waarnemen. Hij wist dat hij niet erg goed was in sociale onderstromen, maar bedacht zich dat als hij nooit zou oefenen, hij er ook nooit beter in zou worden, en dus probeerde hij vanuit zijn ooghoeken te observeren of hij werd geobserveerd.

Hij wist het niet zeker, maar hij kreeg het idee dat steeds wanneer hij zijn blik over de groep liet gaan, er verschillende moeders wegkeken. Zoiets was hem wel vaker opgevallen in zijn leven, met name bij vrouwen. Hij had altijd gedacht dat dat betekende dat ze niets van hem wilden weten, misschien wel dat ze vervuld raakten van afschuw als hij alleen maar hun kant uit keek, laat staan dat hij naar ze toe zou lopen en zou proberen een gesprek te beginnen. Hij herinnerde zich nog maar al te goed hoe toen hij nog studeerde andere studenten, zelfs zijn jaar- en huisgenoten, uiteen konden wijken als hij eraan kwam. Meestal hoorde hij dan wel iets mompelen van 'stinkdier' en werd er gelachen, dus had hij aangenomen dat het feit dat hij TMAU had, en dus ieder moment zonder dat hij het zelf merkte had naar een visafslag zou kunnen ruiken, de reden was dat mensen zo op hem reageerden. Met afschuw en besmuikt gelach.

Nu wist hij dat hij geen TMAU had. Dat kon dus in ieder geval al geen reden zijn voor mensen om van hem weg te kijken. En nu hij nog eens extra goed oplette, merkte hij dat het wegkijken voornamelijk, of misschien wel exclusief, gebeurde door vrouwen. Mannen glimlachten of knikten naar hem als zijn blik de hunne kruiste; hij moest zichzelf aanleren dat hij dan terug moest glimlachen of knikken, omdat hij anders als meneer de graaf niet erg vriendelijk over zou komen. Dat had Simon hem gisteren verteld, nadat verschillende vaders aan hem hadden gevraagd of ze misschien iets hadden misdaan bij meneer de graaf. Simon had ze ervan verzekerd dat er niets aan de hand was, en vervolgens had hij, toen iedereen naar huis was en hij en Freek samen in Freeks jeep zaten om de laatste lading jonge boompjes op te halen en klaar te zetten voor de laatste plantdag, Freek de oren gewassen omtrent zijn stugge uitstraling.

Freek was daar de rest van de middag een beetje van uit zijn doen geweest, maar tijdens het avondeten bij Sylvie in het koetshuis, waar hij was aangeschoven met een heerlijke vanzelfsprekendheid, was het weer goed gekomen toen Sylvie hem grijnzend en een beetje plagerig had verteld dat alle moeders hem zo'n lekker ding vonden. Hij wist niet precies wat een lekker ding inhield, dus hij had om uitleg gevraagd: dat was waar de achteloos gespierde armen tevoorschijn waren gekomen.

Hij wierp een korte blik op een van zijn armen, zag daar nog steeds niets bijzonders aan, glimlachte en knikte toen braaf naar een paar heren die op het grind met elkaar stonden te praten, en zag een paar dames wegkijken. Misschien had hij dat wegkijken wel jarenlang verkeerd geïnterpreteerd: misschien betekende het wegkijken wel dat ze verstolen naar hem hadden gegluurd, en zich betrapt voelden.

Hij wilde eigenlijk breeduit grijnzen, uit pure tevredenheid dat hij dat stukje sociale code had gekraakt, maar bedacht zich dat het er waarschijnlijk idioot uit zou zien als hij om geen enkele aanwijsbare reden en terwijl hij niemand probeerde terug te groeten, met een brede grijns op zijn stoep zou staan. Toch trok er één onbedwingbare mondhoek een klein stukje omhoog; hij kon er niks aan doen.

'Hé, Freek, moet je kijken,' zei Ties, haar mobiel in de lucht. Ze klom de treden op en hield het schermpje dichtbij genoeg zodat hij kon zien waar ze op doelde. 'Wat sta je te grinniken, heb je lol?'

'Ik bedenk me dat ik misschien iets moet herinterpreteren wat ik altijd verkeerd heb begrepen. Iets van het menselijk gedrag. Ik ben niet bijster getalenteerd in het ontcijferen daarvan, dat weet je.'

'Nou en,' zei Ties achteloos, terwijl ze een beetje tegen hem aan leunde, 'zolang je maar weet wat mijn moeder en ik bedoelen!'

'Over het algemeen weet ik vrij redelijk wat jullie bedoelen, hoewel ik in dit specifieke geval niet precies weet wat jij nu bedoelt. Waar moet ik naar kijken?'

'Nou, hier,' zei Ties, 'kijk dan naar die landkaart?'

'Je bent wat ver uitgezoomd,' zei Freek, 'zo kun je helemaal niet zien hoeveel bomen er hier op het veldje staan. Dan wordt het een klein blobje, in plaats van een heleboel spelden in de landkaart.'

'We zouden er nog een keer voor zorgen dat het dan boompjes worden, weet je nog, die er op de landkaart staan. Ik heb echt geen idee hoe ik dat moet maken.'

'Ik heb wel een idee, maar ik moet er nog heel even over nadenken. Maar Ties, ik moet wel zeggen: dat is een heel erge *nice-to-have*. De functionaliteit zoals die nu is werkt uitstekend.'

'Ja, weet ik,' zei Ties, met nauwelijks verholen puberongeduld, 'maar daar gaat het ook niet om. Kijk even hier...' Ze scrolde en blies de kaart op het schermpje weer wat op totdat er een paar spelden zichtbaar werden.

'Waar is dat?' vroeg Freek geïnteresseerd. 'Dat is niet hier in de buurt.'

'Nee! Dat is in de Ardennen! In België! Iemand heeft er bomen in de Ardennen in zitten zetten, hoe cool is dat? Maar ik zal het je nog gekker vertellen: moet je kijken...'

Weer gingen haar vingers aan de slag op het schermpje: uitzoomen, opschuiven en weer inzoomen.

Freek had niet meegekeken wat ze precies deed, en het was hem gelukt, door ineens zo onverwachts mogelijk en snel op te kijken, drie moeders te betrappen die naar hem aan het staren waren. Twee keken weg, de derde maakte direct aanstalten om haar kind in de kladden te grijpen, het protesterende meisje haar auto in te werken, die tussen twee bomen van de oprijlaan geparkeerd stond, en spoorslags het landgoed te verlaten.

Interessant.

Hij begon steeds meer in Sylvies mededeling te geloven, al

voelde het ook wel alsof het onmogelijk echt over hem kon gaan.

'Waar zijn we nu?' vroeg hij dus aan Ties, toen hij zijn aandacht weer op haar telefoonschermpje richtte en een dichtbeboste satellietfoto bekeek waar duidelijk drie spelden in te zien waren.

'In Canada!' Ties sprong op en neer van puur enthousiasme. 'Iemand heeft gewoon drie bomen erop gezet, en ze staan in Canada! Hoe kan dan nou, de app is niet eens in het Engels!'

'Er wonen nog aardig wat mensen die Nederlands spreken in Canada,' zei Freek glimlachend, 'maar misschien is het wel een goed idee om de app te vertalen. Dat is minder werk dan het lijkt, en je Engels is uitstekend, dus als je vanmiddag tijd hebt kunnen we er wel even samen naar kijken. Of heb je liever dat het gebruik buiten Nederland en misschien België wordt verhinderd? Ik zou kunnen kijken naar regiobeperking...'

'Nee!' riep Ties uit. 'Het is toch *awesome*, dat mensen zomaar aan de andere kant van de wereld bomen in onze app zetten?'

'Jouw app,' zei Freek, 'jij hebt hem bedacht.'

'Ja, maar we hebben hem toch samen gebouwd? Jij hebt hem bijna helemaal in je eentje voor de Apple-appstore gemaakt, ik begrijp niks van hoe dat moet, en er moet zo veel bij Apple. Dan denk ik: laat maar, toedeloe, de groeten.' Ze schopte tegen de rand van een trede.

'Het is niet zo moeilijk,' zei Freek sussend, 'je moet je alleen niet ergeren aan dingen die je zelf anders zou hebben aangepakt. Ik deed dat vroeger ook altijd, maar ik heb gemerkt dat ik in zulke gedachten verstrikt raak, en dan komt het project uiteindelijk niet af.'

'Ja, ik heb toch geen knopje waarmee ik dat uit kan zetten? Ik vind het stom dat ik voor een bomenapp een *dark mode* moet hebben in de appstore, ik kan niet zomaar stoppen met dat stom te vinden!'

'O, jawel hoor,' zei Freek gemoedelijk, 'dat kun je wel. Als je het maar graag genoeg wilt. Ik doe tegenwoordig de hele tijd dingen die ik onder andere omstandigheden hoogst onprettig zou vinden, of in ieder geval, ik zou verwáchten dat ik ze hoogst onprettig zou vinden, en vanuit die verwachting zou ik er dan niet aan beginnen. Maar nu ik jou en Sylvie ken, nu doe ik al die dingen wel, omdat jullie belangrijker zijn dan mijn verwachtingen. En ik blijk het vaak mis te hebben met mijn verwachtingen, moet ik intussen concluderen.'

'Mijn moeder zegt altijd: eerst proeven,' bromde Ties. 'Ook als het er heel goor uitziet.'

'Ze heeft gelijk. Jij en ik, we lijken een klein beetje op elkaar. Niet dat ik denk dat jij asperger hebt, maar je bent wel hoogintelligent, waarschijnlijk zelfs hoogbegaafd. Dat ben ik ook, mijn IQ is ooit gemeten op 145+, maar dat was omdat de test niet hoger ging dan 145. Ik weet nog steeds niet hoe hoog nu echt, maar dat interesseert me eigenlijk niet.'

'Waar moest je dan voor getest worden?' Ties gaf hem een enigszins morbide gefascineerde blik. 'Ik haat tests maken. Er staan altijd van die stomme vragen in, en meestal heb ik dus net dát dan niet onthouden, omdat ik dat zo onzinnig vond.'

'Ik begrijp wat je bedoelt,' zei Freek glimlachend, 'maar ik heb een redelijk fotografisch geheugen, en het blijft er ook nog eens lang in zitten. Dus ik heb een immense hoeveelheid trivia aan boord, waarmee bij bijna iedere test wel iets aan te vangen is. Mijn probleem is dat ik soms vrij veel tijd nodig heb om de test te maken, maar dat komt dan weer doordat het een gezoek is in mijn hoofd voordat ik het juiste trivium heb opgespoord. Ik moest een uitgebreide serie onderzoeken ondergaan voordat ik bij de dienst kon werken in de rol die ik nu heb. Het vereiste nog extra evaluatie voordat ik het werk thuis mocht doen; dat had blijkbaar iets met mijn persoonlijkheid te maken. Meestal moet het werk op locatie gebeuren, en er is bijzonder veel beveiliging mee gemoeid.'

'Ik dacht dat je thuis mocht werken omdat je een graaf bent,' zei Ties.

'Volgens Morris heeft dat er ook iets mee te maken,' zei Freek met een grijns. 'Ik weet dat niet zeker, maar áls het zo is, dan ben ik blij dat ik er eindelijk eens iets aan heb. Hoe dan ook; dit gesprek heeft last van een *scope creep*. Dat overkomt me wel vaker bij jou. Mijn vraag was: zullen we vanmiddag even samen naar de app kijken, en hem vertalen?'

'O,' zei Ties, en ze trok een rimpel in haar neus.

Freek voelde meteen iets kouds vanbinnen en bereidde zich voor op een afwijzing, maar Ties verraste hem door een sprongetje te maken en te zeggen: 'Ik dacht dat ik meteen ja had gezegd, maar ik heb even achteruit gespoeld in mijn hoofd, en je hebt gelijk! We gingen zo, floep, naar een ander onderwerp, hè? Nou, ja dus; ik vind het supertof om vanmiddag aan de app te gaan werken. Waar gaan we dat doen, bij ons aan de keukentafel of bij jou aan de keukentafel?'

Freeks opluchting borrelde naar de oppervlakte in een brede glimlach. 'Het mag bij mij, maar het is op dit moment wel vrij donker in de keuken: gistermiddag, toen Simon en ik terug waren na het ophalen van de laatste boompjes, heb ik de verlichting verwijderd.'

'Voor eeuwig?' vroeg Ties verbaasd.

Hij grinnikte. 'Ik ben van plan er in het jaar 6027 weer iets nieuws in te zetten.'

Ze gaf hem een duwtje tegen zijn schouder, waar hij niet

van bewoog. 'Free-heek! Of kom je gewoon toch de hele tijd bij ons eten en maakt het je dan niks uit dat je keuken een soort zwart gat is?'

'Je moeder heeft een hekel aan tl-buizen. Ik zal iets met gipsplaten en inbouwspotjes moeten fabriceren, maar Simon weet daar meer van dan ik. Voor nu heb ik een schemerlamp van zolder gehaald die nog bleek te functioneren, zelfs met een ledlamp erin.'

Ties grinnikte. 'Ik kom bij jou. Al snap ik niet waarom mijn moeder wil dat je de lampen van het plafond trekt.'

Freek moest zich beheersen om de reden niet uit te spreken, maar het lukte hem, en toen dan eindelijk alle kinderen en hun ouders verdwenen waren en Simon samen met August bij Sylvie op de thee ging, en Hans-Willem afscheid nam van Ties met een langdurige omhelzing omdat zijn vader hem en Bé had uitgenodigd voor een pannenkoek in zijn eigen pannenkoekenrestaurant, toen gingen Ties en hij samen door de voordeur naar binnen.

In de hal stonden twee puinzakken: daar zaten de tl-armaturen in. Het plafond in de keuken vertoonde een paar lelijke gaten en verkleurde plekken, en naast de douchecabine stond een schemerlamp in de vorm van soort lantaarn: een slanke metalen poot met bovenaan een sierlijk vormgegeven krul waaraan een vierkante, glazen lampenkap hing. Het glas had de kleur van smeerbare honing.

'Wat een gekke lamp,' zei Ties, terwijl ze hem bestudeerde. Ze stapte op de voetschakelaar en er kwam een romig geel licht uit, dat de keuken een totaal andere sfeer verleende. 'Ik heb deze helemaal niet zien staan op zolder.'

'Het is een Gispen-lamp,' zei Freek, 'ik denk dat hij uit 1915 of 1920 is, zoiets. Hij stond voorbij de trap naar de vliering; ik kon aan de voetstappen in het stof zien dat jullie daar nog niet waren geweest met jullie zoektocht. Er staat daar nog van alles. Ik pak even mijn laptop.' Hij beende de keuken uit.

'Mag ik hiervan eten?' riep Ties door de opening van de keukendeur. 'Van die roombroodjes die nog over zijn?'

'Uiteraard,' zei Freek, terwijl hij weer binnen kwam, zijn open laptop in zijn hand. 'Ik lust er ook wel een. Ik vind het netjes van August dat hij deze versnaperingen vanuit de gemeenteraad heeft kunnen regelen; ik had het niet kunnen betalen.'

Ties nam meteen een enorme hap uit het broodje dat ze in haar hand had; de poedersuiker zat op haar neus. 'Als het aan juf Bé had gelegen had iedereen appels moeten eten,' mompelde ze met haar mond vol.

'Eigenlijk is dat verboden, Ties, praten met je mond vol. En hebben we geen borden nodig?' Freek legde zijn laptop op tafel en pakte voorzichtig met twee vingers het broodje aan dat Ties met haar vrije hand naar hem uitstak.

Ties haalde al kauwend haar schouders op.

Freek keek even naar het zoete broodje tussen zijn vingers en verzwolg het toen in drie happen.

Ties proestte het uit, haar mond nog vol. Toen ze had doorgeslikt zei ze, een beetje ademloos: 'Man, de room kwam er zowat door mijn neus weer uit! Had je honger of zo? Je at het echt op als een soort dino, weet je dat? Haphaphap, je viel het nog net niet aan.'

Freek hield zijn vingers even onder de kraan, droogde ze af, ging zitten achter zijn laptop en zei met een grijns: 'Ik heb altijd het gevoel dat ik iets illegaals doe als ik eet zonder dat er een bord onder zit. Of zonder dat ik netjes aan tafel zit, met mijn rug recht.' Hij demonstreerde hoe hij behoorde te zitten, zonder de rugleuning aan te raken en zonder zijn onderarmen op tafel te leggen.

‘Dat eet toch niet lekker?’ Ties trok haar wenkbrauwen op. ‘En zo zit je bij ons toch ook niet aan tafel?’

‘Nee,’ zei Freek met een ingehouden grijns, ‘maar ik misdraag me dan ook graag; met name waar het diner-etiquette betreft. In het koetshuis had ik niet eens een eettafel; mijn ouders zouden het onbestaanbaar hebben gevonden. Ik at aan mijn bureau of op de bank. Maar over het algemeen wel van een bord.’

‘Nou, al ga je ondersteboven op je stoel zitten en eet je van de grond, ik hou nog steeds van je,’ zei Ties zorgeloos. ‘Doe vooral waar je zin in hebt.’

Freek bleef even doodstil zitten. Het was bijna alsof ze niet had gemerkt wat ze had gezegd. Alsof die bekentenis, die verklaring, haar was ontglipt zonder dat ze overzag welke impact deze op de ontvanger kon hebben.

Ties hield van hem. Hij hield ook van haar, dat wist hij zeker: hij hield van haar omdat ze Sylvies dochter was, en hij hield van Sylvie, dus dat sprak voor zich. Maar hij hield ook van Ties om haarzelf. Omdat ze bevriend waren, omdat hij een verwante ziel in haar had ontdekt, en omdat hij haar wilde beschermen, en meer kansen wilde geven om zich in veiligheid en liefde te ontplooien dan hijzelf had gekregen. Een complex gevoel. Hij kon er bijna geen naam aan geven, het liet zich niet zo makkelijk in één term vatten, hoewel hem zomaar ineens wel iets inviel. Hij had er maar weinig ervaring mee vanuit zijn eigen jeugd, en er totaal geen ervaring mee als volwassene, dus hij wist niet helemaal zeker of hij goed zat, maar misschien zou hij wel willen kiezen voor… een vadergevoel.

‘Ik hou ook van jou, Ties,’ zei hij, een tikje moeizaam, hoewel het veel gemakkelijker bleek om het tegen haar te zeggen dan tegen haar moeder. ‘Maar kom, laten we nu even naar je app kijken.’

Sylvie

23

Ze zaten met z'n vieren op de bank voor de televisie in het koetshuis: klaar voor het grote moment. Hans-Willem en Ties leunden tegen elkaar aan en hadden beiden hun mobiel in de aanslag om het te filmen, Sylvie zat onder Freeks arm met haar knieën opgetrokken en half over zijn benen heen gelegd. Ze zat bijna bij hem op schoot, heerlijk zat ze. Innig en warm en tevreden en veilig, ze kon zich niet herinneren ooit zo lekker met een man voor zoiets alledaags als de televisie te hebben gezeten.

Nou waren alle mannen in haar leven vóór Freek niet dichtbij genoeg gekomen om zo mee te willen zitten, op één na. En Marcus, de enige man die wél dichtbij genoeg was gekomen, had waarschijnlijk meteen aan haar gaan zitten friemelen als ze half op zijn schoot was geklommen, en dan had hij voordat het moment suprême was aangebroken waarvoor ze zo gespannen zaten te kijken, al met haar in bed willen liggen. En als hij dan zijn ding had gedaan, was hij waarschijnlijk meteen daarna weggegaan.

Freek had daar allemaal helemaal geen last van. Die was gewoon, zoals hij nu al weken deed sinds ze weer seks met elkaar hadden, rond half zes in de achtertuin verschenen om te eten met haar en de kinderen. Vervolgens, toen om zeven uur het *Jeugdjournaal* begon en ze allemaal op de bank waren gaan zitten, had hij zijn arm om haar heen geslagen en haar dichterbij getrokken. Freeks vingers speelden een beetje met haar haar, maar hij had geen enkele reden om meteen seksueel te gaan doen, want hij zou straks naast haar in bed kruipen en dan zouden ze, als ze zin hadden, heerlijk stilletjes vrijen. Of ze gingen gewoon lekker slapen, dat kon ook; alles was goed.

Ze glimlachte en wreef haar gezicht even tegen zijn schouder. Alles was goed; het was een heerlijk gevoel.

'Hm?' vroeg Freek, met een kusje in haar haargrens.

'O, niks, ik zit zo lekker met je,' mompelde ze.

'Stil nou,' zei Ties dringend, 'straks begint het ineens en dan zit je erdoorheen te kletsen, mam.'

En toen begon het inderdaad en zaten ze alle vier geconcentreerd te kijken.

Ties kwam in beeld. Ze werd geïnterviewd over haar bomenapp, en over het bomenplantproject op het landgoed; ze hadden het interview te midden van de jonge aanplant gehouden. Ook hadden ze een shot gefilmd van Ties die voor de klas stond, zogenaamd te vertellen hoe haar app werkte, terwijl de stem van Bé uitlegde hoe het idee voor de aanplant op OBS De Brink was ontstaan. Bé kwam zelf ook nog even in beeld, en daarna was het voorbij, en barstte het gepraat los op de bank in het koetshuis.

'Wat zie ik er stom uit op de televisie!' zei Ties verontwaardigd.

'Nee hoor, juist niet!' zei Hans-Willem.

'Wel, en mijn stem klonk ook heel raar.' Ze schopte bokkig met haar voet.

'Dat komt doordat je jezelf altijd alleen maar van binnenuit hoort,' zei Freek, 'je stem resoneert binnen je schedel en je oren vangen ook dat geluid op. Als je jezelf terug hoort op een opname, dan hoor je alleen de buitenkant van je stemgeluid, zogezegd.'

'O, dus iedereen hoort me zo stom?'

'Je deed het juist geweldig,' zei Sylvie, 'je praatte heel rustig, je stond heel trots rechtop, je haar zag er mooi uit...'

'Bé deed het ook goed,' bracht Freek in.

'Nou, zeker!' Sylvie strekte haar benen en schoof een stukje naar voren om haar koffiekop van de salontafel te pakken. 'Ik had niet gedacht dat zij zo'n goed televisiegezicht zou hebben, zeg. Ze zou zo presentatrice kunnen worden, met haar keurige uitspraak.' Ze voelde Freeks hand op haar rug, zijn rustige vingers die het contact niet wilden verbreken.

'Je zult nu wel heel veel meer downloads krijgen,' zei Freek tegen Ties, 'dit was prachtige reclame.'

'En ook zo goed van je dat je even kon zeggen waaróm je het hebt gedaan, lieverd,' zei Sylvie, 'om te kunnen benoemen dat het om de natuur gaat, en om het milieu. Als Vriesebosch niet zo'n vervelende klier was, dan zou ik vragen of Staatsbosbeheer de app niet kan ondersteunen. Of op de site zetten, of zoiets.'

'Daar wordt aan gewerkt,' mompelde Freek.

Sylvie keerde zich half om zodat ze hem in het gezicht kon kijken, terwijl Hans-Willem en Ties de opname van het item op Hans-Willems mobiel nog een keer bekeken en zachtjes onderling commentaar gaven op de verschillende punten.

'Wat heb je precies gedaan, Freek?' Sylvie vroeg het neutraal, hoewel ze er verre van neutraal in stond. Aan de ene kant wilde ze eigenlijk niet dat Freek zich ermee bemoeide; ze was niet hulpeloos, en het laatste wat ze wilde was dat hij iets zou doen waar hij problemen mee zou kunnen krijgen. Maar aan de andere kant had het iets heerlijks dat hij zo voor haar in de bres sprong. Dat hij iets voor haar wilde doen, zelfs áls het hem problemen zou opleveren. Ze kon zich daar nog steeds over verwonderen; zoiets kwam toch alleen maar voor in boeken?

'Veertig downloads!' riep Ties ineens, haar ogen aan het scherm van haar mobiel geplakt.

'Dat is nog maar het begin, Ties, let maar op,' zei Freek. 'En om je vraag te beantwoorden, liefste: ik heb het telefonisch berichtenverkeer van Vriesebosch aan een nader onderzoek onderworpen, en ik ben binnengedrongen in de interne servers van je werkgever. Vervolgens heb ik een aanbeveling voor een verbeterde beveiliging geschreven en contact opgenomen met iemand wiens jongere broer ik heb ontmoet tijdens mijn studie. De man heeft een toezichthoudersfunctie bij Staatsbosbeheer; hij was zeer geïnteresseerd in mijn conclusies. Ik heb me intussen weer uit de zaak teruggetrokken, maar het zal me niet verbazen als op zeer korte termijn op onopvallende wijze afscheid wordt genomen van de heer Vriesebosch.'

'Wow,' zei Sylvie zachtjes. 'Hoe dan? Ik bedoel, wanneer heb je dat allemaal geregeld?'

'Gewoon,' mompelde Freek, een beetje verlegen, 'tussendoor. Ik kan heel snel typen.'

'Ja, dat heb ik wel gemerkt,' zei ze glimlachend, 'als jij typt klinkt het alsof er een mitrailleur afgaat. Krijg je er geen gezeur mee?'

'Misschien een klein beetje, als ik aan Morris vertel dat ik Vriesebosch' mobiele data heb bekeken, maar misschien moet ik dat gewoon verzwijgen.'

'Ik dacht dat je zo onkreukbaar was,' mompelde Sylvie, haar neus tegen zijn schouder, terwijl ze weer zo'n beetje in hem kroop.

'Dat ben ik helemaal niet,' zei Freek nadenkend. 'Ik weet niet eens zeker van mezelf of ik wel daadwerkelijk mores heb, of alleen maar regels volg. Regels zijn eenvoudig te implementeren en gemakkelijk op te volgen. Ze maken het leven overzichtelijk. Ze volgen uit belangen; als de belangen veranderen, dan verschuiven de regels.'

'O, dus je vindt iemand vermoorden niet oké, want dan ga je naar de gevangenis, en dat heb je liever niet, maar als er geen gevolg zou zijn...' zei Sylvie plagerig, maar Freek ging er tot haar verrassing serieus op in.

'Ik zou een gevangenis als leefomgeving ervaren als een zeer ernstige verstoring,' zei hij, een tikje duister, 'hoewel ik vermoed dat ik er wel zou kunnen overleven zodra ik de regels van de gemeenschap zou begrijpen. Maar die conclusie is puur rationeel. Als er geen gevolg zou zijn, dan zou ik nog steeds niet graag iemand vermoorden, alleen al omdat ik vermoed dat het vrij veel en zwaar werk is, en ook het opruimen van de stoffelijke resten is niet zo eenvoudig als het lijkt.'

'Je hebt een flink bos tot je beschikking,' zei Sylvie, en ze gaf hem een ondeugende grijns. 'Daar kan je toch zonder problemen een heel legeronderdeel in laten verdwijnen als het moet? Zal wel een tijdje flink stinken, maar geen haan die ernaar kraait, verder.'

'Waar hébben jullie het over,' zei Ties, die met een half oor mee zat te luisteren, zogenaamd gechoqueerd.

'Je moeder beraamt een genocide,' zei Freek droog, 'waarvan de stoffelijke overschotten hier op het landgoed moeten verteren, blijkbaar. Ik ben niet bereid om haar daarbij te assisteren; ik ben niet geschikt voor black-hat, maar nog minder voor *wetwork*.'

'Ieuwwww, gétver!' zei Ties, en Hans-Willem mompelde, met een licht gefascineerde grijns: 'Ránzig!'

Sylvie lachte hartelijk. 'Freek zegt net dat hij van zichzelf denkt dat hij eigenlijk helemaal geen mores heeft, dat hij alleen maar de regels volgt, omdat dat het overzichtelijkst is.'

Ties en Hans-Willem keken een beetje dubieus.

'Dat hij geen innerlijk kompas heeft voor goed en kwaad, bedoel ik, nog los van de regels,' verduidelijkte Sylvie, maar Ties zei, met licht puberongeduld: 'Ja mam, we weten heus wel wat mores zijn. Ik denk alleen niet dat het waar is.'

'Denk ik ook niet,' zei Hans-Willem. 'Volgens mij weet Freek juist wel wat goed en kwaad is. Misschien wel beter dan een heleboel andere mensen. Omdat hij juist altijd zo eerlijk is. Daarom vond iedereen hem ook zo tof op school: hij zegt gewoon hoe het is. En natuurlijk vindt iedereen het interessant dat hij wél meneer de graaf is, maar dat hij eigenlijk toch ook heel cool is.'

'Dus een graaf is in principe niet cool?' vroeg Freek geïnteresseerd. 'Ik krijg steeds de indruk dat volwassenen het graafzijn juist wel cool vinden, maar misschien heb ik dat verkeerd geïnterpreteerd.'

'O, nee,' zei Hans-Willem, 'het is meer dat iedereen altijd aan iets deftigs denkt, weet je wel, aan dat je je netjes moet gedragen en zo, en nette kleren aan moet, dat soort dingen. Dat doe jij allemaal niet, Freek, jij loopt er gewoon zo bij. Je bént verder wel heel netjes, maar je dóét niet supernetjes. Je doet gewoon gewoon. Relaxed. En soms doe je ineens stoere dingen, en je kan goed pianospelen, en als je voor de klas iets zegt, dan klinkt dat alsof je ernaar moet luisteren. Alsof het iets belangrijks is. Ik heb daar nog over na zitten denken: volgens mij komt dat dus doordat iedereen gewoon weet dat je niet liegt.'

Freek liet dat op zich inwerken; Sylvie kon het aan de verstilling in zijn gezicht zien.

'Ik heb me ook al afgevraagd hoe het komt dat de klas stil wordt als ik het woord neem,' zei hij zachtjes. 'Ik had meer weerstand verwacht toen ik de eerste keer voor de groep ging staan, maar het gaat nu al drie weken verrassend goed. Misschien komt dat door wat Hans-Willem zegt; ik weet dat niet zeker. Ik weet in ieder geval wel zeker dat, hoewel ik niet uit mezelf voor wetwork zou opteren, ik alles zou doen wat er in mijn macht ligt om jullie te beschermen.'

Sylvie voelde Freeks lippen even haar slaap aanraken.

'Je hoort bij ons, Freek,' zei Ties tevreden, 'en Hawé hoort ook bij ons. Logisch toch? Ik zou ook alles voor jullie doen.'

'Ik ook,' zei Hans-Willem zachtjes, 'sowieso natuurlijk voor jou, Ties, maar ook voor Freek, omdat hij cool en aardig is, en omdat jij hem zo graag mag, en Sylvie, omdat ze je moeder is, maar ook omdat ze me zo heeft gesteund, en ik zomaar bij jullie kon komen wonen, en ik me altijd welkom heb gevoeld en zo. En, eh, gewenst. Dat ook.'

'Ben je toch ook, jongen,' zei Sylvie warm. 'Niemand zou zich ooit ongewenst moeten voelen in zijn of haar leven.'

'Dat is waar,' zei Freek.

Even waren ze stil, nadenkend. Er was eigenlijk ineens een heleboel gezegd.

'Ik had niet gedacht dat jouw televisiedebuut zulke diepe gesprekken tot gevolg zou hebben, Ties,' zei Sylvie na een tijdje.

'Lucht wel op,' zei Hans-Willem, 'om die dingen een keer te zeggen.'

'Misschien zijn we een soort familie aan het worden,' zei Freek, 'dan krijg je waarschijnlijk van dit soort momenten, waarbij je dat met elkaar moet afstemmen.'

'Ik wil jou als familie,' zei Ties meteen tegen hem. 'Kan dat? Officieel, bedoel ik.'

‘Ties,’ zei Sylvie waarschuwend, ‘loop nou niet te hard van stapel, het is net weer een beetje aan tussen Freek en mij.’

‘Maar het gaat toch goed?’ zei Ties verontwaardigd tegen haar. ‘Hij woont hier zowat. Zodra jullie weer gingen seksen is hij meteen niet meer weggegaan. Doe nou niet net alsof jullie nog rustig aan moeten doen, mam, want dat slaat echt nergens op.’

Freek haalde zijn arm van Sylvies rug en ging naar voren zitten. Sylvie voelde hoe hij iets gespannener werd.

‘Ties, als je vindt dat ik hier niet zo vaak moet komen, dan moet je dat aangeven,’ zei hij ernstig. ‘Ik vind het niet erg om in het grote huis te gaan slapen, hoewel ik liever hier ben, maar ik neig er vooral nogal naar om snel gewoontes te vormen. Dat vind ik prettig, en overzichtelijk. Op dit moment heb ik de gewoonte gevormd dat ik hier om ongeveer half zes naartoe ga, met jullie eet, en dan hier logeer. Als dat ongewenst is, dan verander ik mijn gewoonte.’

Ties keek Freek met grote ogen aan. ‘Ben je gek geworden?’ zei ze verbijsterd. ‘Ik wil juist níét dat je ergens anders gaat slapen. Dat zei ik toch net?’

‘Nee,’ zei Freek, ‘je zei iets heel anders.’

‘Maar ik bedoelde het wel. Ik wil dat je hier blijft.’

‘O,’ zei Freek. ‘Goed.’ En toen pakte hij zijn koffiekopje en ging hij weer naar achteren zitten.

Later lagen Sylvie en Freek naast elkaar in bed. Ze voelde hoe onder het dekbed zijn hand de hare zocht, en ze wist dat ze niet zouden vrijen; Freek had nog dingen die hij wilde zeggen. Ze voelde het aan hem.

‘Zeg het maar,’ moedigde ze hem zachtjes aan.

Het bleef een tijdje stil, ze hoorde zijn ademhaling rustiger worden, maar net op het moment dat ze verwachtte dat hij in slaap zou vallen, kwam er alsnog: 'Als jij vindt dat ik hier te veel kom, dan meld je het, toch?'

'Natuurlijk zou ik dat zeggen,' mompelde ze, glimlachend. Er was intussen aardig wat tijd verstreken, maar ze had wel gedacht dat Freek nog zat te kauwen op die uitwisseling met Ties. 'Maar ik vind dat helemaal niet; ik ben juist altijd blij als ik je zie aankomen. Dan voel ik ineens dat ik je stiekem een beetje zat te missen. Gek is dat, hè?'

'Ik ga je ook missen. Na een paar uur al,' zei Freek, een beetje mismoedig. 'Soms al na een half uur. En hoe langer het duurt, hoe minder ik kan geloven dat het echt aan is, tussen ons, en dat ik gewoon zo naar je toe kan lopen. En dat je dan blij zult zijn om me te zien. Dus dan kom ik, waarschijnlijk ook om te testen of het nog steeds zomaar kan. Het is wel waar wat ik tegen Ties zei, dat ik snel gewoontes vorm, omdat dat prettig voor me is, maar...'

'Het is best wel spannend, wat we hier zitten te doen, hè?' zei Sylvie zachtjes. 'Ik vind dat ook, hoor. Ik vraag me wel eens af of je niet ineens weer zo'n meltdown kan krijgen. Zo met drie dagen achter elkaar al die mensen op je landgoed, en dat je nou ineens een dag in de week voor de klas moet staan...'

'Nee, nee,' zei Freek, op een toon alsof er van een meltdown op geen enkele manier sprake zou kunnen zijn. 'Dat zijn toch allemaal juist aardige dingen? En ik ken bijna iedereen in de omgeving, in ieder geval wel van gezicht. En het gaat juist zo goed met groep acht. Ik haal er ook veel uit, alleen al uit het feit dat ik me goed staande weet te houden; ik zal nooit een ster worden in prietpraat, maar ik merk wel dat ook hier oefening kunst baart. En zolang ik weet dat jij er bent, in mijn leven... Misschien krijg ik wel nooit meer een meltdown.'

'Wat een verantwoordelijkheid,' mompelde Sylvie, een tikje spottend.

'Ik heb hier wel over nagedacht,' ging hij verder. 'Misschien is het niet zo goed dat ik zo veel waarde toeken aan onze relatie. Misschien is dat onverstandig; toen ik die meltdown kreeg, kwam dat ook voornamelijk doordat ik angst voelde om je kwijt te raken. Ik was waarschijnlijk zonder jou al veel eerder ingestort, met alles wat er speelde, en ik vraag me ook sterk af of ik alles wat er nu gebeurt zo goed zou doorstaan als ik nog steeds alleen was geweest – hoewel, in alle eerlijkheid, het merendeel van wat er nu allemaal in mijn leven gebeurt, niet had plaatsgevonden als wij elkaar niet hadden ontmoet.'

'Misschien moet je het gewoon een beetje meer nemen zoals het komt, lieverd, en niet zo veel van die wat-als-dit- en wat-als-dat-vragen in je hoofd halen.'

'Hypotheses doorwerken is voor mij een methode om voorbereid te zijn op mijn omgeving,' zei Freek zachtjes. 'Ik besteed daar behoorlijk veel tijd aan. Ik heb alleen nog nooit iemand gehad die dicht genoeg bij me stond om het er eens over te hebben, en ik vraag me sterk af of de optie "het nemen zoals het komt" erop zit bij mij.'

'Gewoon een beetje loslaten,' zei Sylvie zachtjes en al aardig slaperig, 'en erop vertrouwen dat het goed komt. Ik ben zo gek op je, Freek, liefje van me, ik wil helemaal niet dat je niet komt opdagen voor het avondeten, ik wil gewoon dat je wel komt. Ik ben het gelukkigst als je in de buurt bent, weet je dat?'

'Ik ben ook gelukkig als jij in de buurt bent,' zei Freek, zo zacht dat het bijna niet meer te horen was.

Sylvie deed haar ogen open met het vreemde gevoel dat ze niet had geslapen, alleen haar oogleden even had laten zakken, maar ze zag aan het licht dat onder de gordijnen door kroop dat het toch echt alweer ochtend was.

Verdikke. Het gaf haar het vreemde gevoel dat ze van een heerlijke nachtrust was beroofd. Dat was onzin, want ze had die heerlijke nachtrust gewoon gehad, en Freek lag ook nog lekker naast haar te slapen. Hij snurkte zachtjes en had één hand onder zijn wang gelegd. Dat zag er onverwacht aandoenlijk uit, zo'n grote, stoere bonk van een man die lag te slapen als een klein jongetje. Met zo veel overgave ook. Ze kon zich niet beheersen en streelde voorzichtig zijn gezicht.

Meteen gingen zijn ogen open.

'Liefste,' zei hij zachtjes en een beetje krakerig.

'Ik wilde je niet wakker maken, ik wilde alleen je gezicht aaien omdat je zo lief sliep,' fluisterde ze. 'Doe je ogen nog maar even dicht, hoor.'

'Dat heeft nog nooit iemand zomaar gedaan, of gezegd,' bromde hij, zijn ogen nog steeds open. Hij lag nog stil, maar leek in één keer helemaal wakker. 'Ik vertel je meestal niet hoeveel dat soort kleine dingen, die jij zomaar kan doen of zeggen, voor me betekenen. Volgens mij ben ik een soort woestijn op dit gebied; verbijsterd over iedere druppel.'

'Je bent wel dichterlijk als je net wakker bent.' Ze glimlachte warm naar hem en legde nog even haar hand op zijn wang. 'Maar ik begrijp wat je bedoelt, hoor. Ik heb dat denk ik ook wel een beetje, maar dan met hoe beschermend jij je opstelt. Ik vind dat dus heerlijk, dat heeft nog nooit een man voor me gedaan, en ik wist niet eens dat ik er zo veel behoefte aan had. Ik heb het altijd weggeredeneerd, en me heel erg gefocust op mijn zelfstandigheid. Maar eigenlijk...' Ze kneep even haar ogen dicht, omdat ze van heel diep vanbinnen, vanaf een plek waarvan ze bijna had kunnen vergeten dat die er was, een snik voelde opkomen.

'Ik zal je altijd beschermen zo goed ik kan,' zei Freek doorvoeld. 'Jou en Ties. En Hans-Willem, als hij daar behoefte aan heeft.'

'Ik zal altijd je gezicht aaien en lieve dingen tegen je zeggen op momenten dat je het niet verwacht,' zei Sylvie, alweer iets minder emotioneel, met een voorzichtige grijns. 'Ik vind je nu alweer zo lief dat ik wel een hap van je zou willen nemen.'

'Past niet,' mompelde Freek, nu ook met een klein grijnsje.

'Niet in één keer,' zei Sylvie, 'weet je toch?' Ze voelde zich helemaal warm worden vanbinnen; hoe Freek ooit van zichzelf had kunnen denken dat hij humor niet begreep – ze wist nog goed hoe onzeker hij daarover was geweest toen ze elkaar net hadden ontmoet – was haar een raadsel. En hoe lekker was het om samen van die kleine grapjes te hebben, die alleen zij begrepen? Ze legde haar neus tegen zijn schouder en kuste zijn huid.

'Sylvie,' mompelde hij in haar oor, zo dichtbij dat zijn adem door haar haar blies. Zijn stem klonk plotseling heel anders, dus ze keek op in zijn ineens bezorgd staande gezicht.

'Sylvie, ik heb iets doms gedaan, denk ik.'

'Vertel.' Ze had geen idee wat er zou komen, maar dat warme, innige gevoel was plotseling een stuk minder: ze merkte dat ze toch nog wel op haar hoede was.

'Ik had, ik heb, eh...' zei Freek, zoekend naar een begin, 'nou ja, je weet, ieder jaar word ik uitgenodigd voor de feestweek, om hem te openen dus, en ieder jaar zei ik telkens eerst ja, omdat ik dacht dat dat van me werd verwacht. Vervolgens negeerde ik het probleem zo lang mogelijk, waar ik behoorlijk goed in ben, al zeg ik het zelf, en dan kreeg ik kort van tevoren plotseling zo'n moment van realisatie, een volkomen schrik, en dan zegde ik het af, omdat ik zeker wist dat ik het niet zou kunnen. Dit jaar ging dat mis; ik had het zo hard genegeerd dat ik te laat was met afzeggen, en toen kwam ik August tegen, en toen... nou ja. Toen kwam ik jou tegen. In De Paardentram, terwijl ik dronken was.'

'Dat heeft tot nu toe al met al toch best goed uitgepakt,' zei Sylvie, die geen idee had waar dit nou naartoe ging.

Zijn gezicht stond intussen zo bezorgd dat het bijna grappig was. 'Ik heb dat dus nog een keer gedaan,' zei hij moeizaam.

'De feestweek is toch in het voorjaar?'

'Met iets anders,' mompelde hij, met dichtgeknepen ogen, 'iets veel ergers dan de feestweek openen.'

'Wat dan?'

'Ik... krijg een onderscheiding. De Eremedaille voor Voortvarendheid en Vernuft. Ik had begrepen van Morris dat er misschien sprake was van een onderscheiding vanwege het werk dat ik heb gedaan voor de ontmaskering van mijn onderhuurders, en alles wat daar nog bij kwam kijken, maar nu blijkt dat het voor de Hone-klus is, omdat door mijn hack uiteindelijk boven tafel is gekomen dat Nederland beter geen 5G-soft- en hardware bij dat bedrijf kan aanschaffen, ondanks de concurrerende prijzen. Omdat het onveilig is, et cetera; ik weet de precieze conclusies niet, ik heb alleen de toegang geregeld tot het netwerk van Hone, en de rest van het team heeft zich over de interpretatie gebogen. Maar nu zit ik dus met die onderscheiding in mijn maag. Het is heel snel gegaan, en ook in stilte: over mijn soort werk kun je nu eenmaal niet al te veel zeggen in de openbaarheid.'

'Wat cool!' Sylvie ging rechtop in bed zitten. 'Jeetje, Freek, fantastisch, en je verdient het ook; wat een erkenning!'

Freek bleef liggen en schoof zelfs nog iets verder onder het dekbed.

'Wanneer is het? En waar? Ik snap dat het niet heel openbaar kan, maar...'

'In Den Haag,' mompelde Freek, half gesmoord, 'op Huis ten Bosch.'

‘Daar woont de koning, toch?’

‘Mm,’ zei Freek, terwijl hij het dekbed tot voorbij zijn ogen trok.

‘Freek, waar ga je naartoe?’ Ze lachte zachtjes en trok aan het dekbed om zijn gezicht weer in beeld te krijgen. Hij had zijn ogen stijf dichtgeknepen.

‘Het is vanmiddag,’ zei hij moeizaam, en ineens iets te hard. ‘Ik kan daar niet heen, en ik probeerde dat gisteren aan de telefoon aan Morris uit te leggen, maar hij zei dat ik het niet kon afzeggen. Ik heb het nog weten weg te duwen tot nu, ook omdat ik Ties’ moment gisteravond niet wilde bederven met mijn misère, maar... Sylvie, ik kan dat niet, ik kán dat niet!’

‘Wat moet je dan precies doen?’

‘Erheen,’ mompelde hij moeilijk, ‘en Willem-Alexander in het gezicht kijken, en over niets praten, en...’

‘Ken je hem dan?’

‘Een beetje. Het is nog maar de vraag of hij zich mij nog herinnert. Hij is zeer goed in officiële zaken. Hij zal het vanbinnen misschien ook wel allemaal onzin vinden, maar hij kan het in ieder geval allemaal perfect uitvoeren. Hij is een soort, eh...’ Freek leek zijn hele gezicht even samen te knijpen. ‘Alles wat ik nooit zal kunnen zijn, en dan nog veel meer.’

‘Maar dat hoef jij toch ook helemaal niet?’ Sylvie legde een hand op zijn schouder. ‘Hij moet de hele tijd enorm representatieve dingen doen; dat lijkt me inderdaad niks voor jou, maar zelfs al had het je wel gelegen om dat soort werk te doen, dan had je het vast niet zo, zo... nou ja, zo erg hoeven doen als hij. Denk ik. Toch?’

‘Natuurlijk niet,’ zei Freek, met zijn hand over zijn gezicht, alsof hij zich toch nog een beetje wilde verstoppen. ‘Maar het is op een bepaalde manier zo confronterend. En daarnaast: als het nu nog ergens goed voor was, als ik iets confronterends moest doen voor jou, of voor Ties, dan zou ik het zonder aarzeling doen, maar dit...'

'Freek! Je krijgt een enorm compliment! Ik weet niks van onderscheidingen, maar wat het er ook voor een is, het is toch een blijk van waardering?'

'Het is een zeldzame,' mompelde Freek, 'ik heb het opgezocht. Een heel zeldzame en prestigieuze, die specifiek door het staatshoofd wordt verleend. Maar ik wil dat helemaal niet. Wat ik heb gedaan is geweest, het ligt in het verleden, het behoeft geen verdere aandacht. Ik ben verheugd dat het nuttig is gebleken, maar verder...'

'Doe toch niet zo mal, met je verheugd en je nuttig,' zei Sylvie streng. 'Wat jij kan is heel bijzonder, en dat mag heus wel eens gezegd worden. En dat je je ongemakkelijk voelt als je erkenning krijgt, wil nog niet zeggen dat je het dan maar af moet wimpelen! Helpt het als ik met je meega?'

'Wil je dat?' Freek gluurde voorzichtig tussen zijn vingers door.

'Nou, ja, eh... Ik had eigenlijk iets anders op het programma staan, iets met een kettingzaag en een heleboel houtsnippers, en ik zal even moeten schuiven met mijn planning, maar... Hoe laat moet je er zijn?'

'Half twee,' mompelde Freek. 'Weet je zeker dat je mee wilt? Ik vind het denk ik wel veel beter te doen als je meegaat.'

'Natuurlijk wil ik mee,' zei Sylvie lachend, 'ik heb volgens mij alleen niks wat ik aan kan trekken dat netjes genoeg is. Kan ik gewoon in mijn boswachterskleren, denk je?'

'Ik heb ook niet echt heel correcte kleding,' zei hij, en nu kwam hij toch maar voorzichtig rechtop zitten. 'Ik heb nog ergens een smoking, maar dat kan niet om half twee. Ik zal ook wel op mijn gympen moeten, want iets anders dan bergschoenen of laarzen bezit ik niet.'

'Hé, Freek?' vroeg Sylvie zachtjes.

'Hm?'

'Was dat waarom je niet wilde vrijen, gisteravond? Omdat je hierover zat te piekeren?'

Freek haalde één schouder een klein beetje op.

Sylvie legde haar hoofd even op die schouder. 'Volgende keer moet je gewoon wat eerder tegen me praten over zulke dingen, lieverd. Daar ben ik voor. Daar hoef je echt niet helemaal in je eentje mee rond te lopen, hoor!'

'Ik moet daar nog een beetje aan wennen,' zei hij zachtjes, 'maar ik zal proberen het te onthouden voor een volgende keer.'

'Mijn lunch zit nog achter in mijn keel,' mopperde Sylvie, terwijl ze het landgoed af reed in haar Jimny.

'Moeten we even terug om een flesje water te halen?' vroeg Freek, die nu juist aan het proberen was om een beetje comfortabel te zitten in het best krappe autootje.

'Nee joh,' zei Sylvie, 'ik bedoel meer dat ik het zo haastig heb opgegeten, dan dat er echt nog iets in mijn keel zit.'

'Ah,' zei Freek. 'Ik snap het. Wat ik niet snap is hoe ik op deze stoel heb kunnen zitten toen ik zo dronken was, en hoe ik met deze auto naar Zoetermeer heb kunnen rijden. Ik zou bijna denken dat ik ben gegroeid sindsdien, als dat niet zo'n belachelijk idee was.'

'Je stoel kan verder naar achteren, ik had hem naar voren gezet omdat ik allemaal dingen uit de werkschuur had geleend voor het boompjes planten. Scheppen en spades en dat soort dingen, met lange stelen. Het kon er allemaal net in met de achterbank plat.'

'Ha!' Freek had zich in zo'n bocht gewrongen dat hij bij het hendeltje kon waarmee de stoel versteld kon worden, en ineens was er meer ruimte voor zijn benen. 'Het is nog steeds geen balzaal,' bromde hij, 'maar zo zal het wel gaan.'

'Hoe héb je dan hierin gereden? Met je knieën naast het stuur, als een soort sprinkhaan?' Sylvie gaf hem een snelle grijns.

'Zo'n beetje,' gaf hij toe, en toen viel hij stil.

Sylvie zei ook niet zo veel, ze moest zich concentreren op de weg; het was verrassend druk.

'We zijn precies op tijd,' zei ze, toen het hek in zicht kwam en Google Maps 'bestemming bereikt' zei.

'Hm,' pruttelde Freek.

Ze keek even opzij. 'Gaat het een beetje? Je ziet er keurig uit, hoor.'

'Had ik mijn bril maar meegenomen,' bromde hij.

'Je ziet er juist zo knap uit, zo! Denk je dat Máxima er ook bij is? Dan moet ik nog oppassen; straks ruilt ze haar man in voor jou, als ze op knappe blonde Hollandse jongens valt.'

Freek keek even naar haar, terwijl ze haar rijbewijs aan de marechaussee bij het hek liet zien; ze voelde zijn blik. Hij moest zich ook legitimeren, en haalde een Rijkspas tevoorschijn die de ogen van de marechaussee die hem controleerde, even groter liet worden.

'Wat staat er voor bijzonders op jouw pasje?' vroeg Sylvie, terwijl ze haar auto parkeerde op aanwijzingen van alweer een andere marechaussee.

'Je kunt aan de code zien bij welke dienst ik werk,' zei Freek, 'en blijkbaar wist die man die codes uit zijn hoofd. Ik heb wel eens gehoord dat er door sommige mensen meer waarde wordt toegekend aan de ene code, of de andere, omdat ze daarmee een idee hebben van hoeveel, eh, toegang die persoon heeft.'

'O, en jij hebt heel veel toegang?'

'Ik heb het nog nooit geprobeerd, maar ik geloof dat ik met mijn pas overal naar binnen kan, ja. Ik bedoel natuurlijk alle rijksgebouwen; alles waartoe zo'n pas toegang zou kunnen verlenen. Het wisselt nogal van locatie tot locatie, en niet alle databases zijn gekoppeld; de problematiek op dat gebied is...'

Ze keek lachend naar hem op, en hij hield abrupt op met praten.

'Je hebt me zojuist behoed voor een natuurramp,' mompelde hij. 'Ik stond op het punt om, van de zenuwen, enorm te gaan wauwelen over iets wat op het moment totaal niet ter zake doet.'

Ze legde een hand op zijn been. 'Kom, laten we maar uitstappen, die jongen in zijn uniform staat daar te wachten totdat we zover zijn; hij zal ons wel ergens heen moeten brengen.'

Freek knikte, opende zijn portier, ontvouwde zich uit de bijrijdersstoel en rende bijna om de neus van haar Jimny heen om haar portier voor haar te openen. Ze had net haar riem los en klom grinnikend uit de auto, haar hand in de zijne.

'Schiet je in de *perfect gentleman*-modus? Ik dacht dat ik daar een jurk en een paar hakken voor aan moest?'

Hij grijnsde. 'Omgeving kan de modus ook activeren. Hij is default in en om koninklijke paleizen.'

Sylvie proestte het uit. 'Gek,' zei ze liefdevol, en ze zag hoe de marechaussee die hun voorging even over zijn schouder keek en zijn glimlach ook niet kon bedwingen.

En toen gingen ze een deur door en stonden ze in een enorme hal, met een indrukwekkende moderne kroonluchter aan het plafond. Sylvie keek even langs haar Staatsbosbeheerkleding naar beneden en vroeg zich af of ze zich niet toch had moeten omkleden, maar voordat ze zich zorgen kon maken hoorde ze een welbekende stem 'Ha, Frederik!' zeggen.

Freek stelde haar voor als zijn vriendin, Sylvie van Foreeste, tevens boswachter op en rond zijn landgoed, en voordat ze het wist stond ze zomaar de koning een hand te geven, die vriendelijke dingen zei over het belang van goed bosbeheer voor natuur en milieu. Ze moest Freek wel gelijk geven: hij kon dit erg goed. Het kwam volkomen natuurlijk over, en dat terwijl Freek nog geen drie uur geleden via Morris had doorgegeven dat ze mee zou komen. Het was nog even spannend geweest of dat wel zou kunnen, maar gelukkig had Morris vlak voordat ze in hun broodjes beten voor een ietwat haastige lunch, doorgegeven dat alles in orde was. Ze mocht mee. Ze kon zich niet voorstellen dat de koning zich in zo'n korte tijd nog helemaal zou hebben voorbereid op de benodigde gespreksonderwerpen, ook voor haar, dus dan moest zijn gesprekje met haar wel improvisatie zijn. Indrukwekkend, inderdaad.

'Mijn vrouw was ook graag aanwezig geweest,' zei de koning, 'maar ze is met de meisjes bezig.'

'Dat is belangrijk,' zei Freek. 'Sylvie heeft een dochter, Ties; ze is twaalf jaar oud en zeer intelligent. We zijn goed bevriend geraakt en ik ondersteun haar bij een app die ze zelf heeft ontwikkeld. Het betreft een soort *crowdsourced* bosbeheer, en het is ook erg *awareness*-ondersteunend op het gebied van bos en milieu. Ze was er nog mee op het *Jeugdjournaal*.'

'Wat een mooi initiatief,' zei de koning. 'Zat jij trouwens niet in hetzelfde huis als...'

Er volgde een voor Sylvie nogal onnavolgbaar gesprek over, dacht ze, verschillende mensen die in hun studententijd allemaal bij Minerva hadden gezeten en die elkaar allemaal kenden of familie van elkaar waren. Freek leek in het geheel niet van zijn stuk gebracht; hij deed mee alsof het de gewoonste zaak van de wereld was, en even voelde Sylvie zich vreemd buitengesloten. Dit was een wereld waar ze niets van wist en waar ze nooit aan mee zou kunnen doen. Je moest erin zijn opgegroeid, en tot de juiste families behoren.

Het leek wel alsof Freek het rook, het moment waarop ze zich geen onderdeel meer voelde van het gesprek, want ze merkte hoe zijn hand stilletjes de hare pakte en even verwonderde ze zich er weer over: hoe fijngevoelig hij eigenlijk was. Hij claimde dan wel dat hij geen talent had voor de fijnzinnigheden van intermenselijke communicatie, en als hij in een situatie terechtkwam waar hij zich niet op had kunnen voorbereiden, of als de groep hem te groot werd, dan had hij er ook inderdaad wat moeite mee, maar eigenlijk viel ook dat best mee. Of misschien was hij er gewoon beter in geworden in de afgelopen maanden; Sylvie had heus wel gezien dat hij zijn best deed om zijn sociale vaardigheden te ontwikkelen.

'Ik heb gemerkt dat het op een bepaalde manier prettig is om een partner te hebben die geen Minervaan is,' zei de koning, die had gezien dat Freek haar hand had gepakt. 'Het zet de zaken in perspectief.'

'Sylvie is heel anders,' zei Freek, 'maar zij begrijpt mij.'

'En dat is het belangrijkste,' zei de koning. 'Zullen we overgaan tot het officiële gedeelte? Ik moet er nog wel even bij vermelden dat je de onderscheiding officieel ontvangt voor je aandeel in het achtergrondonderzoek naar Hone als toeleverancier voor de Nederlandse staat, maar officieus heb ik vernomen wat je afgelopen zomer voor huzarenstuk hebt uitgehaald, en hoeveel dat heeft betekend voor de bestrijding van met name internationale vrouwenhandel. Ik begrijp ook dat de zaak internationaal gezien zo gevoelig ligt dat ik je daar geen onderscheiding voor kan geven: het is niet aan te raden dat de reden voor de onderscheiding officieel vastgelegd wordt. Daarom: officieel ontvang je hem voor je aandeel in de

Hone-zaak, maar weet dat je andere werk gezien is, en gewaardeerd wordt.' De koning hield even in en keek even om zich heen. 'Normaal gesproken zijn er ook wel wat meer mensen aanwezig bij zoiets en heeft het ook wel meer iets feestelijks, maar gezien het karakter van je functie leek het me beter...'

'Ik vind het uitstekend zo,' zei Freek snel.

De koning glimlachte. 'Ik vermoedde al zoiets.'

Freek

24

Op de weg terug zat Freek doodstil op de bijrijdersstoel in Sylvies Jimny, de zilveren medaille aan het oranje lint om zijn nek geknoopt. De koning had gegrinnikt om het feit dat Freek geen overhemd had gedragen; het was natuurlijk de bedoeling dat het lint onder de kraag zou verdwijnen. Het hing er een beetje vreemd bij op een T-shirt, maar Freek had maar gewoon eerlijk gezegd dat hij overhemden slecht verdroeg, en dassen nog slechter.

'Ik heb er alle begrip voor,' had de koning gezegd, 'je dacht toch niet dat ik er zo bij liep als er niemand meekijkt, of als ik op de crosstrainer bezig ben?'

Ze hadden kort gelachen, afscheid genomen als oude bekenden en Freek was daarna in stilte en nog steeds hand in hand met haar teruggelopen naar de auto. Hij had niets meer gezegd sinds hij was gaan zitten.

Hij had zelfs nauwelijks meer bewogen.

'Gaat het wel?' vroeg Sylvie nu, terwijl ze de A27 op draaide.

'Dat lint,' zei Freek moeilijk, 'zit geknoopt. Met een touwtje.'

'Heb ik gezien, ja,' zei Sylvie. Ze leek zich weer op het verkeer te focussen, dus Freek zweeg weer. Als hij nou maar zo stil mogelijk zat had hij er misschien minder last van, dan haalde hij het misschien gewoon tot hij thuis was, dan –

'Zit dat ding vervelend om je nek?' vroeg Sylvie, na nog een snelle blik zijn kant uit.

'Bijzonder vervelend,' mompelde hij gemarteld. 'Ik raak er volkomen overprikkeld van.'

'Ben jij er ook zo eentje bij wie de labels er altijd uit moeten?' Ze lachte zachtjes. 'Ties ook; als ik haar wel eens iets aantrok waar nog een labeltje in verstopt zat werd ze helemaal knetter. Labels aan knuffels moesten er ook direct af.'

'Absoluut,' zei Freek duister. 'Géén labels. Ik weet ook niet hoe ik dit ding er weer af ga krijgen; Willem-Alexander heeft vast een of andere knoop gemaakt die ik niet los krijg zonder te kijken.'

'Oké,' zei Sylvie daadkrachtig. 'Kijk, over achthonderd meter is er een tankstation. Daar ga ik even in, dan help ik je. Red je dat nog?'

'Jawel,' zei Freek, die een immense opluchting voelde bij het idee dat hij niet helemaal tot thuis zou hoeven wachten om van dat geprik en gekriebel in zijn nek af te komen.

Nog geen vijf minuten later zat hij met de onderscheiding in zijn hand. Sylvie legde even haar hand in zijn nek, wat heel veel prettiger voelde dan dat razend irritante knoopje, en hij zuchtte. 'Je zult me wel een zeurkous vinden.'

'Welnee,' zei ze warm. 'Ik vind je juist lief. Ik ben trouwens wel blij dat we daar weer weg zijn; je leek wel even een heel ander iemand te worden toen jullie zo gingen praten over al die mensen die jullie kennen. Dat gaat natuurlijk volkomen aan mij voorbij; ik had me om je de waarheid te zeggen niet zo gerealiseerd dat er toch een soort, nou ja, een soort geheim genootschap is van mensen die tot die club behoren. Ik bedoel, ik wéét dat natuurlijk wel, maar ik heb nog nooit zo sterk gevoeld dat ik daar echt op geen enkele manier bij hoor, en dat dat ook nooit zal gaan gebeuren.'

'Ik bedacht me ook zoiets,' zei Freek, terwijl hij zijn medaille in de zak van zijn jasje liet glijden. Hij had het nog niet gezegd of hij kreeg een soort schok: wat kon hij zich toch belabberd uitdrukken. 'Ik bedoel, ik bedoel natuurlijk niet dat je er niet bij hoort, o, wel verdomme, waarom komt zoiets toch altijd zo ellendig mijn strot uit?' De pure ellende, nog een restje zenuwen misschien, overprikkeldheid van dat ellendige touwtje in zijn nek, gewoon alles bij elkaar, maakte dat hij plotseling een onverwachts harde mep op het dashboard van Sylvies auto gaf. Het geluid ervan resoneerde door het hele autootje, maar het ergste was nog wel dat, toen hij even voorzichtig opzij keek, Sylvie met een geschrokken gezicht recht voor zich uit staarde door de voorruit.

Hij slikte.

'Mijn verontschuldigingen,' mompelde hij, zodra hij durfde.

Ze knikte en leek zichzelf bijeen te rapen. 'Misschien moeten we maar gauw maken dat we thuiskomen, denk je niet? Dan kunnen we allebei bijkomen van deze... ervaring. Ik heb nog een paar telefoontjes te plegen en ik wilde nog even het bos in, en jij wilt misschien nog wel iets aan je huis doen of zo, ik weet het niet precies, en dan hebben we even adempauze.'

Van elkaar.

Adempauze van elkaar, was wat ze nadrukkelijk niet zei, maar wat hij toch wel degelijk in de lucht voelde hangen. Hij voelde zich ellendig; hij wilde helemaal geen adempauze, hij zou veel liever de rest van de dag bij haar blijven en de hele ervaring even rustig laten zakken in die veilige warmte van hun samenzijn, maar hij wist donders goed dat ze had teruggedacht aan zijn meltdown toen hij zomaar ineens bijna een deuk in haar dashboard had geramd.

'Ik zal de bank die ik voor je gecarved heb opnieuw moeten opschuren en in de olie zetten,' zei hij dan maar; een klusje dat hij bij het pizzafestijn had opgemerkt en zonder aarzeling had toegevoegd aan de lange lijst in zijn hoofd met dingen die gedaan moesten worden.

'Hoezo?'

'Iemand heeft er pizza op geknoeid. De rode kleurstof van de tomatensaus is bijzonder hardnekkig.'

'O, nou ja,' zei Sylvie achteloos, 'het is een gebruiksvoorwerp, hoor; dat kan gebeuren.' Ze startte de auto, parkeerde uit en voegde weer in in de verkeersstroom op de snelweg.

Hij zei niets. Hij vond dat het absoluut niet kon; de ontsierende rode vlek zou hem voor eeuwig dwarszitten als hij niet zou zorgen dat die zou verdwijnen, maar blijkbaar was vandaag niet de dag. Hij zou, besloot hij in stilte en met de nodige spijt, Sylvie voor de rest van de middag met rust laten. Daarna vroeg hij zich af of hij wel welkom zou zijn als hij zich om half zes zou melden bij het koetshuis. Zou hij het aandurven om op goed geluk toch te komen? Hij realiseerde zich dat hij zelf niets te eten in huis had. Ongemerkt was hij zo gaan vertrouwen op het feit dat hij bij Sylvie en de kinderen zou eten, en overnachten, dat bijna al zijn kleren intussen bij haar in de slaapkamerkast lagen en hij nauwelijks iets in zijn ijskast had. Koffie had hij, en thee, en wat fris, en misschien nog een pak koekjes, maar dan hield het wel op.

Wat kon hij doen?

Simon bellen?

Maar wat moest hij zeggen; moest hij vragen of Simon boodschappen voor hem zou willen doen? Nee, dat kon echt niet. Moest hij dan zelf naar het dorp rijden en inkopen doen, of misschien een zak friet voor zichzelf gaan halen? Of zo'n vermaledijde, rood afgevende pizza?

De keuzestress was meteen zo acuut dat hij heel bewust langzaam door zijn neus moest in- en uitademen om rustig te blijven, en dat hield hij vol totdat Sylvie hem afzette bij het grote huis. Hij had niets meer gezegd, ook niet toen zij zei: 'Nou, zie je later, hè?'

Later.

Wanneer was later?

Was dat vanavond om half zes, of morgen, of over een week?

Waarom waren mensen toch niet gewoon duidelijk als ze dergelijke dingen zeiden?

Met een zwaar hoofd en een nog zwaarder hart liep hij de stoep op naar de voordeur van het grote huis, liet hij zichzelf binnen, kleedde hij zich om in kleren die vol verfspatten zaten – gelukkig lagen die in ieder geval wél in het grote huis – en dwong hij zichzelf om te beginnen met het schilderen van de muren van de muziekkamer.

'Freek? Joehoe, waar zit je?' Ties' lichte stem sneed door zijn sombere gedachten als een warm mes door de boter. Prompt viel er een klodder latex van zijn roller, gelukkig op het speciale plasticfolie dat hij aan de plinten had geplakt om het parket te beschermen.

'In de muziekkamer!' riep hij, en hij hoorde hoe haar voetstappen dichterbij kwamen.

'Zo hé, dat ziet er echt zo veel mooier uit!' Haar stem was vol bewondering. 'Wat een verschil met die pieskleur van die muren, zeg!'

'Nou, Ties,' zei Freek, toch een klein beetje geschokt. 'Ooit was het een soort crème, maar het is nogal verkleurd. Dat merk je natuurlijk pas als je er iets anders naast houdt, zoals dit gebroken wit.'

'Hm,' zei Ties, en ze bekeek hem met haar hoofd schuin. 'Hebben jullie ruzie gehad?'

'Wie-eh, wat?'

'Jij. En mijn moeder. Ruzie?' Ties gaf hem een vorsende blik. 'Ze deed zo raar toen ze binnenkwam.'

'Is ze nog in het koetshuis?'

'Nee, ze ging bellen, met een of andere boer, ik weet niet precies waar, omdat ze daar goedkoop hooi kon krijgen voor Jack. Ze is er nu heen.'

'Waar, bij wie dan?'

'Ja, dat weet ik dus niet, dat zeg ik toch net?' Ties gaf hem een paar puberachtige rollende ogen. 'Ze deed best wel kortaf tegen me, en toen ging ze weg. Daarom dacht ik dat jullie misschien ruzie hadden gehad. En Hawé is hockeyen, daar heb ik natuurlijk ook geen zin in, om dan mee te gaan naar die stomme kantine. Dus ik dacht: ik ga wel even bij jou kijken.'

'Hoeveel moet ze betalen voor het hooi? Ik dacht toch dat ik een heel behoorlijke afspraak had met mijn vaste leveranc –'

'In natura,' viel Ties hem in de rede. 'Ze zei dat ze in natura kon betalen, maar dan moest ze het wel meteen doen. Daar zat ze nog wel een beetje van te balen, want ze had eigenlijk een ander klusje in het bos willen doen, maar ze had de auto toch al klaar met alles erin, dus ze ging het maar meteen even doen, zei ze. Maar ze was op de een of andere manier uit haar doen, of zo? Geërgerd?' Ze zuchtte. 'Misschien zit het in de lucht. Iedereen is weird tegen elkaar, de laatste tijd.'

'Ik weet van niets,' zei Freek, die bij de term 'in natura' heel nare associaties kreeg en die in zijn hoofd langs alle boerenbedrijven in de omgeving ging, om zo snel hij kon uit te rekenen hoe lang hij erover zou doen om ernaartoe te rijden en haar uit de armen van een of andere gretige boer te slepen. 'Zei je moeder ook iets over... welke richting ze uit moest, wellicht, of, eh, hoe lang ze bezig zou zijn, of...' Freek legde voorzichtig zijn verfrol in de bak, strekte zijn rug en keek naar Ties.

'Nou, het was nogal een oude, zei ze, en misschien moest ze wel klimmen, dus ze dacht niet dat ze er in een half uur mee klaar zou zijn.'

Freek probeerde deze nieuwe set parameters los te laten op de boeren die hij kende in de nabije omgeving, maar kwam er niet veel verder mee.

'Wat maak je je er nou druk over,' zei Ties, 'je weet toch dat ze heel goed kan klimmen? Ze zal er heus niet uit vallen, hoor. En die boer gaat haar helpen, hij wil hem niet omzagen, hij wil hem alleen geknot hebben, maar het is dus al een ouwetje, dus volgens mijn moeder moet je dan voorzichtig te werk gaan, en goed kijken welke takken eraf kunnen. Je kan niet in het wilde weg maar wat gaan zagen.'

'W-eh, wat?' zei Freek, nu volledig in de war.

Ties zuchtte, en begon, nadrukkelijk iets te langzaam, te praten. 'Hij vroeg haar dus om een schietwilg te knotten, omdat hij zijn schuur wil uitbreiden of zoiets. Maar die boom is nogal uitgegroeid in zijn natuurlijke vorm, en volgens mijn moeder moet je wilgen eigenlijk knotten als ze wat jonger zijn.' Ze grijnsde, en haar spreektempo leek alweer meer op het normale, enthousiaste gekwebbel dat hij van haar kende. 'Het kán wel, maar dan moet je goed opletten, anders heeft-ie er te veel schade van. Nou ja, hoe dan ook, die boer dus, die had een of andere bomendokter gevraagd en die was hem veel te duur, en mijn moeder had daar iets over gehoord, dus die heeft nou een dealtje met hem gesloten. Zij knot zijn wilg, en hij levert een paar balen hooi. Ha,' ze grinnikte ondeugend, 'het klinkt eigenlijk best ranzig als je het zo zegt: zij knot zijn wilg.'

'Nou,' zei Freek, met een plotselinge lichtheid in zijn borstkas die hem even het gevoel gaf alsof hij ongemerkt een heliumballon had ingeslikt, 'niet om het een of ander: toen je "in natura" zei, maakte ik me direct de meest onrustbarende voorstellingen, waarbij jouw vermeende ranzigheid geheel in het niet verdwijnt. Zeker omdat we... nu ja, niet echt een conflict hebben gehad, maar ik, eh, ik deed iets veel te onbeheersts. Ik ben daar echt een ster in, autoportieren te hard dichtgooien, mokken te wild op tafel zetten – als ik een beetje overprikkeld ben, of als ik ergens nerveus van word, dan is het soms net alsof mijn lichaam geheel uit zichzelf te veel gas geeft bij bepaalde bewegingen. Ik heb al een paar keer meegemaakt dat ik met een klap een mok op tafel zet en dan ineens alleen een oor in mijn hand heb.' Hij liet zijn hoofd even hangen en haalde diep adem. 'Ik denk dat ik je moeder onbedoeld heb laten schrikken. Ik vermoed dat ze terugdacht aan toen ik die meltdown had. Ik... weet zo gauw niet hoe ik dat weer goed kan maken, ze zei dat we allebei even tot onszelf moeten komen. Apart van elkaar dus, en toen ze wegging zei ze "zie je later", en nu weet ik niet precies hoeveel later.'

'O,' zei Ties. Ze dacht er even goed over na. 'Nou ja, als zij die boom heeft gezaagd, en jij hebt geschilderd, en het is etenstijd, dan zal het toch wel lang genoeg hebben geduurd? Zal ik je helpen met schilderen? Misschien kan je me dan eindelijk eens die pianoles geven die je me hebt beloofd, als we de kamer af hebben.'

'Ik ben al blij als ik deze muur af krijg,' zei Freek, 'dit is mijn laatste pot latex. Ik heb momenteel niet genoeg geld om een nieuwe te kopen; ik zal moeten wachten totdat ik mijn salaris van de dienst en van de school heb ontvangen.' Hij zuchtte. 'Je snapt natuurlijk dat op deze manier de verbouwing van het grote huis een zeer langlopend project zal gaan worden. Ik had wel iets aan financiële reserves, maar alles wat we tot nu toe hebben moeten doen heeft die reserves intussen uitgeput. En dan heeft Simon nog helemaal gratis meegewerkt, en bijna dagelijks ook.'

'Waar is hij dan,' vroeg Ties meteen, 'hij is er toch vandaag niet?'

'Ik geloof dat hij heeft afgesproken met August, om naar een tentoonstelling te gaan. Ze houden allebei van moderne kunst.'

'O, nou ja, reden te meer dat ik je help, vandaag. Heb je nog een roller?' Ze gaf hem een stralende glimlach.

'Jawel, maar je hebt geen schilderkleding aan,' zei Freek bezorgd.

'Nou en. Latex is toch uitwasbaar, als je er snel genoeg bij bent?'

Freek knikte, liep naar de verfkrat, viste er nog een bakje en een roller uit – een iets kleiner model dan de zijne –, vulde het bakje met verf en gaf het aan Ties.

Ze rolden een tijd in stilte, totdat Ties, eerst heel zachtjes en daarna, dapperder, iets harder, de melodie van het openingsnummer van de achtstegroepers-eindmusical neuriede. Het resoneerde mooi in de bijna lege muziekkamer.

Freek neuriede mee. 'Je bent dat nog niet vergeten,' zei hij met een glimlach.

'Jij ook niet.'

'Fotografisch geheugen,' mompelde hij.

'Hoe dan? Je neemt toch geen foto met je oren?'

'Ik kan geluiden ook heel goed onthouden. Muziek, maar

ook bijvoorbeeld stemmen van personen. Ik denk ook wel dat ik Jacks hinnik zou herkennen als ik verschillende paarden zou horen.'

'Ga je me nou nog pianoles geven?'

'Dan zal ik toch de vleugel eerst moeten laten reviseren, ben ik bang. Nog iets waarvan ik niet weet hoe ik het moet betalen, Ties. Ik weet wel dat Hans-Willem en jij de afgelopen weken nog niet zo veel verder zijn gekomen met het onderzoeken van wat er hier op zolder staat, maar ik ben erover aan het nadenken om jullie onderzoek daadwerkelijk te gebruiken om wat van die oude spullen van de hand te doen. Ik verwacht niet dat het grote bedragen zal opleveren, maar ik ben intussen in het stadium beland dat alle beetjes helpen.'

'Wel zonde van die spullen,' zei Ties, 'ik vind oude spullen altijd zo cool. Die hebben al van alles meegemaakt. En bij jou al helemaal; er zitten dingen bij die honderden jaren oud zijn!'

'Nou, dat zal wel meevallen,' bromde Freek, 'alles wat echt waardevol was is waarschijnlijk jaren geleden al verkocht.'

'Nou ja, zolang je de vleugel zelf maar niet hoeft te verkopen,' zei Ties. 'Zo. Mijn verf is op.'

'Dat zal ik te allen tijde proberen te voorkomen,' zei Freek, 'ik ben eigenlijk zeer gehecht aan de vleugel. Ik heb nog een klein beetje verf in mijn bakje, en als ik met een platte kwast de emmer uitveeg haal ik het wellicht nog net tot aan het eind van de muur. Wil jij de verfrollers vast uitspoelen in de keuken?'

'Ja hoor,' zei Ties gemoedelijk. Ze verdween uit beeld en een paar minuten lang hoorde hij haar rommelen in de keuken. Toen kwam ze weer binnen. 'Ze staan uit te druipen in de gootsteen.'

'Uitstekend,' zei Freek.

Ties ging achter de vleugel zitten en drukte op een paar toetsen. 'Hij klinkt wel mottig,' zei ze een beetje teleurgesteld, 'alsof er een dood beest tussen de snaren zit.'

'Er is iets met de demper, ik denk dat het mechaniek vastzit,' zei Freek. 'Daarom moet er ook een pianostemmer bij komen; ik ga er niet van uit dat ik dit zelf kan oplossen. En dat kost allemaal nóg meer geld; ik verwacht dat, als het zo doorgaat, het hier pas over een aantal jaren weer echt behoorlijk bewoonbaar is. In de zin van: dat je kunt slapen in de slaapkamers en douchen in de badkamers. En dat terwijl...' Hij hield in, vlak voordat hij had gezegd wat er nu al weken door zijn hoofd speelde. Dat hij als graaf Woudenbergh weer op Huis De Toecomst wilde gaan wonen, en dan het liefst met Sylvie, en Ties, en als dat zo te pas kwam Hans-Willem er ook nog bij. Die gedachte was van een vage fantasie in de lente toch echt uitgegroeid naar een wens in de zomer tot een bijna-realiteit in de late herfst, als die renovatie nou maar afgerond kon worden.

Hij wist niet zeker of Sylvie het wel zou willen, officieel met iemand samenwonen, en hij had sterk het idee dat na het incident van vandaag het evenzeer de vraag was of ze het ooit wel met hém zou willen. Maar vooral had alles wat er vandaag was gebeurd nog maar eens benadrukt hoe wankel de hele situatie eigenlijk nog was.

Zijn financiële stand van zaken was onderdeel van die wankelheid: hij zag gewoon niet voor zich hoe hij op korte termijn zijn huis zo bewoonbaar kon krijgen dat hij Sylvie met goed fatsoen kon voorleggen wat hij eigenlijk wilde. Ze mocht van hem voor de rest van haar leven in het koetshuis blijven, als dat de enige mogelijkheid zou blijken om haar in de buurt te houden, maar het allerliefst zou hij, als het hem lukte haar en Ties bij hem in het grote huis te laten intrekken, het koetshuis aan Simon willen geven. Als dank voor zijn hulp, maar ook omdat hij vond dat Simon perfect geschikt was om een aantal van de beheerderstaken op zich te nemen die zo'n landgoed natuurlijk altijd met zich meebrachten, en die hij – zeker als het opnieuw open zou gaan voor bezoekers – niet verwachtte helemaal alleen te kunnen vervullen. Met name als hij de zorg voor het grote huis er ook bij had, want hij was niet van plan om het nog eens zo te laten verwaarlozen.

'Terwijl wat, Freek?' vroeg Ties, nog steeds op de pianokruk. 'Was je heel diep in gedachten? Je was even helemaal weg.'

'Ik probeer na te denken over hoe ik het wil aanpakken als de renovatie eenmaal gereed is,' zei Freek; dat leek hem wel een verstandige, neutrale en toch volledig ware formulering. 'Dat ik zo weinig financiële middelen heb, is een grote bron van zorgen. Het gaat allemaal echt heel erg lang duren, ben ik bang. Veel langer dan ik zou willen, in ieder geval.'

'Ja, als je één pot verf per maand kan kopen...' mompelde Ties. 'Waarom heb je niet gewoon zo'n pakketje met dat geld uit de muur gehouden? Niemand was daar toch achter gekomen?'

'Onmogelijk,' zei Freek. 'Het onderzoek liep nog; het was bewijsmateriaal, de omvang van het bedrag was op zichzelf significant...'

Ties keek hem peinzend aan. 'Wat jij gisteren zei, hè, toen we naar het *Jeugdjournaal* hadden gekeken? Dat je dacht dat je helemaal geen mores had? Ik wilde het niet hardop zeggen, maar ik dacht dus meteen: waarom heb je niet wat van dat geld achterovergedrukt, als je toch geen mores hebt?'

'Dat zei ik daarnet: het geld was onderdeel van iets groters, het zat met allerlei lijnen vast aan mijn voormalige onderhuurders en de criminele organisatie waar ze bij hoo–' Freek werd onderbroken door zijn mobiel, die trilde en een geluid gaf waardoor hij wist dat het Morris moest zijn. 'Excuus, ik moet Morris even opnemen,' zei hij tegen Ties, en hij liep de hal in.

'Ha, Freek,' hoorde hij in zijn oor, 'hoe was je onderscheiding? Ging het allemaal goed? Hoe was het bij de koning?'

'Het ging wel,' zei Freek. ' Gelukkig duurde het niet zo lang en waren er verder geen andere mensen bij aanwezig, in het kader van de geheimhouding. Willem-Alexander en ik hebben via via wat gezamenlijke kennissen uit de studententijd; dat was nog wel enigszins aardig.'

'Hij is toch een stuk ouder dan jij?'

'Jawel,' zei Freek, 'maar we hebben met leden van dezelfde families gestudeerd, en Minervanen kennen elkaar allemaal nog wel, op een bepaalde manier.' Zijn stem klonk duisterder dan hij wilde; zijn studietijd was tenslotte niet een van de gelukkigste periodes uit zijn leven.

'O, dus dat was wel, eh, leuk?' Morris klonk plagerig. 'Ik weet wel dat het voor jou niet had gehoeven, hoor. Maar weet je, het is voor de hele dienst een opsteker, zo'n onderscheiding. Iedereen is trots; het is maar dat je het weet. Maar goed, daar bel ik niet voor: ik wil je laten weten dat die Miroslav is opgepakt, net over de grens met Duitsland. Hij zat ondergedoken bij een of ander crimineel subsetje dat ook weer gelinkt is aan de hele organisatie. Het hele pand is opgerold; ze hebben er een hoop wapens en drugs gevonden, waarschijnlijk ook spul dat jouw onderhuurders nog hebben gebrouwen, en een heleboel nare porno op een van de computers.'

'Dus…' zei Freek, terwijl hij langzaam de muziekkamer weer in wandelde, de mobiel aan zijn oor.

'Dus de zaak is rond, voor nu. In ieder geval wat betreft die kerels die in je huis zaten, en Miroslav, en die types die bij je hebben ingebroken op zoek naar dat geld. Het is allemaal zo klaar als een klontje, er is bewijs in overvloed, het gaat nog wel even duren voordat alles voor de rechter komt natuurlijk, en er zal ook nog wel flink wat tijd overheen gaan voordat alle andere betrokken landen hun zegje hebben gedaan, maar Miroslav heeft in ieder geval al laten weten dat hij in Nederland wil worden berecht, die linkmiegel. Hoe dan ook, het onderzoek wordt in Nederland nu afgesloten; ik heb geen idee wat er in andere landen gaat gebeuren, maar je kan erop rekenen dat er niet ineens alsnog een of ander forensisch team je vers geschilderde muren komt openbreken, op zoek naar nieuw bewijs.'

'Dat is een hele opluchting,' zei Freek. 'Vooral omdat mijn verf juist op is.'

Morris schoot in de lach. 'Jij neemt het allemaal ook zo heerlijk letterlijk, hè, man? Hoe gaat het met je leuke vriendin?'

'Ze is een wilg aan het knotten.'

'Ieder zijn ding, zal ik maar zeggen,' zei Morris olijk. 'Ik ga trouwens nog wel kijken of er ergens een potje is dat kan worden aangesproken om je een beetje tegemoet te komen in de schade aan je huis. Meestal is dat vette pech voor de huiseigenaar, maar bij zo'n historisch pand, en dan ook nog met de rol die jijzelf hebt gespeeld in dit alles...'

'Alles is zeer welkom,' zei Freek, 'ik kan pas verder met verbouwen als ik mijn salaris heb ontvangen.'

'Ik regel wel een voorschotje op je vakantiegeld, of zoiets. Dan staat dat over een paar dagen wel op je rekening. Of was je nou net van plan om met je vriendin naar de Bahama's te vertrekken, volgend jaar?'

'Liever niet,' zei Freek, met een vertrokken gezicht. Morris kon dat natuurlijk niet zien, maar Ties wel, en ze giechelde ervan. 'Maar: mijn dank, Morris. Ik heb Sylvies dochter op bezoek, ze heeft me geholpen met schilderen, dus ik wil liever niet te lang aan de telefoon blijven, met je welnemen.'

'Hoi, Morris,' riep Ties vrolijk.

'Doe haar de groeten,' zei Morris. 'En ik hou je op de hoogte als er nog wat uit het buitenland komt, maar ga er maar van uit dat de zaak voor ons is afgerond.'

'O, Morris?' Freek kneep even zijn ogen dicht. Hij kon het maar beter nu opbiechten. 'Ik heb... misschien in de mobiele data van een burger gekeken zonder dat daar een reële opdracht vanuit de dienst aan ten grondslag lag.'

Morris bleef even stil. 'Je weet hoe ik erin sta op het gebied van dat solistische werken van jou, hè?' zei hij toen, hoorbaar ontstemd.

'Ja, dat weet ik, maar het was een noodgeval.'

'Wie was het?'

'Sylvies leidinggevende bij Staatsbosbeheer. De man is vrouwonvriendelijk tot in het absurde, en de interne beveiliging laat ook nogal te wensen over. Ik heb intussen een rapport opgesteld met adviezen voor verbetering, en ik ken via via iemand in een van de adviesorganen, met wie ik contact heb gelegd. Men is niet ontevreden met mijn bemoeienis, maar ik vond toch dat je het diende te weten.'

'Zeker,' zei Morris, 'sterker nog: de volgende keer dien ik het te weten vóórdat je begint, zodat ik niet voor schut sta mocht iemand me erop aanspreken. Kan ik dat met je afspreken?'

'Jawel,' zei Freek deemoedig.

'Mooi. Ik ben blij dat niemand uit zijn slof is geschoten, en jij denkt dan wel van jezelf dat je geen netwerk hebt, maar mooi dat dat mij allemaal niet zo makkelijk was gelukt. En ik noem de koning ook niet bij zijn voornaam. Nou, ik ga hangen; ik app je nog als ik weet wanneer je je geld kunt verwachten, en of er nog wat uit de pot rolt als schadevergoeding.'

Morris hing op zonder verdere afscheidswoorden; Freek had het gevoel dat hij misschien toch een beetje boos was. Maar aan de andere kant: misschien viel het ook wel weer mee. Freek kon zich ook niet aan de indruk onttrekken dat Morris een soort half onbewust respect voor hem had, en dan niet alleen omdat hij goed was in zijn werk. Toen hij bij het interdisciplinair overleg bij de dienst had moeten aanschuiven, toen de hele zaak met zijn onderhuurders nog in volle gang was, was het Freek opgevallen dat de hele tafel zijn mond hield wanneer hij begon te spreken. Dat had hem toen verbaasd; zelfs Morris leek eraan mee te doen. Zou dat nou allemaal komen doordat hij meneer de graaf was? Hij kon het zich nog steeds niet goed voorstellen, maar ontkennen dat er iets bijzonders aan de hand was kon hij ook niet.

'Freek?' Ties' stem klonk van onder de vleugel.

'Wat ben je aan het doen?' Hij moest zich even uit zijn gedachtespinsels losrukken.

'Aan het kijken of ik zie hoe het nou komt dat dat pedaal niet losgaat,' zei ze, licht gesmoord. 'Er zit hier een gat in de bodem, waar die dingen van die pedalen in verdwijnen, maar het lijkt gewoon allemaal net niet te passen. Ik snap het ook niet; het is zo'n mooi instrument, maar die bodem is hartstikke lelijk; heeft er ooit iemand een nieuwe dinges in gezet?'

'Niet dat ik weet,' zei Freek, 'al weet ik niet precies wat een dinges is. Maar wat ik in ieder geval heel vreemd vind is dat de vleugel niet van zijn plaats te krijgen is. Kijk, dat wieltje heeft een lamel van het parket beschadigd, en nu staat het vast, maar je zou verwachten dat het instrument nog wel draaibaar is. Misschien kunnen we dit weekend met zijn allen proberen de vleugel een klein stukje op te tillen en zo het wieltje uit het gat krijgen; dan kunnen we hem voorzichtig opzij rollen. Dan kan ik ook even kijken naar de lelijke plekken in het parket.' Hij zuchtte.

Ties kwam onder de vleugel vandaan, stond op, liep naar hem toe en sloeg tot zijn verrassing haar armen om zijn middel. 'Arme Freek,' verzuchtte ze, haar oor tegen zijn borstkas. 'Volgens mij heb je een zware dag. Eerst dat hele gedoe met die onderscheiding – het lijkt me vreselijk –, toen dat met mijn moeder, en dan ook nog al je geldgebrek... Kreeg je op je kop van Morris?'

'Een beetje. Omdat ik me in Vriesebosch heb verdiept. Morris heeft natuurlijk gelijk, ik had dat niet zomaar mogen doen, en ik kan niet pretenderen dat ik dat niet wist. Maar toch.'

'Nou, ík vind je gewoon een held, hoor,' zei Ties. Ze keek omhoog naar zijn gezicht. 'Ga je mee naar het koetshuis? Misschien is mijn moeder alweer thuis, en anders zet ik wel even thee. We hebben nog bergen koekjes, omdat mijn moeder er extra veel in huis haalt voor Hawé.'

Freek aarzelde even. 'Kan dat dan wel al zomaar? Moet ik niet, eh, afstand houden, of zoiets?'

'Doe niet zo raar,' zei Ties, 'hoe vaak moet ik het nog zeggen? Je hoort bij ons. En als mijn moeder begint te zeuren, wat ze volgens mij helemaal niet gaat doen, dan zal ik haar wel eens even vertellen dat ze...' Ties bouwde een dramatische pauze in, maar kon haar gezicht niet helemaal strak houden '... dat niet moet doen!' zei ze toen, met een giecheltje. 'Kom mee, Freek, zal je zien dat er niks aan de hand is. In ieder geval bij jullie niet.'

Dat laatste had ernstig geklonken, en Freek had dat heus wel gehoord.

Sylvie

25

Ze kwam thuis in een leeg huis. Daar had ze niet op gerekend: ze had verwacht dat Ties er nog wel zou zijn. Hans-Willem was naar hockey; hij had daar vrienden die hij al jaren kende, maar Ties vond het niet zo heel leuk om met hem mee te gaan of hem aan te moedigen. Sylvie snapte dat wel: Ties had waarschijnlijk een soort jongerenvariant van wat zij voelde toen Freek zo'n gesprekje had met de koning van Nederland, nota bene, waaruit bleek dat zowel de koning als hij tot een kring behoorde waar Sylvie nooit deel van zou kunnen uitmaken, simpelweg omdat ze niet tussen de juiste mensen was geboren.

Ties had geen bericht gestuurd dat ze ergens heen was, en ze had ook geen briefje op tafel achtergelaten, dus Sylvie vermoedde dat ze naar het grote huis was gelopen, en binnen tien minuten werd dat vermoeden bevestigd toen ze via de rozentuin de witblonde haardos van haar dochter zag aankomen, gevolgd door de goudblonde haardos van de man die haar toch altijd weer een kleine aardbeving in haar hartstreek kon bezorgen als ze hem zo onverwachts zag opdoemen, zelfs al was ze zich een hoedje geschrokken van zijn plotselinge onbeheerstheid van vanmiddag.

Verliefdheid ging niet zomaar over. Zijn asperger ging ook

niet zomaar over, en ze maakte zich geen illusies. Ze had wel het idee dat hun samenzijn een positief effect op hem had – hij had nota bene zelf gezegd dat hij nu van alles deed en meemaakte wat vast niet was gebeurd als ze niet een stel waren geworden. Maar ze wist ook donders goed dat ze met sommige vervelende kanten van hem gewoon zou moeten leren omgaan. Dat hij zich zo kon afsluiten als hij aan het werk was, bijvoorbeeld; hij kon echt vergeten dat ze er was. In het begin had ze dat niet zo erg gevonden, maar nu was het toch al een paar keer voorgekomen dat er nul reactie kwam als ze iets tegen hem zei; sterker nog, hij had niet eens gehoord dat ze iets had gezegd. Hij had zelfs niet gemerkt dat ze in de ruimte aanwezig was. Op de een of andere manier was dat nog wel te begrijpen, maar toch vond ze het maar moeilijk te verteren, vooral misschien wel omdat zij zich altijd juist zo verschrikkelijk bewust was van zijn aanwezigheid.

En dan was er dat onbehouwene van hem; ze wist best dat hij af en toe iets deed wat per ongeluk veel te hard uitpakte. Maar toen het gebeurde terwijl ze er zo bovenop zat, in haar kleine autootje, en als uiting van frustratie, was ze er echt van geschrokken en deed het haar terugdenken aan de totale onbeheerstheid van zijn meltdown. En de angst die ze toen voor hem had gevoeld. Die was niet weg, maar wel in slaap gesust door de afgelopen weken, door hoe goed het was gegaan tussen hen, hoeveel tijd ze samen hadden doorgebracht, hoe lief hij was geweest tegen haar, en Ties en Hans-Willem.

Ze wist niet precies wat ze ermee aan moest.

Ze kon er niks aan doen, het niet oplossen; ze had er precies evenveel invloed op als op het feit dat Freek en de koning allebei bij een bepaalde groep mensen hoorden waar zij niet bij hoorde, en dat gevoel van machteloosheid vond ze misschien nog wel het vervelendst.

Ties en Freek hadden de tuindeur bereikt. Die stond niet meer open; het was intussen herfstig genoeg om hem dicht te willen houden, al liep Freek nog steeds in alleen een T-shirt buiten.

Ties trok de deur open. 'Ha, mam,' zei ze blij, terwijl ze naar binnen stapte, 'je bent er weer. Zijn we te laat voor thee? We hebben samen geschilderd en ik dacht dat we nog wel thee zouden kunnen drinken voor het eten. Hawé heeft me geappt dat hij bij een van die hockeyballen gaat eten met een groepje, dus die zien we pas vanavond weer. Of misschien gaat hij wel weer bij zijn vader slapen, dat is dichterbij.' Ties zei het achteloos, maar Sylvie voelde dat er iets onder zat.

'Natuurlijk zijn jullie niet te laat voor thee,' zei Sylvie meteen, en ze keek even naar Freek, die voor de deur stond te aarzelen.

Hij keek terug, met een kwetsbaarheid in zijn blik die haar bijna vloerde. Hij was ook geschrokken, dat wist ze zeker.

Ties verdween de hal in om haar schoenen weg te zetten en Sylvie liep naar de open tuindeur. Ze stak haar hand uit naar Freek. Hij keek ernaar, maar bewoog niet.

'Hé,' zei Sylvie zachtjes, 'je gaat toch niet buiten blijven staan?'

'Is het nu dan al "later"?' vroeg hij, terwijl hij wel haar hand pakte maar nog niet over de drempel stapte.

Sylvie lachte. 'Wat bedoel je, lieverd?' Ze trok zachtjes aan zijn hand.

'Nou, je zei "zie je later", toen we eerder vanmiddag uit elkaar gingen, en ik vroeg me af of het al lang genoeg heeft geduurd. Ties dacht van wel, maar ik ben er niet zo zeker van.'

Sylvie trok nog een keer. 'Kom nou maar gewoon naar binnen, gekkie,' zei ze warm. 'Was jij er zelf ook van geschrokken?'

Hij stapte over de drempel en ze zag het aan zijn gezicht: hij wist meteen waar ze op doelde.

'Ik heb dat niet in de hand,' bromde hij ongelukkig, 'ik ben er steeds te laat bij. Het is alsof mijn spieren harder gaan dan mijn hersenen willen; het heeft iets te maken met spanning die ik voel; meer spanning dan overprikkeling, denk ik. Maar ik zou nooit een boek naar je toe gooien, of iets anders doen waardoor je... zelfs niet als ik diep in een meltdown zou zitten. Dan zou ik misschien wel heel ongecontroleerd zijn, heel onredelijke dingen zeggen, en met zaken gooien, maar niet náár jou. Nooit náár jou.'

'Kom hier dan,' mompelde ze aangedaan, en ze deed haar armen om zijn nek.

Meteen kwamen zijn armen om haar middel en stonden ze even zo, elkaar stevig vast te houden, totdat Ties de kamer weer binnenkwam en meteen naar ze toe liep.

'Ik wil ook in de hug,' zei ze.

Sylvie haalde een arm van Freek af om haar dochter te omvatten. Freek sloeg ook een arm om Ties heen, en ze namen nog een momentje om lekker samen te staan, totdat Ties tegen Freek mompelde: 'Zei ik toch, dat ze het niet erg zou vinden?'

'Ik sta hier dus, hè?' zei Sylvie, zogenaamd verongelijkt, en toen moesten ze allemaal lachen en lieten ze elkaar los.

'Gelukkig,' zei Freek, nog nagrinnikend, 'ik voel me heel erg opgelucht.'

Sylvie stapte de keuken in en haalde de theepot en drie mokken tevoorschijn. Ze vulde de waterkoker. 'Kijk, dit,' zei ze, een theelepel in de lucht geheven als een klein aanwijsstokje, 'dit zijn de dingen waarom we de tijd moeten hebben om aan elkaar te wennen. Dat zoiets kan gebeuren en dat we dan leren van elkaar dat dat niet erg is, en we ons er de volgende keer geen zorgen om hoeven maken.'

Freek knikte en ging op zijn stoel aan de eettafel zitten.

Ties knikte ook, maar met iets naar binnen gekeerds waardoor Sylvie nog even extra goed naar haar keek.

'Ties?' vroeg ze.

'Jaaaaaaaa?' antwoordde Ties langgerekt en een tikje bijdehand, terwijl ze naast Freek op een stoel zakte.

'Wat is er aan de hand?'

'Niks,' zei Ties, zo kort als die 'ja' eerst lang was geweest.

'Onzin,' zei Sylvie, 'ik ken je te goed. Er is iets, en ik heb geen zin om het uit je te moeten trekken, dus vertel nou maar: je weet wat ik altijd zeg.'

'Ja, dat je erover moet praten als er iets is, maar dat doe je dan zelf helemaal niet. Dus, eh, pot, ketel, weet je wel?' Ties kraste met haar duimnagel over het tafelblad.

'Ties, ik heb ook gemerkt dat je iets dwarszit,' zei Freek. 'Je bent een open boek. Dat is een mooie eigenschap.'

'Ja, nou...' zei Ties, en toen viel ze stil. Kras kras, ging haar nagel.

Sylvie zette een kop thee voor haar neer, en ook een voor Freek, en ging toen zelf tegenover Ties zitten. 'Is er iets op school gebeurd?'

'Mmm,' zei Ties moeizaam.

Sylvie wachtte. Freek keek op, recht in haar ogen, en ze hoopte maar dat hij haar blik, die 'even geduld' probeerde over te dragen, begreep. Het leek te lukken: hij bleef stil.

'Nou,' begon Ties zachtjes, en met hoorbare aarzeling, 'er is dus een meisje op school.'

Sylvie zei niks, en Freek gelukkig ook niet.

'Ze heet Elle. Zonder n aan het eind.'

Weer een tijdje stilte.

'Ze is heel mooi, ze ziet er echt zo uit als een beautyvlogger, weet je wel?'

'Hoe zien die er dan uit?' vroeg Sylvie. 'Ik ben niet echt de doelgroep.'

'Goddank,' bromde Freek zachtjes.

'Nou, perfecte huid, dik blond haar, van die enorme blauwe ogen, wimperextensies – ze is veertien hè, en ze mag al wimperextensies van haar ouders –, perfect figuur, ze heeft echt al dikke borsten ook, en toch is ze heel dun, en ze dóét zo... ik weet niet. Zo alsof ze alles al weet.' Ties zuchtte. 'Ze is wel blijven zitten, misschien weet ze ook gewoon echt alles, dat zou natuurlijk kunnen.'

'Maar waarom is dat dan allemaal een probleem voor jou, lieverd?' zei Sylvie. 'Jij trekt je over het algemeen van dat soort meiden toch niks aan?'

'Doe ik ook niet,' zei Ties, 'normaal gesproken.'

'Maar?' vroeg Freek. 'Ik hoor een maar in de lucht hangen.'

'Maar.' Ties nam een grote hap lucht en zei toen snel achter elkaar: 'Nu zit ze de hele tijd naast Hawé en hij lijkt dat gewoon wel leuk te vinden hij zegt dat ze aardig is ik weet het ook niet volgens mij vindt hij haar echt leuk en zij doet volgens mij haar best hem van me af te pikken. Zo. Dat dus.' Ties had die hele trits woorden er monotoon en vrijwel zonder hoorbare leestekens uit gewerkt, en zat nu met een diepe frons op haar gezicht nog iets verder voorover gebogen, bijna met haar neus op het tafelblad.

'Wat zegt Hans-Willem als je hem dit voorlegt?' Freek klonk ernstig.

'Dat ik niet moet zeuren. En vervolgens gaat hij hockeyen, en dan bij die kakmatties van hem eten, en dan zal hij vannacht ook wel bij zijn vader blijven slapen. Ik bedoel, sinds het weer een beetje goed gaat tussen hem en zijn vader hebben we drie keer niet bij elkaar op de kamer geslapen, en alle drie de keren was het dat hij na het hockeyen bij iemand ging eten en dan daarna naar zijn vader. Terwijl op school die Elle de hele dag achter hem aan loopt te sjouwen.'

'Zegt hij letterlijk dat je niet moet zeuren?' Sylvie was verbaasd. Het klonk niet echt als de gemoedelijke, vriendelijke jongen die ze tot nu toe had leren kennen.

'Nee, nee,' zei Ties vermoeid, 'hij zegt het veel liever. Maar het komt er wel op neer.'

Het bleef een tijdje stil.

Toen zei Ties ineens: 'Denken jullie dat hij verliefd op haar aan het worden is?' Het kwam er een beetje te hard en een beetje onhandig uit, en even keek Sylvie naar Freek. Hij keek ook naar haar; hij had het ook opgemerkt.

'Ja weet je,' ging Ties verder, 'ik ben ook zo ánders, weet je wel. Ik vind het zelf niet erg om anders te zijn, ik ben wel oké met mezelf, en ik wíst dat ook wel, dat ik, nou ja, anders ben dan de meeste meiden, maar het valt nu ineens extra op bij zo'n meisje als die Elle.'

'Zal ik je een goed verhaal vertellen uit mijn wilde verleden?' Sylvie wist dat Ties dat meestal wel leuk vond om te horen; misschien zou het haar een beetje afleiden.

Ties knikte; Sylvie zag ineens dat de tranen bij haar dochter hoog zaten.

'Nou, weet je,' begon ze, terwijl ze zag dat Freek twee voorzichtige vingers op Ties' schouder legde. Ties keerde zich meteen naar hem toe en kroop bijna in hem. Hij sloeg een arm om haar heen en Sylvie moest even slikken, zowel om haar dochter als om die grote bonk van een man aan haar tafel, die tegelijk zo onbeheerst en zo fijngevoelig kon zijn. 'Toen ik nog op de middelbare school zat, in Amsterdam,' ging ze snel verder, 'toen zat er een meisje bij me in de klas dat heel populair was. Iedereen, echt ie-der-een vond haar leuk, en aardig, en knap; iedereen probeerde haar kledingstijl na te doen en vrienden met haar te zijn... Ik had dat zelf niet zo, ik deed gewoon waar ik zelf zin in had, maar ik snapte gewoon niet wat er nou zo leuk aan haar was. Ja, ze zag er best leuk uit, maar verder... En toen kwam ik haar jaren en jaren later een keer tegen in een café. Ik zat midden in mijn, eh, wilde tijd, weet je wel?'

Ties knikte en verschool zich met iets verzaligds nog wat verder onder Freeks arm.

'Nou ja, en toen raakte ik met haar in gesprek en toen bleek ze me toch een partij saai te zijn! Ik werkte voor allerlei reclamebureaus, ik kwam op allerlei interessante feesten met bekende mensen, ging veel naar festivals, en ik kende ook wel wat bands persoonlijk... nou ja, dat soort dingen, en zij? Ze had na school een hbo-opleiding office management gedaan, en ze werkte voor een of andere oersaaie verzekeraar als directiesecretaresse. Was ze nog heel tevreden mee ook, terwijl ik alleen maar kon denken: ik zou gek worden als alles wat ik deed in mijn werk alleen maar in dienst van een ander was!' Sylvie nam even pauze om van haar thee te drinken. 'Nou wil ik natuurlijk niks zeggen ten nadele van directiesecretaresses, want er zijn ongetwijfeld een heleboel mensen die het een leuke, fijne baan vinden, maar voor mij, op dat moment in mijn leven, leek het me het saaiste wat ik me maar kon voorstellen. En toen viel dus ook ineens op wat het was met dat meisje, Paulien heette ze. Alles aan haar was gemiddeld. Ze was gemiddeld knap, gemiddeld slim, gemiddeld dik, gemiddeld dun, haar haar was een gemiddeld soort bruin en haar smaak was ook gemiddeld: er stak niks uit waar iemand zich aan zou kunnen ergeren. Sterker nog, er stak niks uit waar iemand iets van zou kunnen vinden. En daarom was ze zo populair op de middelbare school: niemand kon iets ontdekken aan haar wat stom of fout was. Maar dat resulteerde er dus in dat ze, vond ik toen, een ontzettend saaie volwassene was geworden.' Nog een slok thee, en een glimlach. 'Nu ben ik wel wat milder, hoor,' zei ze tegen Ties, 'Paulien is vast een aardige vrouw die gewoon haar leven leidt. Maar vroeger maakte ze me onzeker zonder dat ze ook maar iets deed, dus ik vond het fijn om mijn ego een beetje op te halen aan de gedachte dat ze dan wel op school beter in de groep lag omdat ze zo gemiddeld was, maar dat ze als volwassene ook meteen een stuk saaier was dan ik.'

Ties knikte. 'Ik snap 'm, mam. Ze had te jong gepiekt.'

Sylvie dacht even na en begon toen te grinniken. 'Ja, daar heb je denk ik wel gelijk in. Goed gezegd, Ties!'

Ties maakte zich een beetje los van Freek om haar thee te kunnen drinken, en zei toen: 'Ik weet niet of het met Elle ook zo zit, maar wel een goed verhaal, mam. Zij is volgens mij ook nog heel mooi als ze eenmaal volwassen is. En nu is ze gewoon zo... ja, ik weet niet, zo voorlijk? Ze zegt dat ze al heeft gesekst, met haar vorige vriend. Dat was een jongen die nu in de vierde zit. Iedereen had wel verwacht dat ze achter een oudere jongen aan zou gaan, maar... volgens mij wil ze dus Hawé hebben.'

'En jij denkt dat hij haar ook wil hebben?' vroeg Freek. 'Omdat ze aangeeft dat ze al seks heeft gehad?'

'Nou ja, misschien wel? Ik bedoel, hij en ik, wij zijn nog niet zover. We hebben wel, eh, alles uitgetrokken, en overal eens een keer aan gezeten en zo, maar, maar...' Ineens waren de hoog zittende tranen weer terug bij Ties, en kwamen ze zo hoog dat haar ogen overstroomden. 'Zij heeft gewoon veel mooiere borsten dan ik!' riep ze smartelijk uit. 'En als ze er zo mee loopt te adverteren met die blote truitjes van haar, en aan iedereen die het maar horen wil zo nodig moet vertellen dat ze al seks heeft gehad, dan kan het toch niet anders dan dat

Hawé gaat denken: ze loopt achter me aan, ze heeft het al een keer gedaan… ik mag er ook op!'

'Dat zou me verbazen,' zei Freek rustig en donker, 'als dat zo zou zijn, dan heb ik me ernstig in hem vergist.'

'Volgens mij is Hans-Willem echt gek op jou, hoor, lieverd,' zei Sylvie troostend, terwijl ze een stuk keukenpapier afscheurde van de rol die op tafel stond en dat uitstak naar haar dochter. 'Op jou, de hele jou, en niet alleen je borsten.'

Ties haalde haar schouders op. 'Ik weet het gewoon niet,' zei ze kleintjes, terwijl ze haar gezicht droogde. 'Ik weet het gewoon niet zeker, en ik voel me kinderlijk en stom, en al helemaal vergeleken met haar.'

'Ja, maar jij bent extreem slim, en origineel,' zei Sylvie strijdbaar, 'en je bent zo mooi en bijzonder dat je helemaal geen wimperextensies nodig hebt.'

'Dat vind ik ook,' deed Freek een duit in het zakje, 'en ik wil je ook wel een keer naar school brengen met de auto, al verwacht ik niet dat dat hetzelfde effect zal hebben als hier op de basisschool.'

'Jullie zijn echt superlief,' snufte Ties. 'Dank je wel, dat ik even bij jullie mag ontstressen.'

'Nou ja zeg, daar zijn we toch voor?' zei Sylvie verbaasd. 'Ik snap best dat het een verwarrende tijd voor je is, hoor: nieuwe school, heleboel nieuwe kinderen, nieuwe regels. Je bent ineens als brugpieper de kleinste, dat is natuurlijk ook raar…'

'Bij ons heet dat brugmolecuul, mam,' zei Ties, een tikje vermoeid.

Sylvie proestte. 'Molecuul? Nou, vooruit. Zal ik eens even iets te eten maken, stelletje moleculen?'

Buiten, bij de voordeur, klonk geluid.

'Wat is dat nou?' zei Sylvie, maar direct daarna kwam het geluid, mopperend en wel, de hoek om en verscheen het getergde gezicht van Hans-Willem in beeld.

Ties sprong op uit haar stoel en vloog naar de tuindeur om die open te rukken. 'Hawé! Wat is er aan de hand?'

'O, mijn ketting loopt er steeds af, en ik had gewoon echt geen zin meer om bij die idiote Felix Bloys van Treslong te blijven hangen, met zijn blabla.'

'Die familie woont toch helemaal bij Maarneveld in de buurt?' vroeg Freek. 'Dat is een pittig eind fietsen, eerst vanaf het hockeyveld daarnaartoe en dan weer helemaal terug.'

'Heen kon mijn fiets achter in de auto van Felix zijn pa,' zei Hans-Willem brommerig. 'Ik was daar binnen een half uur al klaar, ik werd helemaal gek van alles wat die jongen allemaal had, en wat hij zo nodig aan ons moest laten zien, met zijn gamecomputer en weet ik wat allemaal. En daarna was ik al die tijd bezig om terug te komen. Mijn ketting loopt er steeds af. Klotefiets; mijn handen zijn helemaal zwart!'

'Waarom heb je me niet gebeld?' vroeg Freek verbaasd van achter de tafel. 'Dan was ik met de jeep naar je toe gereden.'

'Kom maar even je handen wassen in de keuken, jongen,' zei Sylvie goedmoedig. 'Wil je eerst nog thee? Ik wilde net aan het eten beginnen.'

'Ik zie mezelf al,' zei Hans-Willem schamper, 'even graaf Woudenbergh bellen, hoor, want mijn fiets is kaduuk. Die vader van Felix zou uit zijn stoel rollen. En Felix zelf waarschijnlijk ook.'

'Dat zal toch wel meevallen?' zei Freek. 'Hoe dan ook, ik had het geen moeite gevonden om je even te halen. Volgende keer dus wel opbellen, spreken we dat af?'

'Oké,' zei Hans-Willem een beetje bokkig, maar toen hij aan tafel ging zitten mompelde hij toch tegen Freek: '*Thanks*.'

'*You're welcome*,' zei Freek netjes.

Ties was ook weer gaan zitten; ze zat Hans-Willem een tijdje met grote ogen op te nemen.

Hij keek op.

Ze keken elkaar even aan.

'En ik miste je ook,' zei hij toen, alsof er helemaal geen tijd was verstreken.

'Ik jou ook,' zei ze zachtjes.

'Kunnen Ties en ik nog even samen gamen voordat het eten klaar is?' vroeg hij, toen Sylvie een kop thee voor hem neerzette.

'Ja hoor,' zei ze. 'Gaan jullie maar lekker even samen naar boven. Ik roep wel als het bijna klaar is.'

Hans-Willem schoof zijn stoel naar achteren en stond op, en pakte voorzichtig de mok hete thee op. 'Ik breng hem terug als hij leeg is,' zei hij tegen Sylvie.

Ties stond al. Hand in hand verdwenen ze de kamer uit.

'Komt wel goed met die twee,' zei Sylvie tevreden.

Freek bromde een beetje, maar gaf haar toen een glimlach die zo lief was dat ze hem tot in haar tenen voelde.

Freek

26

'Vertel nou,' zei Sylvie plagerig tegen Simon, terwijl die zijn laatste koffie opdronk en zijn hoofd schudde.

'*Too soon*. Ik weet gewoon nog niet wat ervan gaat komen, maar we kunnen het in ieder geval goed met elkaar vinden, en de tentoonstelling was heel indrukwekkend. We hebben er nog lang over nagepraat, en ook nog een glas gedronken op een terras, maar, eh...'

'Toen jullie in het koetshuis hadden gegeten samen, was er toen eigenlijk nog iets gebeurd?' Sylvie glimlachte ondeugend. 'Ik had het bed helemaal voor jullie verschoond en alles, maar ik heb je er daarna niet meer naar gevraagd. Het zag er nog volkomen onaangeroerd uit, dat wel, dus...'

'We zijn niet boven geweest,' zei Simon zedig tegen Sylvie, maar Freek kon aan de stem van zijn vriend horen dat die verlegen werd van alleen al de gedachte aan dat bed.

'Hebben jullie dan op z'n minst een beetje gezoend of zo?' Ties kwam de muziekkamer binnen met zo'n grote emmer latex dat ze die bijna niet alleen kon dragen.

'Ties, laat me je dan helpen, dan dragen we hem samen,' zei Hans-Willem, die vlak achter haar aan kwam, een beetje klaaglijk. 'Dan wil ik netjes ridderlijk doen en zo en dan mag het niet van je!'

Freek voelde het kriebelen bij zijn mondhoeken. Deze mensen waren hem allemaal zo dierbaar, hij voelde zich ineens vol warmte en vrolijkheid en – hij moest even diep in zichzelf zoeken naar wat het precies was. Veiligheid, besloot hij. Hij voelde zich veilig, omringd door vriendschap, liefde en meer acceptatie dan hij ooit voor mogelijk had gehouden. Hij wist wel dat er ineens iets zou kunnen gebeuren wat dat gevoel weer teniet zou kunnen doen; hij was noch zijn meltdown vergeten, noch het korte moment van onbeheerstheid in Sylvies auto. Maar nu was alles goed. Zo goed als het kon zijn wanneer hij door zijn bos liep op een mooie dag en zijn zintuigen zich ontspanden en vermengden, wanneer geuren een kleur kregen en geluiden een geur. Op het moment dat alles dan perfect in balans was, voelde hij zo'n intense versmelting, zo'n eenheid met zijn omgeving en de natuur, zo'n geluksgevoel… Hoe hij zich nu voelde kwam daar heel dichtbij, en hij had niet verwacht zich ooit zo te voelen te midden van mensen in plaats van bomen.

'Wat sta je lief te lachen,' zei Sylvie, die zonder enige gêne tegen hem aan leunde en hem een kus onder zijn oor gaf. Hij vond het altijd heel lekker wanneer ze in zijn hals kuste, dus hij greep haar even snel vast.

'Dacht je nog aan vanochtend?' mompelde ze in zijn oor.

Ze hadden die ochtend nogal heimelijke, maar ongelooflijk goede seks gehad; hij wist zeker dat als hij zich in de herinnering zou verliezen, hij niet alleen rubber knieën zou krijgen, maar ook een erectie om duizelig van te worden. 'Dat kan ik maar beter niet doen,' zei hij dus, al even zachtjes, 'dan val ik waarschijnlijk om.'

'Waarvan dan?'

'Van het feit dat er te veel bloed uit mijn hersenen wordt weggetrokken,' fluisterde hij ondeugend.

'Past-ie dan nog wel in je broek?'

'Twijfelachtig...'

Sylvie grinnikte heerlijk in zijn oor en hij genoot misschien nog net iets meer.

'Hé, stelletje klefferds!' riep Ties schaamteloos, maar vrolijk.

Hans-Willem was bezig de emmer latex open te maken. Voorzichtig haalde hij de deksel eraf en legde die op het plastic dat het parket moest beschermen. Hij keek in de emmer, en toen naar de muur; Freek zag de twijfel op zijn gezicht groeien.

'Wat is er?' vroeg hij, terwijl hij Sylvie met enige spijt losliet om naar Hans-Willem toe te kunnen lopen.

'Volgens mij is dit een ander soort wit,' zei die.

Freek keek in de emmer. 'Inderdaad. Dit is geen RAL 9001. Dit is eerder signaalwit.' Hij kneep zijn ogen dicht en mompelde een doorvoeld: 'Wel verdomme...' Dat heerlijke gevoel dat hij vijf seconden geleden nog door zich heen had voelen trillen, was meteen helemaal verdwenen.

'Wat is er aan de hand?' vroeg Sylvie, die naast hem verscheen.

'Verkeerde kleur gekocht,' bromde hij ongelukkig. 'Ik heb van Morris een voorschot op mijn vakantiegeld gekregen, en zodra dat op mijn rekening stond ben ik naar de online verfwinkel gegaan en heb vijf van deze emmers besteld. Ik hoopte dat dat genoeg was voor de muziekkamer en de eetkamer. Nu heb ik de verkeerde soort wit; ik zal wel niet hebben opgelet bij het bestelproces. Die emmers kosten tweehonderdvijftig euro per stuk; het is speciale verf met fotokatalytische eigenschappen. Het is schimmelwerend en het slaat CO_2 op, en door de lichtwerking helpt de verf mee aan het schoonhouden van de lucht.'

‘Kan je ze dan niet ruilen?’

‘Nou, die ene is al open,’ zei hij ongelukkig. ‘En dan moet ik verdorie nog langer wachten totdat we deze kamer kunnen afmaken.’

‘We kunnen dit toch in de hal smeren?’ zei Ties opgewekt. ‘En in de keuken, en op eenhoog heb je vast ook nog wel muren die je wit wilt hebben.’

‘Ja, maar we zouden vandaag de muziekkamer afmaken,’ zei Freek, toch wel ontdaan.

Ties gaf hem een vriendelijk duwtje en een ondeugende grijns. ‘Autist,’ zei ze plagerig.

Freek fronste even. ‘Dat weet je toch? Dat ik met asperger ben gediagnosticeerd?’

‘Ja, tuurlijk, maar dan mag ik je er toch wel mee plagen? Als je echt als een autist reageert? Er is niks ergs aan dat we nou niet de goeie kleur hebben, dan schilderen we toch eerst iets anders, als je het te veel gedoe vindt om het te ruilen?’ Ze zond hem een stralende glimlach.

Freek dacht er even over na, kon geen gaten in haar redenering ontdekken, en knikte toen. ‘Goed. Maar ik vind het wel vervelend dat de muziekkamer nu half af is; ik wilde die vandaag afmaken, en ook even kijken of we gezamenlijk de vleugel verplaatst kunnen krijgen. Dan kan ik de schade aan het parket opmaken.’

‘O, maar dat kunnen we toch gewoon even doen,’ zei Simon, ‘dat heeft natuurlijk niks met het schilderen te maken. Kom, Hans-Willem, doe die deksel maar weer op die emmer met verf, dan gaan we eerst even naar de vleugel kijken.’

Ze verzamelden zich rond de vleugel en probeerden hem op te tillen, maar zonder resultaat.

‘Ik weet dat het een vrij zware is,’ zei Freek, ‘en een lichte vleugel weegt al gauw driehonderd kilo, dus deze zal zeker honderdvijftig kilo zwaarder zijn… Maar ik had wel verwacht dat we er op z'n minst beweging in konden krijgen.'

'Misschien als we eerst die poot uit het parket tillen,' zei Simon, voorovergebogen om het vastgelopen wieltje te bestuderen. 'Wacht, ik zal even kijken of ik het hout weg kan halen, dan gaat het misschien makkelijker.'

Simon verdween onder de vleugel met een hamer en een tang, en na enig geworstel en een bescheiden vloek kwam hij weer boven met de helft van het gebroken stuk parket. 'De andere helft zit te vast,' bromde hij. 'Ties, als jij nu op je knieën bij die poot gaat zitten en ons aanwijzingen geeft, want we moeten hem dus optillen en díé kant op bewegen, een heel klein stukje maar, en dan komt het wieltje vrij. Zie je wat ik bedoel?'

Ties zat al op haar knieën en bestudeerde de situatie. 'Yep. Helder. Ik zit hier en geef aanwijzingen.'

'Je zal wel ónder de vleugel moeten zitten,' zei Sylvie, 'want wij moeten er natuurlijk allemaal omheen staan om hem op te kunnen tillen.'

Ties verdween onder de vleugel, terwijl iedereen positie koos en klaar ging staan om te tillen.

'Misschien kan ik ook wel meehelpen,' zei Ties een beetje gesmoord, 'als ik van onderaf duw. Als ik nou… Ieh!' Ze gaf een gil, er klonk gekraak van onder de vleugel en ineens kwam de bodem schuin naar beneden. Ties schoof met een noodvaart onder het instrument vandaan, vlak voordat de houten bodemplaat met een klap helemaal op de grond terechtkwam, gevolgd door een heleboel in groen plastic verpakte, langwerpige pakketjes. Als paaseieren uit een omgevallen mandje rolden ze de muziekkamer in.

'*What the hell*?' riep Simon uit.

'Ties!' riep Sylvie geschrokken.

Freek zag dat ze met één blik inschatte of haar dochter schade had opgelopen, en zijn ogen flitsten ook die kant op. Ties was duidelijk ongedeerd, dus hij bukte om een van de pakketjes van de grond te rapen.

'Freek, doe voorzichtig hoor, we weten niet wat het is,' zei Sylvie bezorgd, maar na een onderzoekende blik waagde hij het er toch maar op: hij greep een van de groene pakketjes voorzichtig vast, kwam overeind, woog het in zijn hand en kneep erin. Het was massief en behoorlijk zwaar.

'Zijn het drugs?' Hans-Willem was gefascineerd. 'Ik heb wel eens een drugsvangst op het nieuws gezien, dat zat ook in van dat groene spul verpakt.'

'Volgens mij is het te... hm,' zei Freek, zoekend naar het juiste woord terwijl hij het pakje om en om keerde in zijn handen. 'Te hoekig. Het voelt niet als samengeperst poeder, het voelt eerder als...' Hij vond een beginnetje aan de strak omwikkelde folie, trok eraan, rolde een lange strook af en hield toen, tot zijn verbazing, een dik pak briefjes van twintig euro in zijn hand.

'Geld!' riep Ties, die weer overeind was gekrabbeld, blij uit. 'Dat had je nou net nodig!'

'Hebben ze nog meer geld in je vleugel verstopt? Hoeveel is het, denk je?' Simon pakte ook een blokje op en woog het in zijn hand.

'Ik ga ervan uit dat het zo'n duizend biljetten per pakketje zijn,' zei Freek, terwijl hij zijn duim langs het stapeltje in zijn hand liet gaan, en het daarna op de vleugel legde. 'Laten we de pakketjes even langs de muur leggen; twintig lang, en dan een nieuwe rij. Dan weten we zo hoeveel het is.'

Een paar minuten later lagen er zeven rijen van twintig pakjes, en Ties en Hans-Willem maakten het laatste rijtje af. Het kwam precies uit: ze kwamen één pakje tekort en dat lag opengemaakt op de vleugel.

‘Drie komma twee miljoen,’ zei Freek, nog voordat ze klaar waren; hij had al lang gezien dat het precies 20x8 zou worden. ‘Ervan uitgaande dat het allemaal stapels twintigjes zijn. Wat ik wel verwacht, gezien de grootte.’

‘Zóveel?’ zei Sylvie verbijsterd. ‘Bij twintigjes stel ik me over het algemeen eerder iets voor waarmee je afrekent bij snackbar De Halte, geen miljoenenvondst.’

‘Het is natuurlijk niets, vergeleken met wat er in de muur beneden zat,’ zei Freek peinzend, ‘hoewel het bedrag op zich uiteraard niet te versmaden is. Ergens tussen mijn vroegste voorouders schijnt een roofridder te hebben gezeten; die had vast wel geweten wat hij ermee aan moest vangen.’

‘Heb je niet nog wat van zijn genen over?’ Simon grijnsde naar hem. ‘Moet je horen, Freek: het onderzoek is afgerond, de grote poet is uit je muur gehaald, die lui zitten intussen allemaal achter slot en grendel; er kraait geen haan naar. Waarom pik je dit geld niet gewoon in en gebruik je het om je huis mee op te knappen? Je hebt al genoeg schade geleden, en het is hartstikke leuk dat je een onderscheiding hebt gekregen, maar wees eens eerlijk, als het vijftigduizend euro was geweest was je er blijer mee geweest. Ja toch?’

‘Nou…’ zei Freek, aarzelend, terwijl hij zijn eigen gevoel ten opzichte van een onderscheiding of vijftigduizend euro onderzocht – het was een niet heel natuurlijke tegenstelling voor hem, dus het vereiste enige aandacht – ‘… met vijftigduizend euro had ik wel een duidelijker omlijnd idee gehad wat ik ermee zou kunnen doen. De onderscheiding zegt me niet zo veel; het lijkt erop dat die belangrijker is voor andere mensen dan voor mij.’

Hij bukte zich om de bodemplaat, die van goedkoop, niet al te dik multiplex was gemaakt, onder de vleugel uit te halen, en controleerde meteen of de stangen die de bewegingen van de pedalen overbrachten naar de snaren binnenin, niet verbogen waren. Dat leek niet het geval te zijn, en toen hij de plaat rechtop tegen een nog niet geschilderde muur had gezet en terugliep om even een paar toetsen aan te slaan, klonk de vleugel al meteen veel minder dof. Licht ontstemd, dat wel, maar bij lange na niet zo beroerd als eerder. 'Ties, het geluid van het dode beest tussen de snaren is verholpen,' zei hij met een kleine glimlach. 'Het was geen beest maar een klein fortuin.'

'En jij,' zei Ties, die lachend op hem af kwam dansen, 'gaat dit kleine fortuin niet teruggeven. Simon heeft hartstikke gelijk: wie weet dit nou? Je hebt een schat gevonden, in je eigen huis, en je kan hem beter gebruiken voor je huis dan dat je hem teruggeeft aan de politie!'

'Morris zei dat hij ging kijken of er een potje was waaruit ik gecompenseerd kon worden,' mompelde Freek, twijfelend.

'Denk je dat dat genoeg zou zijn? Vast niet! Aah, Freek, je móét dit gewoon houden, hoor, je verdient het! Je hebt zo hard gewerkt en alles!' Ties sprong op en neer om haar woorden kracht bij te zetten.

'Ik moet daar nog even over nadenken,' zei Freek ernstig, terwijl er juist een enorm vacuüm in zijn hoofd optrad en hij helemaal niet meer kon nadenken. 'Simon, kun je even met me meelopen naar zolder?' zei hij dan maar.

'Tuurlijk, man,' zei Simon gemoedelijk, en samen liepen ze naar boven.

Freek opende de oude deur met het grote slot. Hij had er een beetje grafietspray in gedaan omdat het zo stroef ging; nu draaide het soepel en gladjes.

'Wat wil je hier doen?' Simon volgde hem de halfduistere zolder op.

'Een linnenmand leeghalen en mee naar beneden nemen.

Die is wel groot genoeg om al die blokken in te doen; ik wil ze niet zomaar op de grond laten liggen. Die manden zijn enigszins onhandelbaar, qua grootte, dus het leek me een goed idee om het samen te doen.'

'En dan kan je meteen ook even ruggenspraak houden?'

'Zoiets, ja,' zei Freek, verbaasd dat Simon hem zo feilloos had doorzien. 'Ik begrijp Ties' goede bedoelingen uiteraard, maar... zou ik dit zomaar kunnen doen? Ik weet dat er wettelijk gezien zaken vastliggen rondom gevonden voorwerpen, ook geld: je dient het in je gemeente af te geven, dan moet de burgemeester het in bewaring nemen en na zo veel tijd, als de rechtmatige eigenaar het niet heeft opgeëist, valt het terug aan de vinder, maar...'

'Hoezo rechtmatige eigenaar?' Simon grijnsde. 'Het is crimineel geld. Daar is toch niks rechtmatigs aan? Die figuren die het grote huis van je huurden kunnen moeilijk komen opdraven als rechtmatige eigenaars. Plus, ze zijn opgepakt, en ze gaan vast niet voor drie maanden de bak in, zodat ze dan ineens rond de jaarwisseling weer voor je neus staan.'

'O, nee,' zei Freek, 'er lopen zaken in verschillende landen, dat gaat allemaal nog erg lang duren.' Hij selecteerde een van de reusachtige, oeroude manden met lederen gespen. De gespen gingen wat stroef open, maar na even worstelen lukte het alsnog. Binnenin lagen, keurig gevouwen, stapels sneeuwwit linnengoed.

'Nou, jij hoeft van je levensdagen geen nieuw dekbedovertrek meer te kopen,' zei Simon grinnikend.

'Dit is meer dan honderd jaar oud,' zei Freek, 'ik weet eigenlijk niet precies hoe oud, maar ik vraag me af of het nog bruikbaar is. Het werd altijd voor een half jaar opgespaard in deze manden, en dan naar een wasserij gestuurd. Dan kwam het allemaal tegelijk weer terug, schoon en fris, juist als het andere halve jaar op begon te raken. Sommige dingen werden ook wel hier in huis gewassen, daarom hangen er op de vliering nog waslijnen, maar het linnengoed zal wel te veel werk zijn geweest, vermoed ik. Het is even de vraag waar we het schone linnengoed nu gaan laten; het is ook weer jammer als het vuil en stoffig wordt als ik het zo in een hoek gooi.'

'Hoeveel manden zijn er?' Simon keek om zich heen.

'Volgens mij zes,' mompelde Freek, terwijl hij de zolder afspeurde in het halfduister. Na even heen en weer slepen had hij ze alle zes bij elkaar staan en kon hij alle gespen open worstelen.

'Ja, precies,' zei Simon, toen Freek begon met het overladen van het linnengoed van de ene mand naar de andere: er was nét genoeg ruimte in de overige vijf manden om de inhoud van de zesde helemaal kwijt te kunnen, maar dan zaten ze wel alle vijf propvol.

'Volgens mij kan er een volwassen man in zo'n mand,' zei Simon peinzend, terwijl hij in de nu lege mand stond te kijken.'

'Jij wel,' zei Freek droog. 'Ik niet.'

'Ha ha,' zei Simon. 'Maar even serieus: dat geld. Wat denk je dat er gebeurt als je het aan August in bewaring zou geven? Hij zou verplicht zijn er melding van te maken, met het vermoeden dat het door criminele activiteiten is verkregen. Dan gaat het alsnog naar de politie, en eindigt het na allerlei omzwervingen in de staatskas, naast die enorme berg poen die ze al uit de muur hebben gehaald beneden. Dit is een druppel op een gloeiende plaat, in verhouding; de staat heeft zijn portie al gehad, hoor. Je kan het beter stilhouden, Freek, en er een paar nieuwe potten verf van kopen. Cash, wel te verstaan.'

'Maar dan moet ik er fysiek heen,' zei Freek bezorgd, 'naar zo'n verfspeciaalzaak.'

'Nou, dan rij ik wel met je mee,' zei Simon, op een toon die Freek in de oren klonk alsof zijn vriend wilde zeggen: zeur niet zo. 'Kijk. Het is simpel,' ging Simon verder, 'het onderzoek is afgerond, de boeven zijn opgepakt, de staat heeft er een leuk douceurtje aan overgehouden: mooi. Klaar. Jij vindt, in jouw vleugel, nog een poet geld; wie zegt dat dat er niet al jaren en jaren in zit?'

'Ik,' zei Freek, 'ik weet dat het er eerder niet in zat omdat ik er als kind op heb leren spelen, en toen klonk de vleugel niet zoals hij klonk toen die valse bodem eronder zat. Ze moeten dat echt vlak voordat ze werden opgepakt hebben gedaan, want niet eens zo heel lang daarvoor heb ik nog samen met Ties op de vleugel gespeeld, en toen was er nog niets aan de hand. Kom, laten we naar beneden gaan.'

'Nou, ik vind in ieder geval dat je het niet terug moet geven,' bromde Simon nog, maar toen moest hij te veel opletten bij het manoeuvreren met die onhandig grote mand. 'Ik vind dat het jou zo'n beetje rechtmatig toekomt: het is net zoiets als dat je een leeg schip tegenkomt, met niemand er meer op, maar wel met iets heel waardevols aan boord. Dan mag je dat toch ook gewoon houden?'

'We zijn hier toch niet op zee,' zei Freek verbijsterd. 'Nou, even onze aandacht erbij als we de trap af gaan, anders liggen we zo dadelijk samen beneden.'

'Dus je gaat het teruggeven?' zei Simon, zijn toon onmiskenbaar licht misprijzend.

'Ik weet het nog niet,' zei Freek. 'Ik denk nog na. De verschillende argumenten hebben allemaal hun merites, maar ik ben er nog niet helemaal uit welke argumentatie nu het sterkst is.'

Dat was niet helemaal waar: hij wist precies welke argumentatie het sterkst was. Of in ieder geval: wat voor hem het zwaarst woog.

Sylvie

27

Ze werd langzaam wakker doordat er iets over haar wang kriebelde. Nee, nu was het weg. Nu zat het op haar wenkbrauw; ze trok haar wenkbrauwen even op, ze fronste: het kriebeltje was verdwenen. In haar half wakkere hersenen vormde zich langzaam maar zeker een vraag: is het een insect? Zit er een vlieg op mijn gezicht, of is het een mug? Maar ik hoor geen gezoem… is het misschien een spin?

'Liefste…' namen haar oren waar, door een mist van slaperigheid.

Ze opende haar ogen.

Freeks gezicht, ook slaperig, en lief, en knap, hing boven het hare; zijn lange haar hing naar beneden en kriebelde langs haar wang, en toen kwamen zijn vingers in beeld, die zachtjes over haar wenkbrauw gleden.

'Liefste?' zei hij nog een keer zachtjes. 'Je bent heel mooi als je slaapt, en als je wakker wordt doe je dat ook heel mooi.'

'Is het al ochtend?' mompelde ze, terwijl ze een hand tegen zijn wang legde.

'Ik geloof het wel, maar het is nog wel vroeg. Het spijt me dat ik je wakker heb gemaakt op zondagmorgen; ik wilde je aanraken. Ik kon me niet inhouden, als ik eerlijk ben.'

'Geeft toch niks,' mompelde Sylvie rozig, 'je bent zo'n

lieverd, daar wil ik altijd wel door worden wakker gemaakt.' Ze rolde een beetje tegen hem aan, voelde zijn ochtenderectie tegen haar buik duwen en sloeg een been over hem heen. 'Kom maar hier met die lekkere paal,' fluisterde ze ondeugend, meteen helemaal wakker, en ze maakte een tevreden geluidje toen hij een hand om haar billen legde, haar dichterbij trok en, terwijl hij half boven op haar rolde, zo bij haar naar binnen schoof.

Ze trok zijn gezicht dichterbij voor een trage, genietende zoen die langzaam heter werd terwijl hun lichamen een ritme vonden, en even verloor ze alle besef van tijd, totdat, met een grom van hem en een gesmoorde kreun van haar, hun vrijpartij een hoogst bevredigend einde vond en Freek, zoals gewoonlijk, helemaal slap werd en als een soort extra dekbed over haar heen gedrapeerd lag.

'Lieverd, ik krijg bijna geen lucht,' zei ze gesmoord tegen zijn stevige schouder. Ze duwde een beetje tegen hem aan, maar hij was veel te zwaar voor haar om zomaar om te rollen.

Gelukkig kwam hij net op tijd bij zijn positieven.

'Sorry, lief,' mompelde hij groggy, 'het was nogal onverwachts, maar daarmee niet minder verpletterend – ik was weer even mijn ruggengraat kwijt.'

Sylvie grinnikte. 'Misschien ben ik dan degene die sorry moet zeggen?'

'Onder géén beding,' zei Freek zachtjes, terwijl hij op zijn zij naast haar ging liggen en haar zo'n zachte blik gaf dat ze dacht dat ze ter plekke in een plasje water zou veranderen en door het matras zou worden opgezogen.

'Maar ik wil wel graag iets met je bespreken, met je welnemen,' ging hij aarzelend verder.

'Mijn welnemen heb je, hoor,' zei ze liefdevol.

Hij bleef stil.

Ze aaide zijn wang. 'Kom maar door met je onderwerp.'

'Ik... ben sinds gisteren aan het nadenken,' begon hij. 'Over... het geld, natuurlijk, maar in het verlengde daarvan ook over iets anders.' Hij stokte en beet op zijn lip.

Sylvie wachtte geduldig: ze wist intussen van Freek dat zijn immense brein razendsnel kon opereren, en dat hij daar soms zelf ook zichtbaar plezier in kon hebben, maar in andere gevallen, vooral gevallen waarbij het complexe emoties betrof, had hij veel meer tijd nodig om de situatie te analyseren en van alle kanten te bekijken dan een gemiddeld mens. Zijn intuïtie om dergelijke zaken aan te pakken was dan misschien minder goed ontwikkeld, maar hij was des te grondiger in het analyseren en beredeneren, om dat gebrek aan intuïtie te compenseren.

Misschien wel iets té grondig, bedacht Sylvie zich: misschien kon ze hem langzaam maar zeker zover krijgen om gewoon te vertrouwen op de goede afloop. Op termijn. Als alles goed bleef gaan, want het was natuurlijk nog maar de vraag hoe het allemaal af zou lopen.

Ze voelde direct een soort ijskoude splinter in haar hart bij de gedachte dat het alsnog mis zou kunnen gaan tussen hen: ze was zo gek op deze man, zo... eigenlijk al half vergroeid met hem; ze moest er niet aan denken.

'Sylvie?' begon Freek nu weer. Blijkbaar was hij een klein beetje uitgedacht. In ieder geval genoeg om weer verder te praten.

'Zeg nou maar gewoon wat er in je hoofd gebeurt, lieverd, ik kan het wel hebben, hoor!' Ze gaf hem een bemoedigende grijns.

'Ik... weet niet goed hoe ik het moet verwoorden, maar ik zou je willen vragen of je... Ik begrijp het als het te vroeg is, natuurlijk begrijp ik dat, ik werd natuurlijk weer even met mijn neus op de feiten gedrukt toen ik laatst in je auto, na die onderscheiding... Maar dat wil ik helemaal niet zeggen.' Hij viel stil en keek haar nogal getergd aan.

Ze gaf hem een zo bemoedigend mogelijke glimlach.

'Als je zo lief lacht kan ik al helemaal niet meer nadenken,' mompelde hij klaaglijk.

'Moet ik dan woest naar je fronsen?' Ze probeerde een gezichtsuitdrukking te creëren die in de categorie 'woest fronsen' kon vallen, maar het was maar de vraag of dat lukte, want Freek trok een mondhoek op en snoof voorzichtig.

'Ik wil dus vragen...' probeerde hij nog een keer, na een diepe zucht. 'Ik realiseer me dat ik het geld in principe ongestraft zou kunnen houden, omdat deze situatie natuurlijk niet voorzien is in de wetgeving. En ik heb er denk ik ook geen problemen mee om het te doen, in de zin van dat mijn eventuele mores, mits aanwezig, me in de weg zouden staan, maar ik heb wel een gegronde reden nodig. De belangrijkste reden die ik kan benoemen is dat ik dan de verbouwing van het grote huis sneller gereed zou hebben. Nog een interessante reden is dat ik dan waarschijnlijk in één keer de nog openstaande schuld van mijn ouders zou kunnen aflossen, hoewel dat wat ingewikkelder is omdat het alleen cash is. Daar heb ik nog niet direct een oplossing voor, want witwaspraktijken zijn me echt te ver over de grens. Ik verwacht overigens ook dat het bedrag wel helemaal op zal zijn als ik én het huis heb verbouwd, én de schuld heb vereffend.'

Sylvie luisterde geduldig, maar zei nu toch maar: 'Je zegt steeds dat je me iets wilt vragen, maar hij komt maar niet, lieverd. Die vraag, bedoel ik.'

'Ik ben me ervan bewust,' zei Freek, terwijl hij even zijn ogen dichtkneep. 'O, ik ben ook zo ontzettend slecht in dit soort dingen.'

'Tot nu toe vind ik je nog vooral ontzettend schattig,' zei Sylvie bemoedigend, 'hoewel ik denk dat dat niet per se is waar je naar streeft.'

'Nee,' zei Freek hartgrondig, 'maar bij nader inzien is het wel een aardig bijeffect, denk ik. Nou, vooruit, Freek.' Hij haalde nog een keer diep adem en richtte zich iets hoger op op zijn elleboog. Sylvie kon meteen gratis en voor niets meegenieten van zijn opbollende blote biceps.

'Ik wil je dus vragen,' begon hij nu voor een derde keer, 'of je... of jij en Ties, en eventueel ook Hans-Willem, als het zo te pas komt, of jullie... nu ja, of jullie in het grote huis willen komen wonen. Als het af is. Als alle kamers weer bewoonbaar zijn, en de badkamers weer bruikbaar zijn, en dergelijke. De zonnepanelen hoeven er nog niet op te zitten, maar als het binnen in ieder geval weer comfortabel bewoonbaar is, zoals het bedoeld was. En ik verwacht, als ik het geld uit de vleugel gebruik, dat dat veel sneller gerealiseerd kan zijn dan ik in eerste instantie had gedacht, uitgaande van mijn, eh, reguliere financiële situatie. Dus, eh, daarom vraag ik je dit nu, omdat dit voor mij de doorslaggevende reden zou zijn om het geld te houden.' Hij zweeg en kneep zijn ogen stijf dicht.

Sylvie slikte. Had hij nou daadwerkelijk gevraagd wat ze dacht dat hij had gevraagd? 'Bedoel je...' begon ze, een beetje schor, 'dat we dan officieel, eh, gaan samen... eh, samenwonen? Jij, en ik?'

Hij knikte, zijn ogen nog steeds gesloten.

'In het grote huis?'

Weer een knik.

'Met jou?'

Zijn ogen gingen open. 'Ja, met mij, want ik was niet van plan om dan weer in het koetshuis te gaan wonen,' zei hij zonder een spoor van plagerij. 'Sterker nog: ik wil eigenlijk aan

Simon aanbieden om in het koetshuis te komen wonen, want hij heeft me zo geweldig geholpen met alles, en hij is zo handig. Ik zou hem graag een soort beheerdersfunctie op het landgoed geven; misschien parttime, als hij graag op de school zou willen blijven werken. Zo heel veel zal ik hem niet kunnen betalen, maar ik kan hem in ieder geval gratis woonruimte bieden. Ik kan het niet allemaal helemaal alleen, en zelfs jij en ik samen, ik bedoel, jij hebt de boswachterij ook nog, en het landgoed moet heropend worden voor publiek, en, eh, en ik dacht zo: als Simon nu hier zou kunnen wonen, dan is het wellicht ook wat eenvoudiger voor hem om met August af te spreken zonder dat de gehele Grote Weijde daarvan hoeft mee te genieten, begrijp je wel? Ik kan me maar al te goed voorstellen dat het voor hen allebei ingewikkeld is, om vele redenen…'

Sylvie grijnsde, haar hart groot en pluizig en warm in haar borstkas. 'O,' zei ze dus plagerig, om een beetje te maskeren hoe overweldigd ze was, 'je vraagt het niet voor mij, of voor Ties, maar eigenlijk voor Simon!'

Freek gaf haar een verwilderde blik. 'Eh… nee, ik… mijn god, heb ik die indruk bij je gewekt? Sylvie! Nee! Ik wil, ik hoopte, ik had me voorgesteld dat jij en ik…'

'Rustig maar, ik plaag je,' zei ze zachtjes, een hand op zijn stevige spierbal. 'Ik begrijp precies hoe je het bedoelt, en ik vind het lief van je dat je voor Simon ook zoiets goeds hebt bedacht; je bent een zorgzame man, weet je dat? En dat is eigenlijk heel mooi. En, eh… ik… wil het geloof ik wel. Het is een raar idee voor mij, samenwonen, ik moet echt wel even aan de gedachte wennen, want,' ze lachte een beetje, 'er is een tijd geweest dat ik iedereen die het maar horen wilde vertelde dat ik zoiets echt nooit zou doen. Maar… tja, hoe vaak heb je nou in het grote huis geslapen? In je eentje, bedoel ik.'